El guardián de los dioses

El guardián de los dioses

Jesús Valero

B

Papel certificado por el Forest Stewardship Council®

MIXTO
Papel | Apoyando la silvicultura responsable
FSC® C117695

Penguin Random House Grupo Editorial

Primera edición: enero de 2026

Printed in Spain – Impreso en España

ISBN: 978-84-666-8357-9
Depósito legal: B-19.734-2025

Compuesto en Llibresimes

Impreso en Rotativas de Estella, S. L.
Villatuerta (Navarra)

BS 8 3 5 7 9

A todos los que ostentan el poder,
pero entienden que este debe estar siempre
al servicio de los demás

A Karmele

1

Italia, 1314

Una vela de sebo iluminaba la gruta. Un hombre escribía, sentado frente a una mesa, mientras su sombra bailaba en la pared a la tenue luz. Lo hacía concentrado, como si lo depositado en aquel documento fuese más importante que su vida. La pluma rasgaba el papel, su sonido multiplicado por el eco de la inmensa caverna. Cuando terminó, levantó la cabeza y leyó en voz alta:

—«Todos los hombres creen tener principios. La mayoría se mienten a sí mismos y los abandonan por poder, dinero o una mujer hermosa. Jamás los tuvieron. Otros, más fuertes, logran mantenerlos. Nunca se han visto sometidos a prueba, la vida ha sido benévola con ellos y no han pagado el precio de la soledad, el rechazo o la muerte. Unos pocos hombres tienen las agallas de ser fieles a sus principios, pagando orgullosos su fidelidad con la propia vida.

»Jacques de Molay, gran maestre de la Orden del Temple, mi mentor, mi maestro, mi amigo, fue uno de esos hombres. Le pido a Dios que, llegado el día, yo también pueda levantar la cabeza, mirar a la cara a la muerte y sentir el mismo orgullo.

»Recuerdo el fuego de la hoguera brillando poderoso y escucho resonar la voz de Jacques antes de morir abrasado, cuyas últimas palabras helaron mi corazón y el de los presentes en la ejecución: "Dios sabe que mi muerte es injusta y un pecado. Dentro de poco muchos males caerán sobre los que nos han condenado a muerte. Dios nos vengará".

»No voy a esperar la dudosa venganza de Dios. Será mi mano quien ejecute la sentencia. Pagarán su afrenta con la vida. Aun sin la capa y la cruz de templario que, para mi vergüenza, me he visto en la obligación de abandonar, tengo una misión que cumplir. En mis manos ha quedado depositado el secreto que ha llevado a la destrucción y la muerte a toda la Orden del Temple. Tendré que convivir con mi elección.

»Me llamo Pierre d'Aumont y esta historia comenzó hace más de veinte años en el castillo de mi padre, en Auvernia. Y lo hizo por culpa de una mujer que aún puebla mis sueños».

2

Orvieto, Italia, 2024

Lucrezia Fiore, la mujer más anciana de Orvieto, levantó la cabeza de la labor de ganchillo y aguzó el oído. El tintineo del cristal de la alacena del salón iba en aumento. Frunció el ceño. Nunca había presenciado nada parecido, pero tampoco había salido de su Umbría natal y no sabía lo que podía suceder en el ancho mundo. Según había escuchado, en lugares alejados ocurrían hechos extraordinarios. Hizo el gesto de incorporarse en el sillón y sus huesos protestaron por el esfuerzo.

Ya no solo el cristal se movía. La casa entera parecía estar cobrando vida. Se agarró al sillón mientras un plato se desprendía de la pared para hacerse añicos en el suelo. Lamentó perder el regalo que su nieto le había traído de Roma; se trataba de un plato de cerámica con la imagen de la plaza de San Pedro. Su hijo había asegurado que allí habían podido ver al papa.

A Lucrezia se le pasó por la cabeza una palabra que no recordaba haber pronunciado jamás. «Terremoto». Aún a medio levantar pudo contemplar la plaza de Orvieto y, frente a ella, la catedral. Observó atónita como uno de los pináculos que la coronaba se balanceaba hasta desmoronarse. Una enorme grieta apareció en el suelo, ensanchándose a medida que cruzaba la plaza. Parecía el fin del mundo.

El temblor la empujó de vuelta al sillón, donde quedó empotrada. Miró boquiabierta la lámpara, que oscilaba como el badajo de las campanas de la catedral. Estas sonaban ahora con una cadencia arrítmica, como no había escuchado antes. El último pensamiento fue para su gato. No recordaba haberlo visto después de darle de comer. La gente decía que los animales intuían los terremotos. Esperaba que Rómulo hubiese logrado ponerse a salvo.

La casa se desplomó poco antes que la esbelta catedral, engullida por la enorme grieta que se adentraba en las profundidades de la tierra. Si hubiese quedado alguien con vida, hubiera podido decir que aquel agujero parecía no tener fin. Pero no quedó nadie, solo silencio.

3

Auvernia, Francia, 1287

La joven doncella recorría apresurada los pasillos del castillo de Aumont. Iba con el rostro enrojecido por el esfuerzo y la respiración agitada. Llegó hasta una puerta y la golpeó con urgencia.

—¡Despierta, Pierre! ¡Está a punto de comenzar el torneo! ¡Padre exige tu presencia! —apremió. En el tono de su voz se percibía cierta angustia.

Pierre d'Aumont se desperezó y sintió un intenso dolor en la sien. Recordó que la noche anterior había terminado de madrugada, algo aturdido por el alcohol. Las sábanas olían a sexo y no recordaba el nombre de la mujer que yacía a su lado.

Se levantó rezongando, prometiéndose no volver a hacer caso a los condes de Allier y de Ambert en sus escapadas nocturnas. Había actuado así por rebeldía. No quería competir en aquella justa que su padre había organizado para gloria de François, su hermano mayor. El propósito de desposar al primogénito de la casa con la hija menor de los condes de Mortain era un antiguo deseo de su padre. Unir ambos condados y ponerlos en manos de François. Todos los participantes en el combate sabían quién vencería.

Comenzó a vestirse a regañadientes y abrió la puerta a Geraldine, que lo miraba con cara asustada. «Ojos de cervatilla», pensó con cariño. Adoraba a su hermana y no podía verla sufrir, aunque fuera por él.

—Todos te esperan.

Pierre colocó las manos sobre los brazos de Geraldine para tranquilizarla.

—Diles que empiecen. Iré enseguida.

Pretendía evitar los preliminares. Si llegaba en el último momento eludiría las miradas interesadas de las damas y los comentarios despectivos de los demás caballeros. Él no quería luchar, le parecía una pérdida de tiempo. La verdadera lucha, si había alguna que mereciese la pena, estaba lejos de allí, en Tierra Santa o en Castilla. Había sido entrenado en el uso de las armas, en las que había demostrado ser diestro, pero su negativa a combatir lo convertía en la mofa de los demás. Por eso su padre lo había obligado.

Su hermana sonrió y salió a la carrera mientras Pierre terminaba de vestirse.

Llegó al campo de la justa, donde su escudero Aymeric esperaba con el equipo de combate preparado. Pierre le guiñó un ojo y el escudero respondió con un gesto hacia su hermano, que aguardaba sobre la montura.

—Ni siquiera un día como hoy eres capaz de mostrar disciplina —dijo François con expresión hosca.

Pierre le devolvió una sonrisa despreocupada.

—Relájate, hermanito. Hoy es tu día. Ganarás el torneo y podrás casarte con la futura condesa, a la que Dios habrá bendecido con innumerables dones, aunque dudo que lo haya hecho con el de la belleza.

François soltó un bufido, dejó caer el yelmo sobre los ojos y obligó a la montura a dirigirse hacia su posición.

Pierre salió a terreno abierto mientras el resto de los caballeros esperaba tenso. Se habían colocado en mitad del campo de justa, mirando hacia el palco, por delante de la valla que separaría a los contendientes en las acometidas. El sol lucía alto en aquella mañana que anunciaba el verano. La hierba cubría el suelo y algunas flores asomaban entre el verde, confiriendo al paisaje un aire tan afable que no invitaba a la batalla. Más atrás, populacho y campesinos ansiaban disfrutar de la sangre noble vertida.

Se situó junto al resto de los participantes y todos saludaron a los presentes. Esquivó la mirada de su padre, que echaba fuego por los ojos. Le haría pagar aquel desplante en cuanto tuviera oportunidad.

La justa sería con lanza y su hermano abriría el torneo. El rival había sido escogido con cuidado; el vizconde de Astarac no era un adversario diestro.

François se acercó a la grada e inclinó la lanza hacia la joven que se sentaba a la izquierda de su padre, con la intención de que ella anudara su pañuelo a la punta del arma. Por primera vez Pierre miró en esa dirección y lo que descubrió lo dejó boquiabierto. La joven condesa era la mujer más bella que había visto en toda su vida. Tenía un rostro delicado y una mirada serena, y no se movió un ápice cuando la punta de la lanza de François se detuvo a la altura de su pecho. Fue esa mezcla de delicadeza y fortaleza lo que traspasó la armadura y cada pedazo de la piel de Pierre. Sintió una punzada de envidia, atenuada por que la joven no había atendido a la galantería de su hermano.

El silencio se prolongó hasta que François, contrariado, retiró la lanza y replegó la montura para dirigirse hacia su puesto. Pierre sabía que cabalgaba envarado, con el orgullo herido ante la afrenta pública.

El primer combate terminó en un abrir y cerrar de ojos, como si la furia de su hermano por el desplante le hubiese conferido una fuerza inusitada. François cabalgó de regreso a su puesto sin preocuparse por la suerte del rival herido. Llegó el turno de Pierre para colocarse en posición. Aprovechó la ocasión para pasar cerca de la joven, y confirmó su juicio inicial. Aún se le antojaba más bella. Tenía unos ojos de un gris que recordaba el mar antes de una tormenta y unos pómulos que se elevaban con una determinación que contrastaba con la delicadeza de sus manos, que descansaban sobre el regazo, como aves dispuestas a elevarse. El vestido le realzaba la figura mientras su espalda se mantenía recta, orgullosa, como si se alzase sobre el resto del mundo a sus pies. Nunca antes una mujer le había trastornado tanto. Todo se había esfumado a su alrededor y, en cambio, sentía que aquel rostro jamás desaparecería de su mente.

Venció con facilidad al rival, pero había perdido la concentración. «Es el alcohol», se engañó evitando reconocer que aquella mujer le había hecho perder la habitual frialdad en el combate. Sabía que el riesgo de la justa era la muerte o, peor aún, quedar lisiado para el resto de la vida.

En el siguiente combate estaba preparado. Ajustó la lanza en el punto de equilibrio correcto. Sonrió, pensando en que su maestro de armas hubiese estado satisfecho. «El equilibrio lo es todo», le solía decir. En la vida y en la guerra. Espoleó la montura hacia delante a la vez que apuntaba ligeramente hacia arriba y dejaba caer la lanza con suavidad mientras su caballo tomaba velocidad. Impactó en el pecho del rival, que voló por el aire y cayó de la montura como un pesado fardo sobre el suelo. Oyó los aplausos de los presentes y sintió su corazón enardecerse con el combate, el esfuerzo, el sudor y la victoria.

Ya solo quedaban él y su hermano. Pierre sabía cuál era su papel aquel día, aunque para François todo parecía haberse torcido. Pierre tomó una súbita decisión. Se le había ocurrido una idea. Sabía que no debía hacerlo, pero no pudo resistirlo. Se acercó a su escudero.

—Dame la lanza corta.

Aymeric lo miró con extrañeza. Pierre sabía lo que aquella mirada significaba: era una mala idea. La lanza corta resultaba más sencilla de usar porque era más ligera, pero tenía menos alcance. Pierre hizo un gesto con los ojos que fue suficiente para terminar de vencer la reticencia del escudero.

Volvió al campo de justa y su hermano se sorprendió al ver la lanza. Pierre, sin embargo, no le prestó atención. No ocupó su lugar. Se había retirado el yelmo y se dirigió con parsimonia hacia la grada. Se situó a la altura de la joven condesa y sonrió. Luego inclinó la lanza y ofreció la punta a la joven.

La condesa de Mortain observó al joven caballero del que tanto había oído hablar y que se atrevía a galantear con ella con semejante descaro, hasta el punto de resultar inapropiado. Sintió una punzada de desconsuelo, lamentando que fuera a su hermano a quien su padre iba a entregarla. Los ojos del caballero irradiaban fuego y ella hubiera deseado poder quemarse en esa hoguera. La miraba como si ella fuese lo único importante en el mundo. Sin embargo, sonreía, y aquella sonrisa se deslizó bajo su piel, como si jamás fuera a abandonarla.

Ante la atónita mirada de todos y a pesar del gruñido

de su padre, la condesa se desanudó el pañuelo y, con gracia, lo ató a la punta de la lanza. Pierre sintió que el corazón se le aceleraba al recibir la sonrisa de la joven. Hizo una reverencia, irguió la lanza y, tras colocarse el yelmo, se dirigió hacia la marca. Miró a su hermano, que lo contemplaba hierático. François inclinó la lanza, dispuesto a azuzar la montura, pero dudó. Pierre no le había imitado. Su lanza permanecía vertical, como si el pañuelo fuese un estandarte que recordaba que él ya había vencido. Pierre espoleó el caballo, pero la lanza continuaba erguida. Su hermano tardó en reaccionar y, cuando lanzó la montura hacia delante, aún no la había vuelto a colocar en posición. Logró controlar la montura y la lanza, pero era demasiado tarde. Pierre había bajado rápidamente la suya, más ligera y manejable. Supo enseguida que vencería. La lanza de su hermano no logró impactar, pero la suya lo hizo de lleno. Oyó el griterío y los vítores. Todos aplaudían, incluso la joven condesa. Todos menos su padre.

4

Península de Snæfellsnes, Islandia, 2024

Una cortina de nieve y hielo velaba el horizonte e impedía distinguir el paisaje. El viento transformaba el mundo, volviéndolo caótico e impredecible.

Luken se ajustó la capucha del cortavientos para evitar que las ráfagas heladas se llevasen el poco calor que le quedaba en el cuerpo. Avanzaba impulsado por la misma energía que lo había conducido hasta aquel lugar remoto e inhóspito de Islandia. Había aparcado el todoterreno que la facultad de Historia y Arqueología de la Universidad de Reikiavik había puesto a su disposición tres meses atrás, junto con la beca que le había permitido sobrevivir en aquel país.

Divisó un pequeño claro en el campo de lava, al borde de un mar enrabietado. Caminó en dirección a la excavación arqueológica. Suspiró. La llegada del invierno haría imposible continuar el trabajo. El cuerpo del guerrero vikingo con todo el ajuar funerario permanecería intacto hasta la primavera. Su estancia en Islandia tocaba a su fin. Había ido a despedirse de aquel guerrero que ya consideraba un amigo. ¿Cómo había vivido? ¿Cómo había fallecido? ¿Era alguien importante, querido, buena o mala persona? Quizá había muerto defendiendo su aldea, a su familia. Así le gustaba imaginarlo. Terminó de cubrir la tumba y se aseguró de que quedase protegida durante el largo invierno. Contempló el resultado en silencio, como un viejo amigo que se acerca al camposanto a dar el último adiós. Sabía que finalizaba una etapa de su vida, aunque el vértigo de descubrir lo que le deparaba el futuro lo seguía reteniendo allí. Regresó al laboratorio de la universidad, donde esperaba su colega, Anna.

—Eres un romántico —le dijo con un mohín provocador—. Aunque amas a los muertos más que a los vivos.

—En los muertos se puede confiar.

Anna le mostró el dedo corazón a modo de respuesta. Luken se arrepintió de su comentario. Aunque el gesto de Anna había ido acompañado de una sonrisa, sabía que podía haber causado dolor. Él dejaría Islandia, y, aunque ninguno de los dos consideraba seria la relación, en varias ocasiones la había sorprendido mirándolo cuando creía que no se daba cuenta. Había preferido no preguntar. A veces es mejor no hacerlo y seguir con tu vida.

—Has recibido una llamada —continuó Anna, ajena a sus pensamientos—. Tu directora de tesis.

Luken se extrañó. No había hablado con Adela desde el día en que había defendido la tesis doctoral y había aceptado la beca para iniciar la excavación en aquella esquina del mundo. Marcó el número de la directora. Al otro lado de la línea respondió la voz familiar de Adela. Se sintió como si ya hubiese regresado a España y le invadió la nostalgia.

—¡Luken! ¡Qué deprisa me has devuelto la llamada! ¿Qué tal el trabajo en Islandia?

—¡Bien! Un cuerpo casi intacto. Siglo x. Hemos terminado hasta el próximo verano. El suelo está demasiado duro.

—Fenomenal. Quizá tenga algo para ti mientras tanto.

Luken se sintió algo decepcionado. Esperaba una propuesta profesional más firme. Siempre pecaba de ingenuo. Debería asumir que la investigación era una carrera inestable.

—¿Podrías pasarte por el museo la semana que viene? Se trata de algo relacionado con tu especialidad.

—¿Mi especialidad?

Había algo en el tono de Adela que sonaba extraño. O quizá fuesen imaginaciones suyas.

—Sí, ya sabes, arqueología templaria. Me ha llamado una colega italiana. Le he dicho que eres el mejor.

Quizá aquello era lo que necesitaba. Un cambio de aires. Italia se le antojaba un lugar tan bueno como cualquier otro. Así se desharía del frío que parecía haberse instalado en su cuerpo. Miró a Anna, que lo contemplaba con gesto interrogante.

—De acuerdo. Allí estaré.

5

Auvernia, 1287

El castillo de Aumont era austero, rocoso e impenetrable, como el conde que lo dirigía con mano de hierro. Se encontraba ubicado en un pequeño promontorio que dominaba el valle, como si no quisiera dejar dudas sobre quién gobernaba aquel pedazo de mundo.

El aire en el salón principal era frío, pero el ambiente hubiese sido suficiente para caldear el castillo entero. Los gritos del conde d'Aumont podían oírse desde lejos y su inconfundible voz ronca reverberaba en cada piedra y cada recoveco de la fortaleza. Era un hombre brusco, de mirada iracunda y gesto siempre enfadado. La barba, blanqueada por una vida difícil, le reptaba por el ancho rostro, bajo el cual se intuía un cráneo tan pronunciado que recordaba al de un buey.

El destino de tanta ira era su hijo Pierre.

—¡Cómo te atreves! ¿Sabes el daño que nos has causado? ¡Llevo años preparando este enlace!

Pierre permanecía callado, aguantando el torrente de justos reproches. Aún no entendía por qué se había comportado de ese modo. Los ojos de aquella joven lo habían trastornado. O quizá —se atrevió a admitir— se trataba de un acto de rebeldía contra su hermano mayor, que siempre lo miraba con el aire de superioridad de los primogénitos. A su lado, François se mantenía en silencio, con el rostro imperturbable, aunque en la comisura de sus labios se perfilaba un deje de satisfacción.

El conde caminaba de un lado a otro mientras se rascaba la barba. Era un gesto que hacía cuando tenía que tomar una decisión difícil. De pronto, se detuvo y miró a Pierre como si hubiese llegado a una determinación. Parecía más calmado, lo que sin duda no suponía una buena noticia. Temía más su calma que sus arrebatos de ira.

—¡Se acabó! ¡Ha sido la gota que ha colmado el vaso! Tu desinterés por el condado, tu vida disoluta... y ahora esto. Llevaba un tiempo pensándolo, pero ahora ya está decidido: partirás mañana mismo.

En el silencio que siguió a las palabras del conde, Pierre miró a su hermano sin entender y este enarcó una ceja, sorprendido también. El conde se acercó con grandes pasos a su hijo menor y pegó su rostro al de él.

—¿Quieres luchar? —le espetó con los ojos desorbitados—. ¡Por Dios que te daré la oportunidad de hacerlo!

Una idea comenzó a formarse en la mente de Pierre. Y no le gustaba. Sus presagios se vieron confirmados por la sonrisa cruel de su padre.

—Al menos lo harás por una causa noble —dijo bajando la voz hasta que a Pierre se le erizó el vello—. Me va a costar una pequeña fortuna. Enhorabuena, pronto serás un monje templario en lucha contra los infieles en Tierra Santa.

6

Madrid, 2024

El edificio de la facultad de Geografía e Historia de la Universidad Complutense de Madrid parecía un tributo a la arquitectura soviética. Frente a la fachada principal el visitante se encontraba once plantas de ladrillo rojo, con un porte sólido, inamovible, de ventanas repetidas, que proyectaban una imagen impersonal. Podría decirse que se trataba del aburrimiento hecho edificio. Visto de lado, sin embargo, era espigado, con una única fila de ventanas.

A Luken le producía nostalgia. En su interior habían transcurrido los mejores años de su vida, desde los veintitrés a los veintiocho. Durante ese tiempo había trabajado en la tesis doctoral y la había sufrido hasta defenderla unos meses atrás. De la mano de Adela se había deslizado en el poco conocido y enigmático estudio de la arqueología templaria. Considerada una temática menor en su campo, excitaba la mente del público general, pero parecía aportar poco al estudio serio de su disciplina. Su directora le había hecho perder el miedo, y durante cuatro años se había entregado con dedicación obsesiva a la excavación, el estudio y el análisis de restos de enterramientos templarios por toda la península ibérica.

Cruzó la puerta de la facultad y aspiró una bocanada de aire. Cada edificio tiene un olor peculiar. Se deja de oler al cabo de unas semanas, pero al regresar tras un tiempo fuera, vuelve a estar allí, trayendo de vuelta los recuerdos. Subió por la escalera hasta el tercer piso y recorrió el pasillo, repleto de estanterías y vitrinas. Parecía un cementerio de cristal donde se guardaban las muestras de proyectos pasados con la vana esperanza de que alguien los devolviese a la vida. Miró el reloj y vio que aún faltaban dos minutos para las cinco, hora de la cita que había concertado con Adela. Tocó la puerta y la empujó sin esperar respuesta, como de costumbre. Se sorprendió al ver que Adela no estaba sola. Frente a ella había una joven que no aparentaba más de treinta años. Vestía un traje formal para el entorno universitario, chaqueta gris oscura, blusa blanca, gafas de montura negra, que le daban un aire intelectual, y un maquillaje y un cabello cuidados con esmero. El pelo negro, liso, le caía sobre los hombros enmarcando un rostro suave, de contornos simétricos, y una nariz delicada y recta que le confería personalidad. Los ojos eran negros, inquietos. Una de esas mujeres atractivas que no es demasiado consciente de ello.

—Disculpad —dijo retrocediendo.

Adela se levantó con rapidez.

—Hola, Luken. Por favor, ven y deja que te presente.

Luken obedeció incómodo. Adela no le había advertido de la presencia de nadie más en la reunión. Aquella joven, que por otro lado no podía ser de mayor edad que él, desprendía un aire de sofisticación que contrastaba con la vestimenta informal que él había elegido para la ocasión. Le habría gustado que Adela le hubiese advertido. Extendió la mano y ella se la estrechó con suficiencia profesional mientras miraba con indisimulado interés.

—Te presento a Arianna Carlucci, subdirectora del Museo Arqueológico Nacional de Orvieto. Ha decidido viajar desde Italia después de que les avisara de que me encontraría hoy aquí contigo.

Luken asintió sin comprender.

—Tenía ganas de conocerle. Adela me ha hablado de usted.

Se había dirigido a él en un inglés con un leve acento italiano y una voz suave, la de una persona acostumbrada a moverse en círculos más selectos que los que él frecuentaba. Se sintió pequeño, pero no iba a dejarse amedrentar. Miró a Adela antes de responder, también en inglés.

—Bien, contadme en qué puedo ayudaros.

Arianna tomó asiento, abrió su portafolio y extrajo una hoja. La puso encima de la mesa y aguardó. Luken contempló una imagen que le había acompañado durante cuatro años de su vida: una cruz roja cuyos brazos se ensanchaban en los extremos, sobre un fondo blanco. Una cruz templaria.

—Espero que no haya venido usted desde Italia para descubrir algo que Google le hubiera dicho en unos segundos.

Había sido deliberadamente provocativo. Le irritaba el comportamiento de Arianna, tan profesional, tan frío. La italiana, sin embargo, esbozó una sonrisa que Luken tuvo que reconocer como atractiva. Al sonreír pareció rejuvenecer.

—Por supuesto que no —respondió con tranquilidad—. Supongo que habrá escuchado las noticias sobre el terremoto de Orvieto.

Luken asintió. El suceso había copado los telediarios durante dos semanas. Tres mil muertos y una parte de la ciudad destruida, incluida la bella catedral.

—Aún no se ha hecho público —prosiguió la joven italiana—, pero bajo el suelo de la ciudad, decenas de metros por debajo de la superficie, se formó una fisura que ha dejado a la vista unos misteriosos restos antiguos.

—¿Cuánto de antiguos?

Luken había cobrado un súbito interés. Nada de aquello había trascendido a los medios. A Arianna no le pasó desapercibido ese cambio de actitud y sonrió al investigador, ahora concentrado.

—Al menos siete siglos. Este hallazgo de la cruz lo atestigua. Aunque...

—¿Hay restos humanos?

La italiana negó con la cabeza.

—No hasta el momento, pero no lo descartamos. Debe entender que no está resultando sencillo. La prioridad es ahora el rescate de heridos y fallecidos. Necesitaría que nos acompañase a Orvieto. Su experiencia en el periodo templario nos sería de mucha utilidad.

—¿Utilidad? ¿Para qué?

Arianna miró a Adela antes de responder. Parecía debatirse sobre cuánto compartir. Aquello no le gustó a Luken. Era un científico y la ciencia se basaba en arrojar luz sobre los hechos, no en esconderlos bajo las sombras del secreto. Entonces, Arianna señaló la hoja con la cruz templaria sobre la mesa y se decidió a continuar.

—Esto es solo uno de los objetos que encontramos. Hay más. Miles.

Luken no pudo evitar un escalofrío. Podía tratarse de un hallazgo histórico sobre aquel periodo. Sin embargo, había algo que le preocupaba.

—¿No me irá a decir que han encontrado el famoso tesoro templario del que tanto se habla?

—No. No hay oro ni joyas preciosas. Es algo más importante.

Se hizo el silencio y Luken contuvo el aliento. Miró a Adela, que respondió con un encogimiento de hombros, y de nuevo a Arianna, quien seguía observándolo con una apacible tranquilidad.

—No estoy autorizada a darle más información —agregó finalmente ella—. Tendrá que acompañarme a Orvieto. ¿Lo hará?

Tardó un instante en responder, pero ya conocía su decisión. Podía ser uno de los mayores descubrimientos de la arqueología moderna, incluso si la realidad era menos impactante que lo que la italiana estaba sugiriendo. Trató de no parecer demasiado ansioso.

—Cuente conmigo.

7

Auvernia, 1287

El atardecer caía sobre el bosque confundiendo las sombras. Se presentaba como el momento propicio para amantes que quieren entregarse a un amor prohibido. También para asesinos que buscan arrebatar una vida. Pierre no estaba entre los segundos y la penumbra del bosque era lo único que lo separaba de la mujer de la que no había podido olvidarse.

En unos días partiría hacia Tierra Santa, pero antes de hacerlo necesitaba conocer lo que Elisenda de Mortain anhelaba, comprobar si ella había sentido lo mismo que él. Jamás había imaginado que una mujer pudiera causar en él aquel efecto. No podía marcharse a Siria sin saberlo. En cada paso hacia el este, a cada instante sobre su montura, se repetiría la misma pregunta. Por eso se encontraba en aquel bosque oscuro, apenas a un tiro de flecha del castillo de Mortain.

Consciente de que el conde de Mortain no le dejaría ver a su hija, decidió ocultarse como un vulgar asaltante y esperar a lo más profundo de la noche. El sol terminó de desaparecer en el horizonte y la oscuridad venció a la luz. Pierre regresó junto a su caballo y guardó la espada y la daga. De poco le iban a servir.

Vestía de negro para evitar ser descubierto. Se acercó a la muralla y buscó un punto por el que comenzar a trepar. Había visto a la hija del conde asomada a una ventana elevada, pero él no tenía miedo. Al menos no de una caída. Inició el ascenso procurando no mirar abajo, con la vista puesta en su objetivo. El frío de la noche hacía que sus extremidades se fueran agarrotando y hubo un momento en que pensó que no lo conseguiría. Sin embargo, su necesidad era más fuerte, y poco a poco logró vencer el cansancio y el frío.

Llegó arriba y vio que la oscuridad reinaba en las habitaciones. Por un segundo no supo qué hacer. Entró por la ventana y dio un paso en la oscuridad. En ese instante sintió el gélido acero de un cuchillo en la garganta.

—Debería mataros.

Era una voz de mujer. Se dio cuenta de que nunca había escuchado la voz de Elisenda, pero tuvo la intuición de que se trataba de ella.

—Y, sin embargo, no lo habéis hecho aún.

Una pausa dejó la estancia en un silencio expectante, pero el arma no se movió de su cuello.

—Aún.

Pierre levantó las manos.

—No voy armado.

La joven le retiró el cuchillo de la garganta y al instante una lámpara iluminó con timidez el espacio. Ante él tenía a Elisenda y, a la tenue y temblorosa luz de la estancia, le pareció todavía más bella. Seguía sujetando el cuchillo y algo en su mirada indicaba que no dudaría en usarlo.

—¿Qué habéis venido a buscar?

—¿Vos no lo sabéis? Parto hacia Tierra Santa y necesito tener la certeza de que me esperaréis.

Elisenda puso gesto de sorpresa, pero luego una sonrisa irónica se dibujó en su rostro.

—¿Apenas unos segundos fueron suficientes para que os enamorarais de mí?

Pierre asintió. No entendía qué había en esa mujer para que solo quisiese estar a su lado, ver sus ojos, escuchar su voz. Desprendía la misma resolución y la misma elegancia que el día del torneo.

—Decidme si vos también lo sentís. Aceptasteis mi ofrenda en la justa.

Elisenda se volvió y se alejó hacia una esquina de la habitación. Caminaba erguida y se movía con suavidad, como si se deslizase sobre el suelo.

—No importa lo que yo sienta. Partís hacia Tierra Santa. Quizá no regreséis nunca. Quizá me olvidéis.

Pierre negó terco.

—No lo haré. Regresaré. Solo necesito saber que me esperaréis.

Ella se giró y lo enfrentó.

—Nada de eso tiene importancia ya. Vos partís y yo también lo haré, para no volver al mundo real. Mi padre ha decidido que, si no me caso con vuestro hermano, entraré al servicio de Dios. Ambos compartimos destino, mas nunca será juntos.

8

Orvieto, 2024

«Orvieto es una pequeña ciudad que culmina un promontorio entre dos ríos. Desde la distancia se puede apreciar la belleza de este asentamiento, tan antiguo como la presencia humana en la zona. La ciudad guarda un secreto. Ha crecido colonizando la superficie del cerro, como el césped que tapiza un jardín, pero también ha hundido sus raíces en el terreno volcánico. El ser humano ha aprovechado las oquedades, los túneles creados por la naturaleza, y ha cavado a la vez los suyos propios. El subsuelo se ha convertido en almacén, depósito de agua, cantera... y hasta refugio cuando la superficie no era segura». Aquellas profundidades habían quedado ahora expuestas, desnudadas por el terremoto, como terribles heridas en la tierra que tardarían tiempo en sanar.

Luken apagó el ordenador cuando la señal de cinturones se encendió. Meditó acerca de lo que acababa de leer sobre su destino, mientras que, a su lado, Arianna abría su maletín y comenzaba a revisar unos documentos. Luken había desistido de obtener información sobre el yacimiento. Tanto secretismo le molestaba, aunque por otro lado no hacía sino aumentar su curiosidad. ¿Qué podían haber descubierto para actuar con semejante recelo? Pronto lo iba a saber y temía tanto decepcionarse como encontrar algo que cambiara su percepción del mundo.

Al aterrizar en Roma, un coche los esperaba para recorrer la hora y media de camino entre la capital y la pequeña ciudad de provincias, adonde llegarían a media tarde. Arianna había reservado sendas habitaciones en uno de los hoteles de la ciudad.

—Vivo a varios kilómetros de Orvieto —había aclarado ella—. Me resultará más fácil quedarme unos días en el hotel. Si quieres, puedes descansar y comenzamos mañana a primera hora.

—Prefiero verlo hoy mismo, saber a lo que me enfrento.

Arianna accedió, aunque parecía contrariada, como si no le gustase que la contradijeran o que Luken cambiara su agenda tan precisa. Una hora después se acercaban a la ciudad. Arianna conducía ensimismada y Luken había decidido que, si a ella no le apetecía hablar, él tampoco lo haría. Contemplaba el paisaje de la Umbría mientras cruzaban el país camino de Orvieto. El río Tíber los acompañaba, a veces a un lado de la carretera, a veces al otro. Su nombre evocaba en Luken la historia de aquel lugar, que había sido centro del mundo durante siglos.

Un mensaje sonó en el móvil de Arianna. Ella no le prestó atención, pero a ese mensaje le siguió un segundo y un tercero. A partir de ese instante, en el móvil de la italiana no cesaron las notificaciones. Decidió detenerse a investigar qué había sucedido que pudiera ser tan importante. Luken vio que el rostro de Arianna se demudaba.

Abrió un vídeo que le acababa de llegar y subió el volumen. En la pantalla se veía a un hombre en lo que parecía ser una rueda de prensa.

—Es el director del Museo Arqueológico, Domenico Trastevere —aclaró.

El hombre vestía un traje de factura impoluta, que costaba más que el viejo coche de Luken. Estaba detrás de un atril coronado por dos micrófonos. Junto a él, una gran pantalla proyectaba imágenes en lo que parecía un vídeo institucional. Luken no hablaba italiano, pero no fue necesario para comprender la situación. Escuchó las palabras «descubrimiento histórico», «arqueología», «esculturas» y «reescribir la historia». Arianna, a su lado, permanecía con la boca abierta. Balbuceó unas pocas palabras.

—Me prometió que no lo haría público aún.

Luken se encogió de hombros. Suponía que aquel hombre no había podido resistir la tentación de aprovechar el momento.

—Quizá ha creído que, en medio de la devastación, la ciudad necesitaba una alegría.

Arianna lo miró como si acabara de hablar en un idioma incomprensible. Por primera vez Luken la veía perder su autocontrol, aquella fachada de profesionalidad parecía resquebrajarse como una tarta demasiado horneada.

—¡Y una mierda! —respondió la italiana.

Luken sonrió. Prefería a aquella joven que perdía el control que a la que fingía una profesionalidad impostada.

Llegaron a su destino y Luken pudo comprobar la magnitud del terremoto que había asolado la ciudad. Se podía ver a distancia. Según iba adentrándose era todavía peor. Decenas de casas antiguas se habían venido abajo. La retirada de restos continuaba y tuvieron que aparcar a centenares de metros de la catedral. En el centro histórico encontraron a multitud de trabajadores y voluntarios retirando escombros. Ya no buscaban supervivientes. El rostro de los lugareños era serio. Las imágenes de cuanto habían vivido seguían en sus cabezas y quizá nunca fueran a salir de ellas. La catedral se había convertido en una montaña de escombros y, al lado de esta, donde antes se situaba una enorme plaza, se abría una descomunal grieta que se hundía en las profundidades. Luken se asomó y sintió el vértigo.

—Es aquí abajo —señaló Arianna hacia la oscuridad.

Comenzaron el descenso. Habían instalado un improvisado montacargas, de los que se colocan en las minas, y Luken perdió la cuenta del tiempo transcurrido hasta que oyó un estruendo metálico que señalaba el fin del viaje. Arianna abrió el enrejado que los había protegido del abismo durante la bajada mientras Luken miraba hacia arriba, intentando encontrar un retazo de cielo sobre su cabeza.

Su compañera tomó dos cascos con luz frontal de una pequeña estantería y luego pulsó un interruptor en la pared. Algunas luces comenzaron a parpadear hasta encenderse. Según lo iban haciendo, los ojos de Luken se abrieron atónitos. Ante ellos apareció una amplia caverna de contornos imprecisos. Calculó que tendría un mínimo de cuarenta metros de longitud y veinte de anchura, quizá más. Se hallaba vacía casi en su totalidad. Varias cajas de madera se amontonaban en una esquina. Luken las reconoció: solían utilizarse para trasladar objetos arqueológicos extraídos de las excavaciones. Lo que hubieran encontrado allí había sido retirado.

«No todo», se dijo, acercándose a una de las paredes de

la gruta. Estaba decorada con motivos inequívocamente templarios. Algunos tallados sobre la roca, otros pintados. Identificó de inmediato diversas cruces templarias, marcas cruciformes, la conocida figura de dos caballeros templarios montando un único caballo, símbolo de fraternidad. Se quedó contemplando por un instante una talla de Baphomet, una cabeza con tres rostros. Aquel era uno de los símbolos que siete siglos antes había sido usado contra la orden para acusarlos de herejía. Algo ridículo para quien conociese la historia templaria, pero en aquella época, como en la actual, la verdad poco importaba si la mentira podía servir a los intereses de alguien. Jamás había visto tanta iconografía templaria junta. De pronto escuchó la voz de Arianna junto a él.

—¿Sorprendido?

Luken se volvió hacia ella.

—Es increíble, pero ¿dónde está todo lo que realmente había en la gruta?

Ella sonrió. Parecía que esperaba la pregunta. No le había subestimado.

—Quería que vieras esto primero. Es importante que entiendas el contexto. Toda esta simbología templaria.

—¿Por qué es importante?

Arianna inspiró con tranquilidad, como si necesitara tomar aire o simplemente disfrutara del momento.

—Porque el resto de lo que encontramos aquí no parece guardar ninguna relación. Eso es lo increíble. Y lo que necesitamos que nos ayudes a entender.

9

San Juan de Acre, 1289

Habían transcurrido dos años y Pierre seguía pensando en Elisenda cada noche. Como caballero templario había jurado voto de castidad, pero nadie podía entrar en su cabeza. Nadie sabía de la existencia de Elisenda, a nadie le contaría jamás la noche que habían pasado juntos, el recuerdo del tacto de su piel, de su olor, de sus besos apasionados, ni el dolor de la separación, de reconocer que quizá nunca volverían a encontrarse y la esperanza de que algún día lo hicieran.

En otros aspectos, había hallado un cierto sentido a la vida. Ahora luchaba por un ideal y lo hacía con otros hombres como él, más interesados por la misión que por la acumulación de riquezas o tierras. A pesar de ello y del estricto voto de pobreza, la orden era inmensamente rica, gracias a las donaciones de los que deseaban entrar en ella o de los que querían contribuir a su fin sin mancharse las manos. Una de las contradicciones de esta nueva vida. Entre muchas otras.

Meditaba sobre todo aquello a lomos del caballo, a meses de marcha de su tierra natal. Se acercaban al objetivo tanto tiempo perseguido: San Juan de Acre. Era el último bastión cruzado en Tierra Santa. Tras la batalla de los Cuernos de Hattin un siglo atrás, todo se había torcido en aquella esquina del mundo. Los enclaves cruzados habían ido cayendo uno tras otro, y solo Acre lucía orgulloso los estandartes de las tres grandes órdenes militares que lo defendían: templarios, hospitalarios y teutónicos. No se hacía muchas ilusiones acerca del futuro en Siria. Parecía cuestión de tiempo que Acre terminase en manos enemigas. Estaban allí para evitarlo.

Divisó en el horizonte la muralla de San Juan de Acre y su pecho se encendió. El estandarte de la Orden del Temple ondeaba orgulloso sobre la almena más alta. La cruz bermellón destacaba sobre el fondo blanco, símbolo de pureza, en contraste con el color negro que lo acompañaba, que sugería la fiereza en la lucha contra los infieles. Mientras aquel estandarte se mantuviera ondeante habría esperanza.

Cruzaron las puertas del castillo y fueron recibidos por hombres de rostro sombrío; parecían condenados que esperan la ejecución de una sentencia. Pierre y sus compañeros los miraron con aprensión, aunque ninguno de ellos se atrevía a preguntar. Al final, él mismo se dirigió a uno de los sargentos que custodiaban el patio de armas.

—¿Qué sucede?

El sargento le devolvió un gesto hosco, como si se debatiera en la conveniencia de responder o no.

—Trípoli ha caído —dijo al fin—. Solo resiste Acre. Pronto seremos un recuerdo en este lugar del mundo.

Aquella noche le costó dormir. Tendido en el camastro meditó acerca de lo sucedido en el último año. Llegó a la conclusión de que cualquier cosa era mejor que continuar angostándose en el castillo de su padre. Incluso la muerte en el campo de batalla, a manos de los mamelucos. No tardaría en descubrir que hay destinos peores que la muerte, y que él, el hombre incorrecto en el lugar equivocado, iba a verse impelido a cumplir una misión que aún desconocía y que nunca hubiera imaginado. Arrastrado por el misterio, el enigma y los secretos, terminaría asistiendo a la caída de Acre y la muerte del gran maestre templario Guillermo de Beaujeu, sin saber aún que la sangre de este hombre mancharía sus manos, dejando un recuerdo que jamás podría olvidar.

10

París, 2024

El amplio apartamento del último piso de la Allée Léon Bourgeois de París tenía las ventanas abiertas para que las invitadas pudieran contemplar las vistas sobre la Torre Eiffel. Los destellos que emitía el monumento más famoso del mundo componían un árbol de Navidad que impresionaba por su luminosidad, pero sobre todo por su cercanía. Era el efecto buscado por la mujer número Dos, o Dos a secas, como se referían a ella Uno y Tres. Ambas llegarían en unos instantes a aquel apartamento. Las tres mujeres sin nombre habían escogido minuciosamente esa noche para el encuentro.

Dos era una empresaria de éxito, lo bastante rica como para poderse permitir aquel apartamento de lujo, pero tan discreta que su rostro resultaba desconocido para la mayor parte de la población. Algo conveniente, teniendo en cuenta que ella era Dos, lo más importante en su vida. Consciente también de su atractivo, lo utilizaba cuando lo consideraba necesario, sobre todo para cerrar con éxito acuerdos empresariales con hombres que sucumbían con facilidad a sus encantos.

Sonó el timbre de la puerta y tardó un instante en reaccionar, acostumbrada a que otros se ocuparan de aquellos menesteres. Pero aquel día las tres estarían solas. Nadie podía escuchar lo que tenían que discutir. Eran las normas.

Abrió la puerta y oyó el sonido del ascensor. Se trataba de uno de aquellos aparatos antiguos, ruidosos e incómodos que sobrevivían en los barrios exclusivos pero tradicionales de algunas ciudades europeas. Un tributo al pasado que permitía recordar a los visitantes que los residentes tenían apellidos ilustres. Cuando la puerta del ascensor se abrió aparecieron Uno y Tres. Uno era una mujer inabarcable, gruesa, alta y ruidosa al hablar, que masticaba las palabras en un inglés americano con un fuerte acento tejano. Tres parecía todo lo opuesto: menuda, enjuta y silenciosa. Una británica extremadamente inteligente, con una nariz desproporcionada que evocaba su origen judío.

Ninguna de las tres pronunció una sola palabra. En una perfecta coreografía Dos las guio hasta una de las paredes del apartamento, descolgó un cuadro y procedió a abrir una caja fuerte. Todas extrajeron de sus bolsos los teléfonos móviles y los colocaron dentro. Dos volvió a cerrar la caja fuerte y se dirigió hasta un pequeño escritorio, donde dejó la llave a la vista. Uno fue la primera en hablar.

—Se ha revisado el apartamento y se ha comprobado la ausencia de micrófonos.

No había sido una pregunta, sino una afirmación. Todas conocían el protocolo.

—Por supuesto —respondió Dos—. Hoy mismo.

Señaló en dirección al salón, al fondo del cual se avistaba la Torre Eiffel. Uno asintió complacida para satisfacción de Dos.

—¿Bourbon y whiskey? —preguntó la anfitriona con sendos gestos hacia sus huéspedes.

Uno afirmó con un gesto. Mientras Dos se dirigía hacia el mueble bar, Tres cerró las ventanas abiertas.

—Siempre existe la posibilidad de que alguien espíe desde fuera.

Se sentaron en los tres sillones dispuestos alrededor de la mesa. Uno agitaba el hielo de su bourbon, sin probarlo aún. Tres olfateó su whiskey, satisfecha. Dos contempló su copa de Merlot con aire entendido. Sobre la mesa había tres carpetas iguales, sin identificación, esperando a ser abiertas, pero ninguna de las mujeres parecía tener prisa.

—Ha sucedido algo —dijo Dos, con calma. Las otras no respondieron, ni siquiera Uno, que solía mostrar una desafortunada tendencia al exceso verbal, así que su compañera continuó hablando—. Supongo que habréis escuchado las noticias sobre el terremoto en el centro de Italia. Ha dejado al descubierto una gruta templaria.

Esta vez Tres dio un respingo y Uno la acompañó con un gruñido. Aquello era una mala noticia.

—¿Qué han encontrado? —preguntó Uno.

—No lo sé aún. Por la información que me transmiten mis espías en Italia el descubrimiento parece importante. Hace dos días, la responsable del hallazgo, una tal Arianna Carlucci, viajó a Madrid. Podéis ver la información en el archivo 1.

Las tres mujeres abrieron, ahora sí, las carpetas y estudiaron un pequeño informe titulado Arianna Carlucci.

—En Madrid —prosiguió Dos— se vio con un tal Luken Arregi. Archivo 2.

El informe sobre Luken adjuntaba una fotografía tomada de sus redes sociales. Era un joven de sonrisa abierta y espontánea. Sus ojos marrones brillaban alegres en un rostro curtido por el sol. Tenía el pelo muy corto y barba de unos días, que le confería un aire despreocupado. Ocupaba el centro de un grupo de amigos que parecía estar celebrando algo en un ambiente desenfadado junto al mar, muy alejado del protocolo de aquella reunión en París.

—Es un joven especialista en arqueología templaria —continuó Dos. Tres levantó una ceja, pero Dos hizo un gesto para tranquilizarla—. Mis hombres vigilan y nos informarán puntualmente.

Uno soltó la carpeta, se puso en pie y comenzó a caminar pensativa por el salón.

—¿Nos vamos a contentar con vigilar? Si descubren el secreto, habremos fracasado, siete siglos tirados a la basura.

—Quizá podamos aprovecharnos del hallazgo —replicó Dos—. Están más cerca de lo que nuestra organización lo ha estado nunca.

Tres cerró la carpeta y la dejó con cuidado sobre la mesa, perfectamente alineada con los bordes de esta.

—¿Qué sugieres? —preguntó.

—Podemos deshacernos de ellos, pero sería más inteligente permitirles avanzar e intervenir si es necesario. Quizá esta sea nuestra mejor oportunidad.

Uno se acercó a la mesa, tomó su bourbon y vació el vaso de un trago.

—Espero que no te equivoques.

—Bien —concluyó Dos—. Decidido. De momento vigilaremos. Yo misma me encargaré. He preparado una tapadera perfecta y, gracias a ella, podré estar en el mismo centro del descubrimiento y conocer cuanto sucede.

—No nos vas a decir cuál es esa tapadera, ¿verdad? —preguntó Tres.

—Siempre he querido ser arqueóloga —respondió ella con picardía.

Dos se levantó, recogió las tres carpetas y las dejó sobre un aparador. Después tomó otras tres carpetas, estas decoradas con el distintivo de una rosa roja sobre una cruz negra. Uno miró el símbolo como si se tratase de un animal salvaje dispuesto a atacar.

—Sabes que no me gusta dejar rastro.

Dos la miró con un gesto divertido.

—No te preocupes. Destruiré todos los documentos en cuanto termine la reunión. No quedará nada que nos pueda delatar.

—Uno tiene razón —concluyó Tres—. Hemos sobrevivido porque hemos sido discretas. Nos movemos en las sombras. Debe seguir siendo así.

Dos asintió, molesta por el correctivo.

—¡Está bien! —replicó —, pero le restáis diversión.

Uno abrió la carpeta que tenía entre las manos y comenzó a leer.

—¿Cómo van nuestros asuntos?

11

Acre, 1289

San Juan de Acre se erigía como una ciudad orgullosa pese a hallarse en territorio hostil, el último reducto cristiano en Tierra Santa. Era una fortaleza inexpugnable: varias líneas defensivas con torres de gruesos muros la protegían por tierra, y el mar cubría su flanco trasero y facilitaba a su vez una vía de huida a los defensores.

En lo más alto del castillo de San Juan de Acre había un salón que pocos habían visitado, no porque fuera secreto, sino porque formaba parte de las dependencias privadas del gran maestre de la Orden del Temple o, para quienes aún seguían utilizando su nombre completo, la Orden de los Pobres Compañeros de Cristo del Templo de Salomón.

En medio de aquel salón una mesa ocupaba gran parte del espacio. Era antigua, oscura, como si el fuego de las velas hubiese curtido la madera, y grande, para albergar a una docena de hombres cómodamente sentados. De hecho, contaba con doce sillas. «Como doce apóstoles», solía decir el gran maestre Guillermo de Beaujeu.

Esa noche había cuatro hombres, entre ellos el gran maestre: un hombre entrado en años, con una frondosa barba blanca y un rostro alargado, más propio de un obispo que de un guerrero. Su semblante era serio, cincelado por la responsabilidad de un cargo que ostentaba desde hacía casi veinte años. A su derecha se sentaba Pedro de Sevrey, mariscal de la orden y responsable de la defensa de Acre. Alto, apuesto, se trataba de uno de los mejores guerreros templarios y su principal estratega. Sus hombres lo obedecían con fe ciega. Estaba incómodo sentado en aquel sillón; se hallaba más a gusto en la muralla de la ciudad o visitando a sus tropas, a las que prefería dedicar el tiempo. Sabía que estar con ellos resultaba esencial para mantener alta la moral. Frente al gran maestre se encontraba Thibaud Gaudin, el único de los cuatro que no portaba una cota de malla. Se había hecho guerrero por obligación, no por devoción. Apodado el Monje, era el más bajo de los cuatro, de constitución más delicada y formas algo nerviosas.

Aquella noche Gaudin parecía más inquieto aún de lo habitual. Su misión no consistía en defender la ciudad, pues sabía que estaba irremediablemente perdida. Solo quería salvar el tesoro templario, una cantidad ingente de oro y piedras preciosas que el Temple había reunido en Tierra Santa. Llevaba meses proponiendo trasladarlo a Chipre, pero el gran maestre era renuente a hacerlo. Aun así, consciente de que el tiempo corría a su favor, solo le preocupaba que la decisión no llegara demasiado tarde.

El cuarto caballero era Jacques de Molay, un hombre taciturno, de semblante siempre pétreo, cuyo mal humor se había convertido en legendario entre los suyos. Tenía una estructura ósea poderosa y, aunque algo más bajo que el mariscal de la orden, podría competir con él en duelo singular.

—Debemos decidir qué hacer con el tesoro.

Thibaud Gaudin, que llevaba toda la reunión esperando escuchar aquellas palabras del gran maestre, no perdió la oportunidad.

—Disponemos de varios galeones en el puerto. A vuestra orden podemos zarpar hacia Sidón o Chipre.

Guillermo de Beaujeu no contestó. Lo miró sin mostrar lo que pensaba del ansia de su tesorero por abandonar Acre. Fue Pedro de Sevrey quien lo hizo en su lugar.

—Cambiaría ese oro por un puñado de hombres valientes más.

El rostro de Thibaud Gaudin enrojeció de ira, pero no replicó al mariscal. Sabía que con él no tenía ninguna opción.

—¿Cuánto tiempo nos queda? —preguntó el gran maestre.

Pedro de Sevrey meditó un instante antes de responder.

—Un mes, quizá dos.

Guillermo de Beaujeu miró a Jacques de Molay esperando algún comentario suyo, pero este se mantuvo en un silencio obstinado, como si nada de aquello fuese relevante para él. El gran maestre sabía que no era tal el desinterés. Aun así, le molestaba aquella forma de actuar y le hubiera gustado escuchar a Molay, el soldado fiel cuya opinión siempre merecía su atención. Y con el que además compartía un secreto que nadie más conocía.

—Bien —concluyó el gran maestre frunciendo el ceño—. Haced los preparativos. Cuando los enemigos estén frente a la muralla trasladaremos el tesoro.

Los tres hombres hicieron ademán de levantarse, pero el gran maestre miró a Jacques de Molay y negó con la cabeza. No fue necesario más. Volvió a sentarse. Los otros dos caballeros abandonaron el salón mientras ellos aguardaban sin hablar. Una vez solos, fue Guillermo de Beaujeu quien rompió el silencio.

—Ya sabes lo que hay que hacer: proteger el manuscrito y las llaves, mantenerlos en secreto y sacarlos de Acre si todo se pierde.

Jacques de Molay asintió.

—Pero antes, tengo una última misión para ti —continuó, depositando un documento sobre la mesa—. Aquí están las instrucciones. Lo que encuentres deberá embarcar junto con el tesoro en el más absoluto de los secretos.

Jacques de Molay gruñó. Se levantó, tomó el documento y las instrucciones de la mesa y salió sin decir palabra. El gran maestre se quedó a solas.

—Tengo un mal presentimiento —dijo para sí mismo.

12

Acre, 1289

Los monjes oraban en el refectorio del castillo de Acre. Daban las gracias por el alimento que iban a recibir, presididos por el gran maestre del Temple, Guillermo de Beaujeu, que dominaba la estancia con un rostro que parecía labrado en la más dura de las rocas. Observaba a los monjes templarios con una mirada ceñuda, bajo unas cejas encanecidas por el tiempo y las preocupaciones, calibrando a los nuevos, examinándolos para ver si eran dignos de estar allí. O quizá rezaba por las almas de todos los presentes, sabedor de que la mayoría de ellos no regresarían jamás a su tierra natal. Cuando la oración terminó, el gran maestre tomó la palabra. Lo hizo con una voz seca, rasposa, la de alguien que no se anda con rodeos.

—Damos la bienvenida a los recién llegados. Hoy mismo se os asignará un compañero.

Pierre y el resto de los novatos se miraron con nerviosismo. Muchos de ellos habían entrado en combate en su propia patria, pero Tierra Santa era diferente. También les preocupaba quien sería su compañero. Los templarios siempre iban de dos en dos. Resultaba esencial quedar emparejados con alguien en quien pudieran confiar, su vida dependía de ello. Un mal compañero podía complicarlo todo.

Al terminar el capítulo les fueron asignadas las celdas. Eran sencillas, sin lujos, acordes a la vida monacal en un territorio en guerra. A Pierre le gustaba aquello. Él disfrutaba de los lujos, pero no le importaba prescindir de ellos. Estaba deshaciendo el hatillo, con las escasas pertenencias que había llevado hasta Acre, cuando alguien llamó a la puerta. En el umbral había un hombre mirándolo con gesto hosco. No necesitó presentarse. Todo el mundo en el castillo conocía a Jacques de Molay. Su prestigio como guerrero era grande en la orden, lo mismo que su carácter poco amistoso.

—Tú debes de ser Pierre d'Aumont.

Pierre hizo un gesto de asentimiento. Sabía que De Molay era un hombre de pocas palabras.

—Acompáñame —continuó el maestre—. Quiero ver cómo te manejas con la espada.

Jacques de Molay se alejó a grandes pasos sin comprobar si Pierre lo seguía, o quizá dando por hecho que así era. «Está acostumbrado a dar órdenes y ser obedecido», se dijo. Llegaron al patio de armas donde los hombres se entrenaban. Pierre oyó el sonido de espadas entrechocando, la respiración entrecortada de los guerreros y, de vez en cuando, algún grito de alegría, dolor o rabia. Aquello le trajo a la mente el castillo de su padre.

Los presentes vieron acercarse a Jacques de Molay seguido por Pierre y se hizo el silencio. Todos los hombres detuvieron la lucha para observarlos. «Fantástico —pensó Pierre—. Ahora todos esperan ser testigos de cómo el veterano destroza al novato». Jacques de Molay no parecía dispuesto a perder el tiempo. Desenvainó la espada e hizo un gesto a Pierre, que lo imitó. El ataque del maestre fue brutal y él no estaba preparado. El veterano golpeó con decisión y la espada voló de sus manos para colisionar estrepitosamente contra el suelo.

Un coro de risas y burlas estalló entre los presentes. Intuía que no era la primera vez que aquello sucedía. Pierre retomó la espada y en esa ocasión, cuando Jacques atacó, ya lo esperaba. Contuvo la acometida de su rival y aprovechó para estudiarlo. Era diestro y fuerte. No cometía ningún error y enseguida asumió que sería un rival difícil de derrotar. Decidió que, al menos, resistiría tanto como fuera posible. No se trataba de vencer, sino de convencer. Detuvo varios ataques de Jacques de Molay e incluso se aventuró a lanzar alguno. Se contuvo cuanto pudo, actuando casi siempre a la defensiva; sabía que confiarse en exceso podía resultar desastroso. El tono de los presentes cambió y empezó a escuchar comentarios elogiosos y percibir gestos de asentimiento. Poco a poco el público se fue poniendo de su lado, deseando verle triunfar o quizá contemplar a Jacques de Molay derrotado.

Pierre logró contener la euforia que aquello le producía. Era mala consejera. Jacques de Molay no parecía cansarse, y Pierre comenzó a meditar sobre la conveniencia de dejarse vencer o aguantar hasta el final. Entonces, el sonido de un cuerno llegó desde una de las almenas.

—¡Nos atacan! —voceó alguien desde lo alto—. ¡A las armas!

Pierre tardó un segundo en reaccionar, mientras alrededor se multiplicaban las órdenes y las carreras y crecía la algarabía.

—¡Vamos! —le gritó Jacques de Molay—. Hoy venceremos o moriremos.

13

Acre, 1289

El polvo del camino se colaba por cada resquicio, cegando los ojos e impidiendo respirar. Aun así, la columna de templarios avanzaba con tozudez. Parecían inmunes a las condiciones adversas y al miedo. Nada más lejos de la realidad. Era cierto que habían vencido a sus atacantes días atrás, pero no había sido más que una escaramuza para tensar sus nervios, para probar el carácter y la resistencia de los defensores, para hacerles saber que estaban rodeados por enemigos y que la sentencia podía cumplirse en cualquier instante. Cabalgaban atentos, con los ojos puestos en cada risco, en cada posible escondite. Pierre lo hacía en cabeza de la columna, junto a Jacques de Molay, ahora su compañero.

—Ve a retaguardia y diles que estén atentos a cualquier movimiento.

Pierre asintió sin responder y volvió a grupas. Jacques de Molay lo trataba como si fuera su sirviente. En el castillo le mandaba llevar sus mensajes; fuera de él, ocuparse de su montura. Pierre estaba molesto, pero tampoco sabía qué podía hacer al respecto. Transmitió las órdenes del maestre y regresó a la cabeza. La luz del amanecer empezaba a insinuarse ya, trayendo el nerviosismo a la hueste. Habían partido con la noche cerrada, envueltos en la seguridad de la oscuridad. Durante el día la nube de polvo que generaban sería fácilmente visible a una larga distancia. Pierre se atrevió a informar de ello:

—Los hombres comienzan a alterarse.

Jacques de Molay gruñó, pero no respondió. No parecía tener la intención de volver a Acre. No le había contado a nadie adónde se dirigían. Era un hombre de pocas palabras o quizá es que no consideraba necesario hacerlo.

—¡Esperad aquí! —dijo tras doblar un recodo del camino.

Su voz, como siempre, había sonado imperativa. La columna se detuvo silenciosa y Pierre dudó. Como compañero suyo debía acompañarlo, pero la orden había sido tajante. Desmontaron y organizaron la guardia, aprestándose a esperar. Jacques de Molay entregó las riendas de su caballo a Pierre y le dirigió una mirada que este interpretó como advertencia. No debía desobedecer.

Pierre se quedó pensativo mientras observaba cómo su compañero desaparecía tras una gran roca. No habían transcurrido más que unos instantes cuando se vieron sorprendidos por el grito de uno de los vigías.

—¡Mamelucos! ¡Se dirigen hacia aquí!

Pierre se acercó a la carrera a la vez que el resto se apresuraba hacia las monturas.

—¿Distancia? ¿Cuántos?

—Apenas una legua. Nos superan en número de dos a uno.

Pierre sabía cómo debía actuar. Gritó la orden de prepararse y marchó a la carrera hacia el lugar por donde había desaparecido Jacques de Molay. Rodeó la gran roca, pero no encontró a su compañero por ninguna parte. «¡Piensa!», se dijo. Vio huellas que se perdían en una falla del terreno y lo que parecía una cueva, disimulada por el color blanquecino de la tierra. Se precipitó a su interior. Su vista comenzó a adaptarse a la oscuridad y entonces divisó a Jacques de Molay frente a un pequeño cofre de madera. En las manos sostenía un documento en el que Pierre pudo distinguir trazos de algo escrito. Jacques de Molay se volvió hacia él al oírlo entrar y un gesto de ira se le dibujó en el rostro.

—¡Cómo te atreves!

Luego leyó la urgencia en la expresión de Pierre y se contuvo.

—¡Mamelucos!

Jacques de Molay dudó un instante. Después pareció tomar una decisión. Guardó el documento bajo la capa, cubrió el cofre con una manta y lo cogió con sumo cuidado.

—¡Vamos! ¡Debemos alejarnos!

Salieron a la carrera mientras Pierre le informaba de la situación. Llegaron donde aguardaba el resto del grupo. Todos esperaban en las monturas mientras dos de ellos sujetaban las de Jacques y Pierre. Partieron al galope en dirección a Acre, sin dejar de mirar atrás, temiendo que sus enemigos les diesen alcance. A Pierre, sin embargo, no le preocupaban los mamelucos. Meditaba sobre lo que acababa de descubrir. ¿Qué contenía el cofre? ¿Qué estaba escrito en aquel documento? ¿Por qué tanto secreto? ¿Era tan importante como para arriesgar la vida de todos ellos? Sabía que no obtendría respuestas de Jacques de Molay y apartó todo aquello de su cabeza para concentrarse en la huida. Poco a poco sus enemigos fueron quedando atrás. Cuando ya se divisaban las murallas de Acre, Jacques de Molay se acercó a él.

—No has visto nada. ¿Entendido?

Pierre asintió. El mensaje era nítido. No eran sus asuntos. O eso creía en aquel instante.

14

Florencia, 2024

Dimitrios Gregorakis, más conocido en el barrio de San Marco de Florencia como el Griego, dejó atrás la siempre concurrida vía Cavour y tomó la vía Guelfa. Esquivó con un mohín de desagrado a los turistas. Los soportaba porque Florencia era el lugar ideal para su trabajo, si es que podía llamársele así a lo que hacía. Robar tenía otro nombre. Jamás se lo reconocería a nadie, pero debía ser sincero consigo mismo. Además, no era un ladrón convencional. Siempre actuaba por encargo. Siempre el mismo tipo de material: piezas arqueológicas. Y siempre fuera de Grecia. No quería robar el tesoro más preciado de su país, su historia, y que este acabase como los frescos del Partenón, expuestos en un inmundo museo británico. La historia de los italianos le daba igual. Al fin y al cabo, habían sido ellos los que habían terminado con el dominio cultural griego en el mundo. Se lo merecían.

Se adentró en la vía San Gallo resoplando por el esfuerzo. Recordó que debía ponerse a dieta o acabaría muriendo de un infarto, como su padre cuando tenía la misma edad. Sin embargo, le gustaban demasiado la buena mesa y el buen vino. Quizá más adelante.

Vio a lo lejos la taberna donde solía comer. Allí también hacía sus negocios. La comida no parecía de calidad, pero el dueño, otro griego al que había conocido al llegar a Florencia tras abandonar la cárcel en su país, era de confianza. Eso significaba que le dejaba mantener sus reuniones en una discreta mesa del fondo del restaurante con poca luz y menos testigos. Empujó la puerta, que chirrió quejosa, y echó un vistazo al local. Tras la barra, Kosmos, el dueño, hizo un gesto afirmativo con la cabeza y procedió a servir dos vasitos de tsipouro.

—Hola, Mike —dijo acercándole uno.

Su amigo había empezado a llamarlo Mike porque era el sobrenombre que utilizaba. No dar datos resultaba esencial, por eso se había inventado aquel apodo. Además, así evitaba que los extranjeros con los que hacía negocios pronunciasen mal su nombre.

Dimitrios gruñó. Aún era muy temprano para empezar a beber, pero Kosmos sabía que no rechazaría su bebida favorita. Vació el contenido de un trago y con un gesto de la cabeza se volvió en dirección a su mesa. Todavía no había llegado su cita. Faltaban diez minutos para la hora, pero Francesco solía ser puntual. Encendió un cigarrillo a pesar del gesto incómodo del dueño. «A la mierda con las prohibiciones», se dijo. Además, el humo del tabaco molestaría a Francesco y a él le gustaba irritarlo.

Unos minutos después se abrió la puerta y el italiano entró con su aire seguro, el que te da vestir un traje de dos mil pavos y conducir un Maserati. Miró hacia donde le esperaba Dimitrios, sin poder evitar un gesto de desagrado. «Misión cumplida», pensó el griego. Se conocían desde hacía tiempo, por lo que se saludaron sin palabras, y se sentaron en el mismo instante en que Kosmos se acercaba con un plato de tsatsiki. Ambos aguardaron a que se alejara. La discreción era compartida y apreciada.

—Tengo algo grande, Mike.

—Tú siempre lo tienes —respondió sin dejarse impresionar.

Francesco sonrió travieso.

—Puedo dárselo a otro.

—¿Y romper esta bonita amistad?

—Tú y yo jamás seremos amigos. Te falta estilo.

Dimitrios miró su camisa y la del italiano.

—Quizá debería subir mi comisión.

El italiano emitió una carcajada que sobresaltó a Kosmos tras la barra.

—El estilo, Mike, no es cuestión de dinero, sino de actitud.

—Me encantaría quedarme contigo a charlar, pero tengo prisa.

Francesco levantó las manos a modo de disculpa.

—Orvieto. Supongo que estás al tanto del terremoto.

—¿Quién no? Los muertos y todo lo demás —respondió sin aparente interés—. La gente muere a diario.

El italiano únicamente asintió, como si prefiriese guardarse la opinión acerca del comentario insensible.

—Han debido de encontrar algo importante. Mi cliente quiere saber qué. Cinco mil por la información. Si hay algo de interés, la comisión habitual por cada pieza extraviada.

Dimitrios se quedó pensativo. Tenía que ser muy valioso si pagaban por la información. Retiró el dinero que el italiano había hecho aparecer sobre la mesa como si de un prestidigitador se tratase. Miró a su interlocutor con desconfianza.

—¿Quién es el benefactor? ¿Algún millonario inglés, ruso, norteamericano quizá?

—Francesco nunca desvela información sobre sus clientes. Es esencial para el negocio. Y para la vida, ¿entiendes?

Dimitrios asintió. Luego tomó un trozo de pan y lo hundió en el tsatsiki. Después lo mordió y lo masticó con la boca abierta. El italiano se incorporó de inmediato sin poder evitar un rictus de asco.

—Llámame cuando llegues a Orvieto —dijo antes de abandonar el local.

Dimitrios trató de hacer memoria durante un instante. Había escuchado rumores sobre Orvieto, aunque nada concreto. Incluso había pensado en darse una vuelta por allí. Ahora lo podía hacer con los gastos pagados. Se volvió hacia Kosmos.

—Saca una botella de tu mejor vino. No el que sirves siempre. Hoy los negocios han ido bien.

15

Acre, 1289

A veces un detalle insignificante lo cambia todo. Vemos la vida de una determinada forma hasta que, de pronto, nada es igual. El mundo de Pierre, desde la entrada en la Orden del Temple, había sido un lugar de fraternidad, de altos ideales, de honor. El instante que había vivido en la cueva, el cofre, el pequeño documento apenas atisbado habían abierto una grieta en ese mundo. Los templarios ocultaban un secreto.

Al principio había pensado que se trataba solo de Jacques de Molay, y su desconfianza se había dirigido hacia él. Sin embargo, la desconfianza agudiza los sentidos, nos hace verlo todo con mayor claridad, estar atentos a detalles que en otras condiciones pasarían desapercibidos, interpretar hasta los menores gestos, dar otro sentido a las miradas. Aún no había descabalgado de su montura en Acre cuando percibió un gesto extraño entre Jacques de Molay y Guillermo de Beaujeu. La presencia del gran maestre en el patio de armas, saliendo a recibirlos, le pareció extraña. Acto seguido ambos habían desaparecido en el interior del castillo y, aun sin saber bien la razón, Pierre había decidido seguirlos.

Se deslizó tras los dos hombres por pasillos y escaleras. Se dirigían hacia los aposentos del gran maestre y Pierre notaba como su corazón se aceleraba, a la vez que desoía la voz interior que le recomendaba retroceder y olvidar todo aquello. Trataba de evitar el sonido de sus pasos, mientras a unos metros delante de él Jacques de Molay y Guillermo de Beaujeu parecían absortos en su conversación. Era incapaz de captar el contenido de lo que hablaban. Oyó una puerta cerrarse y, al doblar una esquina, se encontró en un largo pasillo y un sargento templario custodiando el acceso. Al ver a Pierre, el hombre colocó la mano en la empuñadura de la espada.

—¡Alto! ¿Quién va?

Pierre se detuvo. No había contemplado aquella eventualidad. En realidad, no había contemplado nada. Debía reaccionar con rapidez.

—Traigo un mensaje para Jacques de Molay.

Fue todo lo que se le ocurrió decir. En el instante en que pronunció aquellas palabras se arrepintió. No era una buena idea si el sargento accedía a franquearle el paso.

—Está con el gran maestre. No se le puede molestar —respondió para alivio de Pierre.

Asintió, como si el sentido común hubiera regresado a él. Se volvió y se alejó por el pasillo. Debería haberlo pensado antes de meterse en los asuntos de sus superiores. Giró al final del pasillo y se justificó recordando que era el compañero de Jacques de Molay, quisiesen ambos o no. No le gustaba que su compañero tuviese secretos para él.

No pudo ver la escena que se desarrollaba frente a las

habitaciones del gran maestre. Jacques de Molay había abierto la puerta.

—He escuchado voces. ¿Qué sucede?

El sargento se sobresaltó. Demasiadas veces había sido el foco de la ira de aquel hombre malhumorado e iracundo. Esperaba no haber cometido un error. Solía ser implacable.

—Traían un mensaje para vos. Pensé —dijo tragando saliva— que era mejor no interrumpiros.

Jacques de Molay no respondió. Sus ojos se entrecerraron desconfiados.

—¿Quién traía el mensaje?

—Vuestro compañero. Pierre d'Aumont, creo que se llama.

Jacques de Molay se volvió hacia el gran maestre. Este había oído las palabras del sargento. Jacques cerró la puerta antes de hablar.

—Ya te lo dije. Sospecha algo. Y es lo suficientemente entrometido para atar cabos.

El gran maestre no respondió. Se giró y se encaminó hacia una de las ventanas. Desde allí podía observar el patio, que en aquel momento cruzaba Pierre. Más allá se divisaba el mar y, en la cercanía, las naves templarias dispuestas a partir.

—No podemos permitirlo. No ahora. Hazlo desaparecer.

16

Palacio de Fontainebleau, Francia, 1289

El palacio de Fontainebleau era el centro del poder francés. Detrás de sus muros se decidía el futuro del reino. Su destino se hallaba en manos de Felipe IV, un monarca que apenas había cumplido veintiún años, aunque llevaba cinco reinando.

En el salón principal del castillo se encontraba el Salón del Consejo. Los densos muros de piedra estaban adornados por tapices, pendones y escudos de la casa real que lo dotaban de un espíritu marcial, para que los visitantes fueran conscientes del poder que emanaba de allí. Una amplia mesa con trece sillas presidía el lugar. Doce consejeros las ocupaban todas, excepto una. En aquel momento la silla que correspondía a Felipe IV estaba vacía. Había sido anunciada su presencia y los doce esperaban en un tenso silencio.

Hughes II de Bouville era el mayor y más respetado de los consejeros del rey. Su rostro, enmarcado en una densa barba y una melena que le otorgaba un aspecto fiero, mostraba un enfado que no deseaba ocultar. Las comisuras de sus labios se inclinaban hacia abajo y los mantenía apretados en una terca línea. Era un hombre grueso, de poderosa osamenta. Vestía túnica con cíngulo, al estilo de los caballeros que combatían en Palestina. No le gustaba que le llevasen la contraria y menos aún que confabulasen contra él. Allí había alguien que lo estaba haciendo: Guillaume de Nogaret.

Guillaume de Nogaret había alcanzado el rango de consejero unos pocos meses atrás, pero desde muy joven se había acostumbrado a urdir y ejecutar sus propios planes. Había llegado a la posición actual gracias a su inteligencia y a carecer, al contrario que muchos otros hombres, del más mínimo escrúpulo. Era un hombre delgado, espigado, con un rostro delicado. Lucía una cuidada perilla y un fino bigote que cuidaba con esmero. Vestía, como contrapunto a su rival, como un cortesano acostumbrado a salones, en un intento estudiado de esconder su baja condición social de nacimiento.

La discusión que acababan de protagonizar ambos hombres tenía su origen en la grave crisis económica que atravesaba el reino. Los diez hombres restantes no habían intervenido en lo más agrio de la disputa, esperando el resultado del debate sin comprometerse.

La puerta del salón real se abrió y el rey fue anunciado. Los doce consejeros se levantaron como un solo hombre y se inclinaron ante su majestad. Felipe IV hizo acto de presencia y avanzó hacia la mesa caminando sin prisa. Le gustaba sentir la aceptación de su poder por los demás. Lucía aún un rostro infantil, lejos de la masculinidad de la madurez, pero era atractivo, incluso apuesto, y las mujeres le admiraban tanto por su rango como por su prestancia. Casado desde los dieciséis años, esperaba su primer hijo para finales de año. Vestía una túnica azul, con cuello, puños y dobladillo de armiño, y unas largas polainas negras. Llegó hasta la cabecera de la mesa y tomó asiento. Comenzó a hablar mientras sus consejeros seguían de pie.

—Me trasladan que mis consejeros no logran ponerse de acuerdo.

Hughes de Bouville lanzó una mirada airada a Nogaret antes de responder.

—Majestad, las deudas del reino crecen. Debemos tomar una decisión.

El rostro del rey perdió la sonrisa. Hizo un gesto a los presentes para que se sentaran. Había heredado de su padre un reino en quiebra y no había sido capaz de revertir la situación. Había subido los impuestos, pero nada parecía suficiente. Pese a que su consejero Bouville le había prometido que funcionaría, lo único que había logrado era enervar a la plebe. Y todo rey sabía que podía ser arriesgado llevar a sus súbditos más allá de lo conveniente.

—¿Qué proponéis, mi buen Hughes?

—Me temo que nos vamos a ver obligados a incrementar los impuestos una vez más.

Felipe IV no respondió de inmediato. Miró a los consejeros uno a uno. La mayoría agachó la cabeza. Uno de los pocos que se mantuvieron firmes fue Guillaume de Nogaret.

—¿Alguien trae una propuesta más imaginativa?

Se hizo el silencio en el salón. La posición de consejero real, ambicionada por todo noble francés, resultaba incómoda en aquellos tiempos debido a la delicada situación del reino. Nadie parecía dispuesto a arriesgar en tales circunstancias, excepto Guillaume de Nogaret, quien veía en ello la oportunidad que estaba esperando.

—No es inteligente pedir más dinero a quienes apenas nada tienen. El descontento crece, y un reino descontento es difícil de gobernar.

—¿Qué sugerís, Nogaret? —preguntó Felipe IV—. Ansío escuchar vuestra propuesta.

Nogaret no pudo evitar pasarse la mano por el bigote. Era un gesto que repetía cuando estaba nervioso.

—Majestad, habría que obtener el dinero de aquellos que lo poseen en abundancia. La Iglesia de Roma predica la pobreza, pero es inmensamente rica. Los caballeros templarios y otras órdenes acaparan oro, tierras y castillos. Quizá debieran contribuir más al sostenimiento de su monarca.

—¿Cómo os proponéis que tal cosa suceda?

Todos los rostros se volvieron hacia Guillaume de Nogaret. Había meditado mucho al respecto. No resultaría sencillo, pero él siempre había sido imaginativo. Encontraría el camino. Necesitaba ganar tiempo.

—Estoy trabajando en un plan detallado, Majestad. Tenía previsto presentároslo en breve.

El silencio regresó al salón. Los rostros se volvieron hacia Felipe IV esperando su sentencia. Si la propuesta no le convencía, la presencia de Nogaret en el Consejo sería fugaz. Si, por el contrario, lo hacía, aquello impulsaría su figura entre los doce.

—Subid los impuestos, Bouville. Necesitamos ese dinero. Nogaret, espero vuestro plan sobre mi mesa. Veremos si en el futuro es de utilidad.

Felipe IV se levantó y sus consejeros lo imitaron de inmediato. La audiencia había terminado.

17

Orvieto, 2024

El amanecer había llegado a Orvieto. Luken contemplaba el sol desde la ventana de la habitación de hotel. Era un espectáculo que merecía la pena. La ciudad se situaba en una posición privilegiada, sobre un amplio valle en el que se adivinaban, a la tenue luz del día naciente, otras colinas similares.

Había madrugado, a pesar de haber estado hasta tarde navegando entre toda la información conocida sobre templarios que pudiese explicar aquella gruta. De momento, había fracasado. La excitación le había impedido dormir.

Se duchó, se vistió y bajó a desayunar. Le gustaban los desayunos tempranos en los hoteles, cuando los turistas aún dormían; aunque, dadas las circunstancias, no se veía mucho turismo en la ciudad. Se sorprendió al encontrarse a Arianna en el salón. Como el día anterior, iba vestida con un traje pantalón de corte clásico, impoluta blusa blanca abotonada casi hasta el cuello y el largo cabello negro recogido en una coleta perfecta. Sus gafas de pasta le daban un aire de profesora de instituto recién contratada. Él se había puesto un pantalón desmontable y una camiseta deportiva: su indumentaria habitual de trabajo de campo. Hacían un dúo curioso.

—¡Qué madrugadora! —dijo al pasar junto a ella.

Escogió un desayuno frugal, café, cruasán y zumo de naranja, y regresó a la mesa, en la que Arianna disfrutaba de un copioso desayuno.

—No podía dormir —respondió ella—. ¿Cuál es tu excusa?

Arianna no lo había mencionado, pero Luken se imaginaba que la rueda de prensa del director del museo había sido la causa.

—Tampoco yo. Estoy deseando descubrir qué nos espera hoy. ¿Me lo vas a contar ya?

Arianna le dirigió una mirada enigmática.

—Quizá sea mejor que lo veas por ti mismo. No sabría por dónde empezar. Aún me cuesta asimilarlo.

—Estás generando demasiadas expectativas. Tal vez luego me decepcione.

—Pronto lo sabremos.

Tras terminar el desayuno salieron del hotel. Un todoterreno con el logotipo del Museo Arqueológico visible en la puerta los esperaba. Arianna se sentó al volante mientras Luken pensaba en lo que estaba sucediendo. ¿Adónde iba a llevarle todo aquello? ¿Con qué descubrimiento iba a encontrarse? Se negaba a creer que pudiera tratarse de un tesoro templario. Aquello no era sino el resultado de una imaginación popular exacerbada.

Abandonaron el centro de Orvieto. Luken se extrañó, ya que había supuesto que se dirigirían a la sede del museo. Tras unos minutos de incertidumbre, llegaron a un polígono industrial y se detuvieron frente a una de las naves. Junto a ella había un coche de los *carabinieri*. Lo que hubiera allí dentro merecía vigilancia. Arianna y Luken se bajaron del coche, pasaron por delante del coche patrulla, al que Arianna dirigió un saludo, y abrieron la puerta de la nave. Una vez dentro, la mujer cerró con llave y se sumergieron en una completa oscuridad. Luken oyó los pasos de ella alejándose y el vello se le erizó. Varias ideas tan extrañas como inverosímiles le cruzaron la cabeza. Las luces comenzaron a encenderse y descubrió a Arianna frente a un cuadro eléctrico. Miró a su alrededor y vio el centro de la nave vacío. Sin embargo, en los laterales había cubículos cerrados por cortinas que ocultaban el interior. Eran de tamaños y alturas diversos.

Arianna se acercó al primero. Descorrió la cortina no sin antes dedicar una sonrisa cómplice a Luken. Tres objetos de gran tamaño cubiertos por telas blancas reposaban allí. Arianna retiró la tela del más cercano. Luken abrió mucho los ojos. No podía creer lo que estaba viendo. Frente a él había un enorme relieve de piedra tallada. Medía casi dos metros de altura. La figura tallada era masculina, con la mano derecha descansando sobre el pomo de una espada y la izquierda señalando al frente. Llevaba un extraño gorro y una larga barba dividida en dos. Miraba al frente con gesto serio, casi enfadado.

—¿Qué crees que es? —preguntó Arianna tras él.

Luken tardó un segundo en responder. No porque no supiera la respuesta, sino porque aún no podía creer que tuviera ante él esa escultura.

—Es Anu. An para los sumerios, Anu para los acadios. Es el dios de los cielos. Una vez vi una talla similar en el Museo Británico, pero esta es aún más bella.

—La hemos datado. Tiene más de tres mil años. Y estaba en la gruta.

Las preguntas se agolpaban en la mente de Luken. Era un descubrimiento excepcional. Se volvió hacia la segunda figura y retiró la tela. Le parecía estar viviendo un extraño sueño. El sueño de todo arqueólogo.

—Enlil —dijo para sí mismo—. Señor del viento y las tormentas, adorado por sumerios, acadios, cananeos y asirios. Citado en uno de los textos más antiguos del mundo, el Código de Hammurabi.

Arianna asintió. Parecía más pendiente de la reacción de Luken que de las tallas; ella había tenido más tiempo para asimilarlo.

—¿Quién es el tercero? —preguntó Luken señalando la tela sin retirar—. ¿Ea, Señor del Diluvio?

Arianna hizo un gesto de aprobación y retiró la tercera tela. Apareció una impresionante talla de un hombre de barba larga que vertía agua sobre la tierra.

—¡Ven! —dijo—. Solo hemos comenzado.

Luken siguió a Arianna sin creer aún lo que estaba viviendo. Arianna retiró la cortina del segundo cubículo y reveló una única pieza. ¿Qué sorpresa le aguardaba esa vez? Empezaba a entender las palabras de la italiana. Aquello era difícil de explicar. Arianna dejó caer la tela que ocultaba el objeto y Luken tardó un instante en interpretar lo que tenía ante sus ojos. Una enorme piedra recubierta de símbolos tallados sostenía una figura animal, mitad serpiente, mitad dragón.

—Marduk —dijo Arianna viendo que Luken no lo reconocía—. Dios principal del panteón mesopotámico, patrón de la ciudad de Babilonia, cuyo templo se dice que fue la inspiración bíblica de la Torre de Babel. Tres mil doscientos años de antigüedad según nuestra datación.

Sin dejar reponerse a Luken, cuyo asombro le impedía

pronunciar una sola palabra, Arianna se dirigió hacia el siguiente habitáculo. Descorrió la cortina y retiró la tela.

—Astarté —dijo señalando una hermosa estatua de mujer con las manos cubriéndole los pechos—, sirio-hitita, diosa de la feminidad, de la maternidad y —añadió sonriendo— de la guerra.

Luken no tenía dudas. Aquel era el mayor acontecimiento de la historia de la arqueología. Habría que reescribir miles de libros. Y le había mostrado tres cubículos. Quedaban más.

Durante los siguientes minutos Luken sintió en su propia carne los síntomas del síndrome de Stendhal. El corazón se le aceleró y el desasosiego y la confusión se apoderaron de él. Tuvo la sensación de que no iba a poder recordar toda aquella belleza, que se le escaparían detalles. Le asaltó la tristeza de saber que aquellos minutos no volverían a repetirse jamás. Ante sus ojos desfilaron tallas y esculturas de dioses perdidos, algunos de los cuales no aparecían en ningún libro de arqueología. Y no solo de Asia Menor. Recordaría siempre la estatua de Baal, dios fenicio de la lluvia y el trueno, con su cuerpo humano y cabeza de toro; o la de Moloch, dios cananeo, que allí se representaba como una enorme estatua de bronce, hueca en el torso.

—En su interior se sacrificaban niños, que eran consumidos por el fuego que se encendía para tal fin —aclaró Arianna.

Luken perdió la noción del tiempo, no sabía cuánto había transcurrido desde su llegada a la nave. No le importaba. Hubiera dedicado su vida a lo que había allí. Oyó la voz de Arianna detrás de él.

—Aún quedan dos sorpresas.

La italiana señalaba dos cubículos de gran tamaño. La cortina era más ancha y se elevaba varios metros por encima de sus cabezas. Luken tuvo que ayudarla a descorrer la primera. Tres grandes estatuas de más de cuatro metros de altura aparecían cubiertas por completo. Arianna, no sin esfuerzo, retiró la tela que ocultaba la primera.

—Te presento al señor egipcio del inframundo y juez de los muertos. Osiris.

Luken contempló una estatua de bronce recubierta de oro, con la figura del dios egipcio con su característica perilla y la corona del alto Egipto, el cayado y el mayal, símbolos de la realeza. Antes de que Luken pudiera recuperarse de la impresión, Arianna retiraba la segunda tela.

—Y a su lado Anubis, dios de las almas perdidas, con su representativa cabeza de perro. Y para completar la triada: Horus, dios de la caza, el cielo y la guerra.

Hacía tiempo que Luken había visto superada su capacidad de asombro. Contempló a Horus y su cabeza de halcón. Las tres estatuas se encontraban en un estado casi perfecto de conservación, como si hubieran sido preservadas de la inevitable alteración del tiempo. «Una gruta —pensó para sí mismo—. Temperatura constante y casi nada de humedad. Las condiciones ideales».

—Queda una, ¿no? —dijo volviéndose hacia Arianna.

La italiana no puedo evitar una sonrisa nerviosa.

—Si pudieras elegir recuperar una estatua perdida de la antigüedad, ¿cuál sería tu deseo? —preguntó al joven.

Luken pensó por un instante y no tuvo dudas, aunque sabía que aquella estatua había desparecido hacía mil quinientos años.

—Sin duda, una destruida en el siglo v. Una de las siete maravillas del mundo antiguo. La estatua que Fidias dedicó al mayor de los dioses griegos, Zeus, y que presidía la antigua ciudad de Olimpia.

Arianna no respondió, sino que descorrió la cortina del último cubículo. Detrás, sin cubrir por ninguna tela, dado su tamaño, se elevaba una estatua enorme. Estaba hecha de marfil y recubierta de oro macizo en los detalles.

El dios de dioses, Zeus, le devolvía una mirada iracunda. Se encontraba sentado en su trono, con el musculoso torso desnudo y con la cabeza coronada por una rama de olivo. Sujetaba un cetro de oro culminado por un águila, también de oro, al igual que sus sandalias. No quedaba ninguna duda, era la estatua de Fidias, tan certeramente descrita por Pausanias en el siglo II antes de Cristo y que se creía destruida tras la caída de Constantinopla.

18

Acre, 1291

La ciudad de Acre se prolongaba en un amplio brazo de tierra que se expandía por el mar, lo que permitía el abastecimiento en caso de asedio. Junto a la muralla interior se situaba el castillo de la Orden de los Hermanos Hospitalarios. En caso de ataque soportarían el primer golpe. Los templarios ocupaban la zona sur de la península, frente a un mar que en aquella tarde de abril lucía tranquilo. Como antes de una tormenta.

Cuarenta mil almas habitaban la ciudad, en su mayor parte población musulmana con la que existía una tensión inestable que los caballeros cristianos apenas habían logrado apaciguar. Los locales intuían la derrota cristiana y, aunque no lo expresaban, para evitar represalias, algo en su mirada había cambiado, sus gestos no eran los mismos. Desconfiaban de los mamelucos, a quienes aún no conocían, pero anticipaban que no podían ser peores que los cristianos. El número de defensores había crecido y la ciudad acogía a cerca de diez mil soldados. Las escaramuzas con los mamelucos eran constantes. Los rumores se extendían como la peste y en susurros los templarios hablaban del enorme ejército que se dirigía a las murallas. Sesenta mil enemigos, cien mil para los menos templados.

Llevaban semanas encerrados en la ciudad y, aunque Pierre no lo sabía, esta circunstancia había salvado su vida. Jacques de Molay hubiese aprovechado la primera salida para ejecutar la sentencia, pero la cercanía del ejército mameluco y el espíritu práctico del compañero de Pierre lo habían impedido. Necesitaba hasta el último hombre. La ejecución quedaba postergada. Mientras esperaban al tan temido enemigo, Pierre se dedicaba a trasladar mensajes de Jacques de Molay a otros templarios, a los caballeros hospitalarios o teutónicos. Ser tratado como un lacayo no ayudaba, pero Jacques de Molay seguía siendo un hombre impenetrable.

En uno de sus escasos momentos de tregua, Pierre había subido a la muralla y contemplaba el mar. Veía los barcos mecerse en el puerto, lo que le transmitía una cierta paz. Añoraba su tierra. Estaba inmerso en estos pensamientos cuando oyó una voz a su espalda.

—Pierre d'Aumont. Jacques de Molay reclama tu presencia en el castillo.

Pierre gruñó por toda respuesta y se encaminó hacia las dependencias de su compañero. Iba rumiando su malestar y por eso no se apercibió del templario que, a una distancia prudencial, seguía sus pasos. Llegó hasta los aposentos de Jacques de Molay y golpeó la puerta. Esta se abrió de golpe y apareció el rostro feroz de su compañero.

—¿Estás aquí? ¡Ten, lleva este mensaje al puerto! Entrégalo sin demora al capitán del Rosa del Templo.

Pierre asintió, tomó el documento de la mano de Jacques de Molay y se volvió sin responder. Sabía que decir algo no tendría ningún efecto. Entregaría el mensaje y regresaría a la muralla. Abandonó el castillo y se adentró por las calles de Acre, avanzando paralelo a la muralla y al mar que lo separaba de su hogar. ¡Qué lejos quedaba todo! ¡Qué lejos su hogar, su hermana, la joven condesa de Mortain! ¿Qué habría sido de ella? Por lo que sabía no se había casado con su hermano François. Sintió el deseo de volver a verlos, pero por encima de todo a ella. Aunque intentaba olvidarla, seguía apareciendo en sus sueños, en sus noches más oscuras.

Trató de apartarla de su mente mientras sorteaba los habitantes y los puestos de mercaderes que ahora se agolpaban por doquier. La población de Acre continuaba creciendo, empujada tras las protectoras murallas por el miedo al ejército que avanzaba sobre la ciudad. Dejó atrás las iglesias de San Andrés y San Pedro, y se perdió por las estrechas callejuelas del barrio de Pisa primero y de Venecia después.

De pronto una idea acudió a su mente. Sabía que era una equivocación, pero lo ocurrido en aquella cueva, el cofre, el documento secreto le resultaban demasiado atractivos. Se deslizó por un callejón desierto, se aseguró de que nadie podía ver lo que iba a hacer, tomó el mensaje de Jacques de Molay en las manos y lo abrió. Al principio no lo comprendió del todo. Leyó el contenido de nuevo y se quedó sin respiración. ¿Qué significaba? Si lo que decía aquel documento era verdad, el gran maestre de la orden daba por perdido Acre y preparaba su huida en un acto de cobardía que a Pierre se le antojó incomprensible. Guardó el mensaje y continuó su camino. Debía pensar, pero aquel no era el lugar. En cualquier instante podía aparecer alguien y descubrirlo.

Entró en el puerto y se dirigió a los barcos amarrados en el muelle. No tardó en encontrar el Rosa del Templo, un navío de pequeño tamaño comparado con las enormes naves de los comerciantes venecianos que se aprestaban a zarpar. La guerra no siempre era buena para el negocio. Subió a bordo del barco y preguntó a uno de los marineros por el capitán. El mensaje tenía que ser entregado en mano y Jacques de Molay no toleraba errores. El marinero respondió con un vago gesto de la mano hacia la bodega y regresó a sus quehaceres. Bajó las escaleras hacia una negrura total. Sus ojos se fueron acostumbrando mientras su olfato percibía el olor a humedad y a madera podrida. Al principio no vio al capitán, pero luego distinguió una sombra al fondo de la bodega. Estaba de espaldas, agachado sobre un gran arcón. Pierre se acercó y el capitán se volvió sobresaltado, cerrando de golpe el baúl como si hubiese sido sorprendido haciendo algo incorrecto. Fue rápido, pero Pierre entrevió en su interior un objeto que hubiese reconocido en cualquier lugar: el pequeño cofre que Jacques de Molay sostenía en las manos en la cueva.

—¿Quién eres y qué haces aquí? —le increpó con una actitud hostil. No esperaba que nadie le interrumpiese.

Su mirada era intensa y su mano se había dirigido hacia el puñal, cuyo brillo refulgía incluso en aquella semioscuridad. Pierre decidió disimular.

—Traigo un mensaje de Jacques de Molay —respondió con un tono calmado, como si no fuese consciente de la alteración de su interlocutor.

El rostro del capitán se relajó y tendió la mano hacia la de Pierre, que sujetaba el mensaje. El capitán no lo abrió y se quedó mirándolo. Deseaba estar a solas para abrirlo. Pierre se volvió sin despedirse. Su cabeza bullía de preguntas. ¿Qué ocultaba aquel cofre? ¿Por qué resultaba tan importante? Aun así, lo que de verdad le preocupaba era el contenido del mensaje. Aquellas palabras se le habían quedado grabadas a fuego.

PREPARAOS PARA PARTIR. NUESTRA
MISIÓN AQUÍ HA TERMINADO. EL GRAN
MAESTRE EMBARCARÁ CUANDO TODO
PAREZCA PERDIDO. DEBEMOS PONER A
SALVO CUANTO PODAMOS.

19

Vaticano, 2024

Roberto Bontempi, nuncio apostólico, el segundo hombre más importante del Vaticano, tenía prisa. Dirigía sus pasos hacia los aposentos privados del sumo pontífice, León XIV. Este no le había querido dar detalles, pero le había insistido en que anulase su agenda y llegase tan pronto como pudiera. Jamás había mostrado tanta urgencia, lo que indicaba que debía de ser un asunto de vital importancia. Estaba intrigado.

Recorrió los largos pasillos sin detenerse, dejando con la palabra en la boca a algunos miembros de la curia con los que se cruzó. Vio la puerta de los aposentos del papa al final de un largo pasillo, custodiada por dos soldados vaticanos. Aceleró el paso y su sotana gualdrapeó mientras se acercaba a la puerta, que ya sujetaba abierta uno de los soldados.

León XIV levantó la mirada desde detrás de la mesa de su despacho. Se incorporó y se acercó señalando los sillones que utilizaba para recibir a las visitas, un gesto indicativo de que buscaba la cercanía con el nuncio. Su rostro era serio, pero siempre solía serlo. El nuncio tendría que esperar para descubrir algo más. Se sentaron en el instante en que el soldado cerraba la puerta.

—Gracias, Roberto, por tu presteza en acudir.

—Parecía urgente.

El sumo pontífice se quitó las gafas, algo que hacía siempre que iba a decir algo importante.

—¿Has oído hablar de lo sucedido en Orvieto?

La pregunta tomó por sorpresa al nuncio. Había estado pensando cuál podía ser la razón de la apresurada reunión, pero jamás se le hubiera ocurrido que fuesen a tratar ese asunto.

—Sí, claro, terrible. Tantas muertes. Y la bellísima catedral reducida a escombros.

León XIV asintió con un gesto de pesadumbre.

—Escucha, Roberto. Escucha con atención, porque voy a contarte un secreto; no, un misterio de la Iglesia de Roma que muy pocos conocen.

Al nuncio papal le gustaban las confidencias. Daban poder a quienes las conocían. Además, el tono del sumo pontífice le intrigaba. Se inclinó hacia delante, como si los secretos debieran ser contados en susurros.

—Hace nueve siglos, un puñado de hombres llegó a Tierra Santa. Aquellos hombres se hacían llamar caballeros de la Orden de los Pobres Compañeros del Cristo del Templo de Salomón.

—Conozco la historia. Los caballeros templarios. He leído mucho de cuanto hay publicado sobre ellos.

León XIV negó con la cabeza.

—No es de historia de lo que te voy a hablar. Lo que te voy a contar no aparece en los libros. Durante algo más de dos siglos, aquellos hombres lucharon, mataron y murieron en Palestina. Eso se creía, pero hubo algo más.

El nuncio apostólico estaba perplejo. Empezaba a pensar que el sumo pontífice, de edad avanzada, podía sufrir algún tipo de trastorno. Este continuó con su discurso, ajeno a los pensamientos del nuncio.

—Hace unos meses, un terremoto sacudió la ciudad de Orvieto causando una enorme grieta que descubrió una inmensa gruta bajo la catedral. Allí descansaban innumerables objetos arqueológicos de origen religioso. —Hizo una pausa, dejando que la información penetrase en el nuncio.

Sabía lo que estaba pensando. ¿Habría algún objeto santo? Roberto Bontempi no se atrevió a preguntar. Las consecuencias de aquel descubrimiento podían ser grandiosas para la fe cristiana. El papa rebajó sus expectativas.

—No te ilusiones. No había en aquella gruta ni un solo objeto cristiano.

La sorpresa inicial dio paso a la curiosidad.

—¿Cómo es posible? ¿Cuál puede ser entonces su origen?

Aquella era la pregunta, la misma que había obsesionado a León XIV desde que se había conocido el descubrimiento.

—Parece que los caballeros templarios se dedicaron a buscar, recopilar y esconder cuanto objeto relacionado con religiones antiguas, extintas o desconocidas cayera en sus manos. Todo ello fue llevado a Orvieto.

—Dioses viejos que ya a nadie importan.

El sumo pontífice hizo un gesto de desaprobación.

—Creo que no entiendes la importancia del asunto. El secreto del que te hablaba radica en que conocemos la existencia de una misteriosa organización que busca, o quizá protege, los objetos para que no salgan a la luz. Llevan siglos haciéndolo. Lo sabemos por testimonios dejados tiempo atrás por papas que coexistieron con los templarios. Algunos no han dado credibilidad a esta historia, pero otros consideran que siempre han estado ahí. Toman distintas formas y aspectos, ya sea como masones, rosacrucianos o *illuminati*. Pero, según los que creen en estas teorías, estos no son sino una distracción, organizaciones que se han inventado y se han hecho visibles para alejarnos de la verdadera búsqueda. Pensamos que existe, por encima de todas ellas, otra sociedad más oculta, siempre en las sombras, que es la que en realidad mueve los hilos.

Roberto Bontempi estaba estupefacto. El sumo pontífice le acercó un informe que reposaba sobre la mesa.

—Aquí tienes cuanto necesitas saber.

—¿Qué vamos a hacer?

—Qué vas a hacer. Quiero que busques esta organización; si en verdad existe, que trates de entender lo que buscan u ocultan. Te pido que los descubras de una vez por todas y para siempre.

El nuncio apostólico asintió. Si el papa estaba en lo cierto y lograba desenmascararlos, aquel encargo haría que su nombre pasara a la historia.

—¿Cómo debo proceder si los descubro?

—Como consideres necesario. Deben ser desenmascarados o destruidos. Porque aún hay más. —El nuncio contuvo el aliento—. El ateísmo crece en el mundo. Es nuestro verdadero enemigo. Si encontramos otros objetos perdidos que sean de origen cristiano, una ola de fe recorrerá el mundo. Los fieles regresarán a nosotros. Por voluntad propia. Nada se opondrá.

El nuncio apostólico abandonó los aposentos del santo padre y se dirigió a los suyos. Una vez en soledad abrió la carpeta con toda la información. Había documentos antiguos, de setecientos años atrás; informes que proponían teorías, relacionaban hechos o trazaban planes de acción... Terminó de leer todos los escritos y se quedó pensativo. Necesitaba contar con alguien sobre el terreno y tenía al hombre perfecto. Había hecho ya varios trabajos delicados para él, discretos, de esos que no deben dejar trazas. Tomó su teléfono y buscó en la agenda.

—*Presto* —contestó una voz al instante.

—Tengo un trabajo para ti. Máxima discreción, como de costumbre. Te envío los detalles por el conducto habitual.

Colgó sin esperar respuesta. El primer paso estaba dado.

20

Palacio de Fontainebleau, 1291

Guillaume de Nogaret entró con paso decidido en el Salón del Consejo del palacio de Fontainebleau. La vida le sonreía. Hacía varios meses había planteado al rey un plan arriesgado para resolver el problema del endeudamiento del reino. Dos días atrás había sido llamado a una audiencia privada con Felipe IV. Estarían solos los dos, lo que era un indudable impulso a su carrera política.

—Majestad, es un honor —dijo con una reverencia cuando se encontró frente al monarca.

El rey hizo un gesto con la mano indicándole que tomara asiento. A Guillaume de Nogaret siempre le sorprendía la juventud de Felipe IV, pero su temple, la manera en que se comportaba, hablaba o se movía era el de un hombre acostumbrado a la dignidad del cargo. Aquello le producía admiración.

—Nogaret —pronunció el rey con voz calmada—. Explicadme vuestro plan.

—Majestad, solo hay dos instituciones que disponen de los recursos que buscáis. El populacho ya paga demasiados impuestos. Habréis podido comprobar el efecto que ha tenido en estos meses la propuesta del consejero Bouville. Corréis el riesgo de una sublevación. La Iglesia de Roma y los caballeros templarios, por el contrario, disponen de recursos inagotables. Sin embargo, tanto el sumo pontífice como el gran maestre de la orden, Guillermo de Beaujeu, os son contrarios.

—Así es. ¿Qué propondríais?

Guillaume de Nogaret afiló la mirada. Debía medir sus pasos. Un exceso de cautela podía ser tan perjudicial para sus intereses como un plan demasiado arriesgado.

—Debéis buscar la manera en que ambos os sean más propicios o, en caso contrario, que se plieguen a vuestros intereses. Deberíais sustituirlos por candidatos más afines.

El rey sonrió. Parecía satisfecho con el planteamiento.

—¿Alguna sugerencia?

—Majestad, domináis mejor que yo la alta política de la Iglesia de Roma, y seguro que encontraréis un candidato adecuado entre los obispos de Francia.

—Me decepcionáis, consejero. Pensé que erais hombre de mayores recursos.

Guillaume de Nogaret tuvo la sensación de que el rey disfrutaba de aquel juego. Estaba convencido de que Felipe IV ya había pensado en todo ello.

—Sin embargo, majestad, sí puedo proponeros un nombre como futuro gran maestre de la Orden del Temple, en el desafortunado caso de que Guillermo de Beaujeu falleciese en Tierra Santa.

Felipe IV se llevó la mano a la barbilla y pareció meditar durante unos instantes. A Nogaret le dio la impresión de que el monarca estaba tratando de adivinar el candidato.

—¿Quién sería para vos merecedor de tan alta responsabilidad?

Nogaret supo de inmediato que Felipe IV no tenía infiltrados entre los templarios. Sus tentáculos no llegaban tan lejos. Aquello podía ser muy beneficioso para él.

—Hugo de Pairaud, majestad, visitador de occidente. Lo conozco bien. Sería moldeable a nuestros intereses.

El rey asintió satisfecho.

—Nogaret, vuestro plan es audaz. ¿Sois un hombre audaz?

—Me enorgullece pensar que sí, majestad.

El rey se inclinó hacia delante y clavó una mirada inquisitoria en su consejero, que se sintió empequeñecido. Había escalado socialmente mostrándose implacable, e incluso cruel, con hombres a los que percibía inferiores. Pero ante el rey de Francia se veía minúsculo.

—Vuestra propuesta nos place. Sin embargo, yo busco un hombre que sea capaz de llevarla a cabo, que no dude y que esté dispuesto a hacer lo que sea necesario. ¿Sois vos ese hombre?

Guillaume de Nogaret sabía que aquel iba a convertirse en el momento más importante de su vida. Toda ella la había construido para alcanzar ese instante.

—Lo soy, majestad.

21

Orvieto, 2024

Luken removía los restos de su *caffè latte*, ensimismado en el remolino que se formaba en la superficie y que parecía engullir el líquido. Su cabeza también era un torbellino. Arianna, a su lado, permanecía silenciosa, respetando los sentimientos que creía que Luken podía estar digiriendo. Nada más lejos de la realidad. Él no pensaba en lo que había visto. Ya tendría tiempo para ello. Su mente trabajaba en hallar una respuesta lógica. ¿Cómo habían llegado semejantes objetos hasta la gruta? ¿Qué los relacionaba con los templarios? No lograba abrirse paso entre tanto enigma. Le parecía algo descabellado. Todas aquellas estatuas eran demasiado antiguas y resultaba imposible explicar qué hacían allí.

—¿Cómo te sientes?

—Perfectamente. No me extraña que no halléis explicación. No la hay.

—Y sin embargo debe haberla.

Luken trató de abstraerse. Le vino a la memoria una charla que había escuchado años atrás en un congreso científico. Había sido una restauradora de monumentos quien había defendido que los historiadores, los arqueólogos, todos aquellos que estudiaban el pasado debían pensar como los hombres y mujeres de aquella época; solo así lograrían entender el contexto. El nombre de la mujer rondó su mente y finalmente apareció: Marta Arbide se llamaba, si no recordaba mal. Entonces él debía pensar como un templario del siglo XIII. Trató de hacerlo y algo de luz comenzó a llegar a su cerebro.

—¿Qué tienen en común todas las obras? —preguntó más para sí mismo que para Arianna.

—Todas son muy antiguas.

Luken negó con la cabeza.

—Lo son, pero eso es irrelevante. No. Tienen en común algo más importante. Son dioses, son todas obras religiosas. Eso es algo significativo para los templarios. Y todas pertenecen a religiones politeístas. Quizá lo importante no es lo que hay, sino lo que no hay. No hay ninguna obra cristiana.

—Tampoco judía ni musulmana —puntualizó Arianna.

Luken levantó al cabeza y miró a la italiana.

—Cierto. Entonces ¿por qué razón los templarios acumularían esas obras y no otras?

Arianna se encogió de hombros, pero Luken no prestaba atención. Pensaba frenéticamente.

—Hay varias razones por las que alguien coleccionaría todas aquellas obras. Para una persona de nuestra época podrían tener un valor económico. Las consideramos muy valiosas. Para un templario sería irrelevante, jamás lo vería desde esa perspectiva. Además, ellos eran inmensamente ricos. No, no contemplarían ese aspecto.

—¿Qué otras razones podrían tener?

Según avanzaba en su reflexión Luken sentía que pisaba terreno más firme. Empezaba a entender lo que había motivado a los templarios, o al menos a descartar lo que no.

—Quizá trataban de preservar aquellas obras de arte, que el legado no se perdiera.

Arianna asintió. Eso podía comprenderlo. Ella era arqueóloga. Dedicaba su vida a algo similar.

—Entonces concibieron esa gruta como un museo. O más bien como el almacén de un museo —aventuró la joven—. Tal vez tuvieran intención de que algún día todas aquellas obras fuesen patrimonio universal.

Ambos se quedaron en silencio, sumidos en sus propios pensamientos. Luken miró a Arianna y sopesó la posibilidad de sacarla de su error, pero algo le retenía. Aquella no podía ser la razón. El planteamiento de la italiana pecaba de evaluar la situación desde su posición moderna. Proteger el patrimonio cultural era un concepto que jamás se le hubiese ocurrido a un templario. No. Se calló y no expresó lo que sospechaba, pero la razón se le antojaba nítida. Aquella gruta no buscaba proteger, sino ocultar. Todos aquellos dioses habían sido buscados, rescatados, sustraídos y escondidos allí. Eliminados, borrados y arrastrados al olvido. Lo que había en aquella gruta suponía un acto aborrecible, uno de los mayores atentados contra el patrimonio de la humanidad y contra la historia de la religión. Y, sin embargo, una duda asaltaba a Luken. Si lo que habían intentado los templarios era eliminar las obras, ¿por qué no las habían destruido sin más? ¿Por qué no habían acabado con ellas, triturando la piedra y fundiendo el metal, recuperando el oro y las gemas? Se trataba del verdadero enigma que tendría que desvelar.

22

Acre, 1291

Pierre d'Aumont no estaba preparado para la guerra. Hasta ese momento no había sido consciente de que nadie podía estarlo. Había visto morir a hombres y mujeres a causa de enfermedades, de hambre o por las armas, pero nada era comparable. Le habían enseñado que en la guerra había valor, honor y orgullo. No les faltaba razón, pero cuando la batalla se recrudece, todo queda sepultado bajo el peso de la muerte, el horror, el sufrimiento y la agonía de los soldados heridos en el campo de batalla.

Empezó a comprenderlo en el momento en que se asomó a las almenas del castillo de Acre y contempló el infinito ejército mameluco. Miles de hombres hasta donde se perdía la vista. Su mera visión y los gritos intimidatorios pulverizaban el temple de los más débiles, pero incluso los soldados curtidos se hallaban impresionados. Lo veía en sus ojos. Susurraban entre ellos que deberían partir, tomar los barcos ahora que podían y abandonar la ciudad. Pierre estaba seguro de que era el miedo el que hablaba. O quizá el sentido común.

Las reservas de agua y comida comenzaron a declinar. Las batallas no se ganan, los castillos no se conquistan por las armas, sino por la sed y el hambre. Durante aquellos días Pierre entrenó, rezó, pero sobre todo meditó. Lo hizo acerca de su vida hasta ese momento, sobre el probable fin y sobre la condesa de Mortain. ¿Qué habría sido de ella? ¿Pensaría en él o lo habría olvidado? ¿Habría cumplido su padre la amenaza y la habría obligado a ingresar en alguna orden religiosa, viendo cómo su vida y su juventud se marchitaban?

La luna llena lo cambió todo. Mientras la noche caía, un grito se elevó desde el campamento enemigo. Los defensores comprendieron su significado y se asomaron a la muralla. Pierre estaba entre ellos. La luz había menguado y el mundo se sumergía en la noche. Poco a poco un estruendo fue tomando cuerpo, una mezcla de chirridos y quejidos, como si de un animal desconocido se tratase. Los defensores se miraban confusos, cuando no asustados. Los más experimentados en asedios comenzaron a comprender. Una voz se alzó, verbalizando lo que todos empezaban a sospechar, y les heló la sangre.

—¡Catapultas!

Se desató el caos. Primero oyeron una serie de chasquidos secos, luego el silbido de los proyectiles avanzando por el aire. Después, los gritos de los soldados, que, atraídos primero por la curiosidad, huían ahora espantados para ponerse a salvo. Por último, el estruendo de las piedras arrancando pedazos de muralla y el crujido de las casas de madera pulverizadas por los impactos.

Aquel infierno duró tres días y tres noches, y aniquiló el ánimo de los defensores. Una nube de pesadumbre se instaló en la ciudad, y solo el dominio absoluto del mar por parte de los cristianos, que les permitía reabastecer

Acre y esperar la llegada de refuerzos, mantenía algo de esperanza en la victoria. Aunque nadie se atrevía a reconocerlo, también en la eventualidad de huir con vida. Al cuarto día Acre amaneció silencioso. Las catapultas habían quedado mudas, como si todas las piedras del mundo hubiesen sido lanzadas. Las murallas estaban perforadas como la dentadura de un anciano y su fragilidad era comparable a la moral de los defensores.

Después de una reunión de los capitanes defensores, Pierre fue llamado al castillo junto con el resto de los templarios. Los rostros eran serios, pero a la vez duros, resueltos. Viendo a sus líderes parecía imposible que Acre cayera. El gran maestre de la orden templaria, Guillermo de Beaujeu, el gran maestre de los caballeros hospitalarios, Jean de Villiers, y, junto a ellos, Enrique II de Chipre. A su alrededor, los principales capitanes, incluido Jacques de Molay. Fue Guillermo de Beaujeu quien habló:

—Hace casi doscientos años, nueve caballeros cristianos tuvieron un sueño: reconquistar los Santos Lugares para la fe verdadera. Nosotros somos sus herederos. A veces solos, otras veces acompañados, hemos luchado, conquistado, defendido esta tierra y muerto por ella. Yo no me resigno a entregarla a los enemigos del Dios verdadero. Hoy cabalgaremos. Saldremos a la batalla con aquellos que decidan acompañarnos.

El silencio se extendió por el patio de armas. Nadie dudaba de que todos cabalgarían con él. El gran maestre desenvainó la espada.

—¡Por Dios y por los caballeros cristianos en Tierra Santa! —gritó alzándola.

—¡Por Dios y por los caballeros cristianos! —respondieron todos al unísono.

La noche caía cuando el ejército cristiano se reunió frente a la puerta de la ciudad. El gran maestre Guillermo de Beaujeu estaba acompañado por cuatrocientos de sus mejores hombres a caballo. Jean de Villiers apareció con trescientos caballeros y sus hermosas cruces blancas sobre fondo rojo. Alrededor de ellos, había caballeros enviados por los reyes de Francia, y otros llegados de Chipre o de Inglaterra que rodeaban a Amalarico, hermano del señor del reino de Jerusalén. Las armaduras brillaban a la débil luz de la luna, mientras los caballos pifiaban inquietos. Pierre se colocó a la derecha de Jacques de Molay, quien contemplaba con gesto terco la puerta de la ciudad, como si su sola voluntad pudiese abrirla.

Las órdenes de batalla habían sido dadas. El objetivo no era vencer. Apenas ochocientos hombres a caballo, aunque fueran la élite del ejército cristiano, no podían derrotar a un ejército de cien mil. Se trataba de destruir las catapultas enemigas e impedir así la completa aniquilación de la ciudad. Había otra razón que solo algunos conocían: elevar la moral del ejército defensor, diezmada por los días bajo el fuego de los proyectiles enemigos. Pierre sentía una opresión en el pecho, mezcla de miedo a morir y deseo de entrar en batalla. Nunca había participado en una de aquellas dimensiones. Había oído relatos de soldados veteranos, pero siempre había creído que exageraban. Sentía que estaba a punto de descubrir aquello de lo que los soldados veteranos no hablaban, que preferían ocultar a los demás o a sí mismos: si estaban a la altura. El ataque se basaba en tomar por sorpresa al enemigo, romper la resistencia de los defensores y destruir las máquinas de asedio antes de que pudieran organizarse. Después, replegarse con orden. Ese era el momento crítico, una desbandada podía ser desastrosa.

La puerta se abrió, pero solo la oscuridad parecía esperarlos del otro lado. Poco a poco el ejército fue desfilando, primero al paso, luego desplegándose hacia los laterales y, cuando el sigilo era irrelevante, al galope. Los templarios ocupaban el flanco izquierdo. Pierre sintió que se le erizaba el vello del cuerpo. Escuchó la voz de los templarios y se unió a ella en el cántico que entonaban cuando se lanzaban a la batalla.

—¡No a nosotros, Señor, no a nosotros, sino a tu nombre has de dar la gloria!

Los gritos de los atacantes comenzaron a mezclarse con las voces de los defensores alertando al ejército mameluco. El elemento sorpresa parecía funcionar y ya empezaban a arder algunas catapultas, iluminando la noche. Hubiera sido un espectáculo digno de contemplar si las primeras oleadas de los defensores no lo hubieran impedido.

—¡Vamos! —gritó a su derecha Jacques de Molay, señalando con la punta de la espada a una catapulta rodeada de defensores.

Pierre impulsó su montura y siguió a su compañero, al propio gran maestre y a un puñado de caballeros. Los defensores los superaban en número, pero se enfrentaban a los mejores hombres del Temple. Vio que un nutrido grupo de mamelucos se acercaba. Sabía que era el momento de retroceder y regresar tras las murallas de Acre. Necesitaban unos instantes más para prender fuego a aquella catapulta, pero podían marcar la diferencia entre la vida y la muerte. Buscó a su alrededor a Jacques de Molay. Este se erguía impávido sobre su montura. Miraba a los mamelucos acercarse, esperando su llegada. Estaba dispuesto a dar su vida por esos pocos segundos. El corazón de Pierre se inflamó. Espoleó su montura y se colocó al lado de su compañero, que se volvió por un instante hacia él y por todo gesto hizo un leve asentimiento de cabeza. Pocas veces un gesto pudo haber significado tanto. Significaba agradecimiento, respeto y hermandad. En aquel momento Pierre supo cuál era el propósito de su vida, sintió que aquel era su lugar, que hacía lo correcto, aunque su vida fuese a durar únicamente unos minutos.

Los mamelucos cayeron sobre ellos. Horas después, Pierre trataría de rememorar paso a paso lo acontecido, pero solo recordaría retazos del entrechocar de espadas, de la sangre manando de terribles heridas, de gritos pronunciados en su idioma y en el de sus enemigos. Y el fuego. Al principio un fuego débil, apenas un fulgor a su espalda reflejado en el metal de las armaduras. Luego un fuego denso, cálido, que se llevaba el frío de la noche, que significaba que, aunque muriese en ese mismo instante, había cumplido su misión.

—¡Retirada! —Escuchó la voz del gran maestre a su espalda.

Jacques de Molay y Pierre volvieron sus monturas hacia las aún lejanas murallas de Acre, perseguidos por el ejército mameluco al completo. Un fuego interior le ardía en las entrañas, la excitación de su primera batalla, algo que Pierre no había sentido jamás y que no volvería a sentir. Aún tuvo tiempo de mirar atrás y ver decenas de fuegos en las máquinas de asedio, elevándose hacia el cielo. Eran muchos, pero no suficientes. Cruzó la muralla con la sensación de la misión cumplida, como si, de pronto, todo fuera posible. No sabía que en pocos días la ciudad de Acre caería y el sueño de los fundadores de su orden se perdería para siempre, transformándose en una pesadilla que aún no podían imaginar.

23

Acre, 1291

Pierre contemplaba el amanecer desde las murallas de Acre. El este se iluminaba con un resplandor que crecía, como la marea del mundo. Algunos fuegos todavía ardían y el humo se elevaba recordando a atacantes y defensores lo que había sucedido aquella noche. La moral del ejército cristiano había renacido y hablaban de salir a campo abierto y derrotar a los mamelucos. Pierre prefería no pensar en aquella opción. Había visto de primera mano la magnitud del ejército enemigo y sabía que, a campo abierto, no tendrían ninguna opción. Escuchó una voz y regresó de sus pensamientos.

—Luchaste bien.

Volvió la cabeza sorprendido. Era la primera vez que Jacques de Molay le hablaba para algo que no fuese darle órdenes. No supo cómo reaccionar.

—Lo logramos —respondió.

El viejo templario negó con la cabeza.

—No, no lo logramos. Solo hemos pospuesto lo inevitable.

—Pero...

—Sí, quemamos algunas catapultas, pero disponen de suficientes para demoler las murallas de Acre. Y hay algo aún peor.

Jacques de Molay se quedó silencioso por un instante y su mirada se perdió en ninguna parte. Pierre tuvo la nítida sensación de que aquel hombre veía el futuro, de que algún poder mágico iluminaba su mente.

—Los túneles —continuó—. Quizá tú no los viste. El ejército mameluco perfora la tierra bajo nuestros pies. Pronto llegarán a las torres de defensa. La Torre del Rey será la primera en caer. Luego lo harán la Torre inglesa y la de la Condesa de Blois. Y entonces Acre estará perdida.

Pierre lo miró horrorizado. Y comprendió. El mensaje que había llevado hasta el puerto era la preparación de una huida ante la caída de Acre. Pero se trataba del último recurso, que solo valorarían en el instante en que todo estuviera perdido. No eran unos cobardes. Lucharían hasta el final y, cuando no hubiese remedio, embarcarían para salvar lo que se hallaba escondido en aquel barco. En ese momento Pierre se sintió tentado de preguntar a Jacques de Molay por el contenido del cofre, por el secreto que solo unos pocos compartían y que a él le estaba vedado. Después se lo pensó mejor.

—Lucharemos —dijo Pierre por toda respuesta.

Jacques de Molay asintió en silencio. Luego, dejó la mano sobre el hombro de Pierre por unos instantes mientras le dirigía una mirada que reflejaba orgullo y tristeza. Acto seguido, se alejó.

Dos días después los presagios de Jacques de Molay se cumplieron y la Torre del Rey cayó con estrépito. A simple vista hubiese parecido imposible, pero se escuchó un ruido sordo, después las piedras empezaron a crujir como huesos rotos y, en medio de un estruendo ensordecedor, la torre colapsó. La muralla exterior fue abandonada. La muralla interior aguantó unas semanas por el arrojo de los defensores, pero acabó cediendo. Pierre asistió impotente a la caída de Acre, sabiendo que sus últimas esperanzas se agotaban, viendo la muerte de sus compañeros y presintiendo la suya propia. Doscientos caballeros cristianos se refugiaron en el último bastión: el castillo de la orden. Pocos confiaban en la resistencia de sus gruesos muros, pero luchaban como si aquella vana esperanza fuese realidad. No era la victoria lo que los motivaba, sino su honor. Así fue hasta que escucharon las palabras más temidas.

—¡Han abierto una brecha! ¡Acudid! ¡Acudid todos!

Al asomarse y ver la muralla junto a la torre norte reducida a escombros, una flecha maldita voló entre ellos. Pierre sintió el silbido de la muerte rozándole y oyó un gruñido a su espalda y que algo golpeaba contra el suelo. Se volvió y contempló a Jacques de Molay sosteniendo el cuerpo de Guillermo de Beaujeu. El gran maestre estaba herido de muerte. Por un instante se hizo el silencio entre los defensores y algunos dejaron caer sus espadas. Acre se había perdido y el precio por su resistencia había sido el más alto que la orden hubiese podido pagar. Pierre se agachó junto al caído. Colocó las manos sobre la herida tratando de taponarla. La sangre manaba a borbotones.

El gran maestre introdujo su mano ensangrentada bajo la armadura y extrajo el pequeño manuscrito que Pierre había visto portar a Jacques de Molay. Se lo entregó a este y exhaló el último suspiro. Jacques de Molay tomó el manuscrito y deslizó los dedos por los ojos de Guillermo de

Beaujeu, cerrándolos para siempre. En ese momento el estruendo de los atacantes aumentó. Penetraban por docenas a través de la brecha en el muro. Entonces Jacques de Molay hizo algo que sorprendió a Pierre.

—¡Toma! —le dijo dándole el manuscrito—. Ve al puerto y zarpa. Todo está preparado. No me esperes si ves que no llego a tiempo.

Pierre se dispuso a replicar, pero la mirada de su compañero fue suficiente. Jacques de Molay depositó el cuerpo del gran maestre en el suelo con una extraña delicadeza y después gritó al resto de los hombres.

—¡Conmigo! ¡Por Cristo!

Todos, incluso aquellos que habían dejado caer las armas, respondieron al unísono y se precipitaron tras su capitán hacia la brecha en la muralla. Pierre estuvo a punto de seguirlos. La orden había sido nítida, pero huir era traicionar a sus hermanos, el más bajo de todos los deshonores. Por alguna razón que no acababa de comprender Jacques de Molay encontraba crucial salvar aquel documento. Y lo había elegido a él. No podía desobedecer sus órdenes. Le había encomendado otra misión, y esta no era luchar y morir junto con el resto de los templarios. Se puso en pie de un salto y sintió que la vergüenza no lo abandonaría jamás. Sabía lo que tenía que hacer. Atravesó una puerta y descendió hacia el corazón del castillo. Dejó de escuchar los gritos de atacantes y defensores, y se introdujo a través de pasillos y escaleras, siempre descendiendo. En la profundidad del castillo las piedras rezumaban agua de mar, que se filtraba produciendo un ambiente húmedo, malsano. Allí había una puerta. Nunca la había traspasado, pero todo caballero templario era adiestrado en su utilización.

Abrió la puerta y la cruzó. Dudó si volver a cerrarla. Otros podrían usarla en su huida cuando no hubiera esperanza en la defensa. Sabía que estaba prohibido dejarla abierta, pero nada de todo eso importaba ya. Se deslizó en la oscuridad y una segunda puerta lo llevó a una estrecha bocacalle. Estaba en el corazón del barrio Pisano, junto a la calle que había utilizado un par de días antes para hacer llegar el mensaje al barco. Esperaba que este continuase en el puerto.

El exterior se hallaba vacío, en un silencio sobrecogedor. A los lejos se escuchaba el estruendo de la lucha, que se perdía poco a poco a su espalda según se alejaba. Estaba cerca del puerto cuando, frente a él, aparecieron dos mamelucos. Pierre fue el primero en reaccionar. Avanzó decidido y descargó un golpe de su espada sobre uno de los soldados que, sorprendido, apenas pudo detenerlo. El otro respondió con rapidez y se preparó a atacar. Pierre tomó una decisión. Sintió el rubor de la vergüenza ascendiéndole por el rostro, pero no tenía otra alternativa. Dejó caer la espada y salió corriendo. Debía salvar aquel documento. Era consciente de que huir suponía un deshonor y con gusto hubiera luchado hasta sus últimas fuerzas. Aún no lo sabía, pero esa sería la primera de las muchas veces en que debería escoger entre el honor o cumplir con su misión.

Sus dos enemigos tardaron un instante en reaccionar. Aún había margen. No lejos de allí quedaba la puerta este, que daba paso al puerto interior. Rezó por que estuviera abierta; si no, todo habría sido en vano. Desde la distancia, mientras oía la respiración de sus perseguidores acercándose, la divisó cerrada y una profunda desesperanza se adueñó de él. No conservaría ni el honor, ni la vida, ni la misión. De pronto se percató de que la puerta comenzaba a elevarse. ¡Alguien la abría desde el interior! Estaba a unos pocos pasos, pero sus perseguidores acortaban distancia. El espacio que se había abierto parecía insuficiente, pero no tenía alternativa. No lo pensó y se lanzó hacia delante. Sin saber cómo, logró deslizarse por debajo y un instante después oyó el sonido de las cadenas volviendo a cerrarla. Jamás aquel sonido le había resultado tan agradable. Se levantó justo cuando dos sargentos templarios se acercaban a él.

—Jacques de Molay nos ordenó que lo esperásemos aquí —dijo uno de los caballeros.

—No vendrá. Me envía en su lugar.

El rostro de Pierre era revelador y el sargento pudo adivinar lo sucedido. Tras unos segundos de indecisión, el hombre asintió.

—¡Vamos! El barco está a punto de zarpar. Es la última nave.

Pierre d'Aumont abandonó Acre huyendo de sus enemigos, cumpliendo órdenes y traicionando su juramento. Compartió vergüenza y silencios con dos docenas de templarios que no se atrevían a mirarse a los ojos, que llevarían sobre su alma el oprobio de los compañeros abandonados o muertos en combate.

No todos mostraban aquella sombra de deshonra en su expresión. Thibaud Gaudin no lo hacía. El tesorero de la orden no parecía impresionado por la situación. Miraba con altivez al resto y desconfiaba de quien se acercase a la bodega. Pierre no albergaba ninguna duda: el barco transportaba el tesoro templario que había permanecido en Acre hasta su caída. Para aquel hombre era lo único importante. Y, sin embargo, Pierre sabía que para el gran maestre y para Jacques de Molay, todo el oro, todas las joyas que pudieran transportar carecían de relevancia; solo la tenía el manuscrito que él ocultaba.

24

Orvieto, 2024

La puerta del montacargas se cerró con un sonido metálico. Luken miró hacia abajo y vio oscuridad. Antes de darle al botón que lo conduciría hasta el fondo de la gruta, aguzó el oído, pero ningún sonido salió a su encuentro. Oscuridad y silencio absoluto. Quizá otra persona hubiese sentido miedo, pero a él no le preocupaba. Había descendido cientos de veces a cuevas y su gusto por la naturaleza le había llevado en ocasiones a estar solo en rincones recónditos y aislados. Las propias excavaciones arqueológicas ya solían serlo.

Arianna había acudido a una reunión con el director del Museo Arqueológico, que se presumía intensa, y él había aprovechado para volver a bajar a la gruta. Quería tiempo para estudiar las inscripciones y relieves que tapizaban sus paredes, ya que el día anterior no había podido hacerlo. Quizá no descubriese nada de interés, pero merecía la pena intentarlo. A veces, en una excavación arqueológica, un detalle insignificante, el contexto del lugar dan más información que los restos principales. El interés de Luken iba más allá de la necesidad de descubrir qué era aquella gruta y el porqué de los objetos que habían estado allí ocultos varios siglos. Él deseaba aprender, entender mejor a los templarios, descubrir sus motivaciones. Quería arrojar luz sobre aquellos hombres que habían creado desde la nada una de las organizaciones más insólitas, poderosas y desconocidas de la humanidad. A finales del siglo XI habían tenido que mendigar ayuda para poder llegar a Tierra Santa y dos siglos después eran inmensamente ricos, rivalizaban en poder con las grandes monarquías de la época y poseían tierras en todos los confines de la cristiandad. Después, con el fulgor de una estrella fugaz, la orden se extinguió, arrasada por las mentiras, las traiciones y el odio.

Luken comenzó a descender y se dedicó a contar mentalmente los segundos que tardaba en hacerlo. Perdió la cuenta cuando llegó a cien. Una vez en el fondo, abrió la cancela y, después de activar las luces que, perezosas, comenzaban a iluminar el enorme espacio, se encaminó hacia la estantería. Tomó un casco y se lo colocó, encendió la luz frontal y se dirigió al centro de la cueva. Allí, en silencio, se dispuso a hacer un mapa mental del lugar. Tenía trabajo y Arianna podía llegar en cualquier instante. Decidió empezar por la pared más cercana al montacargas.

Mientras lo hacía, en el otro lado de la gruta, evitando hacer ruido y protegido por la oscuridad, un hombre lo vigilaba. Dimitrios Gregorakis observó con curiosidad al joven que acababa de salir del montacargas. No debía de superar los treinta años, era alto y delgado, con el pelo corto y barba de unos días, y vestía un pantalón de trabajo y un forro polar. No lo había visto antes y se preguntó qué haría allí. Casi lo había sorprendido en aquella extraña cueva, en la que se había colado pensando que lo esperaba algún tesoro arqueológico. Había sido una desilusión. La gruta estaba vacía excepto por las inscripciones talladas en la piedra que no había sabido interpretar. Decidió quedarse en la oscuridad y esperar. Tampoco podía volver al montacargas sin ser descubierto. Desde su posición observó cómo el joven se colocaba en el centro del espacio y cerraba los ojos. Después se dirigía a una de las paredes y comenzaba a examinarla con detenimiento. Por su forma de comportarse estaba estudiando las inscripciones. Quizá fuese un arqueólogo del museo.

Luken se movió incómodo. En parte por la postura que se veía obligado a adoptar para leer algunas de las inscripciones, o porque llevaba un rato analizándolas sin encontrar nada de interés, solo referencias templarias de indudable valor histórico, pero que no le acercaban a resolver el enigma. O quizá había otra razón, una sensación extraña y desasosegante, probablemente equivocada. Sentía que alguien lo acompañaba en la gruta y, aunque sabía que en la semioscuridad silenciosa de aquel lugar su cerebro estaba jugando con él, no podía deshacerse de esa percepción. Habían influido en él las circunstancias, el descubrimiento de las esculturas, la gruta, las inscripciones, el terremoto. Lo cierto es que la sensación era continua, le había calado hasta los huesos, como una lluvia fina que ha llegado para quedarse. Había recorrido la mayor parte de las inscripciones y el tiempo se evaporaba en sus manos, reemplazado por la frustración. De pronto, vio algo que le llamó la atención. Se trataba de una inscripción distinta a las demás. Solo una lista de nombres. El primero de ellos era fácilmente reconocible: Hugues de Payns, fundador de la Orden del Temple. Sacó su teléfono e hizo una foto a la débil luz de su frontal.

Comprobó que la foto tenía la suficiente calidad para que el texto fuese legible. En ese momento, oyó un sonido. El vello de todo el cuerpo se le erizó, como si la sensación de ser espiado hubiera tomado forma. Entonces oyó algo más y se relajó. Se trataba del murmullo del montacargas, que alguien había puesto en marcha. El primer ruido debía de haber sido el mecanismo del elevador al activarse. Regresó al centro de la gruta y espero la llegada del elevador. Arianna le saludó mientras abría la compuerta. No parecía feliz.

—¿No ha ido bien?

Su mirada fue suficiente para entender que la conversación con el director del museo no había mejorado la situación.

—¿Has hallado algo interesante? —preguntó ella para eludir el tema.

Luken decidió que era mejor no insistir. Arianna hablaría cuando quisiera. La llevó hasta la lista de nombres.

—Solo esta inscripción. No sé qué significa, pero tendremos que descubrirlo. Mañana me gustaría volver de nuevo.

Ambos se dirigieron de regreso al montacargas.

—¿Qué vais a hacer con lo que encontrasteis aquí?

A Luken le preocupaba aquello. Ahora que se había dado a conocer el descubrimiento habría un gran revuelo y sería más difícil trabajar.

—Nada, de momento, pero es un secreto difícil de contener. El director ha tenido el sentido común de no hacer ninguna referencia explícita a lo que hemos encontrado, pero las preguntas se van a suceder. Sucumbirá a la presión y acabará por contarlo todo.

Arianna presionó el botón del elevador y el dispositivo comenzó el lento retorno hacia la superficie. Unos metros más abajo Mike salió de la oscuridad. Se había ganado los cinco mil y, quizá, si se movía rápido, mucho más. Ahora sabía que habían hallado algo de gran valor. Solo le quedaba descubrir dónde podían tenerlo oculto. Y hacerse con alguno de los objetos. Seguiría a la pareja.

25

Sidón, 1291

El castillo del Mar que coronaba Sidón, contrariamente a su nombre, estaba situado a cientos de pasos del Mediterráneo. Se erguía sobre un pequeño promontorio. Su localización había sido escogida para divisar la gran masa salada desde una mejor posición. Conectaba con el mar por un pasillo fortificado, una extraña singularidad que permitía su aprovisionamiento y evacuación en caso de asedio. Allí se habían refugiado un centenar de templarios, incluyendo los supervivientes del desastre de Acre. Tenían que decidir el siguiente paso que dar, si defender el castillo hasta su último aliento o abandonar la única fortaleza que les quedaba en Tierra Santa, admitiendo así su completa derrota. Sin embargo, antes debían cumplir una tarea inexorable: decidir quién sería el nuevo gran maestre de la Orden del Temple.

Se habían reunido a deliberar en el salón del castillo. El sistema de elección era un proceso complejo que debía involucrar a templarios llegados de toda la cristiandad. La premura de la situación, con la espada de Damocles del ejército mameluco a unas jornadas de marcha, no lo permitía. El nuevo gran maestre lo sería por aclamación.

Thibaud Gaudin, tesorero de la orden, sabía que sería el elegido. Su posición en la jerarquía —con el mariscal Pedro de Sevrey muerto o en poder del enemigo y otros templarios de renombre, como Jacques de Molay, en la misma situación— lo hacía sencillo. Además, se había preocupado de tener de su lado a suficientes templarios. Era la ventaja de ser el tesorero de la orden, el oro compra voluntades. Una vez que ostentara el poder ejecutaría el siguiente paso. La presencia de los templarios en Tierra Santa no tenía sentido. Abandonarían aquella cruzada infructuosa que desangraba a la orden en dinero y en hombres. Centrados en utilizar su ingente riqueza, influirían sobre los grandes reyes de la cristiandad, convirtiéndose en su espada y su cruz. Un futuro esplendoroso los aguardaba, alejados del polvo, el sudor y la sangre de aquella tierra maldita.

La sesión comenzó en el mismo instante en que estuvieron reunidos todos los caballeros templarios supervivientes. Se hizo a puerta cerrada: nadie podía interrumpir sus deliberaciones hasta que hubiese un nuevo gran maestre electo. Gerard de Blanquefort, el templario más anciano, tomó la palabra.

—¡Hermanos! Estamos aquí congregados para elegir al nuevo gran maestre, quien sustituirá a nuestro querido Guillermo de Beaujeu, a quien Dios ha acogido en su seno.

Un murmullo de aprobación recorrió el salón. Los gestos eran tristes, graves, y los corazones soportaban el peso de la pérdida. A Pierre, que había sido testigo de la muerte, la tristeza le pesaba aún más, ahondada por la sensación de traición, que no le había abandonado desde su huida de

Acre. Se había sentado en el fondo del salón, como si no le correspondiese participar en las decisiones que iban a ser tomadas.

—Sabéis —continuó el caballero Blanquefort— que el ejército mameluco marcha hacia aquí. Debemos escoger al nuevo gran maestre, aunque no respetemos el procedimiento. El tiempo apremia. La situación es crítica y necesitamos alguien que nos guíe, alguien que pueda tomar las decisiones correctas.

Esa vez el silencio se extendió por el salón. En la orden las formas eran importantes y muchos templarios no estaban satisfechos, ni aunque la situación requiriera de medidas especiales. Algunos, sin embargo, asentían. Pierre no sabía qué podían hacer ante su desesperada situación. A él no le importaba quién fuese el nuevo gran maestre, solo cómo iban a defender Sidón y cómo tratar de rescatar a los compañeros que hubiesen podido caer presos de los mamelucos en Acre. Si aún seguían con vida.

—Como hermano más anciano —dudó por un instante y no pudo evitar desviar la mirada hacia Thibaud Gaudin, lo que no pasó desapercibido para nadie— he decidido que los candidatos deban ser propuestos por el resto de los caballeros.

Como si de una coreografía decidida se tratase, Gilbert de Perigord, un templario de baja estatura y fuerte complexión, más conocido por su afición a la buena mesa y al vino que a las gestas de armas, sentado a la derecha del tesorero, elevó la voz.

—Propongo como gran maestre a nuestro hermano Thibaud Gaudin. Sin duda posee la templanza y claridad de ideas que necesitamos ahora.

Nadie replicó a las palabras ni tuvo ánimo para proponer un candidato alternativo. Los presentes se intercambiaron miradas, algunos insatisfechos, la mayoría molestos, pero ningún caballero se pronunció. Pierre fue consciente de que nadie parecía apreciar a Thibaud Gaudin, pero tampoco estaban dispuestos a pelear.

—Bien, si no hay más candidatos, yo, Gerard de Blanquefort, por el poder que me ha sido concedido por esta asamblea, declaro a nuestro hermano Thibaud Gaudin gran maestro de la Orden de los Pobres Compañeros de Cristo del Templo de Salomón. Que Dios le conceda la sabiduría y la fortaleza necesarias.

Todo había transcurrido con tal rapidez que los caballeros aún mostraban sorpresa, cuando no un indisimulado descontento. Thibaud Gaudin, sin embargo, obvió las miradas, los gestos y los murmullos, se levantó y trató de adoptar una postura grave, de una dignidad que se esforzó por lograr sin éxito. Colocó la mano sobre las Sagradas Escrituras que alguien había situado frente a él.

—Yo, Thibaud Gaudin, caballero de la Orden del Temple, electo gran maestre, prometo a mi Señor Jesucristo y a su vicario, el sumo pontífice, perpetua obediencia, que determino guardar para siempre, y juro defender con palabras, armas, fuerza y vida los misterios de la fe. En testimonio de lo cual, de mi voluntad propia juro guardar todo esto. Así Dios me ayude, como estos Santos Evangelios.

El nuevo gran maestre terminó un juramento que a nadie le pasó desapercibido: había sido incompleto. A Pierre tampoco se le había escapado que había obviado una parte esencial, aquella que prometía defender por las armas y no entregar a los enemigos ciudades ni fortalezas de la orden.

—¡Hermanos! —dijo elevando la voz, aunque esta había sonado ahora demasiado aguda—. Nos encontramos ante un momento crítico. —Hizo una pausa, como si quisiese que todos entendieran la importancia de lo que estaba diciendo—. Debemos tomar una difícil decisión.

La mayor parte de los hermanos asintieron. Pierre vio gestos graves. La pesadumbre había sustituido a la sorpresa. La pérdida de los Santos Lugares, evitada durante tanto tiempo, se cernía sobre ellos. Todos esperaban que el nuevo gran maestre impulsara su ánimo.

—Los mamelucos avanzan sobre Sidón. En pocos días llegarán a nuestras murallas. Y Sidón, como Acre, caerá.

Las palabras dejaron estupefactos a la mayoría de los templarios. No a Pierre, quien creía conocer el tipo de hombre que ahora los comandaba. La amargura lo invadió. Se suponía que el gran maestre debía elevar su espíritu. Nada más lejos de las intenciones de Thibaud Gaudin, que necesitaba para sus planes que todos perdieran la esperanza. Un murmullo se extendió entre los presentes. Pierre incluso vio rostros indignados, pero la confianza de Pierre en que aquella indignación prendiese se disolvió con rapidez. Nadie parecía dispuesto a hablar, o al menos a ser el primero. Se sorprendió al escuchar su propia voz.

—No están muertos.

Todo el mundo se volvió hacia él. El nuevo gran maestre con gesto molesto; otros, los más, intrigados.

—¿Quiénes? —preguntó el anciano Blanquefort.

—Pedro de Sevrey, Jacques de Molay..., el resto.

—¿Y cómo lo sabes? —preguntó Thibaud Gaudin con una sonrisa despectiva—. No te quedaste a luchar junto con ellos.

Pierre sabía que aquella acusación era injusta, pero no

podía desvelar detalles de la misión que le había encomendado Jacques de Molay. Notó un regusto amargo en la boca, el mismo que había sentido en Acre al abandonar a sus compañeros.

—Es cierto, pero me resisto a abandonar Tierra Santa sin conocer el destino de nuestros hermanos. Debemos quedarnos.

En otras circunstancias nadie se hubiera atrevido a desafiar al gran maestre. No era una situación normal. Algunas voces se unieron a la opinión de Pierre. Puede que se encontraran a punto de perder los Santos Lugares, pero aún les quedaba el orgullo y no estaban dispuestos a dejárselo arrebatar. Las palabras de Pierre podían ser la mecha que encendiese al resto. Pronto se hizo manifiesto que los partidarios del gran maestre eran minoría.

—Pero el tesoro...

Aquellas tres palabras pronunciadas por Thibaud Gaudin decantaron la balanza entre los templarios. El nuevo gran maestre había perdido la esperanza de mantener Sidón y el orgullo de rescatar a sus hermanos presos o caídos, pero además la vergüenza había manchado su nombre. El oprobio de anteponer la riqueza a la misión que los había alumbrado durante dos siglos se había precipitado sobre él. Nunca le abandonaría.

—Bien, bien —intentó reaccionar—. No nos apresuremos. Sopesaremos todas las posibilidades antes de tomar una decisión. Os volveremos a convocar.

26

Orvieto, 2024

La débil luz de las linternas frontales de Luken y Arianna quebró la oscuridad de la gruta de Orvieto. Los haces bailaban según avanzaban por la gran cavidad de los dioses perdidos, como la había bautizado el joven. Estaban allí con un propósito. Luken quería volver a revisar con Arianna el texto que había encontrado. Había algo extraño en él y necesitaba estudiarlo de nuevo y reflexionar al respecto.

—¿Qué es lo que encuentras extraño en la inscripción? —le había preguntado ella.

La condujo hasta el lugar del texto y apuntó a la inscripción con su linterna frontal.

—En esta relación hay veinticuatro nombres. ¿Lo ves?

Arianna se concentró en la lista. Luken se quedó mirándola. Se había vestido más informal, como si se hubiese dado cuenta de que el traje no encajaba en la gruta, o quizá solo había comenzado a relajarse. El pelo, que normalmente llevaba recogido detrás de las orejas, se había soltado al inclinarse. Su mirada, enfocada en el muro, le daba un aire decidido, intenso. Quizá debido a la luz tenue, o a las extrañas circunstancias en las que estaban inmersos, o quizá por la vestimenta informal que la hacía parecer más joven, más vital, más ella misma, le pareció muy atractiva. La italiana se encogió de hombros.

—Sí, veinticuatro, pero eso no me dice mucho. ¿Qué tiene de extraordinario?

—Mira aquí —dijo Luken señalando el primer nombre de la lista—. Hugues de Payns. Fue el fundador de la orden y el primer gran maestre.

Arianna asintió.

—¿Aquí están entonces todos los grandes maestres de la orden?

—Eso es lo que pensé en el primer instante. Hubiera sido lo lógico, salvo por dos detalles. No hubo veinticuatro grandes maestres, solo veintitrés. —Luken señaló el último nombre de la lista—. Pierre d'Aumont nunca fue gran maestre. Es lo que llamó mi atención, pero no es lo único extraño.

Arianna se volvió hacia Luken. Sus rostros, en la oscuridad, estaban muy cerca, y sus cuerpos casi se tocaban. Luken trató de concentrarse y continuó con la explicación.

—Los años no coinciden. Hay grandes maestres que figuran en la lista antes de que fueran nombrados. Pero lo que es aún más importante: en la lista no están todos, y varios de los que aparecen nunca lo fueron.

—¿Y eso qué quiere decir?

Luken se incorporó. Se sentía a gusto junto a Arianna, pero temía que demasiada cercanía le llevase a un comportamiento poco profesional.

—Esto no es un listado de grandes maestres. Creo que es algo diferente.

—¿Qué podría ser?

—No estoy seguro, pero podría tratarse de un listado de guardianes.

—¿Guardianes de qué?

Luken sonrió. Según lo meditaba todo iba cobrando más sentido. Thibaud Gaudin, por ejemplo, no estaba en la lista y había sido gran maestre de la orden, aunque su nombramiento había sido controvertido. Había accedido al cargo tras la muerte en Acre de Guillermo de Beaujeu y había estado al mando de la orden hasta morir en extrañas circunstancias. Luken hizo un gesto con la mano abarcando toda la gruta, recordando así a Arianna lo que aquello podía significar.

—Los guardianes de los dioses perdidos. Los guardianes del secreto de la orden.

27

Sidón, 1291

El carácter de los líderes moldea el comportamiento de los demás. Son las manos que, usadas con destreza, convierten el barro en obras de arte, pero que también pueden estropear la mejor materia prima. Si el líder es amable, el resto lo será; si es cruel, también. Si es desconfiado, temeroso, arrojado o déspota, todos cuantos le rodean cambian para adaptarse. Los líderes a menudo menosprecian este efecto. Creen, con una vanidad aterradora, que son sus órdenes las que deciden, las que transforman. En realidad, es la manera en la que toman las decisiones lo que importa.

Thibaud Gaudin era cobarde, interesado y desconfiado. En apenas tres semanas, los otrora orgullosos, valientes y hermanados miembros de la orden en Tierra Santa empezaron a dudar. A la cobardía le siguieron la desconfianza y el interés propio. Como un pedazo de sal arrojado al agua, los valores que los habían guiado desde su constitución por Hugues de Payns se disolvieron hasta desaparecer.

Es el daño que puede causar un mal líder.

Por fortuna, no afectó a todos. No hubo tiempo suficiente. O quizá es en estas circunstancias cuando surgen nuevos líderes; cuando el resto, aquellos a los que aún les queda gallardía, voluntad, valor u honor, busca un faro por el que guiarse. Contra su propio criterio, contra su propio interés, contra su propia naturaleza, Pierre d'Aumont se convirtió en uno de ellos. No era el único, pero haberse enfrentado al gran maestre en su cobardía le había conferido una pátina de credibilidad, a pesar de su juventud. Nadie olvidaba que había sido también el compañero de Jacques de Molay, lo que incrementaba su prestigio.

No se sentía cómodo. Era un rol para el que no estaba preparado, que no le concernía. Prefería quedarse en un segundo plano, tomar sus decisiones, seguir su camino y no comprometerse. Maldecía su incapacidad para controlar su temperamento. Y además había llamado la atención de Thibaud Gaudin y su guardia más cercana. Sabía que el documento que custodiaba debía permanecer en secreto. Por eso, solo en la seguridad de su celda se atrevía a desplegarlo, a intentar escudriñar sus secretos. El resultado era decepcionante.

Una noche, tras su guardia, había regresado a la celda, colocado cuatro piedras sobre las esquinas del documento y se había quedado despierto, alumbrado por la débil luz de una lámpara de sebo, esforzándose en desentrañar el secreto que ocultaba. En el centro del documento había una estrella de cuatro puntas, como una rosa de los vientos. Había llegado a la conclusión de que indicaba los cuatro puntos cardinales. En cada una de las puntas había un símbolo. Un sol al sur, una cruz al norte, una media luna al este y una estrella de cinco puntas al oeste. No conseguía desentrañar su significado. Tres de ellos eran los símbolos de las tres grandes religiones, pero ¿y el cuarto? Y, si lo estaba interpretando correctamente, ¿qué hacían allí dibujados? ¿El orden significaba algo?

A la derecha del documento aparecía una curiosa forma geométrica. Pierre ignoraba su nombre preciso. Era un triángulo de lados desiguales en el que dos de los lados se oponían por completo. El resto del documento estaba repleto de símbolos, letras y números incomprensibles para él. Al principio creyó que habían sido dibujados al azar. Aun así, había encontrado cierto orden. Todos los elementos seguían el mismo esquema: un nombre, tres letras, una fecha y un lugar, a veces conocido para Pierre, otras desconocido.

Había pasado horas enteras tratando de desentrañar aquel galimatías, pero había avanzado muy poco. Solo los nombres que iniciaban cada serie tenían sentido para él. Eran caballeros templarios. El último que figuraba en la lista era el propio Jacques de Molay. Las fechas también parecían tener un sentido. La última, escrita junto al nombre de su compañero, era del día que lo había sorprendido en la gruta leyendo el documento que ahora obraba en su poder y con aquel extraño cofre en las manos. La imaginación de Pierre se había desatado. Antes de entrar en la orden había escuchado los rumores sobre el inmenso tesoro de la orden. Siempre había creído que aquella fortuna provenía de las generosas donaciones que caballeros, como su propio padre, hacían al entrar en la orden. En otros casos parecían también provenir de hombres poco dispuestos a arriesgar la vida en Tierra Santa, pero que buscaban quedar exonerados de aquel incómodo deber.

Ahora no estaba tan seguro. Si lo que ocultaba aquel cofre era oro y piedras preciosas, y teniendo en cuenta el tamaño de aquella lista, la fortuna podía ser inmensa. ¿Desde cuándo llevaban los templarios amasando aquella fortuna? La respuesta la encontró en la propia lista. El primer nombre era del mismísimo Hugues de Payns, fundador de la orden. El misterio que ahora recaía en manos de Pierre hundía sus raíces tiempo atrás. Y ahora, con la muerte de Guillermo de Beaujeu y sus hombres más cercanos, el misterio se hallaba en su poder. ¿Quién más en la orden conocía su existencia? Sin duda no Thibaud Gaudin; en caso contrario, se lo hubiera reclamado. Eso era lo que más le preocupaba. Si se trataba de oro y piedras preciosas, ¿por qué el tesorero había quedado al margen? Si no lo era, ¿qué albergaba el cofre? No sabía a quién preguntar. ¿Y si no había a quien poder hacerlo? Estaba solo. Un escalofrío le recorrió la espalda.

28

Palacio de Fontainebleau, 1292

Guillaume de Nogaret estaba exultante. Su plan, diseñado tres años antes, comenzaba a dar sus frutos. Era cierto que sustituir al gran maestre de la Orden del Temple no parecía fácil. Guillermo de Beaujeu había ocupado la posición durante casi dos décadas, pero su muerte en Acre a manos de los mamelucos había sido un inesperado golpe de suerte. Además, otros templarios de renombre, como Pedro de Sevrey, mariscal de la orden, o Jacques de Molay, también habían caído. Eso dejaba el terreno expedito para Hugo de Pairaud. Todos los maestres regionales serían llamados a París para elegir un nuevo sucesor. Si todo salía como estaba previsto, colocarían a su hombre en la Torre del Temple y controlarían la orden, teniendo acceso a todos sus recursos. Después, la mirada de Fontainebleau se centraría en Roma y el poder de Francia sería absoluto.

Había tenido una conversación con Hugo de Pairaud, el visitador de occidente de la Orden del Temple, y este no ocultaba la excitación ante la oportunidad que se le presentaba. Sabría agradecerles el apoyo mostrado. Cuando

Nogaret entró en el Salón del Consejo su sonrisa iluminó toda la estancia.

—¿Cómo van nuestros asuntos con la Orden del Temple?

El rey siempre era directo. Aquello le gustaba a Nogaret.

—Hugo de Pairaud está haciendo un gran trabajo, majestad. Cuenta para ello con la ayuda de Jean de la Tour, el tesorero de la orden. El dinero compra voluntades, incluso entre aquellos que han hecho promesa de pobreza.

Felipe IV sabía que funcionaba así. Conocía bien el alma humana, pero seguía albergando dudas.

—Los templarios no son fáciles de comprar. En su mayoría dan más importancia al honor que al dinero, incluso en los tiempos que corren. No los subestiméis.

Hugo de Pairaud le había transmitido que el proceso de elección del gran maestre resultaba complejo. El renombre del candidato y su pasado en Tierra Santa pesaban. Él carecía de ambos, pero quizá era el momento de renovar la costumbre y elegir a alguien más pragmático.

Nogaret decidió cambiar la conversación.

—Si logramos colocar a nuestro hombre como gran maestre, ya solo nos quedará resolver el problema de Roma, majestad.

—Mostráis demasiada ansia, Nogaret. No se puede dar jaque mate al rey sin capturar antes a sus torres. Y la del Temple no parece fácil de conquistar.

Alguien llamó a la puerta de la sala del Consejo y abrió las puertas. Era el capitán de la guardia real. Si interrumpía las deliberaciones del monarca es que debía de ser un asunto de importancia. Se acercó y tendió un documento a Felipe IV.

—Majestad, noticias de Tierra Santa.

El rey tomó el documento y lo leyó, mientras su consejero esperaba nervioso.

—Nogaret, vuestro plan ha fracasado. Noticias de Sidón. La Orden del Temple ha elegido nuevo gran maestre: Thibaud Gaudin.

—Majestad, eso no es posible. La costumbre exige que todos los maestres regionales estén reunidos para tomar tal decisión.

El rey tendió el documento a Nogaret. Su rostro se había transformado. Se había vuelto impenetrable, como si estuviese esculpido en mármol.

—Me temo que esta vez el procedimiento no ha sido observado. Habéis fracasado, y no me gustan los consejeros que se equivocan.

29

Orvieto, 2024

Luken y Arianna conversaban mientras desayunaban en el hotel. A Luken no le había pasado desapercibido que Arianna vestía de un modo cada vez más desenfadado. Se había dejado el cabello suelto sobre los hombros y su maquillaje lucía más ligero. Parecía como si poco a poco se sintiera más cómoda con él; o quizá esta era la Arianna habitual y la anterior una impostura forzada por la necesidad de aparecer como profesional ante un desconocido. A Luken le gustaba más la nueva Arianna.

—He estado investigando las inscripciones de la gruta. ¿Quieres saber lo que he descubierto?

—¡Claro! —respondió ella—. Pero antes tengo otra sorpresa para ti.

Lo había dicho con una sonrisa como la que había mostrado cuando le había enseñado la nave con las estatuas de los dioses antiguos. Aquello excitó su curiosidad.

—¡A qué esperamos!

Salieron del hotel, se subieron al coche y se dirigieron hacia un destino desconocido para Luken. Mientras tanto, a una distancia prudencial, Dimitrios Gregorakis los observaba.

Mike el Griego se apresuró a montarse en su propio coche y seguir a la pareja. Era un sabueso y sabía que no podía dejar escapar aquella presa. Había informado a su contacto, pero necesitaba algo más que sospechas para continuar ordeñando la vaca. Siguió al todoterreno de la pareja con la precaución del hombre acostumbrado. Quizá no fuera necesario tanto cuidado; aquellos jóvenes se comportaban con una candidez conmovedora, como si entre sus manos no estuviese un secreto tan valioso.

Luken y Arianna se dirigieron hacia la misma zona de la ciudad donde estaban guardadas las esculturas. Luken estuvo tentado de pedir a la italiana que se detuviese para poder verlas de nuevo, pero se contuvo. Tenía curiosidad por descubrir qué nueva sorpresa le depararía. Dejaron atrás la nave y se acercaron a otra más pequeña, también custodiada por los *carabinieri*.

—¿No me digas que aún hay más?

Arianna sonrió con picardía.

—Miles de objetos —respondió mientras se bajaba del coche y abría la puerta del almacén—. De todo tamaño y origen. Ninguno de las tres grandes religiones monoteístas —añadió anticipándose a la pregunta de Luken.

Arianna encendió las luces de la nave. Esa vez no había cortinas separando las estancias. Cientos de cajas de madera se acumulaban por doquier. Todas ellas cerradas.

—¿Algún objeto templario?

Arianna negó con la cabeza.

—Aún no hemos catalogado todo. Nos llevará años

datar cada objeto y darle su contexto histórico. Quizá nunca logremos hacerlo. Sin embargo, no recuerdo nada que me pareciese remotamente templario.

Luken entendía las dudas de Arianna. Muchos objetos eran de civilizaciones no solo extintas, sino también olvidadas por el paso del tiempo, sus creencias arrastradas al olvido por civilizaciones más pujantes. Al haber sido extraídos de su lugar original, habían perdido la posibilidad de interpretarlos, de dotarlos de un sentido histórico. Sin saberlo, los templarios habían provocado un daño irreparable a aquel patrimonio de la humanidad, aunque, a la vez, lo habían salvado del olvido. Luken no se atrevía a juzgarlos. Era algo que había aprendido de su trabajo. Nunca juzgar bajo los criterios modernos a hombres del pasado.

—¿Qué hacemos? ¿Empezamos a abrir cajas? ¿O al menos los habéis fotografiado y tenéis un listado? —preguntó intentando provocar a la italiana.

Arianna sonrió ante la ocurrencia. Cuando lo hacía parecía más joven, casi una estudiante universitaria.

—He preparado una sala en el hotel. Allí podemos revisar todas las fotos. Te advierto que son casi tres mil piezas. Nos llevará un buen rato.

—¿A qué esperamos entonces?

Regresaron al hotel y se pusieron a trabajar. Dedicaron todo el día, con pausas para comer. Luken estaba fascinado. Ante sus ojos desfilaban objetos maravillosos. Podía haber dedicado su vida a cada uno de ellos. Decenas de arqueólogos lo harían los próximos años. Cambiarían así la percepción sobre nuestro pasado, abrirían nuevas teorías, descubrirían nuevas civilizaciones y cultos, revolucionando el conocimiento existente. Las horas pasaban, pero la excitación superaba al cansancio. Cuando terminaron de revisar la última foto era casi medianoche.

—Nada —concluyó Luken—. Ningún objeto con reminiscencias templarias, ninguna inscripción, ninguna pista que nos ayude a arrojar algo de luz sobre el enigma. Si no fuera por lo que he visto, juraría que todo es una broma pesada.

Se quedaron en silencio, con una sensación de fracaso agudizada por el cansancio. En ese instante sonó el teléfono de Arianna. Ambos dieron un respingo, extrañados ante la hora tardía. Miraron el teléfono como si de un insecto venenoso se tratase. Su compañera respondió y Luken vio cómo su rostro se transformaba.

—¡Vamos hacia allí! —Arianna colgó y se volvió hacia Luken—. ¡Han entrado a robar en la nave pequeña!

Salieron a la carrera hacia el coche. La ciudad estaba desierta y apenas se cruzaron con un par de conductores. No hablaban. Luken sabía que Arianna no tenía más información. Llegaron a la nave y se encontraron media docena de coches de *carabinieri* con las luces encendidas. Los condujeron al interior de la nave.

—Solo han abierto una de las cajas. Se han llevado un objeto —se apresuró a informar uno de los *carabinieri*, como si quiera quitar importancia a lo ocurrido.

Se abalanzaron hacia el cajón abierto y comprobaron el contenido.

—Falta una estatua. Etrusca, creo.

Luken miró a Arianna, sorprendido de que pudiese recordar el contenido con solo saber el número de caja.

—Una pieza valiosa, sin duda. Pero ¿por qué esa en concreto?

—Creo que podemos aclararle la duda —respondió el *carabiniere*.

El policía les pidió que lo siguieran. Llegaron a una pequeña oficina.

—Lo tenemos grabado —aclaró—. No tuvo tiempo a más. Era la primera caja que abría y el primer objeto que veía. En ese momento lo descubrimos e hicimos sonar la alarma.

El *carabiniere* les enseñó un vídeo en el que se podía observar la escena completa. «Tiene razón —pensó Luken— el ladrón no ha tenido tiempo para nada más».

El vídeo terminó y la pantalla mostró una imagen del atracador desde otra cámara. Era un hombre grueso, de aspecto mediterráneo, con la tez morena. Avanzaba por la nave con la estatuilla en la mano. Hizo un gesto de recolocar el escaso pelo del flequillo en su posición y salió del enfoque de la cámara.

—¿Saben quién es? —preguntó Luken.

—Lo hemos comparado con nuestra base de datos. No hay coincidencia.

—¿Cómo pudo entrar? —le reprochó Arianna, sin disimular su enfado.

El *carabiniere* parecía azorado. Habían cometido un error que alguien, probablemente él, tendría que pagar.

—Una pequeña puerta lateral. Sabe cómo abrir una cerradura. Un profesional.

A varios kilómetros de allí, Mike el Griego estacionó el vehículo. A esa distancia se sentía seguro. Abrió una bolsa y extrajo la pequeña estatua. Sabía lo suficiente para comprender que era valiosa. Lograría por ella varios miles de euros. Sacó una foto con el móvil y se la envió a su contacto. Estaba excitado, no por la cantidad de euros que poblarían sus bolsillos, sino porque aquello era más grande de lo que había creído en un principio. ¡En la nave había cientos de aquellas cajas! Quizá había llegado el momento de dar un último golpe y retirarse.

30

Sidón, 1291

Sidón, un amasijo de pequeñas callejuelas laberínticas protegidas tras una muralla densa y maciza, había amanecido encogida. El sol asomaba en un cielo limpio que auguraba un día caluroso, una invitación a sonreír a la vida. Pero para los caballeros templarios no había motivo para hacerlo. El ejército mameluco estaba a las puertas de las murallas. Era inmenso. Hasta donde alcanzaba la vista se extendían las tiendas, ondeaban los estandartes, brillaban las cimitarras, pululaban los soldados como hormigas laboriosas. Aquello hubiese bastado para desmoronar la moral del ejército defensor. Sin embargo, el golpe de gracia no había llegado de fuera de la ciudad, sino del interior. Conforme los soldados se iban incorporando a sus guardias iban conociendo la noticia.

El gran maestre de la orden, Thibaud Gaudin, había abandonado Sidón. De noche, decían algunos, para ocultar su vergüenza, su cobardía. Con el tesoro templario, decían otros, para ponerlo a salvo. Bajo la promesa de regresar con ayuda desde Chipre, sentenciaban los pocos que aún creían en su honorabilidad. Nadie sabía a ciencia cierta las verdaderas razones. Y quizá no lo sabrían nunca. La muerte llamaba a sus murallas. Solo una huida al puerto, a través del corredor fortificado que lo conectaba a la ciudad salvaría sus vidas, pero el honor y un juramento traicionado por su líder los obligaba a permanecer estoicos sobre las murallas, desafiando al enemigo. Tal vez, en el último instante, con la ciudad irremediablemente perdida, sería aceptable escapar, cuando su orgullo pudiera protegerse por el convencimiento de haber hecho cuanto estaba en sus manos. Nadie esperaba la ayuda prometida.

Dos días después, con la noche aún cubriendo el mundo, los mamelucos atacaron. Años más tarde, cuando Pierre recordase aquella batalla, lo haría con orgullo. Jamás vería hombres combatir con tanto convencimiento, como si quisieran compensar la cobardía de su líder, como si no solo luchasen por su vida, sino por un ideal superior, una visión de unos principios que se derrumbaban arrastrados por la marea de la historia. Hay momentos que justifican una vida y aquella batalla justificaría por sí sola la de Pierre. Cuando más tarde su mundo se volviera oscuro, envuelto en traiciones, odios y venganza, aquella batalla, los hermanos caídos y la mirada orgullosa de los supervivientes siempre serían suyos. Defendieron los muros contra enemigos que los superaban cien a uno y, por un tiempo, incluso creyeron que lo lograrían. Durante varios días rechazaron a los atacantes. Todo cambio el 14 de julio. Desde el bulevar fortificado, los defensores asistieron impotentes a la construcción de una pasarela que permitiría a los atacantes cruzar el mar. Nada podían hacer para impedirlo. Aquel mismo día tomaron la dolorosa decisión de embarcarse rumbo a Tortosa para evitar el desastre. Lo hicieron todos juntos, en la hermandad que otorga la defensa de sus principios. Era el fin del sueño templario. Para Pierre suponía también el antecedente de su verdadera pesadilla.

31

Francia, 1292

El peso de la derrota es difícil de soportar. Se percibe como algo físico que encoge los hombros, curva el espinazo y hace bajar la mirada. También tiene un reflejo en el alma, la rodea de densos nubarrones, de desesperanza, pero sobre todo de culpa. Culpa por no haber hecho lo suficiente, por lo perdido, por los compañeros caídos y su imposible regreso, por el sueño incumplido. Así se sentía Pierre. Las caídas de Acre y Sidón pesarían sobre su espíritu hasta el final de sus días. Somos las cicatrices de lo que hemos vivido.

Con esa amalgama de sentimientos bullendo en su interior, Pierre había tomado una determinación inesperada: necesitaba alejarse del centro del poder templario. Thibaud Gaudin, el nuevo gran maestre de la orden, un cobarde interesado solo por el poder y el dinero, había acogido con indisimulada alegría la decisión de Pierre de dar por finalizado su servicio en la orden. Hispania sería su nuevo hogar. Allí podría seguir luchando contra los infieles, olvidar lo sucedido en Tierra Santa y sentirse útil.

Sin embargo, tenía otro asunto pendiente. En su poder estaba aquel documento que seguía perturbando su mente. Cuanto más trataba de descifrarlo, más alejado parecía de hallar una explicación. Debía ponerlo a buen recaudo. Retornaría a su país, buscaría a Elisenda y le pediría que lo guardase para él; al menos eso era lo que se repetía a sí mismo obcecadamente. La verdad era más íntima, tanto que incluso se negaba a reconocerla: necesitaba verla antes de partir hacia el sur. No podía olvidarla, recordaba hasta el último detalle de su piel, de sus ojos, de su cuerpo. Añoraba su olor, su sonrisa, su voz. Tenía la secreta esperanza de que ella aún le recordase, que hubiese mantenido una promesa que en realidad no se habían llegado a hacer, pero que anidaba en su corazón.

Diez días después de su desembarco en Francia contempló en la distancia la silueta del castillo de su padre. Se tensó. Habían transcurrido cinco años desde su partida. Era otro hombre, pero temía la reacción de su progenitor y de su hermano a su fracaso: el desdén, incluso la burla. No se iba a equivocar.

Encontró a ambos reunidos en el salón condal. Su padre le pareció envejecido. La barba blanqueada le daba, sin embargo, un aire más sabio. Al aproximarse, este hizo un gesto de extrañeza y tardó un instante en reconocerlo. Se levantó de su sillón, colocó las manos sobre los hombros de Pierre y asintió satisfecho.

—Ahora al menos pareces un hombre —le espetó.

Escuchó la voz de François detrás de su padre.

—Aunque sea el hombre que ha entregado Tierra Santa a los infieles.

Pierre sintió un sabor amargo en la boca y notó la ira creciendo en su interior. Aunque se había imaginado que aquello podía suceder, le invadió la tristeza. Estuvo tentado de volverse y desaparecer. No lo hizo y, si lo hubiera hecho, quizá todo habría sido mejor. En su lugar escuchó de sus propios labios salir la ira y la amargura.

—No he visto infieles por aquí. Es fácil hablar desde el confortable salón de este castillo.

El rostro de François se transformó en un espasmo de ira enrojecida.

—No tolero que hables así a tu hermano —gruñó su padre—. Tú no entiendes de responsabilidades, del esfuerzo necesario para gobernar nuestros territorios. Allá, lejos, viviendo tus propias aventuras.

Pierre estuvo a punto de responder. Su padre parecía haber olvidado que había sido él quien lo había enviado a Palestina.

—¿Como está Geraldine?

—Muy bien, hermanito —respondió François con una mueca irónica que Pierre no supo interpretar—. Ayudando con los preparativos de la boda.

Su hermana se casaba. «Es lógico —se dijo—. Han transcurrido cinco años y será una mujer».

—¿Quién es él? —preguntó con la curiosidad de quien sigue queriendo proteger a su hermana pequeña.

—Lo has entendido mal —replicó su hermano, que mantenía la sonrisa maliciosa—. No es ella quien se casa, sino yo.

Por un lado, sintió alivio. Por otro, la expresión de su hermano le tenía confundido. No reaccionó hasta pasados unos segundos.

—Enhorabuena, hermano.

En aquel momento se abrió la puerta del salón y una

mujer entró en la estancia. Pierre tardó un instante en reconocerla. Era Elisenda de Mortain.

—Deja que te presente, hermano. Aunque creo que os conocéis. Ella es Elisenda, mi futura esposa.

32

Francia, 1292

La lluvia caía sobre el castillo de Aumont. Lo hacía inmisericorde, disolviendo el mundo que los rodeaba, como si no hubiera nada más allá de los gruesos muros. Desluciría la boda de su hermano. Magro consuelo para Pierre, que sentía que lo había perdido todo: el hogar, una misión en la vida, su amada.

Miraba la lluvia desde la almena más alta del castillo, aunque no había nada que observar. Estaba solo y la soledad era su refugio, incluso en medio del aguacero, empapado hasta los huesos, aterido de frío. Meditaba sobre el futuro. Asistiría a la boda de François, abandonaría su patria y partiría hacia el sur, siguiendo el plan original. Solo quedaba un detalle por resolver: qué hacer con el documento. Había decidido que quizá lo mejor fuese llevárselo cuando vio por el rabillo del ojo que alguien se acercaba. Su cuerpo se tensó, entrenado por la vida en Tierra Santa. El desconocido iba encapuchado y no podía distinguir su rostro. No parecía amenazante y no llevaba ningún arma a la vista. Pierre esperó. El desconocido se acercó y, cuando estuvo a su altura, dejó caer la capucha. El rostro del Elisenda iluminó su oscuro mundo. Habían pasado cinco años, pero su belleza no había perdido ni un ápice de magia. Al contrario, los ojos eran aún más profundos, la barbilla, el perfecto equilibrio entre la altivez y la delicadeza. Ella sonrió y aquella sonrisa le traspasó la coraza, la desesperanza se fundió hasta desaparecer; incluso las nubes parecieron menguar. Pierre no supo qué decir, no quería romper la magia ni despertarse de lo que debía de ser un sueño. Fue ella la que habló.

—Me siento feliz de que estés aquí.

Pierre permaneció en silencio unos segundos más. Estaba dolido y temía malinterpretar aquellas palabras y que una vana esperanza ahondara más en su herida.

—Yo siempre he deseado que seas feliz. Todos estos años, cada vez que he pensado en ti, lo he deseado —respondió al fin.

Ella se revolvió con un gesto de sorpresa, pero se recompuso.

—Yo también he pensado en ti.

—Y, sin embargo, te casas con él.

Pierre se arrepintió de sus palabras. Eran injustas. Ella no había participado en una decisión acordada tiempo atrás. Además, destilaban amargura. Elisenda desanudó su capa y colocó una mano blanca y delicada sobre la de Pierre, que descansaba en la piedra de la muralla. El calor pareció volver al cuerpo del templario.

—Hace cinco años que partiste.

Pierre no pudo sostener la mirada de la joven.

—No pude o no supe desobedecer a mi padre.

Elisenda hizo un gesto de aprobación.

—No era un reproche. Lo entiendo. Mañana yo desposaré a tu hermano. Así lo han querido nuestros padres.

Ella tenía razón. No podía pedirle que hiciera lo que él no había tenido valor para hacer. Asintió con resignación.

—Tú y yo somos dos barcos en la noche —continuó ella—. Nos cruzamos, pero no navegamos juntos. Los vientos de la vida nos impulsan hacia mares diferentes.

Pierre había aceptado la realidad. El deber y el deseo a veces no son compatibles.

—Quizá algún día la marea vuelva a acercarnos.

—Quizá —respondió ella—. Yo siempre te buscaré en el horizonte.

Elisenda hizo el amago de retirarse, pero Pierre la retuvo.

—Espera.

Extrajo de su capa el documento de Jacques de Molay y lo depositó entre las manos de Elisenda.

—Solo te pido que guardes esto. Protégelo para mí. Es importante. Algún día regresaré a recuperarlo.

Elisenda guardó el documento entre los pliegues de la capa y luego, con delicadeza, levantó la mano para acariciar el rostro de Pierre. Sin añadir nada más se volvió y desapareció. Como si aquello fuese una señal, el cielo pareció encapotarse y la lluvia arreció de nuevo.

33

Orvieto, 2024

Luken se sentía incómodo. Estaba sentado en el todoterreno junto a Arianna, que apenas le había dirigido la palabra. No creía que tuviese nada contra él, pero resultaba obvio que el robo de la escultura etrusca le había afectado el ánimo. Sus labios estaban apretados en una línea recta, y su mirada, puesta de forma intensa, casi obsesiva, en la carretera clamaba silencio. Luken valoró la posibilidad de preguntarle cómo se sentía, pero no la conocía tanto como para arriesgarse a una reacción imprevisible. Pese a que parecía más prudente aguardar a que ella diese el primer paso, él no era así. Podía soportar la incomodidad cuando le afectaba a él, pero no podía ver sufrir a otra persona sin intervenir. Decidió, al menos, intentar rebajar la tensión.

—¿Dónde vamos?

Arianna pareció volver en sí, como si de pronto fuera consciente de dónde se encontraba o de que su comportamiento no resultaba adecuado.

—A la gruta.

Su voz sonó seca, algo cortante, pero esbozó una leve sonrisa que a Luken se le antojó triste, como si hubiese algo que solo ella conocía, pero que hubiera quedado sumergido por los acontecimientos recientes.

—Hemos descubierto algo nuevo —concluyó Arianna.

Luken vio cómo, poco a poco, la joven italiana volvía a ser ella misma y el nubarrón comenzaba a disiparse. Se alegró de saber que tenía aquella capacidad y de recuperar a su compañera.

—Y no me vas a decir de qué se trata.

—Para qué estropear la sorpresa.

Llegaron a la plaza de Orvieto. Luken fue testigo de cómo la plaza trataba de recuperar la vida. Los lugareños asomaban en mayor número y hablaban en pequeños corrillos, recordando a los fallecidos, o quizá preguntándose qué ocurriría en un futuro inmediato.

Descendieron en el montacargas. Una vez abajo no se dirigieron hacia el gran salón de las esculturas, sino que dejaron atrás la maquinaria y se introdujeron por un pequeño pasillo que Luken no había visto en las visitas anteriores.

—Este pasillo quedó oculto tras el derrumbe. Hemos retirado los escombros.

Luken se percató por primera vez de algo que había pasado por alto.

—¡Buscáis la entrada!

Arianna asintió.

—Ya la hemos encontrado. Cuando retiramos las rocas descubrimos un largo túnel que desciende. Conecta con el exterior.

Avanzaron hasta detenerse frente a una enorme puerta de madera con refuerzos de hierro. Parecía muy antigua. Luken pasó la mano por la madera rugosa y se quedó pensativo. Mostraba varios símbolos entre los que descubrió la cruz y el sello templario, dos hombres armados montando el mismo caballo. Sin embargo, también había otros símbolos extraños que no podía descifrar. Algunos eran similares a los que había visto en la pared de la gruta. Recordó que entonces le habían evocado símbolos masónicos. Eso resultaba del todo imposible, la masonería había nacido en Escocia siglos después de que la gruta quedase sepultada.

—¿Qué hay del otro lado?

—Rocas. Parece que un derrumbe antiguo bloqueó esta entrada. Ha permanecido así desde entonces.

—Por aquí es por donde introdujeron las esculturas.

No había sido una pregunta, sino una afirmación.

—Eso creemos. Pero para acceder se necesitaba una llave —dijo Arianna señalando un cerrojo oxidado.

Luken miró con detenimiento el antiguo cerrojo. Imaginó una llave de hierro de amplias dimensiones. Esta no se hallaba en el cerrojo. ¿Quién había sido el poseedor de aquella llave? Tuvo que ser un templario, no había otra explicación. Recordó la lista de los guardianes, los nombres de los caballeros, grandes maestres o no, que aparecían allí. Su mente regresó al último nombre de la lista: Pierre d'Aumont, un hombre desconocido, pero un hilo del que tirar. Necesitaba volver al hotel y conectarse a internet.

34

Tarifa, 1294

Habían transcurrido dos años desde que Pierre había abandonado su tierra natal. Auvernia era solo un recuerdo doloroso y su pasado en Tierra Santa parecía haber acaecido en una vida anterior.

Elisenda estaba ahora casada con su hermano. Jacques de Molay, muerto. Su padre y su hermano lo habían repudiado, o al menos habían hecho nulos esfuerzos para retenerlo cuando les anunció sus intenciones. Había perdido todas las referencias de su vida y había creído que se recuperaría viajando hasta Castilla, la última frontera. Aún combatían allí las órdenes militares en aquella guerra infinita contra los infieles. Enseguida había comprendido que estaba equivocado. Cristianos y musulmanes luchaban, se aliaban y traicionaban con la misma facilidad con que un hombre cambia de caballo.

Pierre había participado en la toma de Tarifa, pero lo había hecho peleando por el rey Sancho IV de Castilla, cuyos aliados eran los nazaríes, con los que Pierre había tenido que confraternizar. Allí había aprendido que los hombres, buenos y malos, se reparten entre los pueblos sin importar su religión. Ahora, sin embargo, defendía la plaza contra los nazaríes, los benimerines y el hermano del rey, el infante Juan. Revueltas y traiciones que Pierre no lograba comprender. Comenzaba a pensar que aquel tampoco era su sitio e incluso a dudar si existiría algún lugar para él en el mundo.

Durante esos dos años había servido bajo el mando de don Rodrigo Pérez Ponce, maestre de Calatrava, un hombre que le recordaba a Jacques de Molay, de recios valores y estrictas costumbres, que defendía su espada y su fe con el mismo ardor. Hacía unos meses el maestre había abandonado Tarifa, sustituido por Alonso Pérez de Guzmán, un señor de la guerra que había defendido con bravura la plaza fuerte. Hasta ese día. Las murallas de Tarifa llevaban asediadas varios meses y, aunque aún no lo sabían, los defensores iban a recibir una lección de honor y deber que jamás hubieran podido imaginar.

Aquella mañana todos los soldados estaban en las murallas de la ciudad. Una embajada del ejército atacante se aproximaba. Portaban banderas blancas, símbolo de que acudían a parlamentar. Ni una sola flecha partió de las murallas, el código de la guerra lo impedía. Eso era algo que sorprendía a Pierre: los combatientes de aquella contienda se traicionaban y cambiaban de bando, pero su honor parecía estar por encima de todo. Tenían un código estricto que jamás rompían y que Pierre envidiaba. Mientras la embajada benimerí avanzaba hacia ellos oyó a uno de sus compañeros gritar.

—¡Quizá vengan a rendirse!

Las carcajadas resonaron a su alrededor. Eran hombres valerosos, soldados curtidos, que no temían a una muerte que los acechaba cada día.

—Han oído que la flota aragonesa navega hacia aquí. ¡Están desesperados! —respondió otro.

—¡Van a salir de aquí con el rabo entre las piernas! —terció alguien detrás de él.

Pierre dejó de escuchar a sus compañeros. Algo extraño en la comitiva le había llamado la atención. Eran cinco hombres, pero uno de ellos llevaba la cabeza cubierta por una bolsa de arpillera, como si se tratase de un condenado a muerte. La comitiva se detuvo y uno de los benimerines tomó la palabra y se dirigió a los defensores con voz potente.

—¡Defensores! Os exhorto a la rendición. Deponed vuestras armas y respetaremos vuestra vida. Tenéis la palabra del sultán Ibn Ya'qub.

Desde las murallas solo respondió el silencio. Nadie parecía muy impresionado, habían asistido antes a demostraciones de ese tipo. El alcaide Alonso Pérez de Guzmán se adelantó y se apoyó sobre la muralla.

—¡Atacantes! —respondió con voz grave—. Os exhorto a abandonar vuestro empeño. Retiraos y os perdonaremos la vida. Dadle este mensaje a vuestro sultán y preguntadle si acaso no tiene el valor de venir a recibirlo en persona.

El rostro del emisario se transformó. La sorpresa por el desafío, la humillación por el tono burlón del alcaide y la furia por el insulto al sultán lo alteraron. Después el enfado fue sustituido por una sonrisa de desprecio. Se adelantó unos metros empujando al hombre cuya cabeza permanecía cubierta.

—¡Quizá ahora cambiéis de opinión! —aulló mientras retiraba el saco de la cabeza del hombre.

Un murmullo se extendió entre los defensores. Pierre no entendía la situación y miró a sus compañeros con perplejidad.

—Es el hijo de Alonso Pérez de Guzmán —murmuró otro soldado a su oído.

Pierre miró al alcaide, pero su rostro continuaba impertérrito. El emisario había hecho una pausa dejando que aquella información entrara en la cabeza de los tarifeños.

—¡Ahora no lanzáis bravuconadas! —prosiguió el emisario—. Rinde la ciudad o tu hijo morirá.

Colocó un puñal en la garganta del hombre, aunque este permaneció impasible. Miraba al frente con expresión de dignidad. El mensaje que transmitía era nítido: no tenía miedo a morir. Alonso Pérez de Guzmán no parecía impresionado. Miró a su hijo y le hizo un gesto con la cabeza, que este le devolvió. El alcaide se llevó la mano a la cintura y extrajo una daga de su funda. Por un instante la contempló en la mano, como si la sopesara. Luego la lanzó al vacío, cayendo frente a los pies del emisario sultaní.

—¡Tomad! —dijo sin que temblase la voz—. Matadle con esta si así lo deseáis. ¡Prefiero honra sin hijo que hijo sin honra!

El emisario miró estupefacto hacia la muralla y luego a la daga que yacía a sus pies. Alrededor del alcaide el silencio era absoluto. Pierre observaba el rostro pétreo de Alonso con una mezcla de asombro y respeto. No sabía si llegado el caso él hubiese podido tomar aquella decisión con tanto aplomo. El emisario, sin embargo, se había recuperado. Lanzó una última sonrisa hacia la muralla y, con un gesto entrenado, rebanó el cuello del hijo del alcaide. La sangre manó a borbotones al tiempo que la serena mirada del degollado se disolvía en el estertor de la muerte. El grito de los soldados defensores se alzó desde la muralla, seguido de juramentos e insultos. Solo el alcaide parecía inalterado. Los emisarios retrocedieron a la carrera mientras los arqueros ocupaban sus puestos tratando de alcanzarlos.

La batalla duró tres días. El resultado fue la completa derrota del ejército atacante. Las velas de la flota aragonesa aparecieron en el horizonte al segundo día y eso fue lo que desequilibró la batalla. Sembró las dudas de los atacantes y elevó la moral de los defensores. Pierre vivió aquellos días con el recuerdo no lejano de la caída de Acre y Sidón como heridas supurantes y la nostalgia de sus compañeros caídos, de Jacques de Molay, del mariscal Pedro de Sevrey y de tantos y tantos otros. Al tercer día el ejército benimerí retrocedió. Había sufrido pérdidas importantes, pero, sobre todo, la esperanza de la victoria.

Tarifa estalló de alegría. Las puertas de las murallas se abrieron y los soldados defensores se mezclaron por las calles con la población local y los recién llegados soldados aragoneses. El jolgorio, el estruendo de la celebración, la algarabía sin fin le resultaron a Pierre más desconcertantes que los sonidos de la guerra. Se dio cuenta de que nunca había asistido a una victoria, a la supervivencia de una ciudad que había temido su aniquilación. Caminaba por las calles ensimismado, el contrapunto a la orgía de alegría que lo rodeaba.

A lo lejos divisó a un encapuchado. Le llamó la atención que no se dejara ver el rostro. ¿Qué tenía que ocultar? Para su sorpresa el desconocido le hizo un gesto. Le pedía que lo siguiera. ¿Por qué a él? Solo había una forma de salir de dudas. Esquivó a los que se interponían en el camino y siguió al encapuchado hasta un callejón lateral. El bullicio quedó atrás, convertido en un rumor que se alejaba conforme iba avanzando. Delante de él el encapuchado no se giraba, parecía dar por hecho que Pierre continuaba tras él. En el callejón, Pierre se dejó guiar por su instinto y avanzó evaluando a cada paso las amenazas potenciales, los escondrijos, las zonas oscuras. Llegaron a un punto sin salida, donde el encapuchado se volvió hacia él. Por primera vez Pierre pudo estudiarlo con detenimiento.

Hay hombres a los que se puede medir solo por su postura, por la forma en que se mueven, porque transmiten un instinto, una habilidad o una experiencia. Algunos producen temor; otros, tranquilidad. Aquel hombre emanaba poder y serenidad. Una mezcla peligrosa. Ambos se miraron por unos instantes, como si se estudiaran, tratando de medirse. Antes de que Pierre pudiera reaccionar, dos hombres surgieron de las sombras detrás de él, cerrando cualquier escapatoria. Pierre no sintió miedo. Quizá porque sabía que hay formas más sencillas de matar: en medio de una multitud, con un puñal apareciendo y despareciendo mientras dos personas se cruzan. O quizá porque había estado tan cerca de la muerte que había perdido la conciencia del riesgo. Esperó. Al final fue el encapuchado quien tomó la iniciativa.

—Creo que tienes algo que me pertenece.

Nada más hablar retiró su capucha, pero Pierre no hubiera necesitado que lo hiciera. Hubiera reconocido aquella voz incluso en el infierno.

Jacques de Molay no había muerto en Acre.

35

Tarifa, 1294

El sufrimiento humano se refleja en el rostro. No hace falta más que un vistazo para determinar si una vida ha sido difícil, si ha estado dominada por el dolor, por el trabajo extenuante, por la soledad o por la desesperanza. Aparecen arrugas en el rostro que siempre estarán presentes, ojeras que acompañarán la mirada, canas en el cabello o en la barba que acentuarán la edad. Jacques de Molay parecía haber envejecido diez años, su barba blanca, su rictus cincelado por surcos profundos.

Pierre tuvo la sensación de que el rostro de Jacques era aún más severo que el que recordaba en Acre. No podía ni imaginarse por lo que había debido de pasar en manos de los mamelucos y deseaba conocer la historia de cómo había logrado evitar la muerte y el cautiverio. Habría tiempo.

—Me ha costado dar contigo.

Las palabras habían salido de los labios de Jacques de Molay como escupidas por una catapulta, pero Pierre sabía que era su forma de hablar, que no había acusación tras ellas.

—Me alegra veros con vida —respondió Pierre.

Jacques permaneció unos segundos en silencio, como si evaluase la conveniencia de dedicar un instante al reencuentro y no al objetivo de su vida.

—Sé que en Sidón defendiste la necesidad del rescate. También sé que pocos te apoyaron.

Uno de los soldados que acompañaban a Jacques de Molay interrumpió la conversación.

—Gran maestre, quizá deberíamos hablar en algún lugar más discreto.

Por un instante Pierre d'Aumont creyó haber entendido mal.

—Gran... maestre —tartamudeó—. Thibaud Gaudin es el gran maestre. O lo era cuando dejé Chipre.

—El mundo ha cambiado desde Tierra Santa. Ven. Acompáñame. Tenemos mucho que contarnos.

Se dirigieron hacia el castillo y Pierre los llevó hasta un pequeño salón, donde entraron solo ellos dos, mientras los soldados se quedaban fuera custodiando la entrada. La puerta se cerró y Jacques de Molay extendió la mano abierta hacia Pierre.

—Puedes devolverme lo que es mío.

Había sido una orden. Sin embargo, Pierre no podía cumplirla.

—No lo tengo aquí —respondió con tranquilidad.

Pierre vio como un relámpago de ira cruzaba el rostro del gran maestre y se apresuró a continuar.

—No os preocupéis. Está a buen recaudo en el castillo de mi padre. Lo guarda la esposa de mi hermano.

Jacques de Molay le miró con gesto interrogativo.

—En tus palabras hay secretos. O al menos una historia que bien merecería la pena escuchar.

Pierre se agitó inquieto. No quería contar nada a Jacques acerca de Elisenda. Hay asuntos que es mejor ocultar incluso a uno mismo.

—Puedo conduciros hasta Auvernia y entregároslo.

—¿Conducirme? Te necesito a mi lado. Tenemos una misión y mucho trabajo por delante.

Pierre consideraba que su pasado como templario había quedado atrás. Había cumplido su juramento como *milites ad terminum*. Sin embargo, se dio cuenta de que ansiaba regresar. Ahora que había descubierto que Jacques de Molay seguía con vida, volvía a desear ser parte del futuro de la orden. Y también quería saber más del documento que, a fuerza de estudiar, casi podía recordar de memoria. El gran maestre interrumpió sus pensamientos como si leyese su mente.

—Recuerda tu promesa: «Y no abandonaréis la orden ni en la felicidad ni en la desgracia sin el consentimiento de vuestros superiores».

—De acuerdo —respondió decidido—, pero antes decidme cómo es que ahora sois el gran maestre de la orden.

El rostro del viejo templario se oscureció.

—Thibaud Gaudin... —acertó a comenzar.

—El cobarde —respondió Pierre con tono cortante.

—No juzgues a un hombre si nunca has estado en su pellejo. Si algún día tienes la desgracia de convertirte en gran maestre, me comprenderás.

Pierre no osó responder a la reprimenda. Esperó a que Jacques de Molay prosiguiese.

—Thibaud Gaudin se quitó la vida. Cuando regresamos de Acre, él no pudo soportar la vergüenza por su huida de Sidón.

Ahora entendía las palabras de Jacques. Por un instante atisbó la presión que un gran maestre tenía que soportar, las duras decisiones que debía tomar y las consecuencias de estas.

—Y fuisteis elegido.

Jacques de Molay asintió.

—No fue sencillo. Hubo otro candidato. Hugo de Pairaud, visitador de más acá de los mares. Ha acaparado poder en la orden mientras tratábamos de salvar Tierra Santa, y tiene el apoyo del rey de Francia.

—Pero vencisteis.

—Una batalla. Algo me dice que también he ganado un enemigo. Volveremos a encontrarnos y no será una situación amable. Vi el resentimiento en sus ojos y es una semilla que puede permanecer inactiva mucho tiempo, para luego crecer, extenderse y consumir el cuerpo y el alma de un hombre y de los que están a su alrededor.

Pierre asintió.

—Cuando así sea permaneceré a vuestro lado. Podemos partir hacia Auvernia.

—No. Antes hemos de pasar por Roma. Quiero tener una audiencia con el Santo Padre. Debo asegurarme su apoyo.

36

Vaticano, 2024

El nuncio apostólico se sentía frustrado. No había logrado ningún avance significativo que mostrar al sumo pontífice. El tiempo transcurría. Los informes que llegaban desde Orvieto no parecían indicar que estuviese sucediendo algo extraño. Los objetos encontrados habían sido trasladados desde la gruta por el personal del Museo de Arqueología de Orvieto.

Quizá estuviera enfocando el asunto del modo incorrecto. Necesitaba agitar el avispero y lograr que sus enemigos diesen un paso en falso y saliesen a la luz. Había escogido a la persona adecuada para hacer el trabajo, un provocador, el representante de la Congregación para la Defensa de la Fe y el Dogma, el hermano Agustín. Nadie le tomaba demasiado en serio en el Vaticano, pero se había prestado con entusiasmo a cumplir la tarea que el nuncio le había encomendado. Le había proporcionado una parte de la información, aquella que explicaba el descubrimiento de los ídolos paganos, y había organizado una rueda de prensa.

Las palabras solo impactan en el contexto adecuado y dependiendo de quien las dice. Si no lo tienen, o la persona que las emite no es importante, naufragan en la irrelevancia. Aquellas palabras habían sido pronunciadas por un hombre especial, con una pasión multiplicada por su fe. Además, el nuncio no había tenido en consideración el efecto de todo cuanto había sucedido en Orvieto. El descubrimiento de las antiguas esculturas en la desconocida ciudad italiana y los casi cuatro mil muertos del terremoto dieron otra dimensión al discurso en aquella rueda de prensa, en especial a una frase pronunciada con determinación.

—Es obra del maligno.

Al principio nadie fue capaz de interpretar el significado, pero todos comprendieron que estaban al borde de algo importante. No se divulga ese mensaje sin una intención. Aunque las declaraciones habían sido hechas en una rueda de prensa sin preguntas, la avalancha de los periodistas convirtió el acto en un pandemónium. Uno de los periodistas elevó la voz por encima del resto.

—¿Qué quiere decir eso?

El silencio expectante que siguió a la pregunta fue más ruidoso que la algarabía anterior. Todos contuvieron la respiración.

—Son falsos dioses. Atentan contra el Dios verdadero. Promueven la promiscuidad, el pecado, la blasfemia. Deben ser destruidos, hasta el último de ellos, reducidos a polvo, sin excepción.

A muchos de los presentes, y de los millones de televidentes que seguían la retransmisión, no se les pasó por alto un detalle importante. Había dicho que atentaban contra el Dios verdadero. ¿Cuál era el Dios verdadero? Todos los dioses reclamaban para sí aquel título.

Luken y Arianna contemplaban atónitos la pantalla del televisor en la cafetería del hotel.

—¡No tienen derecho! —gritó Arianna cuando reaccionó—. ¡Son patrimonio de toda la humanidad!

A Luken le dio la impresión de que todo el mundo se había vuelto loco. Sin embargo, su mente se esforzaba en analizar las consecuencias. ¿Cómo reaccionaría el resto de la sociedad ante aquello?

—Tienen miedo —respondió.

—¿Miedo?

Luken asintió.

—Las religiones monoteístas siempre han tratado de erradicar al resto, especialmente a las politeístas. Está en su credo. «Solo mi religión es la verdadera», proclaman. Temen un resurgimiento de decenas de nuevos cultos. Dioses olvidados que retornan a la vida.

Arianna parecía confusa.

—¿Quién va a querer creer en un dios que dejó de ser adorado hace dos mil años?

—Olvidas la necesidad humana de regresar a lo primitivo, a lo auténtico. Millones de personas descubrirán nuevos dioses, podrían aparecer mesías y profetas.

—¿Cómo sabes eso?

Luken se encogió de hombros.

—Estudié dos carreras a la vez: Arqueología y Antropología.

Arianna se quedó en silencio, con el gesto concentrado, y a Luken eso se le antojó muy atractivo. La miró de manera diferente y se dio cuenta de que tenía los ojos ligeramente juntos, algo que le confería una belleza singular.

—Es todo tan extraño… —dijo ella.

—Creo que deberías llamar a tu jefe de inmediato.

—¿Por qué?

—Aún no entiendes a lo que os enfrentáis. ¿Has escuchado lo que han dicho? «Deben ser destruidos». Reforzad la seguridad de inmediato.

—¿No creerás que supone una amenaza inminente?

La pregunta permaneció en el aire por un instante. Después Arianna se incorporó, sacó el móvil y se alejó por el pasillo. Luken se mantuvo pensativo. Le parecía curioso que hacía apenas unos días había podido ver algunas de las mayores maravillas de la humanidad y, sin embargo, en aquel instante, la única imagen que había quedado grabada en su retina eran los ojos de Arianna.

37

Anagni, proximidades de Roma, 1295

La enorme puerta de madera que daba acceso al Palazzo de Bonifacio VIII en Anagni se abrió con solemne lentitud. Pierre miró hacia arriba y contempló la estructura, la torre cuadrada que se alzaba con esbeltez sobre el conjunto vigilando a cuantos decidiesen acercarse. Oyó la solitaria campana tañer como si anunciase su llegada. Sabía que estaba a punto de entrar en el corazón de la cristiandad, el lugar desde el que Bonifacio VIII decidía el destino de la religión verdadera. A su lado estaba Jacques de Molay, gran maestre de la Orden del Temple. Ambos y el resto de su séquito vestían las largas capas blancas decoradas con la cruz patada sobre el hombro izquierdo, encima del corazón. Se sentía orgulloso de haber recuperado aquella vestimenta, la única con la que se sentía él mismo y a la vez parte de algo más grande, centinela de un mundo que merecía la pena, guardián de una pureza que debía perdurar. También sabía que la orden guardaba secretos, como el que Jacques de Molay se negaba a desvelar. Pero Pierre sabía esperar.

—Adelante —dijo Jacques de Molay.

Cruzaron con paso firme el inmenso patio del palacio y varios pasillos que a Pierre le hubiese gustado tener más tiempo para admirar. El tamaño, la decoración, la profusión de colores. Todos los santos y prohombres que la cristiandad había producido en trece siglos estaban allí representados. Jamás había contemplado tanto lujo, tal muestra de poder y riqueza, tan alejada de la vida que había vivido entre los templarios. Aún pensaba en ello cuando, siguiendo al gran maestre, se encontró en un enorme salón, al fondo del cual, sentado en un trono, se hallaba un hombre de avanzada edad, gesto severo, ojos grandes y nariz prominente. Un halcón al acecho de su presa. Los contemplaba con un rictus de interés impregnado de desconfianza.

Jacques de Molay se adelantó con paso firme, hincó la rodilla en el suelo y tomó la mano que Bonifacio VIII le tendía con desgana, la besó y, sin levantar la cabeza, le saludó.

—Santidad, vuestros más humildes siervos se postran ante vos.

Bonifacio VIII hizo un gesto con la mano, como si alejara un molesto insecto.

—Gran maestre. Es un honor recibir vuestra visita. ¿Qué noticias me traéis de Tierra Santa?

Jacques de Molay acusó el golpe. El papa estaba, por supuesto, informado de todo cuanto había sucedido, de las derrotas de Acre y Sidón ante los mamelucos y de que la orden no disponía de dominios en Siria o Palestina. La pregunta no era sino un recordatorio de la derrota, una forma de hurgar en la herida del fracaso y colocar a los templarios en una posición de inferioridad. Jacques de Molay se recuperó y no eludió el asunto.

—Me temo que os traigo malas noticias. El poder mameluco se extiende en el este. Es necesario llamar a una nueva cruzada para defender los Santos Lugares.

Pierre admiró la capacidad diplomática del gran maestre. Con la referencia a la cruzada había devuelto el golpe, poniendo el foco en la necesidad de que el sumo pontífice hiciera su parte del trabajo.

—Está bien, está bien, no nos precipitemos.

La vaga respuesta de Bonifacio VIII detuvo el ímpetu de Jacques de Molay, que siguió esperando en vano a que el santo padre terminara de hablar. Animado por el silencio y deseoso de seguir manteniendo la iniciativa, el gran maestre continuó.

—Tengo intención de dirigirme a todos los monarcas de la cristiandad. Pronto partiré hacia París, donde espero recabar el apoyo de Felipe IV.

Pierre fue consciente de que la mención al rey francés había alterado al papa, que emitió un gruñido de incomodidad. Después pareció retomar el control. Sus ojos se entrecerraron y su voz se suavizó.

—Hace apenas unas semanas recibí otra visita. Un caballero templario, o sea que estaréis al tanto de él.

El rostro de Jacques de Molay quedó demudado y el papa sonrió satisfecho. Sabía que había sorprendido a su interlocutor.

—Su nombre, como sin duda conoceréis, era Hugo de Pairaud. Tengo entendido que fue vuestro rival por el título de gran maestre.

Jacques de Molay se había rehecho para quedarse petrificado.

—¿Y se podría saber, santidad, cuál fue el objeto de su visita?

La sonrisa de Bonifacio VIII se ensanchó. Parecía estar divirtiéndose con la situación.

—Quería mostrarme sus respetos y hacerme saber que el rey de Francia no tolerará que desde Roma le digamos lo que tiene que hacer. Quizá deberíais recordarle a vuestro caballero que la orden debe obediencia al heredero del trono de san Pedro, y no a un rey cualquiera.

El rostro de Jacques de Molay estaba tan lívido como su capa.

—Así lo haré.

El papa sonrió y, con un gesto de la mano, indicó a Jacques de Molay que se levantase.

—Perfecto. Podéis iros. Evaluaré vuestra petición de iniciar una nueva cruzada. Os haré saber mi decisión.

38

París, 1296

La sede principal, el corazón del Temple, era un imponente castillo que destilaba poder, riqueza y lujo. Ocupaba un barrio entero de París. En el centro, rodeadas de jardines, se erigían cuatro torres redondas y puntiagudas que parecían querer proteger a una quinta, situada en el medio. Transmitía poder, sí, pero también se antojaba inexpugnable. «Lo opuesto a lo que debería ser», había pensado Pierre al verlo. Recordó el voto de pobreza, el carácter humilde de su misión. Ahora contemplaba atónito el otro rostro del Temple. Deseó regresar a Tierra Santa en cuanto pudiera. El ambiente era hostil, opuesto al compañerismo de Siria y Palestina. En París, alejados de la misión primordial de la orden, los caballeros, los sargentos y el resto de los miembros del Temple se habían volcado en asuntos más mundanos. Los recién llegados, curtidos en las batallas del lejano este, les recordaban que vivían entre comodidades, mientras otros se jugaban la vida y la perdían.

La puerta del salón principal se cerró y cuatro hombres

se sentaron a la mesa. La hostilidad no disminuyó, sino que pareció tomar cuerpo. Era una mesa alargada. A uno de los lados tomó asiento Jacques de Molay. Frente a él, presidiendo, se había instalado Hugo de Pairaud, visitador de más acá de los mares. No ceder la presidencia al gran maestre suponía un insulto intolerable, pero Jacques de Molay había sujetado el brazo de Pierre en el momento en que este iba a protestar, instándolo a sentarse a su derecha. A la izquierda de Hugo de Pairaud estaba Jean de la Tour, tesorero de la orden. La diferencia entre los cuatro hombres resultaba palpable. Jacques de Molay y Pierre d'Aumont vestían ropas gastadas, su piel estaba curtida por el sol y se movían con la precisión y el aplomo del guerrero. Hugo de Pairaud y Jean de la Tour lucían uniformes impecables, sus rostros parecían más acostumbrados a los salones interiores que al frío o el calor de la intemperie y se encontraban cómodos entre el lujo y la riqueza. Las dos almas de la orden. Jean de la Tour sirvió una generosa copa de vino al visitador e hizo lo mismo con la suya. Después, con un gesto, le ofreció la jarra al gran maestre.

—Agua —respondió Jacques de Molay—. Supongo que tendréis, ¿no?

Jean de la Tour se levantó de inmediato y dio órdenes a un sargento de que llevara una jarra de agua. Mientras, Hugo de Pairaud tomó la palabra.

—Nos sentimos muy honrados con vuestra visita, gran maestre.

Jacques de Molay tamborileó con los dedos en la mesa antes de responder.

—Esta es mi casa, visitador, no estoy en ella de paso.

El gesto de Hugo de Pairaud se envaró. Acusó el correctivo, pero se rehízo.

—Por supuesto, gran maestre. Hacía tiempo que no regresabais a vuestro hogar.

Jacques de Molay le interrumpió sin miramientos.

—Estoy aquí porque quizá sepáis que hemos perdido nuestras últimas fortalezas en Tierra Santa. La orden debe reaccionar. Necesitamos la ayuda de Felipe IV para que impulse una nueva cruzada. También precisamos de todos los recursos de los que la orden pueda prescindir a tal fin.

Jean de la Tour abrió un gran libro que tenía frente a él.

—No será fácil, gran maestre. Como podéis ver en los libros, no disponemos de una gran cantidad de efectivo. Tardaremos en reunir una cantidad significativa.

Jacques de Molay, que había continuado con la vista fija en el visitador, se volvió hacia el tesorero y este se interrumpió y tragó saliva.

—Tenéis un año. Vended cuanto sea necesario.

El tesorero fue a objetar, pero Hugo de Pairaud hizo un gesto con la mano para silenciarlo.

—Por supuesto, gran maestre. Se hará tal y como ordenáis. Y, si así os parece, solicitaré en vuestro nombre una audiencia con Su Majestad a la mayor brevedad posible.

Jacques de Molay mantuvo su gesto iracundo, pero sus dedos dejaron de golpear la mesa.

—Eso es exactamente lo que quiero. Ahora partiremos dos semanas. Preparad todo para mi regreso. Por ejemplo, este salón —dijo mirando a su alrededor, como si acabara de descubrirlo— será mi salón para uso personal.

Los cuatro hombres permanecieron en un incómodo silencio por unos instantes. Fue Hugo de Pairaud quien lo rompió.

—¿Y puedo preguntaros adónde partís? Son tiempos difíciles y quizá necesitéis escolta.

—Mi destino no es de vuestra incumbencia. Tendré suficiente con mi guardia personal.

Abandonaron el salón y Jacques de Molay lanzó un gruñido.

—¡Malditos bastardos! ¡Les importa más la riqueza y el poder en Francia que la misión de la orden!

—¿Harán lo que se han comprometido a hacer?

La pregunta de Pierre era ingenua. Había asistido en silencio al intercambio, sorprendido por cómo el gran maestre había manejado la situación, poniendo a los dos templarios en su lugar. No estaba habituado a la alta política de la orden y le costaba interpretar lo que acababa de suceder.

—¡Por supuesto que lo harán! —atronó Jacques de Molay—. ¡Si no, yo mismo me ocuparé de rebanarles la garganta!

Aquello era algo que Pierre sí podía entender.

39

Orvieto, 2024

Luken contemplaba la escena con una mezcla de perplejidad y temor. La nave donde se encontraban las esculturas estaba iluminada por potentes focos, que producían un efecto caleidoscópico. Decenas de soldados fuertemente armados protegían la entrada al recinto, formando una línea compacta, con las armas preparadas.

Arianna y él apenas intercambiaban alguna que otra palabra. De vez en cuando señalaban un detalle que les había llamado la atención. Estaban en el todoterreno, rodeados por las luces azules de los *carabinieri.* Centenares de personas gritaban y gesticulaban entre ellos y la nave. Algunos portaban pancartas con eslóganes variopintos. Se fijó en el más repetido: DESTRUYAMOS AL MALIGNO. Había grupos que rezaban apiñados, otros parecían entrar en trance. Incluso había quienes arengaban a los demás, animando a la turba a cumplir los designios de Dios. De pronto sonó el teléfono de Arianna. Luken lo miró con aprensión: siempre que recibía una llamada, eran malas noticias. Se trataba del director del museo. Tras unos segundos de escucha Arianna frunció el ceño. «¿Qué más puede suceder?», se preguntó Luken.

—Debemos regresar al hotel de inmediato.

—¿Qué ocurre?

—Parece que tenemos refuerzos. Acaba de llegar una experta en conservación de patrimonio cultural de la Unesco.

Luken comenzaba a sentirse sobrepasado por los hechos. Lo que había empezado como un mero trabajo sobre un hallazgo templario se había complicado hasta el extremo. Primero las esculturas, después los símbolos templarios y masónicos. Ahora los tumultos religiosos. Por un lado, se sentía incómodo, desubicado, pero por otro sabía que estaba en el centro de algo inmenso, que era un espectador privilegiado. Cuando todo terminase tendría una buena historia que contar.

Arianna arrancó el coche e intentó abrirse paso entre la maraña de coches patrulla, policías y curiosos. No se dieron cuenta de que, detrás de ellos, otro vehículo hacía lo mismo. Mike el Griego se frotaba las manos. Sabía bien que, en medio del caos, siempre hay buenas oportunidades. Podía quedarse y esperar, pero decidió seguir a la pareja de investigadores. En ellos estaba la clave de aquel enigma. Necesitaba averiguar adónde se dirigían.

Luken y Arianna, ajenos a las intenciones de su perseguidor, llegaron al hotel y se encaminaron a la cafetería. Allí los esperaba Domenico, el director del Museo de Arqueología, junto a una mujer.

—¡Ah! Aquí estáis —dijo—. Dejad que os presente.

La mujer era todo lo opuesto a lo que Luken se había imaginado. Esperaba una ejecutiva madura de una institución internacional, con un traje caro y las uñas cuidadas, acostumbrada a los despachos. Se encontró con una mujer joven, delgada y alta, casi tanto como él, a pesar de que no llevaba tacones. Hubiera encajado lo mismo en un cóctel o una fiesta lujosa en París o Nueva York como en una playa haciendo surf. Iba vestida como si acabara de llegar de una excavación arqueológica, una versión femenina de Indiana Jones, con el pelo rubio suelto y ondulado, lo que le daba un atractivo aire salvaje. La joven extendió la mano hacia ellos manteniendo una sonrisa amable.

—Me llamo Sophie —dijo en un pulcro inglés con un leve acento francés—. Les agradezco su disposición. El hallazgo es el sueño de cualquier arqueólogo.

Arianna le estrechó la mano algo envarada. A Luken le recordó a su reacción cuando se habían conocido.

—Y usted debe de ser el especialista en arqueología templaria, ¿no es así?

Luken tomó su mano y notó un apretón cálido y seguro.

—Eso creía —respondió Luken—. De momento tengo más preguntas que respuestas.

La sonrisa de Sophie se amplió. Sus ojos eran de un azul profundo y transmitían seguridad en sí misma, la de una mujer que sabe lo que quiere. A Luken le cayó bien. Aunque ahora, viendo su vestimenta de más cerca, tuvo la sensación de que aquella ropa jamás había visitado una excavación. Tomaron asiento en los sofás de la cafetería.

—Como bien saben, nuestra organización busca salvaguardar el patrimonio cultural. Hemos venido a ayudar. ¿Qué han descubierto hasta ahora?

—No mucho —respondió Luken—. Las inscripciones y los símbolos son templarios. Sin embargo, no recuerdo ningún registro de la existencia, ni ahora ni nunca, de un lugar como la gruta de Orvieto.

—Que usted sepa —intervino el director del museo.

Aquel comentario resultaba innecesario. Había sido hecho con intención de molestar. Reaccionó instintivamente.

—Créame. Dudo que exista. Hay muy pocos documentos templarios que hayan llegado hasta nuestros días. La orden era muy opaca y, tras su desaparición, todo fue destruido.

El director le sonrió, pero su sonrisa no le pareció amable. Luken tuvo la sensación de que trataba de impresionar a Sophie y él no era más que la diana oportuna.

—Quizá entonces no necesitemos sus servicios.

Arianna reaccionó molesta.

—Creo que no es necesario incomodar a nadie. Seguro que se nos ocurre algo.

El director iba a replicar, pero Luken se anticipó.

—Creo que tengo un hilo del que tirar.

Todos se volvieron hacia él, a la expectativa.

—En la gruta, tallados en la roca, había una serie de nombres. La mayoría de ellos aluden a los grandes maestres de la orden. Pero hay un nombre que quiero investigar: Pierre d'Aumont. —Luken miró a Sophie, que parecía interesada, como si el nombre del templario hubiese llamado su atención. Y prosiguió—: Pierre d'Aumont no era un templario conocido. No recuerdo ninguna referencia bibliográfica que lo mencione. Dudo siquiera que existiera, salvo porque su nombre estaba en la lista, el último de todos.

—Eso quiere decir que la gruta existía al final del periodo templario —apuntó Sophie.

Luken asintió. Parecía que la francesa había hecho los deberes.

—Cierto. La gruta ha sobrevivido al Temple hasta nuestros días. Y estaba en uso al final de la orden.

El director interrumpió impaciente.

—Y eso, ¿adónde nos lleva?

—El Temple era una organización religiosa que dependía del papa. Solo ante él respondía el gran maestre. Debemos buscar en los archivos. Nos vamos al Vaticano.

40

Auvernia, 1296

El tiempo no pasa igual para los árboles, las piedras y los castillos que para los hombres. Cuatro años son un suspiro para un castillo o para un bosque, pero para un hombre pueden convertirse en una eternidad. Hacía cuatro años que Pierre había partido de su hogar, y se le antojaba que había sido una vida entera. No era el mismo que había viajado hacia el sur y mucho menos el que se había dirigido hacia Tierra Santa siete años atrás. Su imagen del mundo había variado. Él mismo había cambiado. Sin embargo, fue ver la muralla del castillo de su padre, el entorno donde había transcurrido su niñez, el lugar que había sido su mundo, y sentir que el tiempo se había parado.

Para los habitantes del castillo d'Aumont los años sí habían hecho mella. Lo supo en cuanto cruzó la puerta y el viejo castellano, que tanto le había enseñado en su niñez, sujetó las riendas de su caballo con un brillo de admiración en la mirada ante la blanca capa templaria y la vistosa cruz roja en su hombro. Pierre percibió en él sorpresa, respeto y orgullo. «También somos los hombres que nos ayudaron a construirnos», pensó. Vio asimismo las arrugas de su rostro, las ojeras que anegaban su mirada.

—Dime, Antoine, ¿qué ha sucedido desde mi partida? Veo en tu rostro la desgracia.

—Nunca os he podido ocultar nada, más no debo ser yo quien os dé tan malas nuevas.

En aquel momento apareció su hermano. Antoine aprovechó para desaparecer. François caminó hacia ellos con gesto severo y sin presentarse a Jacques de Molay espetó:

—Has regresado. Tarde, como siempre. Nuestro padre murió hace apenas unas semanas.

Pierre encajó el golpe mientras el gran maestre lo observaba esperando su reacción. Sentía una mezcla de tristeza y amargura. Su padre había muerto y no había podido despedirse de él. Tampoco había podido hacerlo de su madre, mucho tiempo atrás.

Por otro lado, su padre nunca lo había tratado bien, y ambos sabían cuál era la causa, aunque jamás había sido pronunciada: el fallecimiento de su madre en el parto. El conde siempre había lanzado sobre su hijo menor una culpa silenciosa, sembrada de injusticia. «Nada de aquello importa ya», se dijo Pierre sintiendo un alivio culpable. Nada le ataba a aquel lugar, ni siquiera un hermano que se dirigía a él con tanto desprecio. Deseó estar lejos de allí.

—¿Cómo fue? —preguntó, más por llenar el incómodo silencio que por curiosidad.

—Un accidente de caza. Ahora soy el nuevo conde —aclaró, como si Pierre estuviera allí para reclamar algo que no le correspondía y que, además, no quería.

—Iré a presentar mis respetos a su tumba. Solo —añadió al ver que tanto Jacques de Molay como François hacían el gesto de acompañarlo.

Pierre se dirigió hacia la pequeña ermita que tantas veces había visitado a solas. Abrió la reja de hierro, que chirrió quejosa, y esperó a que sus ojos se acostumbraran a la oscuridad. Sabía que a la derecha estaba la tumba de Adele, su madre. Conocía de memoria cada detalle de su lápida, pero nunca había visto su rostro. Antoine le había hablado de ella, de su belleza, de su risa espontánea, que llenaba el castillo y alegraba a todos. Su padre jamás la nombraba. Cuando sus ojos se acostumbraron se dio cuenta de que no estaba solo. En la oscuridad le esperaba un hombre. Hizo un gesto de llevar la mano hasta la espada, pero entonces reconoció a Antoine.

—Sabía que vendríais —dijo el castellano, con voz cansada—. El honor os obliga, aunque no queráis hacerlo —agregó señalando la lápida de su padre—. Y a la vez no podéis volver aquí sin visitar a vuestra madre.

—Demasiado bien me conoces.

El hombre asintió.

—Ella no está aquí.

—¿Quién?

—Elisenda. Sé cómo la mirabais y lo que ella significaba para vos. Nada de cuanto sucede en este castillo me es ajeno. —El viejo castellano sonrió con una mueca triste—. Ella partió hace un año. Repudiada por vuestro hermano, por no darle el hijo que esperaba.

Pierre no respondió. No le extrañaba. Para su hermano solo importaba su linaje. Notó en el pecho una extraña sensación. Por un lado, alegría de que Elisenda hubiese escapado de François; por otro, tristeza, ya que aquello la llevaría a un monasterio, si no lo había hecho ya. Ella necesitaba un espacio abierto para no marchitarse. A la vez, se reconoció que le asaltaba un sentimiento de esperanza. Aunque no estuvieran juntos, saber de sus respectivas soledades le hacía sentirse más cerca de ella.

—¡Tomad! —dijo Antoine abriendo su capa—. Ella me dio esto para vos. Me dijo que algún día volveríais a buscarlo.

Pierre contempló el manuscrito. Lo tomó en las manos y dudó. Ante él se abrían dos caminos. El primero era junto a Jacques de Molay, la misión del Temple, quizá cambiar el mundo. El segundo, entregar el manuscrito y desaparecer, buscar a Elisenda, marcharse con ella lejos. Un futuro juntos, con la mujer que amaba.

—¿Dónde está ella? ¿Regresó a su hogar?

—Al principio sí, pero después ingresó en el monasterio de Lavaudieu. Debería seguir allí.

Dio un abrazo a Antoine. Sabía que sería el último. Salió de la cripta sin mirar la tumba de su padre, pero pasando la yema de los dedos por la de su madre, y regresó junto a Jacques de Molay y François.

—¡Vamos! —le dijo al gran maestre sin mirar a su hermano—. Tenemos lo que habíamos venido a buscar. Nos espera París. Pero antes necesito hacer un pequeño desvío.

41

Monasterio de Lavaudieu, 1296

Amanecía y las largas sombras de los árboles daban al monasterio de Lavaudieu un cierto aire de abandono. Era un edificio sencillo que había sido erigido en medio de un bosque profundo, como queriendo ocultarse del mundo para que nada de cuanto sucediera lo afectase. Pierre sabía que aquello era imposible. El silencio solo se veía interrumpido por el ocasional sonido de algún animal que regresaba a la madriguera y por el viento en las copas de los árboles.

Pierre descabalgó y dejó la montura atada a un enorme castaño, frente a la puerta principal. Estaba solo. Le había pedido a Jacques que aguardase en el bosque para no asustar a las moradoras del monasterio y porque no quería que se inmiscuyera en sus secretos. Golpeó la pesada puerta de madera y esperó. No sabía si sería recibido, pero debía intentarlo. El aire era frío y Pierre se arrebujó en su capa. Al cabo de unos instantes se abrió un pequeño ventanuco en la puerta y una voz desconfiada surgió de su interior.

—¿Quién sois y qué os trae a nuestra morada?

—Mi nombre es Pierre d'Aumont, soy un monje templario. Busco a Elisenda de Mortain.

La voz tardó un instante en responder, como si dudase.

—Esperad aquí. No hagáis ruido.

Pierre permaneció en la entrada un tiempo que se le antojó interminable, sin querer asirse a la esperanza de volver a ver a Elisenda, de quien parecía separarle siempre un abismo. Por fin, la puerta se abrió y una figura encapuchada salió por la misma.

—¡Ven! —dijo Elisenda—. Acompáñame, solo disponemos de unos minutos.

Ambos se alejaron hasta perderse entre los primeros árboles del bosque. Una vez allí Elisenda se descubrió la cabeza. Pierre contuvo el aliento. A pesar de que ella debía de haber vivido momentos complicados, seguía teniendo una belleza que le cortaba la respiración. Sintió que el tiempo no había transcurrido y que regresaba a la noche en la que se habían amado.

—¿Qué haces aquí? ¿Por qué has venido? ¿No me ha hecho suficiente daño tu familia?

Pierre quedó mudo por un instante. No entendía el reproche. Ella debió de ver la sorpresa y el dolor en su mirada.

—Disculpa. Mi vida no ha sido fácil.

—Tampoco la mía —respondió él—. He visto más sangre y muerte de la que jamás hubiera esperado ver.

Ambos permanecieron en silencio unos instantes, como si compartir sus desdichas los acercara.

—Ahora estoy bien.

Las palabras de Elisenda le habían sonado resignadas a una vida sin futuro, o al menos sin el futuro esperado.

—No te creo —respondió Pierre con una súbita resolución—. Hoy debo partir, pero un día regresaré. No sé cuánto tiempo habrá transcurrido, pero lo haré. ¿Me esperarás?

La luminosa sonrisa de Elisenda alegró el corazón de Pierre.

—Lo haré. Me acabas de hacer un regalo que atesoraré cada día que mi vida transcurra entre estos muros. Ahora tendrá un propósito: aguardar tu regreso.

Pierre sujetó con delicadeza la barbilla de Elisenda y la besó en los labios con suavidad.

—Recuerda mi promesa.

Tuvo que hacer un esfuerzo por separarse de ella. Todo lo que debía ser dicho, lo había sido. No volvió la cabeza, tomó las riendas de su caballo y se alejó. Elisenda se quedó unos instantes mirando el punto en el que Pierre había desaparecido. Luego se dirigió hacia la puerta del monasterio, sin percatarse de que alguien más había contemplado aquel encuentro.

Guillaume de Nogaret sonrió satisfecho. Solía sonreír muy poco, solo cuando lo veía necesario, y entonces era mejor no estar cerca. Había acudido a aquel monasterio en mitad de la noche, como un vulgar salteador de caminos, siguiendo las órdenes de Felipe IV, que quería conocer todos los movimientos del gran maestre del Temple. Hugo de Pairaud, su fuente de información en la orden, les había advertido del secretismo del encuentro y, aunque al principio Nogaret había dudado, ahora comenzaba a pensar que había merecido la pena aquel viaje tras Jacques de Molay y Pierre d'Aumont. Su visita escondía un secreto. A Guillaume de Nogaret le encantaba descubrir los secretos de sus enemigos.

42

Orvieto, 2024

Sophie daba vueltas en la habitación del hotel sin tomar una decisión. La noche había caído y aún seguía debatiéndose entre hacer una llamada o no hacerla. Finalmente se decantó. Envió sendos mensajes a Uno y Tres y acordaron concertar una conversación a medianoche. Era una hora extraña, pero no había podido convencer a Uno de que anulase su noche en la ópera.

—Espero que sea algo importante —dijo Uno cuando las tres se conectaron a la videoconferencia—. He tenido que abandonar el cóctel antes de lo previsto. Hay un caballero que espera mi atención.

Había hablado con el tono frívolo de siempre. Le gustaba hacer ostentación de su vida social, pero era solo una pose. Sophie decidió ir directa al asunto.

—He entrado en contacto con los arqueólogos. —Tres esperó a que Sophie continuara. Había comprendido por su tono que se trataba de algo importante—. Ha aparecido en la gruta el nombre de Pierre d'Aumont.

Se hizo el silencio. Uno y Tres parecían evaluar la situación.

—¿Cómo? ¿Dónde?

—Han encontrado un listado de templarios. Su nombre es el último en la lista. Luken está intrigado.

La conversación se había tornado seria. El tono de Uno cambió por completo.

—Debes seguirlo de cerca. No te separes de él —propuso.

—Ese es el problema. Tiene intención de visitar el Vaticano. La biblioteca.

Sophie oyó un silbido por la línea. Había sido Tres. La conocía lo suficiente para saber que en su código significaba dificultades. No era necesario que se lo hiciese notar. Ya lo sabía.

—No puedes ir allí —se adelantó Uno—. Es peligroso.

—Lo sé. Pero ¿cómo puedo, si no, controlar lo que encuentre?

Uno y Tres se enzarzaron en un debate sobre la necesidad y la oportunidad. No parecían llegar a un acuerdo.

—Iré —dijo Sophie—. A veces es preciso asumir riesgos.

Aquello pareció dar por concluida la discusión.

—Toma precauciones. Lleva protección. Vigila todo cuanto suceda a tu alrededor.

—Pareces mi madre —dijo Sophie sin poder evitar una sonrisa.

—Ella tenía más sentido común que tú —respondió Uno—, pero le prometí que cuidaría de ti.

Hubo un nuevo silencio en la línea. Las tres mujeres estaban pensando en la que había sido Dos antes de la Dos actual. Tres terminó por verbalizar la conclusión a la que todas habían llegado.

—Sabíamos que este día podía llegar. Gran recompensa, gran riesgo. Haz lo que tengas que hacer.

43

París, 1296

Jacques de Molay era un hombre taciturno, de palabras lanzadas como cuchillos, un temperamento colérico y un profundo sentido del honor. Cabalgaba mirando al frente, con tozudez, como si su voluntad fuese suficiente para abreviar el viaje.

Tras su regreso del castillo de su padre, habían sido informados en la Casa del Temple de París de que el rey Felipe IV los recibiría tres días más tarde en el palacio de Fontainebleau. Hugo de Pairaud y Jean de la Tour se habían anticipado y los esperaban allí. Aquello había puesto de mal humor a Jacques de Molay. Pensaba que el gran maestre de la orden no necesitaba intermediarios para hablar con el rey de Francia. Sospechaba del visitador y del tesorero, y recordaba las palabras de advertencia de Bonifacio VIII con respecto al monarca.

A su lado, Pierre iba envuelto en sus propios pensamientos, aquello que había quedado atrás, en un remoto monasterio de Auvernia. Solo un detalle le retenía de volver grupas y retornar allí: su propio sentido del deber, tan grande como el del Jacques de Molay. Trataba de asimilar cuanto sucedía. Cabalgaba con el gran maestre de la Orden del Temple. Había conocido al papa, representante de Dios en la tierra, y ahora iba a acudir a una audiencia con Felipe IV, rey de Francia y de Navarra. Jacques le había advertido de que el monarca era joven, pero astuto y decidido, y en ocasiones cruel. Corría la voz de que no parecía un hombre, sino una estatua.

Jacques de Molay le había contado también que el padre del actual monarca era un hombre piadoso. Solía retirarse a rezar a Fontainebleau, palacio que había decidido renovar. El viejo rey había mandado construir un monasterio e instalado en él a monjas de la orden trinitaria. Incluso su hijo, Felipe IV, había nacido allí.

Llegaron al palacio, pero tuvieron que esperar cerca de una hora antes de ser recibidos. La reunión se celebró en el salón de audiencias. El rey no superaba los veinticinco años. Era delgado, bien proporcionado y apuesto. Su mandíbula le daba un aire terco y sus ojos brillaban inteligentes. Sentado en el trono, miraba con desdén, cuando no desconfianza, a todos los presentes, excepto a uno. Este se situaba a su derecha y fue presentado como Guillaume de Nogaret, consejero real. Junto a él se encontraban Hugo de Pairaud y Jean de la Tour. Pierre tuvo la sensación de que la audiencia había comenzado antes de su llegada, que el visitador y el consejero real habían ideado aquel encuentro con intenciones diferentes a las que tenía Jacques de Molay.

—Me dicen —comenzó el rey— que sois del franco condado de Borgoña, gran maestre. Y vos —continuó, dirigiéndose a Pierre— proveniente del condado de Auvernia. Por cierto, sé que vuestro padre, el conde, acaba de fallecer. Mi más sentido pésame.

Pierre se sintió incómodo. No esperaba que hubiera llegado a oídos del rey aquella información. ¿Qué más sabría sobre él? ¿Quién le habría proporcionado semejantes detalles? Jacques de Molay no parecía impresionado. Sabía lo que había ido a buscar.

—Mi rey —dijo inclinándose—, somos humildes frailes que ansían llevar la religión verdadera hasta los confines del mundo.

—¿Humildes frailes?

Felipe IV había interrumpido a Jacques de Molay, lo que suponía una falta de respeto, aunque Pierre supuso que el monarca estaba por encima de la necesidad de mostrar dicho decoro. El gran maestre no pareció darse por enterado.

—Sí, majestad; como sabéis, profesamos voto de pobreza.

El rey estalló en una sonora carcajada, que tomó por sorpresa a los presentes. Solo Guillaume de Nogaret parecía acostumbrado al humor del monarca. Por toda reacción, el consejero real se atusó el fino bigote y exhibió una sonrisa apenas insinuada, como si todo fuese un juego para él.

—Gran maestre —intervino—, representáis a la institución más rica de la cristiandad. Esperamos que no nos ofendáis viniendo aquí a pedir dinero. Buscadlo en la Torre del Temple.

—No es nuestra intención, majestad. Os rogamos con humildad que apoyéis una nueva cruzada a Tierra Santa. Los hombres que podáis proporcionarnos sin comprometer vuestros territorios nos serán de utilidad. Y si no fuese posible, vuestro nombre respaldando la cruzada sería suficiente. Contamos con el apoyo de nuestro querido Bonifacio VIII.

Se hizo el silencio. La mención al sumo pontífice había tenido un efecto que Pierre no fue capaz de descifrar.

—Quizá —comenzó dubitativo el consejero real, que había mirado de reojo a Felipe IV— podamos llegar a un entendimiento.

El rey permanecía impasible. En boca del gran maestre, el nombre de Bonifacio VIII parecía haberlo transformado en piedra. Pierre sintió de nuevo que todo aquello era una farsa, sus anfitriones conocían las demandas del gran maestre y solo estaban abiertos a considerarlas si primero se satisfacían las suyas.

—¿Qué sugerís? —preguntó Jacques de Molay sin dirigirse al monarca, sino volviéndose hacia el que parecía su interlocutor.

—Vuestra orden precisa de nuestro apoyo. Una cruzada apadrinada por el rey de Francia atraerá a innumerables caballeros. A cambio, nuestro reino necesita de vos.

Pierre no dudaba de cuál sería la petición del rey. No la verbalizaría él mismo, para eso estaba el consejero real.

—¿Qué necesitáis que podamos tener?

La pregunta de Jacques de Molay parecía sincera.

—Un préstamo de cien mil florines será suficiente.

La cifra resultaba inabarcable. Jacques de Molay miró a su tesorero y al visitador, pero ambos apartaron la mirada. Sería el gran maestre quien tendría que tomar la decisión. Estaba entre la espada y la pared, conceder un préstamo de tal magnitud condicionaría al Temple durante varios años, afectando a la cruzada, para la que habría menos recursos. No acceder a la petición real haría imposible lograr su apoyo.

—De acuerdo. Contad con ello.

Mientras los cuatro templarios abandonaban el palacio, Guillaume de Nogaret y Felipe IV se quedaron a solas.

—Cien mil florines es una buena cifra, pero el Temple dispone de mucho más.

Guillaume de Nogaret miró al rey y asintió.

—Así es, majestad, pero Jean de la Tour me había anticipado que era lo conveniente. Jacques de Molay jamás se plegará a nuestras intenciones. Su regreso de Acre le hizo acreedor del título de gran maestre. Hugo de Pairaud no tuvo opciones. Si queremos controlar el Temple necesitamos que el gran maestre parta de nuevo a Tierra Santa, entonces tendremos vía libre para obtener más.

—Bien, lo dejo en tus manos. ¿Qué más has descubierto sobre Jacques de Molay y Pierre d'Aumont?

—Se dirigieron al castillo de Aumont. Allí hablaron con el nuevo conde, hermano de Pierre. Por lo que dicen mis informantes, nunca se han llevado bien. Partieron al poco de llegar.

Guillaume de Nogaret sonrió. Siempre prefería dejar lo mejor para el final.

—¿Y después? Intuyo que hubo un después.

—No se os puede ocultar nada, majestad —respondió Guillaume de Nogaret con una inclinación de cabeza—. Se encaminaron hacia Lavaudieu, donde Pierre d'Aumont tuvo un discreto encuentro con una hermana de dicho monasterio.

Felipe IV parecía ahora vivamente interesado.

—Supongo que lo traéis a colación no porque penséis que estoy interesado en los encuentros carnales de un templario. ¿Sabéis de qué hablaron?

—Aún no, majestad. Pero pronto lo descubriré.

El rey quedó pensativo unos instantes. Su consejero

esperó. Sospechaba que estaba meditando algún curso de acción que él no podía imaginar.

—Se me acaba de ocurrir una idea —dijo Felipe IV con un brillo de malicia—. El monasterio que creó mi padre aquí en Fontainebleau está vacío. Reclamad que la congregación de Lavaudieu se traslade a Fontainebleau de inmediato.

Guillaume de Nogaret parecía dudar.

—Majestad, tal decisión necesita la aprobación del arzobispo.

Felipe IV miró a Nogaret como si este hubiese hecho una gracia.

—Quizá es hora de que el poder eclesiástico entienda que en Francia es el rey quien manda.

La sonrisa del consejero real se amplió.

—Así lo ordenaré. Descubriré qué interés particular tiene Pierre d'Aumont en el monasterio.

44

Jerusalén, 1303

Los sueños, los deseos son entidades frágiles, volátiles. Cuando creemos que pueden volverse reales, se esfuman como la niebla al primer rayo de sol. El sueño de Jacques de Molay, como el de Pierre d'Aumont, había sido volver a Jerusalén y recuperar los Santos Lugares para la cristiandad. Por un tiempo creyeron que lo lograrían. La cruzada había costado vidas y una cantidad enorme de dinero. Las vidas habían sido, en su inmensa mayoría, hijos del Temple. Solo unos pocos caballeros franceses, alemanes e italianos los habían acompañado en aquel sueño. Eran migajas entre la ingente nobleza europea, los de más baja alcurnia, empujados por la necesidad de hacerse un nombre, de ganar aquello que por herencia no iban a recibir. Ni reyes ni emperadores. Una vez más, todo se había sustentado sobre el sueño que Hugues de Payns, fundador de la orden, había tenido dos siglos antes.

En aquel momento, cuando habían regresado victoriosos a la ciudad santa, no podían aún imaginar que tendrían que partir de vuelta a París ante los graves sucesos que allí estaban sucediendo. Ninguno de los dos retornaría jamás a Tierra Santa. Ni siquiera les quedaría el consuelo de saber que, aun sin ellos, Jerusalén seguiría en manos cristianas. Una vez más, y sería la última, la ciudad caería y el sueño de la historia templaria se haría añicos hasta desaparecer. Jacques de Molay, el hombre que tenía la mayor responsabilidad en el Temple desde su creación y que iba a enfrentarse a la prueba más dura jamás imaginada, ya lo sabía. Estaba dotado de un sexto sentido para ver el futuro. Había entrado en la ciudad contra todo pronóstico, había pagado un alto precio y no le quedaban hombres suficientes para defenderla. El gran maestre rezaba, arrodillado frente al altar de la iglesia del Santo Sepulcro, agradeciendo a Dios haber regresado y pidiéndole que hiciera un milagro en el que él mismo no creía. Pierre interrumpió su rezo.

—Gran maestre —dijo cuando le prestó atención—. Llegan noticias graves de París. El papa Bonifacio VIII ha muerto.

Jacques de Molay se volvió hacia Pierre antes de incorporarse. Pierre se percató de que le costaba más hacerlo que años atrás. «¿Qué edad tendría el gran maestre?», se preguntó. Debía de rondar los sesenta años.

—Por tu semblante deduzco que no ha debido de ser una muerte natural.

Pierre negó con la cabeza.

—Asesinado. Las noticias son confusas y varían según quien las transmite. Pero todos coinciden en lo mismo: fue capturado, torturado y asesinado por Guillaume de Nogaret y sus secuaces.

Un velo de tristeza nubló la mirada de Jacques de Molay, como si tan funesta noticia no le sorprendiera en absoluto.

—Jamás creí que se atreviera a tanto.

—¿Quién?

Jacques de Molay colocó una mano sobre el hombro de Pierre.

—Felipe IV. Es él quien está detrás de la mano de Guillaume de Nogaret. El consejero real odia todo cuanto signifique catolicismo. Dicen que es descendiente de cátaros y parece dispuesto a destruir cuanto venga de Roma. Es muy útil a los designios del rey.

Pierre se dio cuenta de las fuerzas ocultas que se movían sin que él se apercibiese. ¿Cómo lograba el gran maestre aquella información? Suponía que la orden tenía sus espías.

—¿Qué haremos ahora?

—Debemos regresar a Francia. Felipe IV buscará sentar en el trono de Roma a alguien cercano a él, a quien pueda controlar. Me temo que la propia Orden del Temple se halla en peligro.

—¿El Temple? ¿Por qué habría de estarlo?

Jacques de Molay se dejó caer sobre uno de los bancos de la cripta. Parecía haber envejecido aún más. Ordenó sus pensamientos mientras Pierre esperaba paciente. Estaba aprendiendo más en aquellos minutos que en los anteriores doce años.

—Llevan años tratando de unir a las dos grandes órdenes, templarios y hospitalarios. Quieren controlarnos. Nos hemos vuelto ricos y poderosos. Tanto yo mismo como nuestro anterior gran maestre, Guillermo de Beaujeu, nos hemos negado, pero con un papa controlado por el largo brazo de París, no podremos evitarlo.

Pierre fue consciente de la magnitud del problema. Se sentía pequeño e impotente y comenzaba a atisbar el peso que recaía sobre los hombros del gran maestre.

—Regresaremos a París entonces.

Jacques de Molay asintió, pero hizo un gesto a Pierre para que se sentase a su lado.

—Lo haremos. Pero antes tengo un secreto que contarte. Y qué mejor lugar que este —añadió abarcando con los brazos la nave de la iglesia del Santo Sepulcro—. Prepárate para conocer el secreto de la orden, el mayor secreto que jamás ha existido.

Pierre supo que había llegado el momento, que iba a descubrir qué decía aquel extraño manuscrito que le seguía desvelando las noches.

—Acércate, Pierre. Antes de comenzar debes prometerme que nada de lo que escuches saldrá de tus labios. Así pagues con tu vida si lo haces.

45

Ciudad del Vaticano, 2024

La Ciudad del Vaticano se encontraba a una hora y media de Orvieto. Arianna, Sophie y Luken compartían un coche de alquiler puesto a su disposición por el instituto. Al volante estaba Arianna, silenciosa la mayor parte del tiempo, mientras Luken, en el asiento del copiloto, y Sophie, sentada detrás, hablaban sin parar.

—¿De dónde eres? —había preguntado Luken.

—Soy francesa, natural de París, pero he vivido en muchos países.

—¿Te gusta viajar?

—Supongo que sí, aunque a veces viajo más por trabajo que por placer.

—Te entiendo. Son dos experiencias diferentes.

Luken se había girado para responder. Sophie tenía la cabeza ladeada y apoyada en una mano. Su pelo rubio caía en cascada. Lo miraba fijamente, como si su concentración en él fuese máxima. A Luken le dio la impresión de que estaba coqueteando y, aunque le gustaba, también le parecía inadecuado, dada la situación.

—¿Qué tipo de viajero eres? —preguntó Sophie.

—¿A qué te refieres?

—¿No has pensado nunca que viajar en el espacio y en el tiempo es lo mismo?

Sophie rio ante el rostro de estupefacción de Luken. Su sonrisa fue clara, de puro placer.

—Hay quien viaja en el presente. Busca solo disfrutar el momento y el destino elegido responde a ese disfrute. Hay quien prefiere viajar al futuro y opta por países avanzados, busca saber lo que le espera, descubrirlo, vivirlo por anticipado, incluso imaginarlo. Y luego está quien desea viajar al pasado y escoge lugares que fueron, pero ya no son, ruinas de civilizaciones perdidas. Busca aprender, descubrir quién es o de dónde viene. Quiere recordar.

—Entonces no tengo dudas —respondió Luken con rostro serio—. Adoro viajar al pasado.

Sophie asintió.

—Lo sabía. Hubiera apostado por ello.

—Yo en este momento prefiero el futuro —interrumpió Arianna—. Así este viaje habría terminado.

Llegaron al hotel de Roma, a unos minutos a pie del Vaticano. Era aún temprano y decidieron aprovechar el tiempo y dirigirse a la Biblioteca Apostólica Vaticana. Domenico, el director del museo, había gestionado con sorprendente rapidez el acceso a los fondos. No buscaban documentos secretos, sino textos de Bonifacio VIII, Benedicto XI y Clemente V, los papas que gobernaban la Iglesia de Roma en aquella época, aunque en el caso del último lo había hecho desde el exilio en Francia.

A Luken le había sorprendido que la Iglesia católica aceptase esta visita, después de la conferencia de prensa donde se les había acusado de ser los representantes del diablo. Domenico les había confesado que la Santa Sede se había mostrado colaboradora, buscando compensar el efecto negativo de las críticas. Para limpiar su imagen, qué mejor que acoger a los arqueólogos que habían realizado el hallazgo. El Museo Arqueológico de Orvieto había incluso acordado que tendrían un encuentro con la prensa en presencia del director de la biblioteca. Arianna y Luken habían protestado, pero esas eran las condiciones. Al menos habían logrado una concesión: la rueda de prensa se llevaría a cabo una vez que hubieran finalizado sus pesquisas. Luken estaba deseando ponerse a trabajar. No se trataba de la primera visita, aunque la vez anterior no había tenido la oportunidad de bucear en los fondos bibliográficos. Por ello, apartó la rueda de prensa de su mente.

Dedicaron la tarde a indagar entre los miles de documentos de los distintos pontificados, progresando con lentitud, sin encontrar ninguna referencia de interés. Agotados por el esfuerzo, decidieron regresar al día siguiente.

46

Lyon, 1305

La ciudad de Lyon bullía expectante. Gentes llegadas de muchos lugares habían abarrotado las posadas, los albergues y cualquier otro lugar por el que alguien estuviese dispuesto a pagar cifras exorbitantes. En la plaza principal los mercaderes anunciaban a voz en grito sus productos, y una variedad de curiosos, arribistas, buscavidas y prostitutas se mezclaban con agricultores, soldados y frailes. Se trataba del acontecimiento más importante del lugar en siglos. Lejos de Roma, en esta ciudad francesa, Clemente V sería coronado como papa. Las malas lenguas decían que, si lo hubiera intentado en Roma, habría sido asesinado antes de que su cabeza luciera la tiara papal. Las malas lenguas no andaban descaminadas. Como si el acaecimiento no resultara lo bastante atractivo, el rey de Francia, Felipe IV, acudiría a Lyon para presenciar la coronación. Las malas lenguas también aseguraban que eran amigos de la infancia y que el papado de Clemente V siempre quedaría bajo la sombra del rey.

La iglesia de Saint Just constituía el centro neurálgico

del evento. El lugar había sido elegido por el propio rey. Asistían un gran número de caballeros, además de los principales obispos, arzobispos y cardenales. También lo hacía Jacques de Molay ocupando, como gran maestre del Temple, un lugar de honor en la iglesia. Al lado de Jacques estaba Pierre. Vestían sus largas capas blancas y sus cruces patadas sobre el hombro. Quienes se cruzaban con ellos les dedicaban un saludo apreciativo. Sin embargo, Pierre había percibido que cuchicheaban a sus espaldas. Se lo hizo saber a Jacques de Molay.

—Sucede algo extraño. Los murmullos.

—Lo he notado —respondió cortante el gran maestre.

En aquel instante hizo su entrada en la iglesia Felipe IV con su séquito personal. Estaba acompañado por la guardia real, así como por su esposa, Juana de Navarra, y sus cinco hijos. Varias monjas trinitarias formaban el séquito de la reina. Vestían velo y capa negra, y una cruz roja y azul sobre sayal blanco. Los guardias reales y las trinitarias se separaron de los monarcas. Las monjas se dirigieron al coro, donde esperaron en silencio.

Pierre levantó la mirada hacia el coro y la vio. Fue como si un relámpago le cruzara el corazón. Allí estaba Elisenda y ella también lo miraba. Hizo un leve gesto con la cabeza, que la monja devolvió. Las preguntas se le agolpaban en la cabeza. ¿Qué hacía ella allí? ¿Por qué formaba parte del séquito de la reina? Pero, por encima de todo, ¿podría hacer algo para verla a solas?

Felipe IV caminaba por el pasillo de la iglesia, erguido, con la barbilla apuntando al cielo. De vez en cuando se detenía a saludar a algún caballero o a algún obispo. Cuando llegó a la altura de Jacques de Molay miró al gran maestre con una sonrisa en el rostro, que a Pierre le pareció cruel.

—Gran maestre, es un honor que nos acompañéis hoy. Además, me da la oportunidad de agradeceros el apoyo del Temple.

Jacques de Molay miró al monarca sin comprender.

—¡Oh! Veo que no estáis al tanto —continuó Felipe IV—. Me refiero al apoyo que vuestro visitador Hugo de Pairaud dio a la carta del Consejo Real contra Bonifacio VIII. Fue de gran ayuda. Hoy terminaremos de solucionar el problema.

El rostro de Jacques de Molay se contrajo, tratando de controlar la ira. Desconocía tal información. Si Hugo de Pairaud había rubricado aquella carta contra el papa, había implicado al Temple en el complot que había finalizado con la muerte de Bonifacio VIII. Jacques de Molay jamás habría dado orden de firmarla. El Temple estaba a las órdenes del papa y no podía, en ningún caso, volverse contra él. El rey sonrió satisfecho y prosiguió el camino hacia el trono.

En aquel momento se abrió la puerta principal del templo. Unas trompetas anunciaron la llegada del nuevo papa y el coro de trinitarias comenzó a entonar un canto litúrgico. Doce monjes portando doce crucifijos avanzaron por el pasillo. Detrás de ellos, Clemente V desfilaba transportado en un palanquín mientras miraba arrogante y orgulloso a los presentes. Su gesto era adusto, aunque Pierre tuvo la sensación de que intentaba parecer grave sin conseguirlo. Tenía el rostro alargado, con una barbilla puntiaguda, una nariz prominente y unos ojos saltones que le conferían un aire de estupefacción.

La comitiva avanzó hasta el altar y Clemente descendió y se arrodilló. Durante un instante rezó con las manos unidas sobre la frente. Luego, mientras el coro finalizaba su cántico, se volvió hacia el lugar donde le esperaba la tiara papal. La tiara atraía todas las miradas, debido a su gran belleza y sus abundantes filigranas en oro y piedras preciosas. Uno de los cardenales se adelantó y la tomó en sus manos, pero no la colocó sobre la cabeza del nuevo papa. Esperó y un silencio expectante se instaló en el templo.

El propio Felipe IV se incorporó, tomó la tiara de manos del cardenal, avanzó hasta Clemente V y con ceremoniosidad la colocó sobre la cabeza del santo padre. Las voces se elevaron en el coro y Pierre ya no prestó atención a cuanto acontecía en la nave. Su mirada y su corazón solo existían para Elisenda. La ceremonia finalizó y Clemente V y Felipe IV con sus séquitos abandonaron el templo, mientras se formaban corrillos. Jacques de Molay y Pierre d'Aumont estaban solos. Había algo raro en el ambiente a su alrededor. Algunos de los presentes levantaban la cabeza de sus conversaciones y miraban hacia donde se encontraban los templarios.

—¡Vamos! —dijo Jacques de Molay—. Algo extraño está sucediendo y debemos averiguar qué es.

47

Toulouse, 1306

La iglesia de San Sernín, en Toulouse, era una construcción maciza, densa, que a Pierre se le antojó una mezcla entre edificio religioso y torre defensiva, como si el que habitase tras sus paredes tuviera miedo del mundo exterior. La iglesia estaba adosada a una abadía de altos muros que reforzaba esa percepción.

Jacques de Molay y Pierre llegaron ante la puerta de la abadía, fuertemente custodiada por soldados papales. La sensación de Pierre se intensificó. La guardia se hallaba alerta, se les notaba en la mirada y en los gestos. Conocía bien aquella tensión porque la había experimentado en Tierra Santa. No culpaba al sumo pontífice. Él, en su lugar, hubiera hecho lo mismo. El día de su coronación, mientras la comitiva desfilaba por las calles de la ciudad, había sufrido un atentado. Alguien había intentado hacer correr el rumor de que un muro en mal estado se había derrumbado a su paso, pero todos sabían que no había sido así. El papa había resultado herido; su hermano, obispo de Burdeos, muerto, y la propia tiara papal, que el sumo pontífice aún vestía, había resultado dañada. La piedra preciosa que la coronaba, un zafiro de grandes dimensiones, había desaparecido en el tumulto posterior. Aquello se había considerado un mal augurio para el pontificado y Clemente V se había obsesionado con la seguridad. Nadie está a salvo de ser asesinado. Pierre lo había aprendido a base de experiencias. Solo era necesario saber a quién comprar.

Tras varios controles y después de ser despojados de las armas, fueron llevados ante el papa. Se encontraron con un hombre desconfiado, receloso de todos, incluso de los templarios, la orden que más fidelidad había mostrado al papado desde su nacimiento. Jacques de Molay se adelantó hacia él e hincó la rodilla en el suelo. Pierre lo imitó con torpeza.

—Santidad, nos postramos humildemente ante vos.

Esperaron con la cabeza inclinada la respuesta de Clemente V, que tardó en llegar. Respondió con una voz aguda y cantarina, poco apropiada para alguien en su posición.

—Mi buen gran maestre. Os agradezco la premura en acudir a mi llamada.

—El Temple siempre acudirá presto a vos, santidad.

La respuesta de Jacques de Molay había obviado que aquel encuentro había sido solicitado por los templarios en varias ocasiones.

—Os pido también disculpas por no poder dedicaros el tiempo que merecéis. Mañana parto hacia Burdeos.

Eran de sobra conocidos los continuos viajes de Clemente V entre Burdeos, Lyon y Toulouse, un papa desterrado que no podía o no se atrevía a regresar a Roma y que dependía de la voluntad de Felipe V para su seguridad.

La entrevista duró una hora. Jacques de Molay rogó a Clemente V que impulsara una nueva cruzada y respondió a las preguntas del sumo pontífice, algunas en apariencia inocentes, otras no. El gran maestre había ordenado a Pierre que prestase atención a los gestos y las miradas del santo padre, interpretando detalles que Jacques podía no captar. Pierre tuvo la sensación de que algo bullía en la mente de Clemente V que no quería o no se atrevía a plantear. O quizá no encontraba el momento. Cuando parecía que no había nada más que preguntar, Clemente V carraspeó y retomó la conversación.

—Hay un par de asuntos más que quiero debatir con vos.

Jacques de Molay asintió con la cabeza y esperó el envite. Antes de la entrevista le había dicho a Pierre que debía de haber un motivo importante para la reunión. Sospechaba que detrás estaba la larga mano del rey.

—Hay rumores alrededor de la orden de posibles comportamientos, digamos, incorrectos.

Desde el mismo día de la coronación alguien extendía rumores sobre los templarios. Esa era la razón por la que cuchicheaban a espadas de ellos en San Sernín. Habían investigado al respecto y todos los informantes apuntaban a que el propio Felipe IV los instigaba, usando para ello el testimonio de templarios que habían sido expulsados de la orden. Jacques de Molay había decidido no darles importancia. Las acusaciones eran confusas, inconexas e inverosímiles. En ocasiones se les acusaba de herejía; otras, de sodomía, e incluso de prácticas satánicas y algunas aún más difíciles de creer.

—Nada de cuanto se está diciendo es verdad —zanjó Jacques de Molay—. Nuestros enemigos quieren desacreditar los inmensos servicios del Temple a la cristiandad y al papado. Atacándonos a nosotros, os atacan a vos.

—Exacto, exacto. Es lo que yo he dicho. El honor y la

reputación de la orden han sido inmaculados durante dos siglos. Las acusaciones son ridículas.

Pierre se daba cuenta de que el santo padre estaba incómodo con la conversación y deseoso de zanjarla, como si de un trámite oneroso se tratase. Sin embargo, si se había atrevido a ponerla encima de la mesa era porque los infundios se habían extendido. Habían subestimado el impacto de los rumores.

—Aclarado entonces —sentenció Clemente V, aliviado—. El segundo asunto es más complejo, si me permitís usar esa expresión. He estado pensando en el futuro de la orden. —Clemente V se interrumpió, escogiendo con cuidado las palabras—. Me preocupa el fracaso en Tierra Santa. Necesitamos reorganizar nuestras fuerzas..., vos mismo, gran maestre, lo habéis dicho: «Si queremos reconquistar Jerusalén y expulsar a los infieles de Castilla».

—Todo eso lo podemos hacer bajo vuestro mando y con el impulso de los reyes cristianos —respondió Jacques de Molay, que creía haber adivinado cuál era el interés del papa y pretendía evitar la conclusión que no se atrevía a formular el sumo pontífice.

Clemente sonrió, pero fue una sonrisa forzada, falsa. Antes de continuar achicó la mirada.

—Un mando único. Eso es lo que quiero. Empezando por las órdenes militares. Creo que ha llegado el momento, tanto tiempo postergado, de que templarios y hospitalarios os fusionéis en una única orden.

Pierre miró a Jacques de Molay, que transmitía una calma absoluta. Admiró la capacidad del gran maestre para mantener la compostura.

—Santidad, el mando único sois vos. No os dejéis arrebatar esa prerrogativa. ¿Acaso un gran maestre de una orden integrada no alcanzaría demasiado poder? ¿No podría, tal vez, poner en entredicho a quien está en el trono de Pedro?

El rostro de Clemente V adquirió una palidez inesperada. El gran maestre había tocado la tecla adecuada.

—No lo había analizado desde ese punto de vista, si bien...

Jacques de Molay aprovechó la oportunidad que le brindaban las dudas del sumo pontífice.

—Exigidnos a ambos grandes maestres que nos coordinemos bajo vuestro mando.

—Sí —expresó Clemente V aún dubitativo—. Quizá esa sea la mejor solución, coordinaros bajo mi mando. Meditaré sobre ello.

No hubo más palabras. Jacques de Molay hizo un saludo con su cabeza y él y Pierre abandonaron el salón papal. Nada más salir, Pierre fue el primero en pronunciarse.

—¿Hospitalarios y templarios?

Jacques de Molay gruñó.

—No hablemos hasta que no hayamos abandonado la abadía.

Una vez que ambos se hubieron alejado lo suficiente de la iglesia, el gran maestre retomó la conversación.

—Ya os advertí que no es la primera vez que lo propone un sumo pontífice. Hasta ahora siempre nos hemos negado.

—Entonces no hay que preocuparse, ¿no?

Jacques de Molay lanzó una mirada iracunda a Pierre.

—Esta vez es diferente. No era Clemente V quien hablaba, sino Felipe IV. Y él busca poder y riqueza. Él lo quiere todo.

48

París, 2024

El gesto de León XIV era de enfado. Caminaba de uno a otro lado del salón, con las manos detrás de la espalda, ligeramente encorvado. De vez en cuando dirigía una mirada al nuncio, como si no se decidiese por las palabras adecuadas, o las que le viniesen a la cabeza no fuesen convenientes. El nuncio, por su parte, parecía calmado. Se había sentado en uno de los sillones y esperaba la retahíla de acusaciones. Estaba preparado.

—La situación se ha descontrolado. Las palabras en la rueda de prensa sobre el deber de todo creyente de destruir los ídolos antiguos solo han generado caos.

—A veces es necesario agitar el avispero.

—Esa es la mejor forma de recibir aguijonazos —respondió con acidez el sumo pontífice.

—Hemos logrado lo que buscábamos.

—¿A qué te refieres?

Roberto Bontempi abrió la carpeta que tenía en las manos y se la tendió a León XIV. Mostraba una foto de Sophie entrando en la Biblioteca Vaticana.

—¿Quién es ella?

—Sophie Lorient. Una perfecta desconocida. Una vida aburrida para una mujer que, sin embargo, posee una fortuna considerable que nadie sabe de dónde ha salido. Se hace pasar por enviada de la Unesco. Jamás ha trabajado allí.

El sumo pontífice leyó el documento completo mientras el nuncio esperaba.

—Esto no responde a mi pregunta.

—Es la mano que mece la cuna. O al menos su representante. Son la sociedad secreta que ataca nuestra fe. Intentan implantar el ateísmo en todo el mundo. Era lo que me había pedido. He logrado que se muestre en público.

El sumo pontífice cambió su expresión, de enfado a súbito interés. El nuncio sonrió para sí mismo.

—Sospechábamos de su existencia, pero hasta hoy no habíamos logrado descubrirlos. Eso significa que lo de Orvieto es importante. ¿Qué propones hacer?

—Creo que es conveniente esperar —respondió el nuncio.

—¿Por qué deberíamos? —preguntó el papa.

—No sabemos nada de ella. ¿A quién representa? ¿Quién hay detrás?

León XIV lo miró con una súbita resolución.

—No solo han salido a la luz. Han tenido el atrevimiento de venir al Vaticano.

—Déjelo en mis manos. Haré lo que sea necesario —sentenció el nuncio.

El sumo pontífice dirigió una mirada escrutadora a su ayudante. Después asintió. No necesitaba saber nada más. El nuncio había sido muy eficaz hasta ese momento. Tenía razón, le dejaría hacer.

—Así será —concluyó Bontempi—. Le informaré de los progresos.

49

Casa del Temple, París, 1306

El dinero ciega los hombres. Es una droga que nubla el entendimiento, embota la razón y obliga a quienes caen bajo su influjo a querer siempre más. Esta bestia nunca se sacia, se alimenta de cada moneda y exige incansablemente. Pocos hombres son inmunes y Felipe IV no era uno de ellos. Tenía grandes sueños. Para todos aquellos cuyos sueños son más grandes que su talento, el dinero, o mejor dicho su ausencia, es un recordatorio de su fracaso.

Felipe IV reinaba sobre un reino quebrado. No era solo culpa suya, sus predecesores habían dilapidado los crecientes impuestos y él no había sido capaz de revertir la situación. El descontento aumentaba entre sus súbditos. Como una bestia acorralada, se volvió contra quienes poseían aquello que le faltaba. Al fin y al cabo, se trataba del rey, todos le debían obediencia y tenían la obligación de poner a su disposición cuanto necesitara. El Temple era inmensamente rico; debía hacer un mayor esfuerzo para mantener a su soberano.

Guillaume de Nogaret, consejero real, convocó a Jean

de la Tour, tesorero del Temple, y solicitó un préstamo adicional de trescientos mil florines de oro. La cifra era inimaginable y el tesorero no podía otorgar dicho préstamo sin consultar al gran maestre. Y, sin embargo, lo hizo. Hugo de Pairaud dio el visto bueno. El hombre que creía que la orden debía haberle escogido a él tomaba decisiones en la sombra. El préstamo había sido acordado mientras Jacques de Molay y Pierre d'Aumont visitaban a Clemente V en Burdeos. Conocieron la información a su regreso. Jacques de Molay llamó al salón de reuniones al tesorero y al visitador. Los gritos se oyeron desde cada rincón de la casa del Temple.

—¿Cómo osáis? ¿Quién os habéis creído para decidir sin consultarme?

Jean de la Tour dio un paso atrás. Solo un hombre bien templado se hubiese enfrentado a Jacques de Molay fuera de sí, con la mano sobre el pomo de la espada y la vena del cuello a punto de estallar.

—Creía que cumplía vuestras órdenes...

Pierre se había percatado de que Jean de la Tour desviaba de forma imperceptible la mirada hacia Hugo de Pairaud y este negaba con la cabeza.

—¿Mis órdenes? —bramó Jacques de Molay—. ¿Cuándo he dado tal orden?

Hugo de Pairaud intervino, colocándose entre ambos.

—Quizá todo haya sido un error, gran maestre, un enorme y desdichado error. Nuestro tesorero interpretó que, al haber dado vuestro visto bueno al préstamo anterior, estabais aceptando préstamos ulteriores.

Jacques de Molay se giró hacia Hugo de Pairaud. Por un momento, Pierre pensó que el gran maestre podía cometer una locura y darle muerte en ese instante. Sin embargo, Jacques se calmó, como si alguien le hubiese echado un cubo de agua fría sobre la cabeza. Su voz bajó de intensidad y se tornó gélida, mientras volvía la mirada hacia el tesorero.

—Jean de la Tour, os habéis excedido en vuestras atribuciones, dañando a la orden que habéis jurado defender. Yo, Jacques de Molay, gran maestre de la orden, os expulso de forma inmediata y para siempre.

Se hizo el silencio en el salón. Jean de la Tour miró a Hugo de Pairaud esperando su apoyo. Todos tenían la certeza de que el visitador no era ajeno a la decisión del tesorero. El acto cometido conllevaba la expulsión, Hugo de Pairaud lo sabía y utilizaba al tesorero como chivo expiatorio. Tal acto de cobardía solo se podía explicar si había alguna carta oculta que aún pudieran jugar.

—Creo, gran maestre, que os equivocáis —dijo Hugo de Pairaud con voz suave, casi melosa—. Castigáis con dureza un error sin malicia. Os ruego que reconsideréis vuestra decisión.

Jacques de Molay podía ser un hombre impulsivo, en ocasiones hosco y malhumorado, pero si algo sabía Pierre de él era que, cuando tomaba una decisión, no retrocedía ante nada.

—¡Salid ambos de este salón! A vos —dijo señalando a Jean de la Tour—, no quiero volver a veros jamás. Y a vos —añadió dirigiéndose al visitador—, no mencionéis nunca este asunto si no deseáis correr la misma suerte. Aún no he olvidado vuestro inexcusable apoyo contra Bonifacio VIII.

Ambos hombres abandonaron el salón, y Jacques de Molay y Pierre se miraron, con la tensión sobrevolando la estancia.

—Esta no será la última vez que escuchemos hablar de este asunto —concluyó Pierre.

Jacques de Molay parecía agotado. No respondió y se apoyó sobre la mesa descansando el peso de su cuerpo, como si sus piernas no fueran capaces de hacerlo. Unos instantes después miró a Pierre.

—Prefiero a los infieles de Tierra Santa —sentenció—. Tienen un comportamiento más noble.

50

Castillo de Fontainebleau, 1306

El verdadero poder se ejerce sin testigos, en ricos salones, sobre mullidas alfombras, alrededor de mesas bien nutridas, pero sin testigos. Es allí donde se toman decisiones oscuras, convenientes para quienes deciden, pero cuyas razones no pueden, o no deben, salir a la luz. En esos instantes el bien y el mal, lo correcto y lo incorrecto, lo honorable y lo deshonroso no tienen importancia, y son anegados por lo útil, lo práctico o lo necesario, aunque solo se aplique a unos pocos, a los que toman la decisión, a los que esta es favorable.

Alrededor de la mesa estaban el rey de Francia, Felipe IV; su consejero personal, Guillaume de Nogaret, y el visitador de occidente, Hugo de Pairaud.

—Vos debisteis haber sido escogido gran maestre de la orden —dijo el rey.

Hugo de Pairaud asintió agradecido antes de responder.

—Majestad, Jacques de Molay solo piensa en reunir dinero para lanzar una nueva cruzada a Tierra Santa. No entiende que ese tiempo quedó atrás.

Guillaume de Nogaret, que había permanecido silencioso hasta ese instante, sonrió, pero no era una sonrisa amable. Parecía más bien un lobo enseñando los colmillos antes de atacar.

—Quizá si no regresase de Tierra Santa sería más sencillo. No es difícil morir allí.

Hugo de Pairaud tragó saliva. La sugerencia del consejero real hizo que un escalofrío le recorriera el cuerpo. No quería ver morir a Jacques de Molay, solo deseaba lo mejor para la orden. Respondió de forma diplomática, obviando el comentario.

—Gastará todo el dinero que le queda a la orden si vuelve a Siria.

—Y eso es algo que no queremos —respondió Nogaret sin que la sonrisa se borrase de su rostro, quizá divertido por la incomodidad del visitador.

Hugo de Pairaud miró al consejero real antes de dirigirse de nuevo al monarca.

—Debemos lograr que el tesorero sea readmitido —propuso.

El rey asintió complacido.

—Eso es sencillo. Tendrá que acatar cuanto le ordene Clemente V, a quien debe obediencia. Yo me encargaré de que así sea. A cambio...

Felipe IV dejó la frase en el aire, permitiendo que su consejero terminase el planteamiento.

—Seguro que han llegado a vuestros oídos las acusaciones de prácticas indecorosas contra ciertos caballeros templarios.

El rostro del templario se demudó. La conversación había tomado un derrotero inesperado.

—¡Tranquilizaos! —se apresuró a añadir el consejero

real—. Sabemos que vos no sois culpable de tales actos contra natura. Pero quizá, si reuniésemos testimonios entre los que pudiera estar el vuestro, Clemente V decida intervenir y expulsar de la orden a Jacques de Molay.

—Os juro que jamás he visto ni participado en tales actos —protestó Hugo de Pairaud.

Felipe IV se inclinó hacia delante y bajó la voz hasta casi convertirla en un susurro.

—La orden necesitará un nuevo gran maestre.

51

Roma, 2024

La cena se había prolongado hasta bien entrada la noche. El restaurante del hotel tenía una terraza espaciosa y el clima de Roma era agradable, aún alejado de las tórridas noches del verano que se insinuaba.

La comida había sido excelente y, tras los postres, Arianna, Sophie y Luken habían decidido prolongarla con alguna copa. Había sido Sophie quien lo había propuesto y el resto aceptaron. Necesitaban desconectar después de un día largo e infructuoso en la biblioteca, en el que no habían encontrado nada útil, ninguna clave que les hiciera avanzar en la investigación. Arianna les había sorprendido pidiendo un gin-tonic y Sophie había optado, con una sonrisa maliciosa, por el cóctel Sex on the beach. Luken, por su parte, aunque prefería continuar con la cerveza, se había decidido esa vez por un Russian stout, algo presionado por las bebidas más sofisticadas de sus acompañantes. Todos habían bebido vino durante la cena y el ambiente era de agradable desinhibición. La conversación había comenzado por los avances en la investigación, pero poco a poco se había vuelto más personal. Luken, a pesar del alcohol, se había percatado de que Sophie conducía la conversación, centrándola en él y apartando de forma paulatina a Arianna.

—¿Islandia? Excavar allí no debe de ser fácil.

Luken asintió.

—No lo es, pero el frío se soporta mejor que el calor.

—¿Qué estabas excavando?

La mirada de Sophie era intensa y concentrada. Lograba que su interlocutor se sintiese lo único importante del mundo. Sus ojos, de un azul acerado, producían un efecto de belleza singular, magnética.

—Creo que me iré a dormir —interrumpió Arianna.

—Sí, será mejor que nos vayamos —respondió Luken.

Los tres se levantaron y se dirigieron hacia el ascensor. Estaban en pisos diferentes del hotel y Sophie fue la primera en bajarse.

—Nos vemos pronto —dijo dirigiendo a Luken una sonrisa seductora.

La puerta se cerró y siguió un incómodo silencio hasta que llegó el turno de Arianna.

—Hasta mañana —se despidió Luken.

—Descansa —respondió Arianna.

Luken llegó a su habitación. No le iba a ser fácil dormir. Las emociones se habían acumulado en los últimos días. Estaba quitándose el calzado cuando alguien llamó a la puerta. Abrió y se encontró a Sophie apoyada en el vano. Sujetaba dos vasos y sendos botellines de ginebra.

—No tengo sueño. ¿Te apetece acompañarme?

Sophie no esperó a la respuesta. Entró en la habitación y, al pasar junto a Luken, rozó con el cuerpo el del joven.

Él sintió su perfume y observó sus curvas y el vestido ceñido que las resaltaba.

La francesa dejó los vasos y la bebida sobre la mesa, se volvió hacia él y se desabrochó el top.

—Hace calor aquí, ¿no? —añadió—. ¿Nos damos una ducha?

Sin esperar la respuesta Sophie tomó de la mano a Luken y lo llevó hasta la ducha. Luego le dio un beso prolongado al tiempo que le desabrochaba la camisa. Él se dejó hacer, sorprendido por la situación. Ella se volvió y abrió el grifo de la ducha, se despojó del vestido y se introdujo bajo el chorro de agua. Luken la siguió sin dejar de contemplar las formas del cuerpo de la francesa. Sintió el calor del agua mientras Sophie se apretaba buscándolo, y lo invadió su perfume, punzante y con notas exóticas.

A Luken le gustaba que ella llevase la iniciativa. Buscó sus labios y percibió el sabor de su boca, mezclado con restos de alcohol y del agua caliente que los envolvía. Se dejó arrastrar a un sexo despreocupado, en el que él no tenía ni necesitaba el control y en el que Sophie parecía desenvolverse a su antojo, desinhibida y en la búsqueda de un placer físico sin tabúes, que se prolongó hasta bien entrada la madrugada.

Por la mañana temprano la luz del sol entró por la ventana, despertando a Luken. Tardó un segundo en recordar. A su mente acudieron imágenes del cuerpo de Sophie, de la noche pasada, disfrutando el uno del otro. Estiró el brazo hacia el lado opuesto de la cama, pero no la encontró allí. Cerró los ojos, algo confuso por todo lo que estaba sucediendo.

Sophie le parecía una mujer formidable, que generaba en él una fascinación difícil de resistir. Era poliédrica, misteriosa y poseía una seguridad en sí misma muy atractiva. Sin embargo, había en ella algo que le hacía desconfiar. Con Sophie todo resultaba sencillo, como si la vida, el sexo, incluso aquella investigación fuesen solo un juego. Además, sabía que lo que había ocurrido tendría consecuencias. A la luz del nuevo día, la noche anterior se le antojaba una mala idea. Había estado influido por el alcohol, aunque Sophie era quien había tomado las decisiones y él solo se había dejado arrastrar. Habían mezclado lo profesional con lo personal en un asunto complicado. No podía cambiar lo que había sucedido, pero decidió que sería mejor mantener las distancias, al menos hasta que todo aquello hubiese terminado.

52

Casa del Temple, París, 1306

La villa de París era la mayor urbe de Europa. Cientos de miles de habitantes se agolpaban en sus barrios, convirtiéndola en el corazón pulsante del continente. El punto neurálgico de la ciudad era propiedad del Temple.

Según los rumores que corrían, la torre albergaba el tesoro que los templarios habían acumulado desde su creación. Era verdad. Una parte importante del oro de la orden y el tesoro de la corona francesa al completo se custodiaban allí. Se trataba del lugar más protegido del mundo y nadie en su sano juicio hubiese intentado entrar en ella con intención de robar ni un solo florín. Para lograrlo, sería imprescindible traspasar el recinto amurallado, custodiado día y noche por soldados templarios, y cruzar los jardines que rodeaban la torre, exponiéndose a la mirada de los defensores. Más tarde, los asaltantes deberían sortear la única puerta que daba acceso a la torre, gruesa como el cuerpo de un hombre y resistente como la más dura de las maderas. Por último, sería necesario ascender a través de la Torre de César hasta la Gran Torre.

En la planta superior, custodiada por varias puertas cuyas llaves solo poseían un grupo selecto de templarios, estaba el tesoro. Junto a la entrada, y con dos estrechas ventanas situadas a más de veinte metros de altura desde los jardines, estaban las habitaciones del gran maestre. Cerca de una de las ventanas había una gran mesa de madera. Sobre ella, varios documentos, una vela de sebo que desprendía un olor acre y dos hombres: Jacques de Molay y Pierre d'Aumont. Pierre se había convertido en la mano derecha del gran maestre, había aprendido a entenderse con él con un simple gesto y, aunque no ocupaba ningún puesto en el escalafón de la orden, todos lo respetaban y atendían sus demandas como si las hiciese el propio Jacques de Molay. Casi siempre era así.

Un golpe en la puerta interrumpió la conversación. Era tarde, habían tomado una cena frugal y revisaban documentos que exigían una respuesta inmediata. La puerta se abrió y entró un sargento templario.

—Un mensaje para el gran maestre —anunció.

—Bien —respondió este—. No te quedes ahí. Dámelo.

El sargento no se movió.

—Es un mensaje para entregar en mano por el mensajero.

El tono del sargento había sido extraño, como si supiera que había algo inoportuno en el asunto. Otro hombre apareció en la puerta y sonrió con teatralidad. Era un gesto buscado para causar sorpresa, aunque su sola presencia hubiera sido suficiente.

—¿Vos? —atinó a preguntar Jacques de Molay.

Jean de la Tour, antiguo tesorero, expulsado de la orden por el propio gran maestre, sonrió, mostrando satisfacción por la sorpresa causada.

—No esperabais volver a verme, ¿verdad?

—Sargento —respondió Jacques de Molay—. Expulsa a este hombre de inmediato. Jamás, me oyes, vuelvas a dejarlo entrar en nuestra casa.

El sargento templario se acercó a Jean de la Tour, pero este lo detuvo con un gesto. Sacó un documento de debajo de su capa y lo mostró.

—Os lo resumo, para evitaros el tiempo de leerlo.

Pierre se adelantó. Tomó el documento de la mano del extesorero y comenzó a leerlo. No daba crédito.

—Debo ser readmitido de inmediato en la orden. Seré restituido en el cargo de tesorero, con todas sus prebendas y responsabilidades.

—¡Ni en mil años! —rugió Jacques de Molay incorporándose de la mesa y arrancando el documento de las manos de Pierre.

El extesorero estaba disfrutando. Había escogido la opción de llevar el mensaje para poder ver el rostro del gran maestre y que supiera que estaba protegido por el sumo pontífice y, lo más probable, por el propio Felipe IV.

—Estoy convencido de que no desobedeceréis una orden directa de Clemente V. Si tenéis dudas al respecto, se las deberéis plantear en persona. Creo que ha acudido a Fontainebleau, a departir con el rey.

53

Francia, 1307

La escena se repetía por todo el territorio francés. Fue iniciada por un pequeño grupo de hombres del rey, dirigido por el consejero real Guillaume de Nogaret. Unas pocas monedas en cada pueblo, tan barata es la voluntad de ciertos hombres. El procedimiento era sencillo. Un enviado de Nogaret llegaba al pueblo y se dirigía a la taberna, invitaba a una ronda a los presentes y entablaba conversación con ellos hasta que encontraba al hombre correcto. Después, colocaba unas monedas sobre la mesa y un mensaje que difundir: el Temple se dedicaba a prácticas contra natura. A veces era sodomía; otras, culto al diablo o confraternizar con el infiel. Cuanto más estrafalaria fuera la acusación más creíble resultaría. Después, la naturaleza humana hacía su trabajo. Criticar es el defecto más extendido del alma, en especial cuando va contra una organización poderosa, rica y cuya finalidad está alejada de los problemas de la gente humilde.

Los primeros rumores, lanzados con mezquino interés, habían alcanzado a la capa noble de la sociedad el día de la coronación de Clemente V dos años atrás. Con la nueva estrategia de difamación urdida desde Fontainebleau, se habían multiplicado como una plaga entre los cultivos y pocos eran los que se atrevían a ponerlos en entredicho. Si lo hubieran hecho, sus palabras habrían quedado sepultadas por el deseo de los que creían los rumores, o simplemente preferían creerlos. O tal vez por los que decían: algo tiene que haber. La maldad tiene un gran aliado en la equidistancia.

Comenzó como un goteo, escondido, pasando desapercibido, como si los esfuerzos de Nogaret fuesen inútiles. Poco a poco fue creciendo de forma imparable, hasta que se convirtió en una marea. Al cabo de unos pocos meses, en cada taberna, en cada iglesia, en cada mercado, en cada casa de Francia, se escuchaba una lista de acusaciones contra el Temple tan larga como inaudita. Algunas de ellas jamás habían sido vertidas por los hombres de Nogaret. Tal es la fuerza de la desconfianza, del odio y de la inquina. El murmullo se convirtió en crítica abierta; la crítica, en juicio, y el juicio, en condena. Sin defensa posible, sin derecho a réplica. Y la hostilidad creció. Y tan grande fue la marea que llegó hasta la más alta torre del Temple en París.

—¡Es inconcebible! —bramó Jacques de Molay ante el Consejo del Temple—. ¡Burdas mentiras que solo pueden creer los incautos!

Godofredo de Charney, a su lado, tenía el gesto enojado, pero mantenía la calma.

—No debemos tomar la situación a la ligera, gran maestre. No importa la verdad, solo lo que la gente quiere creer.

—Nadie notable puede tragarse tales acusaciones —objetó Jacques de Molay.

—Salvo que quiera o le interese hacerlo. Ha llegado a mis oídos que los rumores han surgido del entorno del rey, del consejero real Guillaume de Nogaret.

Pierre d'Aumont no pertenecía al Consejo, pero asistía a él en una posición discreta. Jamás intervenía. Sin embargo, ese día algo le impulsó a tomar la palabra.

—Quizá debiéramos anticiparnos.

Varios miembros del Consejo se volvieron hacia él con gesto molesto. Pierre entendía su incomodidad.

—¡Habla! —apremió Jacques de Molay.

—Lo más oportuno sería escribir a Clemente V y pedirle que abra una investigación.

Hugo de Pairaud, visitador de occidente, que había permanecido en silencio, intervino por primera vez.

—Sería un error. Pondríamos a la orden al pie de los caballos.

Pierre desconfiaba del visitador. Sentía que ocultaba algo. Le creía capaz de ser parte de aquel engranaje puesto en marcha desde Fontainebleau, aunque no tenía pruebas de ello.

—Tarde o temprano Clemente V abrirá una investigación. Si no lo hace él, lo hará el rey y será peor. Si nos anticipamos, aparecemos como inocentes defendiendo nuestra causa. Pidamos la investigación y hagamos pública la petición. Debemos ganar la batalla en cada pueblo.

Hubo un silencio generalizado. Nadie parecía querer tomar una decisión. Los riesgos eran grandes y un paso en falso podía ser desastroso.

—Lo haremos —dijo Jacques de Molay—. Enviaré una carta al sumo pontífice. Necesitamos información de primera mano. Si queremos salir victoriosos, debemos saber qué ocurre en Fontainebleau.

El silencio regresó al salón. Los miembros del Consejo habían bajado la cabeza, sumidos en sus propios pensamientos. Colocar un espía en Fontainebleau no parecía tarea fácil. Nadie con una cruz roja patada podría acercarse sin levantar sospechas.

—Quizá yo sepa cómo lograrlo.

Todos los rostros se volvieron hacia Pierre. Solo Jacques de Molay comprendía a qué se refería. Le había explicado que Elisenda formaba parte del séquito de la reina Juana.

—¿Cómo lo haréis? —preguntó Godofredo de Gonneville, un templario anciano, que hablaba tras meditar sus palabras.

Pierre sintió los ojos escrutadores de Hugo de Pairaud, pero venció la tentación de dirigir la mirada hacia él. Miró a Jacques de Molay, que negó de forma casi imperceptible con la cabeza.

—Hay secretos que es mejor dejar en la oscuridad.

54

Ciudad del Vaticano, 2024

Arianna y Luken trabajaron todo el día, codo a codo, sepultados entre documentos del pontificado de Clemente V. Las referencias al Temple eran escasas, a pesar de que durante ese periodo había transcurrido una parte importante de la tumultuosa historia de la orden.

Sophie se reunió con ellos a la hora de la comida, sin dar explicación de a qué había dedicado el tiempo. Después volvió a desaparecer con una vaga excusa. Luken se sentía incómodo. Tanto él como la francesa actuaban como si la noche anterior no hubiese sucedido nada, con una extraña frialdad. Además, le daba la impresión de que Arianna sospechaba algo, aunque puede que fuese su imaginación.

Por la tarde Arianna planteó que quizá estuvieran perdiendo el tiempo y que debían buscar otro hilo del que tirar. Admiraba el tesón de la italiana, la forma en que perseguía cada pista. Por eso sabía que no le faltaba razón, pero se resistía a abandonar. Tenía el instinto de que algo aparecería. Decidieron plantear el asunto a Sophie en la cena.

—Quizá debamos abandonar —propuso Arianna durante los postres.

—Yo no lo creo —respondió tozudo Luken.

Sophie asistía al intercambio sin intervenir, como si no quisiera tomar partido.

—Un día más —propuso Luken—. Se me ha ocurrido algo que me gustaría investigar mañana.

Arianna no parecía convencida, aunque tampoco Luken lo estaba.

—Quizá hemos orientado mal la investigación. Estamos centrando nuestro foco en el Temple. Tal vez no es donde debemos buscar.

—Entonces ¿dónde deberíamos hacerlo? —intervino Sophie con un renovado interés.

—Pierre d'Aumont. Quiero buscar conexiones entre Clemente V y el templario.

Sophie no respondió. Se quedó silenciosa. Era la primera vez que Luken la veía reflexiva.

—Está bien —cedió Arianna—. No perdemos nada por intentarlo un día más. Si no obtenemos ningún resultado, regresamos a Orvieto.

Salieron del restaurante de regreso al hotel. Se trataba de un paseo de diez minutos y la noche era templada. Luken caminaba entre ambas mujeres, pero lo hacían en un silencio provocado por la tensión entre ellos.

Todo sucedió de repente. Unos segundos que pudieron cambiar el rumbo de sus vidas. Por la calle apareció un coche negro con las ventanas traseras tintadas, aunque en aquel momento ninguno de los tres se apercibió de ello. Luken recordaría después el rugido del motor, que le hizo levantar la cabeza. Vio un hombre al volante, joven, con el pelo muy corto, que se dirigía directo hacia ellos. El pensamiento que asaltó a Luken fue que no era un accidente, sino algo premeditado. Parecía imposible evitar el atropello, pero otro coche apareció de improviso. Luken no vio de dónde salió, como si se hubiera materializado de repente o siempre hubiera estado allí. El choque se produjo a tres metros escasos de ellos. Luken sintió el aire en el rostro, oyó el impacto, el sonido del metal retorciéndose y los cristales estallando.

El tiempo pareció detenerse por un instante, hasta que volvió en sí. Oyó gritos y el sonido de un motor tratando de arrancar. Era el que había intentado atropellarlos. Vio el rostro del conductor: era joven, de pelo rapado y una barba de varios días sobre una mandíbula prominente. La sangre le cubría el rostro, manaba de una herida en la cabeza; aun así, no desistía. Por fin, el motor arrancó, el conductor echó marcha atrás con brusquedad y, con un chirrido de neumáticos, abandonó el lugar. A Luken le llamó la atención que el automóvil no portaba matrícula.

Fue una noche de comisaría y hospitales. Regresaron al hotel bien entrada la madrugada. Por suerte, los tres se encontraban bien, aunque no se podía decir lo mismo del conductor del vehículo que había evitado el atropello. Había fallecido en el lugar del accidente. Luken todavía recordaba la escena, que acudía a su mente una y otra vez. Sophie, que había sido la primera en reaccionar, se había apresurado a socorrerlo. Luken vio como la francesa colocaba los dedos en el cuello del conductor, tratando de encontrar pulso. Se había vuelto hacia ellos con el rostro desencajado y había musitado algo. Un nombre de hombre: Maurice. Todo quedó registrado en la memoria de Luken, que varias veces pensó que estaba equivocado, que no era un nombre lo que había salido de los labios de Sophie, sino cualquier otra palabra en francés. Dos días después la prensa publicó el nombre del fallecido: Maurice Lafontaine, francés, treinta y cuatro años, chófer de profesión.

Al día siguiente no regresaron a la biblioteca. Necesitaban descansar, pero también porque así lo habían decidido los *carabinieri*. Sin embargo, Luken no estaba dispuesto a dejarse encerrar en una habitación de hotel. Avanzada la mañana, cuando se sintió preparado, abandonó el hotel hacia la Ciudad del Vaticano. Sabía que era una irresponsabilidad no avisar a nadie, pero ni siquiera estaba seguro de en quién podía confiar. Se puso una sudadera y una gorra calada hasta los ojos. No le fue difícil esquivar a los policías que habían quedado a cargo de su seguridad. Salió del hotel por el aparcamiento. A cada paso trataba de no mirar atrás, sintiendo la tentación de echar a correr. Por el rabillo del ojo vigilaba los coches a su alrededor, aunque sabía que era imposible controlarlo todo. Respiró aliviado cuando entró en el edificio de la Biblioteca Vaticana. Mostró la acreditación y, sin esperar la respuesta de la bibliotecaria, se acercó a uno de los ordenadores.

Tres personas lo acompañaban en el enorme salón de lectura. Frente a él se sentaba una chica joven, vestida con una larga falda gris, blusa blanca abotonada hasta el cuello y el cabello recogido en una coleta. «Una monja», pensó Luken. Unas mesas más allá había un sacerdote de edad avanzada, encorvado sobre un viejo libro. Al fondo de la sala, un hombre de mediana edad alzó la vista al verle llegar. Su mirada fue insistente. Luken sintió que debía vigilar a aquel hombre. Había en él algo extraño, perturbador, pero no sabía exactamente qué. Su rostro le resultaba extrañamente familiar, aunque Luken nunca había sido bueno para las caras.

Entró en el sistema informático de la biblioteca e introdujo el nombre de Pierre d'Aumont. Contuvo la respiración y pulsó «enviar». Tras unos instantes el sistema le devolvió dos resultados. Luken soltó el aire aliviado. Aquello confirmaba que el caballero había existido y que su intuición podía llevarle a algún lugar. Mandó los dos documentos a la impresora.

Mike el Griego observó a Luken concentrado en la pantalla de su ordenador y sonrió. Sabía que era allí adonde acudiría. Aquel joven era como un sabueso en busca de un hueso. Andaba detrás de algo y tenía que ser algo grande. Y él estaba allí, lo había seguido, vigilado e incluso había presenciado cómo alguien trataba de matarlo. A pesar del intento de atropello, el joven seguía incansable buscando en aquel ordenador.

A través de Francesco, Mike había explicado la situación a su benefactor y este, aún no sabía cómo, le había proporcionado un pase para la biblioteca. Sin duda debía de ser un hombre poderoso. A escasos diez metros del Griego, Luken contempló en la pantalla del ordenador el primer resultado. Estaba datado en 1306. Era del puño y letra de Clemente V.

> **Hoy he recibido la visita del gran maestre del Temple, Jacques de Molay, y de su ayudante, Pierre d'Aumont; han negado todas las acusaciones. Su vehemencia me ha impresionado. Creo que están en lo cierto.**

Luken se quedó pensativo. No era sencillo interpretar el sentido de las palabras de Clemente V, pero conocía lo suficiente de la historia del Temple para saber que se refería a la causa contra la orden. También había comprendido que Pierre d'Aumont no era una figura menor, sino el hombre de confianza del gran maestre Jacques de Molay. Iba a abrir el segundo documento cuando tuvo la sensación de que alguien lo estaba observando. Se volvió y se encontró con el hombre de mediana edad que lo había mirado al entrar. Sonreía con amabilidad, pero su sonrisa lo incomodó.

—Veo que le interesa la Edad Media —dijo el desconocido.

Luken se encogió molesto. Había comprendido que en aquel asunto nada era lo que parecía y que el riesgo resultaba elevado. Podía obtener el premio más alto que la historia de la arqueología pudiera imaginar, pero el precio era la muerte.

—¿A quién no le interesa la Edad Media? —respondió Luken—. ¿Y a usted? ¿Con quién tengo el placer de conversar?

—¡Por supuesto! ¿A quién no? Clemente V, ¿no es así? —añadió señalando a la pantalla, que mostraba el sello papal en la esquina superior del documento.

El hombre no le había dado su nombre. Luken iba a contestar cuando el desconocido hizo un gesto que le congeló la sangre. Era un tic que en condiciones normales no hubiese significado nada, pero que despertó la memoria de Luken. Se había apartado el cabello del flequillo, el mismo gesto que había realizado el ladrón de la nave donde había desaparecido la estatuilla. Se trataba de la misma persona. Se levantó, recogió los documentos de la impresora, apagó la pantalla del ordenador y se alejó a grandes pasos, musitando una disculpa.

Mike el Griego se quedó sorprendido por la reacción. Algo de lo que había dicho o hecho la había desencadenado. Lo más preocupante era que no sabía cuál había sido la causa. Lo observó alejarse y, cuando se perdió de vista, encendió la pantalla y pulsó el botón de retroceder. Quizá por prisa, o por desconocimiento, Luken le había facilitado el acceso a los dos documentos. Mike sonrió.

—¡Eureka! —dijo en voz baja, sabiendo que no debía llamar la atención.

Pulsó el botón de imprimir, tomó los dos documentos que escupió la impresora y abandonó la biblioteca mientras silbaba una melodía.

55

Fontainebleau, 1307

Pierre recordó un hecho sucedido tiempo atrás, cuando su vida era despreocupada y las aventuras un deseo de juventud, un juego de una vida que no había perdido aún la sencillez ni la luminosidad. Había retrocedido a la noche en que amó a Elisenda. Rememoró cada detalle con una nitidez asombrosa: el tacto de la piedra cuando había escalado hasta su ventana; la luz de la luna iluminando el mundo; el color de los ojos de su amada, muy abiertos al descubrirlo en sus aposentos; los gemidos mientras hacían el amor; su respiración mientras dormía a su lado. Había sucedido tanto tiempo atrás que le parecía que había sido en otra vida. O quizá es que él era otra persona.

Evocaba aquello mientras, amparado por la oscuridad, escalaba el muro del monasterio. Sin embargo, no había deseo, no había aventura, solo necesidad de no ser descubierto, de sobrevivir a aquella guerra soterrada en la que la orden se había visto involucrada. El encuentro había sido acordado días atrás, cuando un niño, convenientemente instruido por Pierre, se había acercado en el mercado a una sorprendida Elisenda y había depositado una nota en su mano. Él contemplaba la escena en la distancia, resistiéndose a acercarse a ella, como le gritaba todo el cuerpo.

El muro era alto. No formaba parte del palacio real, sino que estaba adosado a él y el *magister muri* había tenido la idea, o la necesidad, de elevarlo para impedir que fuese una vía rápida de acceso al palacio. En aquellos tiempos en que ningún ejercito enemigo se situaba cerca de París, la vigilancia era mínima, y Pierre pudo eludirla con facilidad. Trepó con la ayuda de una cuerda y se dejó caer sobre la mullida alfombra de hierba. Se pegó al tronco de un árbol escuchando en la noche. Había ocultado su montura y la espada en la espesura del bosque cercano. Sin ella se sentía desnudo, pero dentro del monasterio no le sería de utilidad. En caso de que necesitara usarla sería porque todo había salido mal. En esas circunstancias sabía lo que tenía que hacer. Llevaba en la cintura un pequeño puñal con el que podía quitarse la vida. No podía caer en manos enemigas.

En el silencio del patio se oía el sonido del viento, el de algún pequeño animal nocturno de cacería y el propio latir de su corazón. Avanzó despacio, cruzando el claustro, hasta una de las puertas de la iglesia. La puerta estaba entornada, como habían acordado. La empujó lo suficiente para que terminara de abrirse y entró tratando de hacer el menor ruido posible. Solo dos velas iluminaban el interior del templo, dejando el resto de la nave en una incómoda oscuridad. No podía ver si algún enemigo se ocultaba en las sombras. Aquel era el punto de no retorno. Si había sido traicionado, no podría escapar. Tomó su daga y la apretó en el puño. Distinguió una figura de mujer, de cara al altar, arrodillada y con las manos entrelazadas a modo de oración. Vestía el sayal blanco y la capa y el velo negro de las trinitarias. Supo de inmediato que era Elisenda. Su porte y la forma de permanecer erguida resultaban inequívocos. Se aproximó hasta colocarse a su lado.

—Lo que haces es arriesgado —dijo ella.

Pierre sonrió.

—Vivir es arriesgado. Si no, no merecería la pena.

Escuchó un suspiro de Elisenda.

—Eso es fácil de decir para un hombre que recorre el mundo, ve lugares y gentes desconocidas y no tiene más amo que su voluntad.

—Algún día...

Elisenda levantó una delicada mano para detener a Pierre.

—No necesito promesas que me induzcan falsas esperanzas. La vida transcurre lenta en este lugar, pero transcurre.

Pierre guardó silencio. Elisenda tenía razón. No habían nacido para estar juntos. La vida se lo había dejado claro tiempo atrás.

—Necesito tu ayuda —dijo cambiando de asunto, consciente de que no disponía de nada que ofrecer a aquella mujer—. Cualquier información acerca de los planes del rey hacia los templarios. Tu cercanía a la reina puede suponer un gran apoyo.

Elisenda no respondió. Se volvió hacia Pierre y lo miró durante un tiempo largo. En su mirada había tristeza y algo más. ¿Miedo? ¿Recelo? Levantó la mano hacia el rostro de Pierre y lo acarició.

—Nuestra historia escoge siempre el momento equivocado. Quizá algún día alcancemos el mismo lugar a la vez, pero yo predigo aquí que jamás será así. Hoy vuelves a llegar tarde.

Pierre tomó la mano de Elisenda, que aún descansaba sobre su mejilla. La sintió suave y cálida, y como una oleada le llegó el recuerdo de su cuerpo. No había entendido lo que había querido decir, pero sus palabras sonaban funestas.

—¿Tarde?

Ella asintió.

—¿Hace cuánto tiempo que abandonaste París para dirigirte hacia aquí?

Una sensación fatídica se apoderó del corazón de Pierre. La sensación que debía de experimentar un preso antes de recibir la sentencia.

—Dos días.

—No hay esperanza para el Temple ni para ti. Ayer el rey dio la orden a todos los oficiales del reino. Los templarios han de ser apresados sin excepción. Quien os ayude pagará con su vida. A eso es a lo que me arriesgo yo ahora.

Pierre contempló horrorizado a Elisenda.

—Pero entonces...

—No hay esperanza. Huye ahora que estás a tiempo.

Se levantó y anduvo unos pasos por el templo, meditando sobre qué convenía hacer. Se volvió hacia ella. Había tanto que le gustaría decir y tan poco tiempo...

—Volveremos a vernos. Te lo prometo. Regresa cada noche de luna nueva aquí a rezar y deja la puerta del claustro abierta.

No esperó la respuesta y se retiró hacia la salida. En ese mismo instante oyó voces. La puerta principal de la iglesia se abrió de golpe y varios soldados entraron en tropel. Elisenda se levantó y gritó.

—¡Ayudadme! ¡Es un ladrón!

Pierre se volvió, atravesó el umbral y cruzó el claustro. Trepó por el muro con habilidad y se perdió en el bosque mientras oía el clamor de sus perseguidores.

El recuerdo de aquella noche se quedaría largo tiempo en la memoria de Pierre. Cabalgó sin descanso, exigiendo a la montura más de lo razonable. Atravesó caminos desiertos, apenas iluminados por la luz de la luna. En sus pensamientos se mezclaban la incredulidad, el desconcierto y el miedo a su propio destino y el de sus compañeros. Se recordó a sí mismo que el Temple era demasiado poderoso para que un rey pudiese destruirlo. Entonces volvían a su mente las palabras de Jacques de Molay sobre Felipe IV: «Él lo quiere todo».

Amanecía cuando entró en París, pero la ciudad permanecía desierta. Su caballo resollaba agotado y él sentía todos los músculos entumecidos. No tenía tiempo para descansar. Se dirigió a la casa del Temple. Los soldados que guardaban la entrada se sorprendieron al verlo aparecer. Le ayudaron a descabalgar.

—No debisteis venir —aseguró uno de ellos, con una voz que transmitía miedo—. Todos los caballeros estáis siendo apresados. Si alguien os ha visto llegar avisará a los alguaciles.

—¿Dónde está el gran maestre?

Los soldados se intercambiaron miradas indecisas.

—Detenido —dijo el otro—. Y con él, los demás miembros del Consejo. Tomad otro caballo y aprovechad lo que queda de noche para huir.

—Quitaos la capa y la cruz antes. Si no lo hacéis, seréis presa fácil aquí o en cualquier otro lugar de Francia.

Pierre miró estupefacto a los soldados. Sabía que lo que estaban diciendo era sensato, pero que se atrevieran a proponerlo indicaba cómo el terror había penetrado en la orden. No estaba dispuesto a huir. Sin embargo, tenían razón en que debía evitar ser apresado. Con la orden descabezada, no haría ningún favor al Temple si él también acababa detenido. Había varias tareas que no podía posponer.

—¡Preparadlo todo! —gritó a los soldados mientras salía corriendo hacia el interior de la torre.

La casa del Temple se hallaba desierta, como si nadie se atreviese a dejarse ver. Los pocos que se cruzaron con él habían retirado de su indumentaria los signos visibles de adscripción a la orden.

Subió de tres en tres los peldaños de la escalera que llevaba a lo más alto de la torre y llegó hasta las dependencias de Jacques de Molay. Todo permanecía vacío y silencioso. Se abalanzó hacia la mesa del gran maestre y pulsó el pequeño resorte oculto bajo el tablero que este le había mostrado tras contarle el secreto de la orden. El pequeño cajón se abrió y Pierre vio con alivio que el manuscrito se encontraba aún allí, junto a unas llaves engarzadas en un aro y un pequeño papel doblado. Guardó el documento y las llaves bajo su capa, y desplegó la hoja de papel.

> Si lees estas letras es que has sobrevivido a la desalmada caza que nos asola. No te daré órdenes. No hay tiempo para mí. Sabes lo que debes hacer. Te he estado preparando para esta situación. Es la razón por la que te he mantenido al margen del Consejo. Necesitaba alguien en quien confiar llegado el caso. Guarda el secreto hasta que yo regrese. Si no lo hago, elegid a un nuevo gran maestre y continuad la tarea.

Tomó asiento en uno de los sillones. Se sentía sobrepasado por los acontecimientos. No estaba preparado, el peso colocado sobre sus hombros era insoportable y acabaría quebrando su espíritu. Las palabras de Jacques de Molay nacían de la desesperación.

Transcurrieron unos preciosos minutos en los que poco a poco la luz fue llegando a su mente. Las tropas del rey podían regresar; debía alejarse de París y quizá de Francia. Pero ¿adónde se dirigiría? Le vinieron a la cabeza algunos lugares: Chipre, Tierra Santa, Castilla... Allí estaría a salvo, pero eso supondría abandonar a la orden a su suerte. No, se quedaría cerca de París, donde pudiera ser útil a Jacques de Molay y al Temple. Se animó a sí mismo diciéndose que pronto serían exonerados.

Bajó corriendo de la torre mientras se quitaba con pesar la capa blanca con la cruz patada sobre el hombro. La dobló con cariño y la dejó sobre una mesa, sintiendo que se arrancaba una parte del alma. Regresó a la puerta, donde le esperaban los soldados con la montura preparada. Antes de lanzarse al galope se volvió hacia los hombres.

—Soldados del Temple, recordad vuestro juramento. Noches oscuras nos esperan, pero tras la noche siempre llega el día. De lo que hagáis depende que ese día os acompañe el honor o lo haga la vergüenza.

En París el sol comenzaba a elevarse en el horizonte. Un nuevo día se abría paso, pero para la Orden del Temple el mundo no volvería a ser el mismo.

56

Sótanos de la casa del Temple, París, 1307

A los sótanos de la casa del Temple no llegaba la luz. Ni la luz del día ni la luz de la verdad. A los torturadores no les importaba ninguna de las dos. No buscaban la verdad, sino vencer la voluntad de los caballeros templarios, cercenar sus últimas esperanzas y extraer de ellos confesiones que apoyaran las acusaciones.

Al frente de los que se manchaban las manos con la sangre de los templarios, pero sin mancillar las suyas propias, estaba Guillaume de Nogaret. Resultaba extraño ver al consejero real, un hombre de maneras impecables y aspecto refinado, asistir a las sesiones de tormento. Nadie recordaba que esas maneras no eran innatas, sino aprendidas con esfuerzo, y que dentro de él aún vivía el niño que se había arrastrado por lo más bajo de la sociedad. Aunque no lo dejaba traslucir, disfrutaba con el sufrimiento ajeno, que no solo le proporcionaba placer físico, sino también espiritual. Descendía de cátaros, los mismos que habían sido torturados, vejados, quemados y exterminados por la Iglesia de Roma unas décadas atrás. Por eso, lo que estaba viviendo era algo personal, una forma de desquitarse, de vengar a los suyos en la carne de aquellos monjes guerreros.

A su alrededor, en el oscuro sótano, estaban dispersos varios aparatos de tortura: un toro de Falaris, un aplastapulgares, una cuna de Judas y una doncella de hierro. La Iglesia había desarrollado o perfeccionado aquellos ingenios contra su propio pueblo y ahora él los utilizaba contra los miembros de esta.

A pesar del placer, Guillaume de Nogaret no estaba contento. Jacques de Molay, Godofredo de Charney, maestre de Normandía y Godofredo de Gonneville, maestre de Aquitania resistían la tortura. El más débil, el primero que había confesado, era Hugo de Pairaud, el visitador de más acá de los mares. El consejero real obtenía un placer especial en ocuparse de él. Al dolor que le infligía se sumaba la estupefacción del preso, desconcertado por estar siendo torturado a pesar de haber sido una pieza clave en la entrega de toda la Orden del Temple. Había actuado como un cobarde y el castigo por su cobardía debía ser mayor. Tras tres días a pan y agua y una noche en el tonel, sumergido en orines y defecaciones hasta el cuello, estaba listo. Una sesión en el aplastapulgares fue suficiente para quebrar su resistencia. Los dos maestres regionales y el gran maestre, como veteranos supervivientes de las guerras en Tierra Santa, habían construido voluntades más férreas.

Guillaume de Nogaret descendió hasta las mazmorras de la casa del Temple sonriendo. Le parecía una deliciosa ironía que los miembros de la orden estuvieran siendo torturados en su propio castillo. Ahora él ocupaba los aposentos de Jacques de Molay, dormía en su cama y trabajaba en su mesa. Oyó los gritos y detuvo el paso, tratando de determinar a quién pertenecían. Había descubierto que cada hombre tiene una forma especial de gritar, discernible del resto. En esa ocasión se trataba del propio Jacques de Molay. Bajó hasta la sala y contempló al gran maestre en la cuna de Judas, un instrumento en forma piramidal sobre el que se elevaba al reo para dejarlo caer y que la punta coincidiera con sus genitales.

—Detened la tortura —ordenó al ejecutor—. Es un hombre de edad avanzada. Aunque, ahora que lo pienso, dudo que sus atributos de masculinidad le sirvan de mucho.

Rio ante su propia ocurrencia mientras Jacques de Molay era liberado de sus ataduras. El gran maestre quedó tendido en el suelo, encogido de dolor, sin capacidad de moverse. Tenía el rostro recubierto de sangre y mugre, pero sus ojos refulgían de rabia y de odio.

—¿Vais a confesar? —preguntó Nogaret agarrando a Jacques de Molay de su larga pero rala cabellera.

—¡Jamás! —respondió este, reuniendo una fuerza que parecía imposible que aún albergara.

El consejero real soltó el cabello del gran maestre y se limpió la mano en un trapo que uno de los guardias puso a su disposición.

—Sí, lo haréis. Tarde o temprano. Todos lo hacen. Tenemos muchas confesiones. Decenas.

Guillaume de Nogaret caminó alrededor del templario, moviéndose con parsimonia, con las manos a la espalda, como solía hacer por los pasillos del palacio real. Por un instante no habló, solo paseó. De pronto se detuvo, como si se le hubiese ocurrido algo.

—Aunque tenéis razón. Algunos no van a hablar. Al

menos los cuatro templarios que ya han muerto. Fueron valientes, a decir verdad. Un valor inútil.

Jacques de Molay miró a Guillaume de Nogaret como un animal acorralado antes de saltar. Sin embargo, ambos sabían que no podía hacerlo, que las semanas de tortura y pésima alimentación habían consumido sus fuerzas. Solo la voluntad lo sostenía.

—¡Cobarde!

Había pronunciado el insulto como si su sola voz pudiese herir al consejero, pero este lanzó una carcajada.

—Siempre es un placer conversar con vos, gran maestre. Ahora debo irme. Os dejo en manos de mis hombres. Si aún estáis vivo la próxima vez, espero una confesión escrita. Y no solo por vuestros crímenes. También deseo saber lo que la orden oculta con tanto celo.

El consejero real soltó esas palabras sin precisar más, pero el gesto de sorpresa de Jacques de Molay fue suficiente para que supiese que la información de Hugo de Pairaud era correcta. Salió de las mazmorras meditabundo. Ya no tenía dudas de que la orden escondía un secreto. Varios templarios lo habían confesado bajo tortura, pero ninguno de ellos había podido explicar su naturaleza. Todos señalaban a Jacques de Molay como el único que parecía saberlo. A él y a un templario al que aún no habían podido detener. Pierre d'Aumont. Era necesario darle caza.

57

Roma, 2024

Sophie se sumergió en la bañera de la habitación del hotel y dejó que su cuerpo se relajara. Le gustaba el agua muy caliente, tanto que casi quemara. Era un punto doloroso, pero multiplicaba el efecto relajante. También disfrutaba escuchando el leve sonido de la espuma y el casi imperceptible crepitar de las sales de baño. Aun así, no había logrado deshacerse del dolor por la muerte de Maurice. Había sido un jefe de seguridad fiel, que le había servido durante años. También había significado algo más. Durante dos años habían vivido una aventura, que ella había dado por finalizada. Sin embargo, él había seguido mostrándose fiel en el trabajo, quizá con la secreta esperanza de recuperarla. A su mente volvía cómo se había opuesto a que Sophie se expusiera en aquellas circunstancias. «Las circunstancias», pensó Sophie. Maurice desconocía las verdaderas razones por las que ella había tenido que hacerse pasar por enviada de la Unesco. Necesitaban controlar la situación, entender los progresos de Luken y Arianna, e intervenir si fuese necesario.

Lo que habían hallado era preocupante. Habían llegado

hasta Pierre d'Aumont y quién sabe qué más podían descubrir. Siete siglos de secreto, de precauciones, de lograr pasar desapercibidos podían quedar arruinados por un desafortunado terremoto y un joven demasiado inquisitivo. Por eso había decidido actuar. Necesitaba controlarlo, y el sexo era una forma inmejorable para hacerlo. Luken era atractivo, aunque ella podía tener al hombre que quisiera. Sin embargo, no creía haberlo logrado. Se habían acostado, pero él no había sucumbido más allá de aquella noche. No había vuelto a ella como el resto de los hombres, perritos falderos demandando cariño. Quizá fuese por la compañía de Arianna. Podía convertirse en una presencia molesta, pero Sophie no sabía cómo quitársela de en medio. Hacía apenas una hora había puesto a Uno y Tres al tanto de la situación. Había obviado decirles que se había acostado con Luken. No necesitaban saberlo. Tampoco habían decidido ningún curso de acción, salvo observar y esperar.

De pronto sonó el teléfono. Estiró el brazo activando el altavoz. No tenía intención de salir de la bañera.

—*Oui?* —respondió.

—Soy Tres. Problemas. Sal del baño.

—¿Cómo sabes que estoy en la bañera?

Tres no contestó, como si no fuera necesario. Sophie recordó que su interlocutora tenía un oído excelente. Había oído el sonido de las burbujas.

—¿Qué ha sucedido?

—Parece que tu chico tiene ideas propias. Ha visitado hoy la Biblioteca Vaticana. Eso dicen nuestros informantes. Entérate de qué ha podido descubrir.

Tres colgó el teléfono sin añadir nada más. Dos salió del agua refunfuñando. Allí tenía la prueba de que no había logrado controlar a Luken.

58

Burdeos, 1307

Hay hombres que han nacido para brillar, para ocupar un lugar prominente, para ser escuchados, venerados e incluso idolatrados. Por supuesto, también odiados. Algunos de ellos buscan la exposición pública, el púlpito, aparecer en la almena más alta, el trono más elevado. Consideran tal privilegio como parte de su recompensa e incluso disfrutan de ello. Les hace sentirse únicos, poderosos o elegidos.

Pierre d'Aumont nunca lo había buscado. Prefería vivir en un segundo plano, a la sombra de otros. Le proporcionaba tranquilidad y una sensación de protección y anonimato que ansiaba. Sin embargo, hay momentos en los que los hombres como él deben ocupar la primera línea, salir a la luz, dar un paso adelante, aunque sea a su pesar. Es cuando se descubre a aquellos que están moldeados de otra pasta, que si hasta entonces no han brillado es porque no lo han buscado o porque no ha sido necesario. La detención de Jacques de Molay y el resto de las figuras prominentes de la orden había descabezado al Temple, obligando a Pierre a hacer lo que nunca hubiese imaginado.

Estaba en la puerta del salón del palacio papal de Burdeos, esperando a ser recibido por Clemente V. Había sido un movimiento arriesgado, casi desesperado. Cabía la posibilidad de que acabara engrilletado y compartiendo el destino de Jacques de Molay. Un parte de sí mismo lo deseaba. Seguir en libertad mientras sus compañeros estaban apresados le hacía recordar su experiencia en Acre, abandonando la ciudad en barco para salvar el secreto del Temple. Sentía que no podía huir toda la vida, temiendo ser capturado o peor aún, ser un prófugo vergonzante. Decidió escribir al papa en nombre del gran maestre. Solo había dos respuestas posibles, una orden de entregarse a las autoridades o una invitación a una entrevista. Había llegado la segunda. Estaba aterrorizado. No sabía cómo jugar a aquel juego. Él no era Jacques de Molay, no tenía ni su aplomo ni su experiencia. Temía decir algo inoportuno y fracasar, pero no le quedaba más remedio que intentarlo.

Cuando llegó el momento y se vio frente al sumo pontífice, notó que le sudaban las manos. A él, que había visto la muerte cara a cara, la de otros y la suya propia, y que había mostrado el más alto valor en el campo de batalla.

—Momentos difíciles los que vivís. —Fueron las primeras palabras de Clemente V. Poco halagüeñas. No hacía suya la desventura de Jacques de Molay.

—E injustas, santidad.

El sumo pontífice no respondió. Concentró la mirada en Pierre, como si estuviera midiéndole antes de decidir cómo proceder.

—Jacques de Molay ha confesado todos los cargos que se le imputan.

Pierre estaba preparado para ese golpe.

—Santidad, todo hombre tiene un límite si se le tortura el tiempo suficiente. Y el gran maestre ha soportado varias semanas de los más inhumanos tormentos.

Clemente V no pudo evitar un rictus de desagrado. Pierre se preguntó cuánto tiempo hubiese aguantado el papa bajo las mismas circunstancias. Luego se dio cuenta de que tampoco sabía cuánto hubiese resistido él mismo.

—Estáis en lo cierto. No son métodos apropiados para aplicar a un hombre temeroso de Dios como Jacques de Molay. Aun así, como bien sabéis, su situación queda fuera de la jurisdicción eclesiástica.

Pierre se dio cuenta de que había llegado el momento crítico de la conversación. De lo que sucediese en los siguientes instantes dependía el futuro de Jacques de Molay y de toda la orden.

—Ese es el problema, santidad. El rey de Francia se arroga un papel que no le pertenece. La orden debería responder ante vos. Si el gran maestre ha de defenderse de alguna acusación, debería ser ante un tribunal eclesiástico. Solo a Su Santidad corresponde tal prerrogativa.

Clemente V mostró la duda en el semblante. Se debatía entre el irreprochable planteamiento de Pierre y las consecuencias de desafiar al rey de Francia, su valedor y bajo cuya protección vivía.

—¿Qué será lo siguiente? —apretó Pierre, animado por la duda de su interlocutor.

Dejó por un instante que Clemente V respondiera mentalmente a la pregunta. Estaba seguro de que había pensado en ello.

—Nadie puede, en toda la cristiandad, poner en duda vuestro derecho a juzgar a la orden. Lo haréis con ecuanimidad e inspirado por Dios. Y recordad… —Pierre hizo una pausa. Clemente V miró expectante a su interlocutor, deseoso de saber qué más podía añadir— que no estáis solo. Miles de caballeros templarios esperan escuchar vuestra voz. Ellos son vuestros hijos, los soldados de Dios, y siempre os serán fieles.

Clemente V miró a Pierre con una expresión extraña, que no pudo descifrar.

—Un buen hijo nunca tiene secretos con su padre.

La velada referencia al secreto del Temple atenazó por un instante a Pierre, aunque se repuso. Supo que debía ceder ante la demanda, pero debía hacerlo sin comprometerse.

—Transmitiré al gran maestre todo cuanto me requerís para que él pueda satisfacer vuestros deseos una vez libre.

Abandonó el palacio de Burdeos con la esperanza latiéndole en el corazón. Había arrancado de Clemente V la promesa de intervenir. No lo sabía aún, pero su discurso había impresionado al pontífice. Vivía atemorizado, pero todavía le restaba una semilla de amor propio y la necesidad de creer en sí mismo. Dos semanas después saldría a la luz una bula papal. Su título era elocuente: *Pastoralis praeeminentiae*. El sumo pontífice tomaba el control del proceso emitiendo una orden de detención para los líderes templarios y la constitución de un tribunal eclesiástico que juzgara al Temple.

Pierre había ganado una batalla. Por primera vez en su vida lo había hecho sin empuñar una espada. Sabía que las acusaciones contra el Temple carecían de fundamento; sin embargo, aún era tan inocente como para creer que la verdad siempre acababa por imponerse.

59

Palacio de Fontainebleau, 1307

Guillaume de Nogaret daba la impresión de ser un hombre calmado, que contenía las emociones, ocultándolas a los demás para no parecer débil. Aquel control le había proporcionado muchos triunfos en su vida. Le había llevado hasta el puesto de consejero real de Felipe IV. Pero la calma que transmitía era impostada. El fuego del odio le ardía en el corazón y en el estómago. Y todo hombre tiene un límite. Cuando alguien se acerca a su abismo personal, corre el riesgo de perder el control y dejarse arrastrar por la furia. Por muchas virtudes que atesore, en las circunstancias apropiadas, mostrará ese límite a los demás.

Nogaret estaba al borde de su abismo. Sostenía en las manos la bula papal. Aquella bula representaba todo cuanto había odiado, el intento de la Iglesia de Roma por tomar el poder, por imponer su particular visión del mundo, por controlarlo.

Recorrió el largo pasillo del palacio hasta el salón real, donde lo esperaba Felipe IV. Contenía las ganas de despedazar aquel documento, de lanzarlo a las llamas hasta que el fuego lo consumiera, mientras trataba de sujetar los temblores que pugnaban por tomar el control de su cuerpo. El odio lo estaba consumiendo, alimentado por el fracaso con Jacques de Molay. Fue anunciado y entró en el centro del poder de Francia. Vio sobre la mesa, entre otros documentos, la bula que él mismo llevaba. Felipe IV estaba al tanto. Sin embargo, al monarca se le veía tranquilo, con un gesto indescifrable, liviano, como si todo aquello no importase. Envidiaba la capacidad, muy superior a la suya, de permanecer impertérrito y de, incluso bajo presión, tomar decisiones inteligentes y libres de otras restricciones que no fueran las provenientes de su propia voluntad. Era un hombre nacido y formado para gobernar a su antojo, imponiendo a los demás todo cuanto pasase por su imaginación. Guillaume de Nogaret sentía que el monarca representaba todo lo que él quería ser pero no alcanzaba.

—¡Jamás creí que Clemente V se atrevería a tanto, majestad!

El rey parecía divertirse, como si todo fuera un juego.

—Mi buen Nogaret. Debéis analizar este movimiento de Clemente V con más frialdad.

El comentario detuvo la furia de Nogaret. El consejero se preguntó si a Felipe IV también le gustaba jugar con él, sorprenderle, o incluso si se reía a su costa. Con su habitual tranquilidad, el monarca lo trataba como si fuera un chiquillo que se dejase arrastrar por las emociones. Hizo un esfuerzo adicional por controlarse.

—¿Cuál es el curso de acción que os proponéis, majestad?

El rey señaló la mesa. Junto a la bula papal había otro

documento. Nogaret lo tomó en las manos y comenzó a leerlo. No daba crédito. Clemente V acusaba a Felipe IV de haberse excedido en sus decisiones y prerrogativas. «Vuestra conducta impulsiva es un insulto contra Nos y contra la Iglesia romana».

—Parece que la tiara papal ha trastornado al sumo pontífice. Se atreve a jugar a un juego para el que no está preparado.

—Quizá debamos ponerlo en su sitio —se atrevió a proponer el consejero, que empezaba a recuperar el buen humor—. ¿Queréis, majestad, que prepare una respuesta?

Felipe IV negó con la cabeza.

—Dejemos que Clemente piense que va a ganar esta partida. Está en su derecho de aplicar la jurisdicción eclesiástica a la Orden del Temple.

—¿Entonces, majestad?

—Necesitamos darle a nuestra posición un barniz de legalidad. Pediremos a los sabios de la Universidad de París que se pronuncien. Si ellos avalan nuestro derecho a juzgar al Temple, reiniciaremos el proceso. Mientras tanto, dejemos que sea Clemente V quien investigue a la orden.

Guillaume de Nogaret no estaba satisfecho. Era insuficiente. Le impedía seguir torturando a Jacques de Molay y extraerle el secreto de la Orden del Temple. «Impropio de un rey», pensó, aunque se abstuvo de contradecir al monarca. Era un movimiento inteligente, pero que no saciaba el hambre de venganza del consejero.

—Como deseéis, majestad. Dispondré todo lo necesario.

Hizo un gesto de retirarse, pero el rey lo detuvo levantando el dedo índice.

—Aún hay otro asunto pendiente, que sigue sin resolverse.

Guillaume de Nogaret esperó a que el monarca continuase. Estaba intrigado. Parecía que le daba la información a cuentagotas.

—Seguimos sin saber qué oculta el Temple. En la nueva situación, con Clemente V controlando el proceso, no podremos interrogar al gran maestre, al menos durante un tiempo. Debe de ser algo importante, para que la orden lo guarde con tanto celo.

El consejero real asintió.

—Parece un secreto que reposa en muy pocas manos. Si no fuera así, lo hubiéramos descubierto.

—Quiero saber de qué se trata. Usa los métodos que consideres oportunos.

Comprendía lo que le pedía Felipe IV.

—Acudiré de inmediato a París. No hay tiempo que perder. Haré lo que sea necesario.

—Excelente. Pero aún necesito que hagáis algo más por mí.

—Por supuesto, majestad. Como deseéis.

El rey cruzó las manos tras la espalda y avanzó unos pasos hacia Nogaret, sonriendo.

—Necesito que organicéis otra campaña de desprestigio. Similar a la que lanzasteis para desacreditar al Temple. Fue muy efectiva.

—Sin duda, majestad. ¿Puedo preguntar contra quién y bajo qué acusaciones?

—¿Aún no lo sabéis, Nogaret? Quizá os haya sobrestimado nombrándoos consejero real. Contra Clemente V, por supuesto. Nepotismo, favorecer la herejía, debilidad o cualquier otro delito que tengáis a bien proponer. Incluid algo de carácter sexual, siempre ayuda a soliviantar al populacho.

Guillaume de Nogaret sonrió. Aquello colmaba sus deseos. Miró al rey e hizo una reverencia.

—Como ordenéis, majestad.

60

Roma, 2024

Luken daba vueltas por la habitación como un león enjaulado. En realidad, caminar le ayudaba a pensar. Tenía mucho que decidir. Lo primero era qué hacer con la información que había encontrado en la biblioteca. Si el primer documento que mencionaba a Pierre d'Aumont demostraba que conocía a Clemente V y que el templario era una figura importante dentro de la orden, el segundo documento resultaba aún más revelador. Las palabras del sumo pontífice se habían quedado grabadas en su memoria.

«Ocultan algo. El consejero real Nogaret estaba en lo cierto. ¿Qué puede ser? No lo he podido descubrir, pero sé que es importante».

¿A qué se refería Clemente V? ¿Podría ser lo encontrado en la gruta de Orvieto el secreto del Temple? Sin duda, había sobrevivido a la propia orden. Tenía que estar en lo cierto.

Era una información que iba a guardar para sí mismo. Había decidido que, hasta no estar seguro de comprender los propósitos de Arianna y Sophie, no compartiría su descubrimiento. Debía regresar a la gruta. Su estancia en Roma ya no tenía sentido. Tampoco compartiría con ellas que el ladrón de Orvieto les seguía la pista. Un paso en falso podía volverse en su contra. Existía la posibilidad de que aquel hombre trabajara para Sophie, o incluso para alguien del propio Museo Arqueológico. No podía confiar en nadie. Tomó una decisión. Había algo que sí iba a compartir con Arianna. La sospecha sobre Sophie no podía confirmarla por sí solo. Llamó a la joven italiana.

—¿Podrías venir un instante a mi habitación? —preguntó a bocajarro—. Es importante.

—¿Ha sucedido algo?

—No, pero tenemos que hablar a solas. Hay algo que debo contarte. Necesito tu ayuda.

Cuando Arianna llegó a su habitación Luken había recogido sus pertenencias. Había comenzado por guardar los papeles descubiertos en la biblioteca, pero luego había decidido ordenar el resto. Se dio cuenta de que no quería que la italiana se llevase una mala impresión. Arianna entró con aire de cautela, como si estuviese accediendo a un lugar peligroso. Luken no fue capaz de adivinar si era por el secretismo de la cita o por el temor a que él estuviese intentando un acercamiento romántico.

—¿Qué es eso tan importante que querías decirme?

Arianna había usado un tono de voz que pretendía parecer desenfadado, pero se percibía una pizca de ansiedad en sus palabras. Luken decidió no andarse con rodeos.

—¿Qué sabes de Sophie?

El gesto de Arianna fue de sorpresa. Habría tratado de imaginar la razón de la llamada de Luken, pero que el asunto fuera Sophie no debía de haber pasado por su imaginación.

—No mucho. Ha sido enviada por la Unesco para hacer un seguimiento del descubrimiento.

Luken negó con la cabeza.

—¿Quién te lo dijo? ¿Alguien de la organización habló contigo?

El gesto de Arianna era de desconcierto.

—Supongo que hablaron con Domenico, el director del museo. Fue él quien nos lo comunicó.

—¿Lo supones?

—¿Qué sucede, Luken? ¿Qué has descubierto?

El joven volvió a pasear por la habitación tratando de ordenar las ideas antes de responder.

—No estoy seguro, pero creo que Sophie conocía al hombre del coche que murió en el accidente.

Arianna se sentó al borde de la cama. Parecía querer desentrañar qué podía implicar aquello.

—¿Cómo lo sabes?

—La oí pronunciar su nombre. Maurice. Al principio creí haber entendido mal, hasta que leí la noticia en el periódico y vi la identidad del fallecido.

Arianna parecía confusa. Su mirada se perdía en algún punto de la pared de la habitación.

—¿Quiénes son? ¿Qué buscan? ¿Quizá van detrás de lo que estaba en la gruta? El dinero atrae a las personas.

—¿Dinero? —replicó Luken levantando la cabeza—. No creo. Es cierto que el valor es incalculable, pero mayor es el valor espiritual.

—¿Espiritual? Todos representan a dioses que dejaron de existir hace milenios.

Luken se acercó a Arianna y la miró directamente a los ojos.

—Los dioses no dejan de existir. No si alguien decide creer en ellos.

Alguien llamó a la puerta. Arianna y Luken intercambiaron miradas. Él se acercó y la abrió.

—Hola, Luken. No tengo sueño —dijo Sophie, con la mano apoyada en el marco de la puerta.

En ese momento la francesa vio a Arianna en la habitación y se envaró. Fue un instante, pero su incomodidad fue manifiesta. Arianna sonrió, lo que hizo que la situación fuese aún más tensa.

—Veo que estás acompañado —dijo Sophie tras recuperarse—. Vendré en otro momento.

Mike el Griego miraba los papeles que descansaban sobre la mugrienta mesa de la pensión en la que se hospedaba en Roma. Los había leído varias veces. Al principio no había entendido lo que significaban. Poco a poco, las piezas de aquel rompecabezas habían ido encajando hasta componer una imagen más clara. Incompleta aún, pero muy estimulante. Hablaban de un secreto templario. Los caballeros templarios siempre habían estado rodeados de un aura de misticismo, de secretos y leyendas. Él no creía en esas estupideces, era un hombre pragmático, siempre buscando el beneficio práctico. Pero tenía que reconocer que aquellos documentos, firmados por el mismísimo papa Clemente V, habían estimulado su imaginación.

Mike sabía que lo descubierto en la gruta era templario, o al menos estaba relacionado. Se lo había escuchado a Arianna y a Luken. A partir de ese punto, resultaba sencillo atar cabos. Recordaba haber visto el nombre de aquel caballero templario en la gruta. Pierre d'Aumont. Pero ¿de qué le valía todo aquello?

La gruta estaba descubierta. Las esculturas, en manos

de los arqueólogos, protegidas por decenas de policías. Quizá debía ver aquello desde otra perspectiva. Todas las esculturas pertenecían a cultos antiguos, ya desaparecidos. Mike recordó el efecto de aquel descubrimiento en los radicales religiosos que habían atacado la nave. Para ellos, todas aquellas figuras eran demoniacas. Los dioses de unos hombres son los demonios de otros. No entendía qué podía molestarles de unas antiguas representaciones de dioses muertos.

En ese preciso momento tuvo una iluminación. La idea le llegó clara, cristalina. Incluso se sorprendió de que no se le hubiese ocurrido antes. Era arriesgada, pero la recompensa podía ser incalculable. Su mente comenzó a trabajar, a analizar lo que debería hacerse, las dificultades que encontraría. Los dioses que habían descubierto en aquella gruta de Orvieto podían estar muertos, pero él sabía bien que los dioses viven en la mente de las personas que creen en ellos. Miró la habitación, luego sus ropas, y contempló su propia imagen en el defectuoso espejo de la pared. El hábito hace al monje y, si Jesucristo se había convertido en Dios en un pesebre, rodeado de pobreza, ¿por qué él no lo podía hacer desde aquella inmunda habitación? Recordó que aún tenía cinco mil euros en su cuenta corriente. Era todo lo que necesitaba. Renacería, pero no como el griego ladrón de piezas arqueológicas, sino como el sumo sacerdote de aquella religión muerta, que él iba a resucitar. Convencería al mundo de que estaba allí para guiar a las almas que quisieran seguirlo. Sería el profeta de la nueva religión, una religión con cientos de dioses, y, si jugaba bien sus cartas, se convertiría en inmensamente rico.

61

Casa del Temple, París, 1307

Un hombre puede torturar a otro para doblegar su voluntad hasta obtener información. También puede hacerlo por deseo de humillar a su presa, de hacerle entender quién manda, quién tiene el poder, quién decide sobre su vida o su muerte. Por último, puede hacerlo por placer, para sentir el dolor ajeno, escuchar los gritos desgarradores y los lamentos, ver la sangre y el terror en la mirada del sometido.

Guillaume de Nogaret torturaba por los tres motivos: necesidad, deseo y placer. Todos ellos nacidos del odio y justificados en la historia de su pueblo: los cátaros. Demostraba una máxima universal. El odio puede ser infinito, la autojustificación también. No se trataba del primer hombre que lo hacía en la historia de la humanidad, ni sería el último. El consejero real asistía a las sesiones de tortura confortablemente sentado en un sillón, que abandonaba para intercambiar unas breves palabras con los torturadores o con las víctimas. Luego regresaba y se ponía cómodo sin perder la sonrisa.

«Asistir a las torturas es agotador —se dijo—. Y frustrante también». No había obtenido nada de los templarios. Habían confesado, por supuesto, todos los cargos, pero las confesiones eran deslavazadas, y los discursos, confusos. «Quizá ellos también están agotados», pensó Nogaret.

Había un muro que aún no había logrado derribar. La resistencia de Jacques de Molay a admitir el secreto del que Hugo de Pairaud le había hablado. El visitador de occidente había dicho cuanto sabía. Había sido menos resistente a la tortura que el gran maestre. Nogaret había obligado a un cara a cara entre ambos templarios. No había tenido éxito. Jacques de Molay había mirado con una mezcla de odio y repugnancia al visitador, le había escupido en el rostro y no había visto doblegada su voluntad ante la tortura. Lo peor era que el propio Hugo de Pairaud había parecido aceptar el desprecio de Jacques de Molay como un castigo merecido. Podía haber llevado al gran maestre hasta más allá del límite, pero era una figura pública que no debía sufrir desfiguraciones ni amputaciones visibles. Una pena. Otros templarios sí las habían sufrido.

Había dado la orden de buscar a Pierre d'Aumont por toda Francia. A él sí podía torturarlo hasta la extenuación. Sin embargo, el templario parecía un fantasma. Nadie, a pesar de la ingente cantidad de dinero y recursos, había podido dar con él. Sabía que el tiempo se acababa. En el instante en que Clemente V tomara el control del proceso contra el Temple, debería abandonar aquel sótano. Sentía una profunda frustración, una sensación de derrota y de haber fallado al rey.

Guillaume de Nogaret tuvo que contener el odio acumulado de años y abandonar la casa del Temple cuando dos cardenales se presentaron con un séquito de religiosos y una orden firmada por el sumo pontífice, que exhibieron como si se tratase de la palabra de Dios.

—Soltad a los templarios y que sean atendidos de sus heridas —escuchó antes de marcharse del sótano.

Todos los miembros de la orden fueron liberados de sus celdas. El consejero real se sentía humillado, pero sabía que tendría su revancha. Jacques de Molay fue llevado hasta sus aposentos cubierto de heridas y laceraciones, incapaz de caminar ni sostenerse. Los médicos lo atendieron y, tras curarle las heridas, ordenaron descanso. Aunque no podía moverse y tardaría días en hacerlo, tuvo tiempo de asir el brazo de uno de los médicos y utilizar sus últimas fuerzas.

—¡Pierre d'Aumont! ¡Traedlo a mi presencia!

Pierre tardó dos días en regresar a París, el tiempo necesario para conocer la noticia de la liberación de los principales miembros de la orden y subir a su montura para recorrer al galope la distancia que lo separaba de la ciudad. Había permanecido oculto en el castillo de Allier, propiedad de su amigo de la juventud, que lo había acogido sin preguntar, sabiendo que se jugaba la vida si lo descubrían. Todavía quedaban hombres en Francia cuyo honor era más importante que su vida. Allí había esperado cada día a que los hombres del rey acudieran a arrestarlo, conviviendo con la vergüenza de su huida.

Tras llegar a París, tuvo que aguardar tres días en la cabecera del lecho de Jacques de Molay a que despertara. Lo vio envejecido, con las terribles heridas aún cicatrizando. Hubo momentos en que temió que no despertase. Pierre llevaba con él más de quince años. Se había acostumbrado a su mal humor, a sus arrebatos, pero también a su inquebrantable fidelidad a la orden y a su sentido del honor. Había pasado horas junto a su lecho, rezando para que despertase y siguiese siendo el mismo. Reconocía que aquel hombre se había convertido en un padre, ocupando el hueco que el suyo jamás había querido llenar.

La tarde del tercer día desde su regreso a París bajó a comer. Muchos templarios habían vuelto a la ciudad buscando refugio y hermandad. Le preguntaban por él y a todos negaba con la cabeza. Comía en soledad, rumiando sobre su futuro y el de la orden, temiendo un destino sin Jacques de Molay, pero esperanzando en que algún día aquella pesadilla terminase. Un sargento templario se acercó a él.

—Ha despertado.

Pierre salió corriendo, dejando al sargento con la palabra en la boca. Subió la escalera como había hecho meses atrás, la noche aciaga de la detención de la orden, pero ahora sentía esperanza y alegría. Llegó junto al lecho y se encontró a Jacques de Molay intentado incorporarse, mientras varios miembros de la orden le conminaban a descansar.

—¡Dejadme! —bramó—. ¡Convocad al Consejo!

Vio a Pierre en el umbral de la puerta. Su rostro reflejó temor.

—¿Lo tienes? —preguntó con ansiedad.

Pierre asintió con una sonrisa. Solos ellos sabían a qué se refería. Aludía a su secreto, el secreto de la orden. Y en los últimos meses había quedado patente que era mejor que solo unos pocos lo conocieran.

Jacques de Molay echó de la habitación al resto de los

presentes y, tras asegurarse de que estaban solos, extendió la mano en un gesto imperativo. Pierre extrajo el manuscrito de debajo de su capa, junto con las llaves, y se los tendió al gran maestre. Jacques de Molay pulsó el resorte de la mesa e introdujo todo de vuelta a su lugar. Luego se sentó, aliviado, para dirigirse de nuevo a Pierre.

—¡Ven! ¡Tenemos trabajo por delante!

62

París, 1308

El tribunal eclesiástico que debía investigar las acusaciones contra el Temple y evaluar si se debía abrir un proceso contra la orden estaba formado por dos cardenales, acompañados por un nutrido séquito. Su propósito era indagar y entregar un informe al sumo pontífice, para que este pudiera decidir el curso de acción. Sabían que habían sido enviados por Clemente V en respuesta a la propia solicitud del Temple, que parecía querer así limpiar su nombre. Al entrar en el recinto templario parecían impresionados. Jacques de Molay había hecho llamar a todos los caballeros, sargentos y sirvientes de la orden. Los cardenales cruzaron el patio, escoltados por más de mil templarios, vestidos con las capas blancas y las cruces rojas.

La solemnidad y, sobre todo, la demostración de poder tenían como objeto predisponer a los miembros del tribunal, que supiesen que juzgaban a la orden monástica más poderosa de la cristiandad. También encerraba otro mensaje más sutil: la orden podía convertirse en el ejército de Clemente V o en su peor enemigo. Una vez dentro de la torre, fueron agasajados como si el mismísimo sumo pontífice hubiese decidido visitar al Temple. Jacques de Molay los recibió en el Salón del Consejo. Lo hizo solo. Debía mostrar que eran bienvenidos, pero que no les tenía miedo y que no había nada que ocultar. Los instó a tomar asiento en la cabecera de la larga mesa del Consejo, un gesto de respeto que fue apreciado por los cardenales.

—Sabéis por qué estamos aquí —comenzó uno de ellos—. Os encontráis bajo arresto y os han sido trasladadas las acusaciones contra la orden.

El cardenal era un hombre de edad avanzada, nariz aguileña, y de voz mesurada y tono sosegado, el mismo que debía de utilizar cuando oficiaba misa. Se mantuvo con el rostro serio, casi protocolario. Sabía que debía interpretar un papel.

—Las acusaciones son ridículas —replicó Jacques de Molay—. Podéis entrevistar a cualquier templario que se halle en París. O a los más de diez mil distribuidos por todas las encomiendas de la orden. Ninguno dirá lo contrario. Así se lo transmití a Su Santidad hace un año.

Jacques de Molay quería aclarar que la orden tenía una sola voz. El segundo cardenal carraspeó. Era más joven, alto y espigado. Por las manos bien cuidadas y las maneras suaves, debía de tratarse de un hombre de alcurnia y cuidada educación, un doctor de la Iglesia.

—Estamos al tanto de vuestra entrevista y de cuanto en ella se dijo. Sin embargo, nosotros necesitamos pruebas, no declaraciones.

El gran maestre asintió. Debía mostrarse tranquilo, contener su instinto natural y aparecer ante el tribunal como un hombre sensato y ecuánime. Sin embargo, le pedían un imposible. ¿Cómo demostrar su inocencia?

—La lista de acusaciones es larga —intervino el primer cardenal.

—Así es —respondió Jacques de Molay—. Y estoy en disposición de rebatir todas y cada una de ellas. Aportaré tantas pruebas como estén a mi alcance. Si os parece, empecemos con la acusación de connivencia con los infieles.

Ambos cardenales asintieron. El gran maestre se levantó y se dirigió hacia un estante repleto de libros. Cogió un enorme tomo, lo dejó sobre la mesa y lo abrió por la mitad. Colocó el dedo índice sobre el texto.

—Doce mil cuatrocientos cincuenta y siete —dijo mirando a los cardenales—. Es el número de templarios muertos en Tierra Santa desde que Hugues de Payns fundó la orden hace más de doscientos años. Todos ellos defendiendo Siria y Palestina de los infieles. Aquí figuran uno a uno sus nombres. Nadie ha pagado un precio más alto que nosotros. —Jacques de Molay acercó el libro al cardenal más joven. Señaló un nombre de la infinita lista—. El conde de Lauragais, vuestro abuelo materno fue uno de ellos.

Ambos cardenales guardaron silencio.

—¿Sodomía? —preguntó Jacques de Molay.

Era la acusación que más revuelo había causado entre el pueblo llano. Jacques de Molay volvió a la estantería y extrajo otro libro más pequeño. Lo dejó sobre la mesa sin abrirlo.

—Cuatro. En dos siglos. Cuatro templarios juzgados por la propia orden y expulsados de forma inmediata. Uno de ellos por mí mismo. En toda congregación hay, como os dicta vuestra propia experiencia, ovejas descarriadas.

Jacques de Molay hizo una pausa, dejando que sus palabras penetrasen en la mente de los cardenales. Sabía que habrían vivido casos similares en sus congregaciones y, en ocasiones, habrían sido más permisivos que la propia orden. La paja en el ojo ajeno y la viga en el propio.

La declaración de Jacques de Molay duró dos días. Dos días en los que refutó cada una de las acusaciones contra la orden. Cuando la última acusación fue respondida, el cardenal más anciano tomó la palabra.

—Aún queda un asunto espinoso. Vuestra propia confesión. Tenemos las actas que nos proporcionó el consejero real, Guillaume de Nogaret. En ella reconocéis las faltas.

Jacques de Molay estaba preparado. Sabía que aquel era el momento crítico, cuando triunfaría o fracasaría, arrastrando a la orden tras de sí.

—¿Habéis presenciado una sesión de tortura?

Por el rostro de ambos cardenales, Jacques de Molay supo de inmediato que no había sido así. Ambos frunciero el ceño, incómodos.

—Al principio resistes. El dolor es soportable. Tu cabeza y tu corazón están con la verdad. Después pasan las horas, los días, las semanas. Apenas hay bebida o comida, y cuando la hay está podrida y llena de gusanos. Sin embargo, comes. Al cabo de un tiempo la mente se confunde y el dolor es insoportable. Las heridas te queman la piel y supuran. Te vas acercando a la locura. Al final solo quieres que aquello acabe. Ni la verdad ni el honor son importantes.

Jacques de Molay dejó de hablar. Los rostros de los cardenales reflejaban estupor, aprensión e incluso miedo. Sabía que no era suficiente, que las palabras impresionan y seducen, pero pierden su poder cuando la voz cesa. Le quedaba una carta en la baraja. Levantó la mano hacia el broche que le sujetaba la capa y lo desanudó. La capa cayó al suelo y su torso quedó al descubierto. Las cicatrices recorrían cada parte de su piel, algunas más superficiales, otras profundas como el surco de un arado. Cortes, quemaduras e incisiones. La vista resultaba aterradora. Ahora sí, los cardenales habían comprendido. No serían capaces de olvidar lo que acababan de ver. Las imágenes se les aparecerían en sueños.

Aquella tarde el tribunal terminó su trabajo. Los dos cardenales se reunieron por última vez con Jacques de Molay.

—Gran maestre —dijo el más anciano, con un tono respetuoso—. Estamos dispuestos a elevar nuestras conclusiones al sumo pontífice.

Jacques de Molay mantuvo el gesto pétreo. Conocía cuál debería ser el veredicto, pero necesitaba seguir transmitiendo el mismo autocontrol, como si su vida no estuviera en juego.

—Las acusaciones son, sin duda, infundadas. Propondremos de forma inmediata la detención del proceso contra el Temple y la total restitución de su honor.

63

Orvieto, 2024

El regreso de Roma a Orvieto estuvo plagado de silencios. Silencios entre Arianna y Luken, que compartían la desconfianza hacia Sophie, pero también el recelo de la italiana por la posible relación de Luken con la francesa. Y, a su vez, mutismo entre Luken y Sophie, por la sospecha de él hacia ella y de ella hacia lo que el joven podía haber descubierto. La falta de explicación de Luken sobre las razones que le llevaban a regresar a Orvieto no había ayudado. Los tres mantenían un silencio tenaz, hasta que Sophie lo rompió.

—¿Cuál es nuestro próximo movimiento?

Arianna y Luken no pudieron evitar mirarse, lo que no pasó inadvertido para la francesa.

—París —respondió Luken observando a Sophie por el retrovisor para ver su reacción—. Pero antes necesitamos ir a Orvieto —añadió tras una pausa.

Sophie pareció conformarse, o quizá consideró que no obtendría más información de Luken. Llegaron a Orvieto y se dirigieron al hotel. Luken propuso descansar y quedar para verse antes de comer. Eso le proporcionaba dos horas preciosas. Dejó la maleta en la habitación y fue directo a la de Arianna. Llamó a la puerta y esperó mientras miraba a ambos lados del pasillo, con el temor de ser descubierto por Sophie. Arianna abrió con gesto de sorpresa.

—¡Vámonos! —dijo Luken—. Tenemos que acercarnos al Museo de Arqueología. Debemos descubrir si Sophie es lo que parece.

Arianna pareció a punto de replicar, pero luego se lo pensó mejor, recogió su bolso y salió de la habitación. Unos instantes después abandonaron el hotel sin percatarse de que, escondida tras la cortina de una de las ventanas del edificio, Sophie los observaba.

—Vaya, vaya —dijo la francesa para sí misma—. Quizá no son tan inocentes como parecían.

El Museo Arqueológico Nacional de Orvieto estaba situado junto a la plaza del Duomo. Era un edificio de tres plantas, robusto, antiguo, que había aguantado incólume el terremoto. Arianna y Luken cruzaron el arco de piedra de la entrada y aparcaron el todoterreno sobre la gravilla del patio. Entraron en el museo y se dirigieron a la oficina del director. Antes de tocar a la puerta, Arianna se volvió hacia Luken.

—¿Estás seguro?

—¿Quieres seguir con dudas?

La italiana suspiró resignada, llamó a la puerta y entró sin esperar respuesta. El director levantó la vista del ordenador y, sin saludar, lanzó una pregunta como un cuchillo.

—¿Traéis buenas noticias? ¿Habéis encontrado algo en Roma? El ministro me está presionando.

Luken se dejó caer en una de las sillas mientras Arianna permanecía de pie.

—Casi nos atropellan —respondió el joven—. Intencionadamente.

El director miró primero a uno y luego a la otra, como si ambos hubiesen perdido el juicio.

—¿Quién? ¿Cómo?

Luken le explicó el incidente. Arianna se mantenía silenciosa, parecía no querer involucrarse. «Quizá teme al director o no confía en él», pensó su compañero.

Terminó de contar lo sucedido y sus sospechas sobre Sophie, pero el director permaneció impasible. Se quedó un rato mirándolos y luego soltó una carcajada.

—¿Os habéis vuelto locos?

—¿De qué conoce a Sophie?

La pregunta le desconcertó y se dio cuenta de que Luken estaba hablando en serio.

—Recibí un correo de la oficina central de la Unesco. El representante para Europa me informaba de que enviaba una persona de su confianza.

Luken meditó por un instante. No le parecía que el director del Museo estuviese mintiendo. Sin embargo, había personas que sabían interpretar un papel muy bien.

—¿Tiene alguna manera de comprobarlo?

El director tamborileó con los dedos en la mesa. A Luken le dio la impresión de que sopesaba el riesgo de quedar mal en el caso de que estuvieran equivocados.

—Supongo que puedo volver a escribirle.

—No —intervino Arianna—. Intente hablar con él por teléfono.

El director miró de nuevo a Arianna, pero en su rostro ya se reflejaba la alarma. Comenzaba a temer por su puesto si se demostraba que había acogido a una estafadora o incluso a alguien peor.

—De acuerdo —dijo con una resolución súbita—. Hablaré con ellos para saber si Sophie forma parte de su organización.

—Y si la Sophie que está con nosotros es la verdadera Sophie.

El director no pudo evitar llevarse las manos a la cabeza. Parecía superado por la situación.

—Muy bien, sí, quizá fuese conveniente, pero ¿cómo podemos confirmarlo? Necesitaríamos, al menos, una foto de Sophie.

Para sorpresa de los dos hombres, Arianna mostró en la pantalla de su móvil una foto de la parisina.

—La tomé sin que ella se diera cuenta cuando me hablaste de tus sospechas.

El director lanzó un soplido.

—Supongo que será suficiente. ¿Qué haréis vosotros mientras lo confirmo?

—París —respondió Luken—. Nos llevamos a Sophie para dejarle las manos libres. Así ella no sospechará.

—¿Qué hay en París? No, no me lo digas, casi prefiero no saberlo.

Luken se levantó del asiento y se dirigió hacia la salida. Antes de llegar a la puerta se volvió.

—Respuestas. Espero que respuestas.

64

Universidad de París, 1308

Guillaume de Nogaret observó con deleite los detalles tallados en la madera de la elaborada puerta del edificio de la Universidad de París. Siempre le habían gustado los objetos que transmitían tradición, poder y riqueza. Acarició la rugosidad de la talla y sus delicadas formas. Se le antojaban tan sensuales como las curvas de una mujer. Por supuesto, no de las que había conocido en su juventud, cuando solo podía permitirse las prostitutas de más baja condición. En aquella época no tenía dinero para comer, un cátaro obligado a mendigar para subsistir y despreciado por todos. Todo había sido por culpa de la Iglesia de Roma. Le había robado su niñez y su futuro. Pero por fin lo había recuperado, construido por él mismo con su inteligencia y su audacia. Siempre escalando posiciones, cada vez más alto, usando todas las armas a su alcance, siendo duro y cruel, dejando los remordimientos para otros. Así había sido hasta coronar la cumbre: consejero del rey. Ahora vivía rodeado de lujo, de riqueza, en compañía de reyes y caballeros, con su lecho ocupado por mujeres de cuerpo tan bien tallado como aquella madera.

Las puertas de la universidad se abrieron y el decano de la facultad de Teología salió a recibirlo. Nogaret le sonrió satisfecho. Unos años antes ese hombre no se hubiera dignado ni a dejarle unas monedas.

—Consejero real. Vuestra visita nos honra.

—El honor es mío, decano —respondió con una leve inclinación—. Hacía tiempo que deseaba visitaros.

El decano sonrió satisfecho.

—Si lo deseáis, consejero, puedo mostraros el trabajo que hacemos en la universidad.

Cruzaron varios pasillos mientras el decano explicaba con indisimulado orgullo la ingente tarea que hacían en la institución. Nogaret no pudo por menos que admirar, a pesar de su carácter cínico, lo que veía. Decenas de jóvenes, algunos de los cuales apenas contaban con trece o catorce años, atendían a las lecturas. Recibían una instrucción básica que los preparaba para estudios posteriores. Por un instante Nogaret envidió a aquellos muchachos, pero recordó que nada de la formación que recibían igualaría lo que la calle le había enseñado o les otorgaría las cualidades innatas que Felipe IV había encontrado en él. Tras la visita, Nogaret fue conducido a un amplio salón, donde le esperaban otros tres hombres prominentes de la universidad. Al instante ya no recordaba ni sus nombres ni sus pomposos títulos. Sabía que olvidaría incluso sus rostros. No había ido allí a establecer relaciones sociales. Tenía una misión.

—Decidnos, consejero real —comenzó el decano—. ¿Qué podemos hacer por su majestad Felipe IV?

—El rey necesita vuestra docta opinión. Se encuentra ante un complejo problema ético.

Los cuatro hombres asintieron al unísono. Nogaret sabía que el punto débil de aquellos hombres era su amor propio.

—Intentaremos arrojar luz sobre aquello que acucia a Su Majestad —respondió el decano.

—No dudo que así será. El asunto tiene que ver con la Orden del Temple y la reciente decisión de Su Santidad Clemente V de guardar para sí mismo el privilegio de juzgarlos.

El resultado de las palabras de Nogaret fue inmediato. Los hombres perdieron las sonrisas y se movieron incómodos en sus asientos. Tardaron unos instantes en responder. Lo hizo el más anciano de ellos.

—La Orden del Temple es una institución religiosa bajo las órdenes del sumo pontífice. Es su prerrogativa, como sabe Su Majestad.

Nogaret estaba preparado para la respuesta. Frunció los labios mostrando contrariedad y esperó. Sabía por experiencia que pocos hombres tienen el temple para quedarse sin pronunciar palabra ante un silencio prolongado. El más joven de sus interlocutores, y por ello inexperto, terminó interviniendo.

—No veo que podamos hacer nada al respecto.

El resto de los doctores miraron con alarma al que había hablado. No se podía desairar al rey de Francia.

—Su Majestad siempre ha apoyado esta institución. Desearía que siguiese siendo así en el futuro. —Nogaret asintió complacido al efecto de sus palabras. Aquellos hombres podían ser doctos, pero también eran débiles.

—Estoy seguro —replicó el decano con gesto recriminatorio hacia el más joven— de que encontraremos un camino si nos dais algo de tiempo.

—Seguro que sí —respondió Nogaret—. Disponemos de toda la tarde.

Nogaret no tenía intención de aceptar dilaciones. Los cuatro hombres comenzaron a debatir entre ellos. El consejero real observó en silencio las deliberaciones, con una leve sonrisa en el rostro. Cada vez que los teólogos creían haber llegado a una solución satisfactoria, Nogaret negaba con la cabeza, devolviéndolos a la casilla de salida.

Tres horas después, los cuatro doctores de la universidad estaban agotados, sudaban a pesar del frío del salón y parecían al borde de la desesperación. Nogaret consideró que había esperado lo suficiente.

—Quizá yo tenga la solución. Sin duda, vuestra sabiduría ha debido inspirarme.

En aquel punto sabía que sus interlocutores aceptarían cualquier solución con un viso de razonabilidad. El decano asintió, aguardando la propuesta del consejero real.

—Si he entendido bien, lo que os preocupa es que, tratándose de una orden religiosa, está bajo la protección y las órdenes del sumo pontífice. Eso nos parece razonable.

Los cuatro teólogos asintieron aliviados, viendo que Nogaret les daba la razón en aquel punto.

—Pero, asimismo, la Orden del Temple es una orden militar.

Los doctores intercambiaron miradas. El más anciano decidió explorar aquel camino.

—Quizá, ese es un punto desde el que partir. Sin embargo...

—¿Sin embargo?

El teólogo trago saliva.

—Su carácter militar no anula su condición de orden religiosa.

Nogaret asintió mientras sonreía.

—No se trata de anular tal condición. Nadie desea desposeer al Temple de su carácter religioso, ni al sumo pontífice del derecho a juzgarla.

Los teólogos parecían confusos.

—¿Entonces? —preguntó el más joven.

—Dado el carácter religioso y militar de la orden, ¿no debería ser juzgada tanto por el poder religioso como por el poder real?

Nogaret vio de inmediato que iba a lograr su objetivo. El alivio se trasladó a los rostros de sus interlocutores, que intercambiaron gestos de aquiescencia.

—Si entendemos bien, proponéis que no se anule la condición religiosa de la orden, sino que el rey disponga del amparo legal y teológico para actuar.

Guillaume de Nogaret se levantó del sillón.

—Lo habéis explicado perfectamente. Sabíamos que vuestro docto consejo iluminaría nuestro camino. Será del agrado de Felipe IV. Le transmitiré vuestra propuesta y que emitiréis un informe en el plazo de un mes. Estoy convencido de que renovará su apoyo a la Universidad de París.

Nogaret se volvió y abandonó el salón sin mirar atrás. Su satisfacción solo era equivalente al desprecio que sentía ante aquellos hombres pequeños. El rey tendría lo que necesitaba. Y Nogaret, su agradecimiento.

65

París, 1308

El imperio templario era extenso, casi tanto como la cristiandad. Dicha fortaleza suponía, a su vez, su mayor debilidad. Las largas distancias recorridas a caballo entre las encomiendas templarias conectaban la orden. Sin embargo, la respuesta se volvía lenta, insuficiente frente a la amenaza que ante ellos se cernía. Así se había demostrado un año antes, cuando el rey había sido capaz de detener a los principales miembros de la orden sin la menor resistencia.

Pierre no descansaba. Durante los últimos meses se había dedicado a hacer llegar mensajes de Jacques de Molay a los principales maestres regionales. Debían estar coordinados, pensar, actuar y trabajar como un único hombre. La tarea resultaba tan inmensa y urgente que Pierre no había tenido la oportunidad de visitar a Elisenda, a pesar de que ella podía ser una valiosa fuente de información por su cercanía a la reina Juana y, por consiguiente, al rey. Unos días atrás había partido de Toulouse y durante una solitaria noche a la intemperie se había dado cuenta de que, si se desviaba antes de llegar a París, podía llegar al monasterio con la luna nueva.

Se repitió a sí mismo que lo haría para obtener información, pero en el silencio de aquella noche lluviosa, se reconoció que eso era solo una de sus motivaciones. Tal y como tenía previsto, al atardecer de la noche de luna nueva, divisó los muros de Fontainebleau. Todo estaba en calma en los alrededores del palacio, pero Pierre había aprendido a desconfiar. Dejó su montura en la espesura, a una prudente distancia del palacio. Caminó con sigilo por el bosque, escuchando cada sonido, alerta ante cualquier quebranto del silencio. Una vez frente al muro esperó, y cuando se sintió satisfecho, lo escaló con la habilidad de la experiencia. Cayó del otro lado y se deslizó hasta la puerta de la iglesia. De pronto se frenó en seco. La puerta, que tanto tiempo atrás habían acordado que permaneciese abierta con la luna nueva, estaba cerrada. Pierre, con una esperanza casi vacía, la empujó. Recorrió con la mirada el exterior del recinto, tratando de buscar otro acceso, pero todas las puertas permanecían cerradas. La mente se le llenó de dudas. ¿Qué habría sucedido con Elisenda? ¿Por qué no había acudido? ¿Se había cansado de esperar? Todas las respuestas le encogían el corazón. La peor de todas, la que por ninguna razón estaba dispuesto a aceptar, era que se hubiera olvidado de él. Regresó al muro perimetral, lo escaló y se perdió en la noche.

66

Burdeos, 1308

Su Santidad, Clemente V, contemplaba con aprensión los dos documentos que tenía ante sí. Debía estampar su sello en ambos, antes de darlos a conocer a toda la cristiandad.

El documento de su izquierda llevaba por título *Faciens misericordiam.* Era el que hacía que se sintiese bien, el que le devolvía el orgullo, el que atendía a la responsabilidad de la tiara papal. Nacía de la dignidad y de la justicia. Establecía que habría un juicio a los templarios, aunque solo a aquellos que hubiesen sido acusados de algún delito. Para proceder a juzgarlos se crearía una comisión apostólica, que tendría el poder de recabar indicios, interrogar a quien considerase conveniente y, en el caso de extrema necesidad, usar la tortura. Teniendo los monjes templarios un carácter religioso, la tortura, de haberla, sería proporcionada.

Aquel documento resultaba noble y justo, pero el sumo pontífice dudaba sobre si estampar su sello, porque sabía que no gustaría a Felipe IV. Tenía miedo al rey de Francia. Era ambicioso, inteligente y despiadado, y, aunque había sobrevivido con la tiara papal sobre la cabeza gracias a él, lo tenía secuestrado. Se sentía un títere en manos del monarca, que se encargaba de recordarle constantemente que, llegado el caso, podía deshacerse de él. Había aceptado la situación, más cómoda que la de regresar a Roma y hacerse asesinar por sus rivales. Ahora, atendiendo a las conclusiones del tribunal eclesiástico, le iba a arrebatar el poder de juzgar a la orden. La traza de orgullo y amor propio que le quedaba la había despertado el templario que lo había visitado unos meses atrás. No había sido capaz de olvidar su nombre: Pierre d'Aumont. Empujado por ese recuerdo, firmó el documento y estampó el sello papal sobre él, sintiendo un escalofrío. No conseguía quitarse de la cabeza que podía estar sellando su propia sentencia de muerte.

El segundo escrito lo firmó sin casi mirarlo. Se trataba del documento de la vergüenza. Sabía que era injusto y desproporcionado, pero necesario, al menos para él mismo. Se titulaba *Regnans in coelis* y en él se convocaba a un concilio al que asistirían todos los grandes hombres de la cristiandad. Su objetivo era sencillo: aprobar la supresión del Temple. Aquel documento le permitiría protegerse de las consecuencias del primero. Daba al rey lo que buscaba, la cabeza y la riqueza del Temple en una bandeja. Y salvaguardaba la suya. Podría explicar al monarca que no tenía más remedio que proceder así. Creía que sería suficiente para calmarlo. Además, el concilio se llevaría a cabo en un plazo de dos años. Aquello era mucho tiempo. Ya se preocuparía cuando llegase el momento. No había que precipitarse. Incluso quizá pudiera salvar a la orden. Estampó el sello papal y suspiró aliviado. Se trataba de un juego peligroso, pero estimaba en gran medida su capacidad para sopesar a otros hombres. No podía imaginar lo equivocado que estaba.

67

París, 2024

La puerta del avión de Air France se abrió y Luken, Arianna y Sophie recogieron sus pertenencias y abandonaron la aeronave. Luken respiró aliviado. La tensión entre los tres era patente y necesitaba aislarse en la habitación del hotel. Sentía que la situación se había vuelto insostenible, y tenía mucho en que pensar. Deseaba que Sophie fuese quien decía ser y que sus sospechas fueran infundadas. Sin embargo, confiaba en su instinto y, si estaba en lo cierto, se abrían nuevos interrogantes, puertas hacia territorios desconocidos. Cruzaron el túnel hasta la terminal y observaron algo extraño. Los viajeros que esperaban sus vuelos se apelotonaban frente a los televisores. Estaban silenciosos, prestando atención a las pantallas y susurrando entre ellos.

Se acercaron con curiosidad. En la imagen aparecía solo un hombre. Hablaba con pasión y gesticulaba, mientras en la mano derecha sujetaba un objeto. Luken se quedó petrificado. Lo reconoció de inmediato. Se trataba del ladrón, lo había tenido cerca en la Biblioteca Vaticana.

Como si de una señal se tratase, el hombre hizo una pausa y se recolocó el pelo, un gesto que a Luken le resultaba ya familiar. Iba a decir algo cuando, a su lado, Arianna señaló con la mano.

—¡Es el ídolo robado!

Luken miró hacia las manos del hombre. No había duda, era la estatua de un dios etrusco. De pronto, el hombre la levantó sobre su cabeza y exclamó:

—¡Adorad a los dioses verdaderos! ¡Los dioses antiguos han regresado! ¡Muerte a los falsos dioses!

El plano de cámara cambió y enfocó a miles de personas. Luken no podía creer lo que estaba viendo. La masa de personas gritaba y gesticulaba enfervorizada.

—¡Los dioses antiguos me han hablado! —rugió—. Y me han dicho: «¡Tú serás Deacon, nuestro siervo y mensajero! ¡Dile al mundo que hemos regresado a recuperar lo que es nuestro!».

—¡Deacon, Deacon! —interrumpió la multitud.

El profeta de aquella nueva religión levantó la mano pidiendo silencio.

—¡Vosotros daréis muestra de nuestra fe! ¡Id y recuperad lo que es nuestro!

Luken iba a decir algo, pero escuchó a su lado a Arianna, con voz calmada, como si todo aquello no le impresionara.

—Sincretismo —dijo—. Ha mezclado todas las religiones antiguas en una sola fe. Todo bajo la amalgama de esos dioses que no existen. Muy inteligente.

Esa vez fue Sophie quien respondió.

—Va a sembrar el caos. Esto no tendría que haber sucedido.

Luken y Arianna se volvieron hacia ella. La última frase era intrigante. Parecía que Sophie hubiese advertido de aquello, pero ¿a quién? Luken no pudo resistirse a preguntar.

—¿Por qué no tendría que haber pasado?

Sophie dudó por un instante, como si se hubiese dado cuenta del error cometido.

—Quería decir que algo así no debe suceder. Es lo último que necesita el mundo.

La Universidad de París Panthéon Sorbonne ocupaba un impresionante edificio de piedra en el centro de la ciudad. Sus muros transmitían historia, recordando a cuantos los traspasaban que ocho siglos los contemplaban, los medían y los juzgaban. El contrapunto a esa sensación lo componían los estudiantes que entraban y salían del edificio. Su juventud contrastaba con la vieja sabiduría de la institución. Arianna y Luken estaban acostumbrados al entorno universitario, pero Sophie miraba con curiosidad cuanto sucedía a su alrededor. También ella atraía las miradas. Su belleza y el aura de sofisticación que emitía no pasaban desapercibidos.

—Entraré yo solo, si os parece —propuso Luken—. Tres personas indagando sobre templarios pueden hacer desconfiar al profesor. Podéis esperar en la cafetería —añadió señalando un cartel.

Arianna asintió y Sophie la imitó, aunque parecía algo contrariada. La desconfianza de Luken iba en aumento. Se quedó mirando a las dos mujeres alejarse, dudando de si estaba haciendo lo correcto.

Siguió las instrucciones del conserje y ascendió hasta la tercera planta. Le recibió un asistente del profesor, que lo introdujo en el despacho. El profesor Piquemal era catedrático de Historia medieval y el más reputado especialista en la Edad Media en Francia. Luken había leído innumerables artículos suyos y muchos de ellos habían formado parte de la bibliografía de su tesis doctoral. Se sentó en la silla que le ofreció mientras el ayudante permanecía de pie en una esquina.

—Y bien, joven, ¿qué le trae hasta aquí? Debo reconocer que me ha intrigado su urgencia.

Luken había ensayado mentalmente la conversación. Sabía que un académico serio y de reputación contrastada podía escandalizarse con cualquier comentario fuera de los cánones convencionales. Aun así, debía ir al grano.

—Supongo que habrá oído hablar del hallazgo en Orvieto.

El efecto fue inmediato. El catedrático se adelantó en su silla y entornó los ojos. Luken sabía que cualquier académico, por muy asentada que estuviese su carrera, querría verse involucrado en el mayor descubrimiento sobre la historia antigua.

—Por supuesto —respondió.

—Trabajo para el Museo de Arqueología de Orvieto. No estoy autorizado a proporcionarle mucha información, pero nos interesaría su opinión oficiosa sobre un hallazgo.

El catedrático se hinchó como un globo. Luken había tratado con muchos y sabía que podían tener un ego desmesurado, sobre todo para quienes no conocían el entorno universitario. Aquel hombre era uno de ellos. Si jugaba bien sus cartas obtendría la información que buscaba. Luken extrajo una hoja de papel y la depositó sobre la mesa. Se trataba de una foto de la lista de guardianes que había encontrado en la gruta. El último nombre era el de Pierre d'Aumont. Lo señaló con el dedo.

—¿Qué me puede decir de este nombre?

—¿Qué clase de broma es esta? ¿Cómo se atreve? —respondió el catedrático alzando la voz.

Luken miró al profesor Piquemal sin entender. No supo qué contestar y balbuceó una disculpa. Su interlocutor se había levantado y estaba gritando fuera de sí. En una esquina del despacho su ayudante se encogía con la mirada clavada el suelo.

—Le prometo que no es ninguna broma —logró deslizar en un momento de pausa.

—¡Pierre d'Aumont nunca existió! ¡Es un invento de la fantasía de un historiador de pacotilla!

De pronto el catedrático se detuvo, como si una idea lo hubiese golpeado.

—¡Le envía él! ¡Es eso! ¡Salga de aquí ahora mismo!

Luken comenzó a temer por su integridad física. Retrocedió sin comprender de quién le hablaba el catedrático y abandonó el despacho escuchando los gritos mientras se alejaba por el pasillo. Llegó a la cafetería y encontró a las dos mujeres a ambos lados de un tenso silencio. Debieron de percibir algo en su rostro, porque ambas se levantaron a la vez.

—¿Qué ha sucedido? —preguntó Sophie.

Luken se dejó caer en una de las sillas y las dos mujeres lo imitaron. Les contó lo sucedido. Ninguno de los tres podía encontrar una explicación razonable al ataque de ira. Fue Sophie quien dictó sentencia.

—Otro callejón sin salida. Quizá debamos volver a Orvieto.

Luken miró a Sophie con desconfianza. Le pareció entrever un cierto alivio, como si la pista de Pierre d'Aumont le generase incomodidad, o quizá era que todo cuanto hacía o decía la francesa le parecía sospechoso. Iba a aceptar la sugerencia cuando alguien entró en la cafetería. Era el ayudante del catedrático. Miraba hacia donde estaban, pero parecía indeciso. Quizá no esperaba encontrarlo acompañado.

—Esperad aquí —dijo.

Se acercó al joven. No sabía muy bien cómo comenzar, así que terminó por decir una obviedad.

—Eres el ayudante del catedrático.

El chico asintió. Sin hablar alzó la mano y la abrió. En ella había un papel doblado. Luken lo tomó, pero antes de que pudiera articular palabra, el ayudante se volvió y se alejó sin mirar atrás.

68

Francia, 1310

La posada se situaba a las afueras de un pequeño pueblo que estaba en un cruce de caminos. Lo componían un puñado de casas desvencijadas y unos habitantes huidizos que parecían temer a cualquiera que se acercara a sus lindes. Pierre lo conocía porque lo había cruzado en innumerables ocasiones, aunque nunca había entrado en la hospedería. No le gustaban aquellos sitios, repletos de lugareños pendencieros y borrachos, donde la comida era de tan baja calidad como la clientela.

Aquella noche, sin embargo, había decidido hacer un alto. Llevaba dos días sin comer caliente, cabalgando sin descanso, deteniéndose cuando era imprescindible para entregar un mensaje, recoger otro o trasladarle a Jacques de Molay las novedades de aquella guerra encubierta. Abrió la puerta de la posada y todos los ojos se volvieron hacia él. Las miradas de curiosidad se transformaron en gestos de molestia y hasta rechazo. La cruz roja y la capa blanca habían sido antaño un salvoconducto que había conferido a los templarios una pátina casi mítica. Entonces aquellos aldeanos no se hubieran atrevido a mirarlo a los ojos. Uno de los hombres se levantó, pasó junto a él y se dirigió a la salida. Pierre no le dio importancia. Debería haberlo hecho.

Pidió un plato de legumbres y un trozo de carne seca, y se instaló en una discreta mesa en el fondo. No prestó atención a la conversación, pero entre gritos y risas, escuchó referirse a la orden. Uno de los lugareños, de rostro cetrino y malencarado, había escupido en el suelo antes de exclamar:

—¡Por mí podrían quemar a todos los templarios en la hoguera!

Los parroquianos estallaron en carcajadas mientras dirigían miradas socarronas hacia Pierre.

—¡Y a Clemente V con ellos! Es repugnante que proteja a sodomitas y herejes.

Pierre supo de inmediato que aquellos hombres trataban de provocar su reacción. Se mantuvo calmado y continuó comiendo.

—Y el peor de todos es el gran maestre, Jacques de Molay. Dicen que se ha negado a declarar ante la comisión apostólica y que solo lo hará ante Clemente V.

Pierre se levantó. Sin dirigir la mirada al grupo de hombres, saludó al posadero, dejó unas monedas sobre la barra y se dirigió hacia la salida. En el momento en que colocaba la mano sobre la puerta notó que algo le golpeaba la espalda. Miró al suelo y vio un mendrugo a sus pies. No tenía sentido responder a la agresión, pero sentía que no podía dejar pasar aquella humillación. No por él mismo, sino por el Temple. Llevó la mano a la empuñadura de la espada, más con intención de intimidar que de atacar, y se volvió hacia el grupo de hombres.

—¡Cómo osáis!

Los hombres no retrocedieron. Pierre leyó en sus ojos que estaban envalentonados por el número y quizá también por el vino.

—¡Cómo osáis vosotros! —respondió el que parecía el cabecilla—. ¡Cobardes que huis del campo de batalla y que os pavoneáis mientras practicáis la sodomía!

Fue demasiado para Pierre. Ya no bastaba la espada, necesitaba usar sus propias manos. Avanzó y de un empujón apartó a uno de ellos y agarró del cuello al que había hablado. Los ojos del hombre pasaron de la sorpresa al miedo. Pierre supo que su impulso lo llevaría a matarlo. Aquello lo detuvo. Él no era así. Soltó al hombre y lo empujó para deshacerse de él. Después, sin pronunciar palabra salió de la posada.

El aire fresco le golpeó el rostro como un jarro de agua fría. Se dirigió hacia el caballo, sintiendo que el corazón y la respiración volvían a la normalidad. Había descubierto una faceta de sí mismo que desconocía, un agujero negro y aterrador en que la muerte de otro no tenía que ver ni con su propia supervivencia ni con la defensa de unos ideales. Matar por odio. Había estado a punto de hacerlo por primera vez. Tomó su montura y retomó el camino hacia París. Tenía que hablar con el gran maestre. Lo sucedido podía ser una anécdota, pero, en el fondo de su ser, Pierre sabía que el incidente reflejaba la aversión que se había extendido hacia ellos. Ni el rey, ni el papa ni el pueblo los apoyaban. Estaban solos. Una idea acudió a su mente. Debían actuar y no esperar acontecimientos. Hasta ese momento habían permanecido a la defensiva. Era hora de que aquello cambiase.

Cabalgaba sumido en sus pensamientos cuando, al doblar un recodo del camino, se encontró con tres hombres a caballo. Ocupaban la vía, pero no avanzaban. Parecían esperarlo. Recordó al hombre que había abandonado la posada a su llegada y maldijo su imprevisión. Reconoció al que encabezaba el grupo. Se trataba del consejero real, Guillaume de Nogaret, que sonrió satisfecho. Pierre volvió grupas, pero dos hombres más aguardaban a su espalda. No vestían ropas que los delataran, pero Pierre se percató de inmediato de que eran hombres del rey, curtidos en la guerra y con ventaja de número. Una fría resolución se apoderó de él.

—No sabía que los hombres del rey actuaban como salteadores de caminos.

Guillaume de Nogaret soltó una carcajada y fue a responder. Era lo que Pierre buscaba. No lo pensó un instante y espoleó la montura, que dio un salto hacia delante. El gesto sorprendió a sus enemigos.

Abandonó el camino por un lateral y se zambulló entre la maleza del bosque. Avanzaba a oscuras, confiando en su caballo, que parecía percibir los obstáculos. Corría el riesgo de que la montura tropezase, de golpearse contra un árbol, de que ante él se abriese un abismo que lo engullera. Sabía, sin embargo, que caer en manos enemigas sería peor. Durante un tiempo eterno avanzó sin freno, oyendo los gritos y maldiciones de sus perseguidores. Para ellos tampoco debía de resultar sencillo.

De pronto su caballo frenó en seco. Estuvo a punto de salir catapultado. Ante él había oscuridad, pero ahora parecía distinta. Era la oscuridad homogénea de la nada, con su inconfundible sonido. Varios metros por debajo de él, tanto que no podía distinguir el fondo, había un río. Se volvió en el instante en que llegaban sus enemigos. Ellos también lograron a duras penas frenar sus cabalgaduras. El último era Nogaret, que sonreía triunfante. Pierre supo que iba a morir. Desenvainó la espada, dispuesto a vender cara la piel. Lamentó no volver a ver a Elisenda. Todo lo demás le pareció irrelevante, la misión del Temple y su secreto, la guerra encubierta que Felipe IV libraba contra ellos, el manuscrito. Escuchó la voz del consejero real.

—Entrégate. No tiene sentido morir. Te prometo que tendrás un juicio justo.

Pierre no pudo evitar una sonrisa cínica.

—Seguro que sí. ¿Crees que acaso no sé cómo habéis tratado a mis compañeros? ¿Que no he visto sus heridas? ¿Sus amputaciones?

Nogaret asintió antes de responder, como si prolongar aquel momento le produjese placer. «Este hombre está enfermo», pensó Pierre.

—Solo deben temer quienes tienen algo que ocultar. Aunque estáis en lo cierto. Vos lo tenéis. Un secreto que quiero que me entreguéis.

Pierre sabía de qué estaba hablando. El manuscrito y el secreto que el Temple protegía había llegado a oídos del rey. Era la razón de su persecución. No podía caer en sus manos, por primera vez fue consciente de ello. Envainó la espada, lo que sus enemigos interpretaron como una rendición. Nada más lejos de su pensamiento. Volvió grupas, miró la oscuridad cara a cara, como si estuviese contemplando la misma muerte, y azuzó la montura. Esta, obediente, saltó hacia un vacío que los engulló.

69

París, 1310

La comisión apostólica que juzgaba al Temple estaba formada por ocho hombres. Todos ellos eran figuras destacadas de la curia pontificia, cardenales, arzobispos y obispos. Todos hombres de avanzada edad. Y todos se tomaban aquel encargo con pertinaz empeño. Sabían que muchos ojos los contemplaban. También sabían, aunque nunca hablaban de ello, que su futuro podía depender de su decisión. Fuerzas poderosas escrutaban sus palabras y sus actos.

Se reunían el primer día de cada mes, y durante cuatro días interrogaban, debatían y trataban de arrojar luz sobre el comportamiento de la orden. Habían creado una red de equilibrios. Los había cercanos al rey, otros a Clemente V y unos pocos que aún conservaban su independencia. O que eran hábiles para parecerlo. Deliberaban en la sede del palacio episcopal de París, un lugar alejado del bullicio de la ciudad, pero cercano a la casa del Temple. Allí tenían lugar los interrogatorios más complicados, aquellos que podían llevar aparejada una tortura no demasiado severa.

La mañana estaba siendo apacible. Debatían sobre los

aspectos teológicos de la misión que tenían encomendada. Suponía una tarea más sencilla que tomar decisiones. Alguien llamó a la puerta del salón y detuvieron sus discusiones. No solían ser interrumpidos y aún era temprano para la comida. Dirigieron las miradas curiosas hacia la puerta. Uno de los diáconos que el obispo de París había puesto a su servicio la abrió y se acercó.

—Excelencias, lamento interrumpir vuestras sabias deliberaciones, pero tenéis una visita. Desea declarar ante la comisión.

La petición era irregular. Las declaraciones debían estar previstas con anterioridad. El obispo de Burdeos, que presidía la comisión, respondió con un gesto desabrido.

—Decidles que nos reclaman asuntos de mayor importancia. Deben presentar la solicitud por escrito. Decidiremos si es de nuestro interés recibirlos.

El diácono no se movió. La orden había sido expresada con nitidez, pero sin toda la información pertinente. No sabía cómo podía contradecir al obispo sin que tuviera consecuencias para él.

—¿Qué esperas? —espetó el obispo, que no era un hombre paciente.

—Quizá —hizo una pausa para tragar saliva— sería conveniente recibir la visita. Se trata de un numeroso grupo de monjes templarios. Pierre d'Aumont es el hombre que los encabeza.

Los miembros de la comisión apostólica se miraron sorprendidos y curiosos. Hasta ese momento los templarios habían sido reacios a someterse a los interrogatorios.

—Bien —dijo el más anciano de los obispos—. Terminemos con esto. Hagamos que entren y averigüemos qué se proponen.

Pierre esperaba tenso cuando se abrió la puerta del salón del palacio episcopal. Era un movimiento desesperado, decidido mientras trataba de salvar la vida tras la caída al río semanas antes. Aún no sabía cómo había sobrevivido. Su caballo no lo había hecho. Había tenido que ocultarse toda la noche de sus perseguidores, empapado y descabalgado. Había dispuesto de tiempo suficiente para pensar y se había dado cuenta de que habían permanecido pasivos ante aquella guerra encubierta. Debían tomar la iniciativa o su destino estaría marcado. Por eso se encontraban allí, a punto de dar un golpe de efecto. Miró a sus compañeros y asintió con la cabeza. Eran doce caballeros templarios. El número no había sido elegido al azar. Vestían sus impecables capas blancas con cruces patadas, espada al cinto y un aire solemne que había sido meticulosamente preparado. Debían impresionar a la comisión. Pierre estaba seguro de que aquella arriesgada táctica podía dar sus frutos. Lo había discutido con Jacques de Molay, que había mostrado sus dudas.

—Pueden vernos como una amenaza —había respondido a la propuesta.

—Si no lo hacemos, Clemente V se plegará a los designios del rey.

La mención al monarca había desequilibrado la balanza, y Pierre se disponía a ejecutar aquella acción desesperada. Por primera vez se preguntaba si era una buena idea. Avanzó por el salón. Detrás de él, once templarios elegidos de la flor y nata de la orden, representantes de familias de la más elevada alcurnia de toda Francia. Se detuvo frente a la mesa y, tras mirar uno a uno a los miembros de la comisión apostólica, utilizó el saludo protocolario.

—Bien —respondió el obispo de Toulouse, que parecía

deseoso de terminar aquel trámite—. Nos han transmitido que deseáis declarar ante esta comisión.

—Yo mismo y todos los templarios que me acompañan.

—¿Qué deseáis declarar?

Pierre hizo una pausa antes de empezar. Se había aprendido las palabras de memoria.

—Declaramos ante esta comisión que todos los crímenes de los que se nos acusa son falsos. Declaramos que todos los caballeros de la orden servimos a Dios y a Clemente V. Declaramos que las acusaciones son injustas e infundadas, basadas en supuestos testigos de nula credibilidad. Declaramos que el gran maestre Jacques de Molay y los maestres regionales tienen y han tenido una conducta ejemplar, acorde a las leyes de Dios y de los hombres. Y lo declaramos así todos los miembros de la orden.

Aquella última frase era la clave, el señuelo final al que se agarrarían los miembros de la comisión. A Pierre le permitiría dar el último golpe de efecto.

—¿Todos? —preguntó uno de los obispos, mordiendo el anzuelo—. Yo aquí solo veo un puñado de templarios.

La trampa se había cerrado.

—Si doce templarios no os parecen suficientes —replicó Pierre—, ¿cuántos os lo parecerían? ¿Cien? ¿Doscientos?

El obispo de Toulouse sonrió. Parecía pagado de sí mismo.

—Por ejemplo —respondió dando por cerrado el asunto.

Pierre estiró el brazo y señaló a una de las ventanas del salón, que estaba orientada al patio. En un primer momento nadie comprendió. Luego, un obispo sentado en una de las esquinas de la mesa se levantó. Su cara reflejaba sorpresa, pero también curiosidad. Con el paso cansino de la edad se dirigió hacia la ventana y echó un desconfiado vistazo al exterior. El rostro se le transformó. Abrió los ojos de forma desmesurada y por un instante la mandíbula se le descolgó en un gesto de asombro. Tragó saliva antes de hablar.

—Deberíais venir a ver esto.

El resto de la comisión apostólica se levantó, impulsados por una nueva energía, y el salón se llenó con el vuelo de los hábitos. Se apelotonaron delante de las ventanas, molestándose entre sí, como un rebaño de ovejas tratando de pasar por un estrecho cercado. El espectáculo que mostraba el patio del palacio episcopal era sobrecogedor. Casi hizo que a Pierre se le saltasen las lágrimas. Más de quinientos caballeros templarios llegados de lugares cercanos y remotos, vestidos de blanco inmaculado, formaban en el patio. La mayor parte a caballo, otros a pie. Sus espadas refulgían al sol de la mañana, como el mar cuando el día cae sobre el horizonte.

El obispo de Toulouse se volvió hacia Pierre.

—¿Suficiente? —preguntó el templario.

70

París, 2024

Un minúsculo pedazo de papel puede cambiarlo todo. Es el poder de las letras y de los números escritos. Son símbolos creados para transmitir conocimientos, claves ancestrales que solo con la sabiduría necesaria desentrañan secretos ocultos. Sin esas claves, los textos no son sino manchas, borrones de tinta sobre pasta de papel. Luken, Arianna y Sophie no parecían tener la sabiduría necesaria para identificar lo que había escrito en aquel mensaje:

266360580

Sophie había planteado que podía ser un teléfono, pero ningún número francés comenzaba por esos dígitos. Aun así, llamaron para escuchar la voz enlatada de un contestador que confirmaba que tal número no existía.

—Quizá se trate de unas coordenadas —aventuró Arianna.

Sophie y Luken miraron con sorpresa a la italiana, que

se encogió de hombros. Comprobaron que aquella secuencia no correspondía a ningún sistema de geolocalización.

—Tal vez deberíamos buscar al ayudante y preguntarle —propuso Sophie.

—¿Y subir al despacho del catedrático? No, gracias.

—Podría hacerlo yo —insistió Sophie—. Puede que el trato hacia una mujer sea diferente.

Luken no tuvo argumentos para negarse. Sophie se incorporó, se ajustó el vestido, se recolocó el pelo y sonrió coqueta antes de desaparecer camino del despacho del catedrático. Luken esperó unos segundos y también se levantó.

—Vamos.

—¿Adónde? —preguntó Arianna confusa—. ¿No esperamos a Sophie?

—No la necesitamos. Sé lo que significan los números desde el principio. No quería desvelarlo con ella cerca. Es nuestra oportunidad.

Arianna obedeció, pero con cierta reticencia.

—Aún no sabemos si podemos confiar en ella.

Como si de una señal se tratase, el teléfono de Arianna sonó y ambos contemplaron en la pantalla el nombre del director del Museo de Arqueología. Luken animó a la italiana a responder. La expresión de la joven al escuchar las palabras de su jefe fue todo lo que Luken necesitaba para saber que estaba en lo cierto.

—No trabaja para la Unesco. Jamás habían oído hablar de ella —sentenció Arianna.

Luken tomó de la mano a la joven y se dirigieron hacia la biblioteca. Arianna miraba continuamente hacia atrás. De pronto, cuanto sucedía tomaba un tinte siniestro. «¿Quién era Sophie?», se preguntaba Luken. Entraron en la biblioteca y buscó con la mirada algún ordenador libre con acceso a los fondos. Se sentó a uno de ellos y, tras acceder al catálogo, tecleó las cifras. Había deducido que el número correspondía a alguna referencia bibliográfica, pero ahora no estaba tan seguro. El ordenador era un modelo viejo y tardó en mostrar en pantalla un único resultado. Cuando Luken leyó el título, supo que había acertado. *Sobre el papel de la Universidad de París en el proceso contra el Temple.* Se trataba de una tesis doctoral publicada apenas un año antes. Luken anotó el nombre del autor junto al número de referencia y se dirigió al mostrador.

—¿Podría consultar este documento? —preguntó reprimiendo su ansia.

La bibliotecaria tomó el papel que le tendía Luken y tecleó sin entusiasmo en el ordenador.

—Lo siento —dijo al cabo de unos instantes—. No puede consultarse. Está descatalogado.

—¿Descatalogado? Es un documento reciente. ¿Por qué razón puede estarlo?

Una nueva consulta al sistema llevó a un encogimiento de hombros.

—Es extraño —reconoció la bibliotecaria—. Suele suceder cuando alguien ha retirado el documento y no lo ha devuelto. En esas ocasiones queda registro en nuestros sistemas. No es el caso. No puedo ayudarle.

Luken se volvió hacia Arianna.

—¿Qué hacemos ahora? —preguntó la italiana.

—Irnos. Alguien no quiere que se conozca el contenido de ese documento. Tengo una idea, aprovecharemos para despistar a Sophie.

Salieron de la biblioteca hacia el patio central y desde allí a la puerta principal de la universidad. Lo hicieron sin mirar atrás, temiendo escuchar la voz de Sophie a cada instante. Una vez fuera, Luken buscó un taxi. De pronto, una furgoneta negra de cristales tintados se detuvo junto a ellos. El estruendo de los frenos los sobresaltó. La puerta lateral se abrió con brusquedad y cuatro hombres descendieron de ella. Dos de ellos sacaron sendas pistolas y apuntaron hacia Luken. Tuvo el convencimiento de que iba a morir. Reconoció al hombre más cercano a él. Era quien había intentado atropellarlos en Roma.

El hombre se detuvo. Miró a su compañero, un gigantón con aspecto carcelario, que le devolvió un gesto de extrañeza. Parecieron tomar una decisión, guardaron las armas y se abalanzaron sobre ellos. No tuvieron tiempo de reaccionar y antes de que se dieran cuenta los habían introducido a la fuerza en la furgoneta. El sonido de la puerta al cerrarse le recordó a Luken el de una celda.

La furgoneta aceleró y se desvaneció de la plaza con la misma rapidez con la que había aparecido. Sophie llegó a tiempo de ver el vehículo perderse en una bocacalle e incluso de anotar mentalmente la matrícula. Había fallado en su cometido. Habían secuestrado a Luken y Arianna, y la situación estaba fuera de control. En ese instante supo que el momento había llegado. Siglos de moverse en las sombras, de no existir, de cumplir su misión gracias al sigilo y la discreción habían terminado. Era hora de que salieran a la luz. Aunque la promesa quedase rota.

71

Palacio de Fontainebleau, 1310

Guillaume de Nogaret sintió la bilis subiéndole por la garganta, dejándole en la boca un sabor amargo, ligeramente metálico, como el que deja la sangre. Se recompuso y retuvo las ganas de abandonar el salón. Respiró hondo y se acercó al grupo de hombres que había entrado en el palacio de Fontainebleau. Era una nutrida representación de los teólogos de la Universidad de París. Dos años antes había doblegado la voluntad de aquellos hombres débiles e interesados solo en mantener su *statu quo*. Habían logrado el poder de juzgar al Temple, pero Clemente V se había adelantado convocando el Concilio de Vienne. Necesitaba que Jacques de Molay estuviera en sus manos y poder así arrancarle el secreto de la orden. Nogaret sabía que podría torcer, una vez más, la voluntad de aquellos hombres. Sin embargo, el rey había considerado que no había margen para el error y había declarado necesaria la intervención real.

Además, ahora que había descubierto que la Universidad de París había desempeñado una labor importante en la justificación teológica de la exterminación de su pueblo, los cátaros, se le hacía casi insoportable estar en presencia de aquellos prohombres de la Iglesia católica. No habían mostrado piedad y miles de los suyos habían pagado en la hoguera por su fe. Necesitaba vengarlos. Era consciente de que lo estaba haciendo, pero ello implicaba un coste personal enorme. También sabía que la corona había desempeñado un papel en aquellos hechos, pero ese punto había decidido obviarlo. El odio no debía afectar a su pragmatismo. Retuvo su impulso natural y se mostró educado, casi amable. Su rey así lo ordenaba.

—Es un placer recibiros —dijo con una amplia sonrisa, aunque no logró que esta ascendiera hasta sus ojos.

Acompañó a los teólogos hasta el salón real. Aquella estancia impresionaba. Era lo que pretendían. Una enorme mesa presidía el lugar y veinticuatro sillas talladas con extraordinario detalle la custodiaban. En la cabecera, un sillón con el escudo real denotaba quién debía ocuparlo. Los cuatro teólogos fueron conducidos hacia la otra esquina de la mesa, donde tomaron asiento con Nogaret entre ellos, en apariencia relajado. Quería que sus invitados se sintieran cómodos y bajaran la guardia. A pesar de que el salón era enorme, hacía calor. Había ordenado encender las dos grandes chimeneas. Los teólogos estaban vestidos con gruesos ropajes, más apropiados para el clima exterior. Pronto empezaron a sudar y sus rostros adquirieron un vivo tono rojizo. Nogaret prolongó la espera. Cuando se sintió satisfecho, advirtió a uno de los soldados que custodiaban la estancia con un imperceptible gesto. Minutos después el rey hizo acto de presencia. Se dirigió con calma hacia la mesa mientras los teólogos se levantaban apresuradamente.

—Majestad —dijo uno de ellos—. Es un honor.

Felipe IV se sentó en su sillón, en la otra esquina de la mesa, y contempló a los cuatro hombres con una leve sonrisa en el rostro. En realidad, los estudiaba. Era capaz de evaluar y juzgar a un hombre de un solo vistazo. Rara vez se equivocaba. Aquellos cuatro hombres eran débiles, pagados de sí mismos, seguramente arrogantes con los menos poderosos y temerosos de los que ostentaban el poder. En un instante había confirmado lo que su consejero le había adelantado.

—El honor es nuestro —respondió halagador—. Sin duda vuestras eminencias nos ayudarán ante las dudas que nos asolan.

Hizo un gesto con la mano para que sus invitados tomaran asiento. Nogaret fue el primero en hacerlo y mientras lo hacía comenzó a hablar.

—El rey os ha mandado llamar porque le he mencionado vuestra sabiduría y que quizá podáis ayudarnos a salir de la encrucijada en la que nos encontramos.

—Sois muy amable, sin duda. Trataremos de aportar nuestra humilde contribución. ¿Cuál es vuestra preocupación?

La respuesta había sido dirigida hacia Nogaret. Hacerlo al rey hubiese sido inadecuado e incómodo, dada su lejanía física. También aquello era buscado. De esa forma el monarca parecía no involucrarse, pero su figura pesaba en la conversación.

—La Orden del Temple. Vuestra posición, en su momento, nos fue de mucha ayuda —respondió el consejero real.

Los teólogos asintieron complacidos. No lo habían estado cuando Nogaret los había casi obligado a escribir aquella carta apoyando las intenciones del rey. Sin embargo, no había traído consecuencias negativas para ellos. Los remordimientos, si los actos no tienen repercusiones, no perviven por mucho tiempo en la mente de los corrompidos.

—No obstante, Clemente V ha asumido el control del proceso contra el Temple, pero no parece dispuesto a tomar decisión alguna.

Hubo un instante de silencio en el salón. Finalmente, uno de teólogos tomó la palabra.

—¿Cómo podríamos nosotros ayudar a Su Majestad?

—Lo habéis hecho hasta ahora —replicó Nogaret—. Esa es la razón por la que Su Majestad ha sido y es el principal contribuyente a la Universidad de París. Y el gran trabajo que realizáis, por supuesto.

La referencia a la contribución económica había sido inapropiada, pero Nogaret quería dejar las cartas sobre la mesa.

—Es el momento —continuó— de ayudar de nuevo a vuestro rey. El Temple es culpable de los cargos que sobre ellos pesan.

Era obvio que Clemente V debía juzgar aquel extremo, pero Nogaret no quería dejar margen a aquellos hombres.

—Sin duda las acusaciones son poderosas —aventuró uno de los teólogos tratando de no comprometerse.

—Y las pruebas —respondió el consejero real—, y las confesiones y los testigos.

—No veo adónde queréis llegar —quiso saber otro de los teólogos, incómodo ante el cariz de los acontecimientos.

—Si el Temple es culpable de los cargos que se les imputan, ¿por qué debe permitírsele la defensa?

Los hombres se miraron unos a otros horrorizados. Nadie habló durante unos instantes, lo que aprovechó Nogaret para dar el empujón final.

—Todo queda aclarado, entonces. Esperamos vuestro sabio dictamen. El rey me ha encomendado que os diga que está meditando incrementar sustancialmente la aportación de la corona a vuestra institución.

Como si un mecanismo se hubiera activado, Felipe IV se levantó de su sillón y, sin mencionar palabra alguna, se retiró.

72

París, 2024

Hay personas a las que el terror paraliza. Son incapaces de hablar, de moverse, como si el cerebro se les desconectase del resto del cuerpo y su voluntad dejase de existir. Algunas huyen. Otras, por el contrario, se activan, incluso pelean. Cuando no pueden hacerlo, piensan, su mente despierta y alcanza un estado de lucidez que les permite tomar las decisiones correctas.

Luken, hasta ese día, no había descubierto cómo reaccionaría ante un miedo extremo. No podía huir ni luchar, porque estaba sentado y atado a una silla, pero su cerebro trabajaba a pleno rendimiento. Le ayudaba que no había estímulos a su alrededor: no oía sonidos y tampoco podía ver. Alguien le había vendado los ojos después de que hubiera perdido el conocimiento. Aún le dolía la mandíbula por el certero golpe que le había atizado su secuestrador. Ignoraba adónde se habían llevado a Arianna y tampoco podía llamarla. Tenía un trapo en la boca, lo que le obligaba a respirar por la nariz. Había meditado sobre sus captores. Podían ser enviados de aquel hombre misterioso, mitad ladrón, mitad profeta, aunque lo veía poco probable; tenía toda la pinta de que actuaba solo. No trabajaban para Sophie, ya que habían atentado contra su vida. Los secuestradores parecían dispuestos a matar, pero luego habían cambiado de opinión. Aparentaban buscar a alguien. ¿Era Sophie su objetivo? ¿Esperaban que estuviera con ellos y sus planes se habían torcido? Aquello tenía sentido.

Sus pensamientos se vieron interrumpidos por el sonido de una puerta y unos pasos. «Zapatos de vestir de caballero», aventuró Luken. Alguien cortó las ataduras de sus manos y le retiró la venda de los ojos. Parpadeó deslumbrado. Se encontraba en una especie de almacén vacío, uno de esos lugares abandonados quc pucblan los suburbios y las series de crímenes de la televisión. Aquello no era bueno. Reconoció de inmediato al conductor que había intentado arrollarlos días atrás y que los había secuestrado. Aún tenía una tirita en la cabeza, sin duda un recuerdo del intento de atropello. El hombre le tendió una botella de agua y le hizo un gesto de advertencia antes de retirarle el trapo de la boca. El mensaje estaba claro, no gritar pidiendo ayuda. Luken no tenía intención de hacerlo, sabía que no era su mejor opción.

—Tengo un problema con vosotros dos —dijo el hombre, con voz calmada.

Caminaba a su alrededor con paso lento, como si necesitara hacerlo para pensar.

—No sé si mataros o solo sacaros información. Más información, porque tu amiga ya ha cantado.

Luken no respondió. Sentía miedo, pero intentaba mantener la calma. El secuestrador le miró entrecerrando los ojos, como si estuviera sopesando su resistencia.

—¿Quién es ella? —preguntó su captor.

—¿Arianna? Es una arqueóloga italiana.

El bofetón reverberó en la cabeza de Luken durante varios segundos. Había sido una mala idea provocar a aquel hombre, pero era tarde para lamentarse.

—No me gusta que me traten como a un imbécil. No nos conocemos, pero irás aprendiendo que tengo poca paciencia. Última oportunidad.

Luken dudó. Sabía que Sophie ocultaba algo, pero no sabía qué. Si no lo contaba y Arianna lo había confesado, traería consecuencias. No quería descubrir hasta dónde podía estar dispuesto a llegar aquel hombre. «No eres un héroe —se repitió —, solo intenta salir con vida».

—No es quien dice ser.

Su captor sonrió.

—Veo que empezamos a entendernos. ¿Quién crees que es?

A pesar de la situación y del miedo, Luken se encogió de hombros.

—Es lo que Arianna y yo intentábamos descubrir. Se hace pasar por una enviada de la Unesco, pero no lo es.

El secuestrador pareció satisfecho con la respuesta. Quizá Arianna había contestado igual. Luken lo vio caminar por el almacén, como si estuviera concentrado, evaluando opciones. Deseó que entre ellas no se encontrara una bala en su cerebro.

—¿Qué buscabais en la Universidad?

—Seguíamos una pista. Tratamos de entender que tiene que ver la gruta de Orvieto con los templarios.

—¿Templarios?

El gesto de sorpresa del secuestrador fue suficiente para que Luken comprendiese que no estaba al tanto de nada. «No es más que un matón a sueldo —dedujo Luken—, pero ¿quién puede estar detrás?». Sin añadir nada más, el hombre abandonó la sala. Luken se quedó pensativo. Trataba de esforzarse por comprender la situación, pero no lo lograba. Intentó ordenar los hechos. Primero la aparición de Sophie, luego el atropello. Su salvador había sido alguien a quien Sophie conocía, que la estaba protegiendo. Ahora el secuestro. ¿O en realidad se trataba de otro intento de asesinato a Sophie y lo suyo y lo de Arianna era solo circunstancial? Todo señalaba a la francesa. ¿Quién era Sophie?

Lo habían dejado desatado. Se levantó y merodeó por la sala tratando de buscar una salida. Vio que estaba en un cuarto estanco, excepto por la puerta. Asió la manilla y la intentó girar. Cerrada. Regresó a la silla y se sentó; debía seguir pensando. Transcurridos unos pocos minutos oyó el sonido de la puerta. Tuvo el reflejo de atacar al secuestrador, pero lo descartó. Él no era un luchador.

—Tienes que ponerte esto —le dijo mostrándole una venda y unas esposas—. Lo haremos por las buenas, ¿verdad? Será por poco tiempo.

Luken no respondió y se dejó tapar los ojos y volver a esposar con mansedumbre. Percibió de nuevo la puerta abriéndose y alguien más entró en el cuarto. Después, el sonido de un maletín y un silencio que le resultó aterrador. Luego, una voz en su oído.

—Ahora procura relajarte. No tardaré mucho.

Notó el pinchazo de una aguja en el antebrazo y reaccionó con un grito ahogado. Unos instantes después comenzó a sentir pesadez en la cabeza y una extraña somnolencia. Lo habían drogado. Las fuerzas parecían abandonarle. Alguien le retiró la venda de los ojos y las esposas de las muñecas. Intentó fijar la vista en algún punto, pero le fue imposible.

—A la de tres —le pareció oír.

Sintió que entre dos hombres lo ponían en pie y lo obligaban a caminar. No era capaz de oponer resistencia. Al cabo de un rato oyó el sonido de la puerta de la furgoneta. Lo introdujeron sin miramientos.

—Tenías razón —dijo uno de los hombres—. Media dosis hace más fácil desplazarlos. No son pesos muertos ni se resisten.

A su lado, en la furgoneta, Luken notó otro cuerpo. Debía de ser Arianna. La puerta se cerró y la furgoneta se puso en marcha. Trataba de prestar atención a los sonidos de su entorno y al tiempo transcurrido, pero su mente seguía abotargada y no estaba seguro de nada. De pronto le pareció oír un estrépito, el ruido de ruedas derrapando y un súbito frenazo que terminó en un impacto. Luken sintió un intenso golpe en la cabeza y un dolor agudo. A su lado oyó una queja sorda, voces y lo que le parecieron disparos, aunque le llegaban de un lugar lejano, como si los percibiese en sueños. Sintió náuseas y un mareo creciente. Luego, por unos instantes, silencio. Finalmente, la puerta de la furgoneta se abrió y alguien le retiró la venda de los ojos. Un desconocido empezó a retirar los trapos de su boca y de la de Arianna, tendida a su lado. Luego les quitó las esposas. Luken sentía que el último reducto de su consciencia le abandonaba. Sin embargo, antes de perder el conocimiento, le pareció ver algo conocido. Los ojos preocupados de Sophie.

73

París, 1310

Reinaldo de Provins y Pedro de Bolonia charlaban animadamente sobre sus monturas. El sol refulgía alto en el horizonte y les calentaba el cuerpo. El bosque lucía esplendoroso y tenían por delante varias horas de cabalgata hasta su próximo destino. Habían partido de la casa del Temple en París, donde habían pasado varios días preparando la defensa de la orden. Eran dos letrados experimentados y habían servido en la orden el tiempo suficiente para saber que las acusaciones eran ridículas. Ambos se mostraban optimistas acerca del desenlace del juicio. Jacques de Molay y su ayudante Pierre d'Aumont habían trabajado con ellos de forma incansable.

—Pierre d'Aumont ha hecho un gran trabajo —dijo Pedro de Bolonia—. Ha recopilado pruebas y testimonios. Y lo más importante, ha unido a la orden.

Reinaldo de Provins asintió.

—Es inteligente. Y osado. Algún día será un magnífico gran maestre.

Pedro de Bolonia miró sorprendido a su compañero.

—Si sobrevive.

—Nadie lo es una vez muerto. La vida de los grandes maestres es breve en estos tiempos. Jacques de Molay ya está mayor. ¿No te parece evidente que anda preparando a su ayudante para que le sustituya?

Pedro de Bolonia no respondió de inmediato.

—Ahora que lo mencionas —dijo tras meditarlo—, participa en todas las decisiones, pero lo hace desde la sombra. Quizá lo esté protegiendo.

Reinaldo de Provins no llegó nunca a replicar a su compañero. Una flecha lanzada con pericia desde la espesura le atravesó la garganta. No vio venir la muerte. Emitió un gruñido de sorpresa y cayó de la montura. Pedro de Bolonia reaccionó de inmediato. Intentó azuzar al caballo, pero frente a él habían aparecido varios soldados del rey. A la cabeza de ellos se hallaba el consejero real, Guillaume de Nogaret.

—¿Cómo osáis? —espetó horrorizado el templario.

La pose de Nogaret sobre la montura era calmada, aunque la mirada estaba fija en el abogado defensor, como un halcón sobre su presa. Se pasó la mano por el bigote antes de responder.

—Habéis sido sentenciado a muerte —dijo con frialdad.

Pedro de Bolonia no pareció impresionado, o quizá se había entregado al destino, como si la flecha que había terminado con la vida de su compañero hubiese también atravesado su corazón.

—Al menos disponed de la gallardía de compartir conmigo el crimen del que se me acusa, ya que no la tenéis para enfrentaros como un hombre.

Los soldados del rey murmuraron entre sí ante el

insulto al consejero real, pero este rio, indiferente a la afrenta.

—Pertenecéis a la Orden del Temple. Es crimen suficiente.

—¿No me concedéis acaso la oportunidad de defenderme ante un tribunal?

—No os la doy. Así ha sido establecido por el rey. Habéis sido juzgado y encontrado culpable. El tribunal real ha considerado que la orden es culpable de los crímenes de los que se os acusa. Y que no tenéis derecho a defensa. Por eso estamos aquí, para ejecutar la sentencia.

Pedro de Bolonia desenvainó la espada. No se hacía ilusiones de salir con vida. No le importaba. Todo templario sabía que podía morir. Lo único relevante era hacerlo con honor, defendiendo sus ideales. Al menos intentaría llevarse por delante a alguno de sus enemigos. No tuvo la opción. Guillaume de Nogaret dio una orden y los soldados del rey dispararon varias flechas. Una se alojó en su hombro. Otra le alcanzó en el estómago, lo que le hubiese producido una agonía lenta y dolorosa si no hubiera sido porque la más certera penetró a través de un ojo, provocando la muerte instantánea. Cayó de la montura mientras su espada restallaba en el suelo.

—¡En marcha! —ordenó Guillaume de Nogaret—. Tenemos trabajo por delante.

74

París, 2024

La luz se derramaba a través de un enorme ventanal que nacía en el suelo de la habitación hasta perderse en el alto techo del lujoso apartamento.

Luken yacía acostado. Acababa de abrir los ojos y la luz lo cegaba. Su mente tampoco era capaz de pensar con claridad. No sabía dónde estaba ni recordaba qué había sucedido. Se levantó apartando las suaves sábanas y caminó hacia el ventanal. Retazos del pasado volvieron a su mente. Comenzó a recordar el secuestro y el interrogatorio. Lo habían drogado. ¿Y después? Todo resultaba confuso. Apartó las enormes cortinas y se le cortó la respiración. Delante de él, a apenas doscientos metros, se encontraba la Torre Eiffel. ¿Cómo había terminado allí? ¿Seguía preso o lo habían liberado? Por el lugar y la situación parecía lo segundo, pero no estaba seguro. Caminó hasta la puerta, la abrió y accedió a un enorme salón en el que halló a Arianna y Sophie conversando. Ambas se volvieron hacia él al oírlo. Se sorprendió porque le dio la impresión de que hablaban de forma distendida, con un grado de cercanía que antes no había visto en ellas. Se había acostumbrado a una tensión evidente entre las dos mujeres.

—Ya era hora —dijo Sophie—. Pensábamos que no ibas a despertar nunca.

—¿Cuánto tiempo ha pasado? ¿Qué ha sucedido?

Las preguntas se agolpaban en la cabeza de Luken, pero para su sorpresa ambas mujeres se rieron.

—Te lo dije —advirtió Sophie a Arianna—. Cuando se levante no parará de hacer preguntas.

—Todo a su tiempo —respondió Arianna a Luken—. He preparado algo de comer. ¿Tienes hambre?

Luken pensó que podía apartar todo de su cabeza por unos minutos.

—Me muero de hambre.

Se sentaron a la mesa y Arianna sirvió sendos platos de espaguetis con salsa amatriciana que, de un solo vistazo, terminaron de abrir el apetito de Luken. El joven probó la pasta, que estaba deliciosa, y, tras reconocérselo a Arianna, volvió a pedir que le explicaran lo sucedido.

—Os rescatamos —resumió Sophie.

—¿Quiénes?

Sophie miró a Arianna, que le devolvió un encogimiento de hombros, como si la hubiese avisado de lo que iba a suceder. Luken se incorporó y subió el volumen de su voz.

—¿Quiénes sois? ¿Qué buscáis?

La francesa levantó las manos tratando de calmar el enfado del joven.

—Somos una organización muy antigua, tanto que nuestras raíces se pierden en la historia. Siempre hemos buscado lo mismo.

Luken cruzó los brazos. Quería información y tenía la sensación de que Sophie no quería dársela.

—¿Cómo os llamáis?

Sophie no respondió. Se envaró y sus labios se apretaron en una delgada línea. Luken negó con la cabeza, como si hubiese esperado esa respuesta, e hizo ademán de levantarse.

—De acuerdo —se anticipó Sophie—. Os contaré la historia, pero sin nombres. Si hemos existido todos estos siglos ha sido por nuestra prudencia.

—¿Siglos?

Sophie asintió.

—Nuestra misión es proteger a la humanidad de los desmanes cometidos en nombre de la religión. Fuimos creados por aquellos que buscaban evitar que la religión trajese muerte y violencia.

—No habéis tenido mucho éxito.

Luken estaba siendo rudo. Quería la verdad y no iba a hacer ninguna concesión.

—Es cierto —replicó Sophie.

—¿Qué sois, una especie de secta?

—Es uno de los nombres que se nos han dado. En realidad, no estamos contra la religión. Creemos que las personas deber ser libres para elegir sus creencias, pero sin imponerlas a los demás.

Luken se levantó. Intentaba comprender lo que Sophie trataba de explicar, aunque de momento no parecía encontrarle sentido.

—Entiendes que suena ridículo, ¿no? Una antigua secta que protege a la humanidad. Secuestros, asesinatos. Apartamentos en París.

Sophie se encogió de hombros.

—Es lo que yo pensé al principio. Pero luego empezó a tener sentido. ¿Qué ha hecho más daño en la historia de la humanidad que el mal uso de la fe?

Luken miró a Sophie con desconfianza. Había aprendido a no creer en las buenas intenciones.

—¿Y por qué no actuar a cara descubierta?

Sophie rio con una risa clara, abierta, como si las palabras de Luken nacieran de la inocencia.

—Te olvidas de que hasta hace poco discrepar de la doctrina te llevaba a prisión o a la hoguera. Aunque también tenemos nuestras formas de contribuir sin escondernos.

—¿Como cuál? —preguntó Arianna.

—La masonería, para comenzar. Ha sido quizá nuestra creación más duradera. Pero también hay otras organizaciones abiertas, nacidas bajo nuestro impulso, como los clubs rotarios o los scouts. Nosotros creamos la semilla, los ponemos en marcha. Luego rompemos el cordón umbilical, vuelan solos, se desarrollan sin nuestro control estricto. Así nos protegemos.

—¿Masones? ¿Scouts? ¿Rotarios? ¿Te das cuenta de lo difícil que es todo esto de creer?

Esta vez fue Sophie quien se levantó y caminó por el salón.

—Pensadlo bien. ¿Qué tienen en común todas ellas? Buscan integrar personas libres, iguales, con independencia de su estatus social, de su religión, de su etnia.

—Los masones no son un ejemplo de organización abierta.

Sophie asintió, pero había pesar en su rostro, aunque también una sonrisa.

—Así es. Han sido perseguidos desde su origen. Las

religiones y el poder en general han visto en la masonería una amenaza. Pero en los países libres lo son.

Arianna se levantó y recogió los platos de la mesa para llevarlos a la cocina. Dejaba en manos de Luken aquella conversación, como si ella ya hubiera hecho todas aquellas preguntas.

—¿Y qué hay de las acusaciones contra la masonería?

—¿Cuáles? ¿Las de las dictaduras? ¿Las de las religiones monoteístas que exigen exclusividad? Ven a los masones como una organización de personas libres. Si no pueden proscribirlos, los difaman. Esta es una guerra que dura siglos.

Luken ayudó a Arianna a colocar los platos en el lavavajillas.

—¿Y los *illuminati*, los rosacrucianos, la Orden de la Calavera y los Huesos, y otras órdenes secretas?

Sophie miró a Luken como si estuviese gastándole una broma.

—Has visto demasiadas películas y videojuegos. No somos los únicos que a lo largo de la historia han creado órdenes secretas. Nosotros no las constituimos para influir en la política internacional ni para establecer un nuevo orden mundial, solo para promover la libertad de pensamiento y acción, como en el caso de los masones.

—Pero vosotros no sois masones.

—Lo has entendido. La masonería no es más que un subterfugio, una invención para desviar la atención.

—¿Desviar la atención?

—De nuestros enemigos. Ha sido necesario que creáramos organizaciones secretas para que nadie busque la que está detrás de todas. Nosotros.

En aquel instante Luken estableció una conexión en su

mente. Recordó que en la gruta había símbolos templarios, pero también otros que recordaban simbología masónica. Sin embargo, por lo que él sabía, la masonería había sido creada mucho tiempo después. Guardó para sí mismo sus pensamientos y regresó a la conversación.

—Y vosotros sois quienes manejáis los hilos en las sombras.

—Algo así —respondió Sophie—. Consideradnos como una gran ONG. Creamos ramas para propósitos concretos, casi siempre para el beneficio de la humanidad. A veces como simple distracción de nuestros enemigos.

—Una secta —repitió Luken.

Sophie pareció enfadada por la insistencia. Se enfrentó a Luken con los brazos en jarras.

—Nosotros no obligamos a nadie. No nos entrometemos en su vida privada. Solo pedimos personas libres y que nadie limite esa libertad.

—Bonitas palabras, pero hoy nos liberasteis a tiros.

Luken había respondido desafiante. No estaba impresionado.

—La violencia es el último recurso y, a veces, necesaria. Si no, puede que estuvierais muertos.

—Sigues sin responder a mi pregunta. ¿Qué queréis de nosotros?

—Proteger la verdad. Y que nadie utilice lo que había en esa gruta para atacar a otros.

—Habéis vuelto a fracasar.

Luken seguía mostrando hostilidad.

—Al menos lo intentamos. ¿Qué haces tú para evitarlo?

Luken se sentó en el sillón, dándose cuenta de que en parte Sophie estaba en lo cierto. No tenía sentido prolongar la disputa, solo debía decidir el siguiente paso. En realidad, sabía cuál era, pero ¿lo daría solo con Arianna o también con Sophie?

—¿Por qué deberíamos confiar en vosotros?

—Porque os estamos ayudando. Os hemos salvado de morir y queremos descubrir la verdad. Solo nos gustaría tener la garantía de que no entregaréis lo que encontréis a las manos inadecuadas.

Luken miró a Arianna, que no parecía querer comprometerse.

—Nosotros también necesitamos saber que, sea lo que sea lo que descubramos, lo haremos público.

Sophie asintió. Luken miró a Arianna, que también lo hizo.

—De acuerdo —respondió la francesa a Luken—. ¿Cuál es el siguiente paso?

—Debemos buscar a Alain Rusef. Necesitamos saber qué dice la tesis doctoral desaparecida de la Universidad de París. Quizá allí esté la clave. Luego decidiremos.

75

París, 1310

Felipe de Marigny, arzobispo de Sens, contemplaba una escena que para la mayoría de los hombres hubiese resultado aterradora. Cincuenta y cuatro caballeros templarios ardían en la hoguera. Frunció el ceño. El tétrico espectáculo no era el causante de su gesto. De hecho, le satisfacía, se había aplicado la justicia de Dios. Tampoco le incomodaban los gritos de los condenados en su agonía, que traspasaban los tímpanos de hombres menos templados. Ni siquiera sentía sobre los hombros el peso de las muertes. Su conciencia estaba tranquila, había hecho su trabajo. Era por el olor. El olor de la carne humana le resultaba desagradable. Se le había introducido en las fosas nasales y parecía no querer salir de allí.

El consejero real, Guillaume de Nogaret, se acercó a él y le colocó un mano sobre el hombro mientras esbozaba una sonrisa.

—El rey estará satisfecho.

El rictus del arzobispo no cambió.

—Debía hacerse —respondió lacónicamente.

El público que asistía al espectáculo comenzó a abandonar la plaza. Había presenciado un hecho inédito en sus vidas. Caballeros templarios siendo ejecutados en la hoguera.

—Así es —respondió Nogaret—. Los hombres como nosotros cumplen con su deber.

Felipe de Marigny se volvió hacia el consejero real y señaló al populacho que abandonaba el lugar.

—No están contentos. Quizá hayan podido disfrutar del espectáculo, pero creen que hemos ejecutado a hombres inocentes.

El consejero se encogió de hombros.

—Lo que crea la chusma no es relevante.

El arzobispo, que era un hombre mayor y había vivido muchas vidas, no estaba de acuerdo.

—Hoy no. Quizá mañana sí. Cincuenta y cuatro templarios negando las acusaciones con tal dignidad y vehemencia antes de morir pueden ser un lastre para vuestra causa.

El consejero real aguzó la mirada. Quizá el arzobispo no era el hombre adecuado. El comentario podía interpretarse como una crítica al rey. Además, de su discurso se desprendía que no consideraba aquella como una causa propia.

—«Nuestra causa», queréis decir.

Felipe de Marigny abrió mucho los ojos, percatándose de que sus palabras podrían acarrearle problemas.

—Sin duda, sin duda —se apresuró a corregir—. No me malinterpretéis. Solo muestro preocupación por nuestra causa. Aquí en París la Orden del Temple es muy poderosa.

Guillaume de Nogaret sonrió complacido. Había disfrutado viendo el miedo en los ojos del arzobispo.

—El Temple es poderoso por ahora. Pero pronto dejará de serlo.

76

París, 2024

Los países no recuerdan a los héroes cuando estos han caído en desgracia, sea esta caída justa o no. Solo así se puede explicar que, a pesar de que se encontraban en lo que fue el centro neurálgico templario en París, no quedaba nada de aquel glorioso pasado. El único recuerdo era la estación de metro Temple, una vaga referencia de una ciudad que parecía avergonzada de su pasado. No era extraño. El propio rey de Francia era quien más había porfiado para su desaparición.

A Luken le parecía una broma del destino que la cafetería estuviera situada en aquella zona de París, apenas a unos centenares de metros de donde, siglos atrás, había estado la Torre del Temple. Luken, Sophie y Arianna miraban el interior de la cafetería sin atreverse a dar el paso.

—Tomemos un café —propuso Sophie—. De todas formas, me vendría bien uno.

La francesa no esperó, sino que cruzó la calle y se sentó en una de las escasas mesas de la terraza, seguida por

Luken y Arianna. El camarero tomó su pedido y se retiró. Arianna se dirigió a Luken.

—¿Es él?

Luken asintió. Había sido fácil localizarlo. Pocas personas se resisten al poder de las redes sociales. Una búsqueda rápida había permitido localizar a Alain Rusef, autor de la tesis desparecida de la biblioteca de la Universidad de París, en varias fotos de la cuenta de Instagram del café. Era un chico alto, delgado, con barba de unos pocos días y una mirada triste, la de un joven derrotado.

—Dejad que sea yo quien hable, por favor —suplicó Luken.

Arianna asintió seria, pero Sophie lanzó una risa por lo bajo. Estaba convencida de que Luken tenía una cautela excesiva. El camarero regresó con el pedido y Luken pagó la cuenta y se dirigió a él.

—¿Alain? ¿Alain Rusef?

El joven le devolvió una mirada desconfiada.

—Sí. ¿Quién eres?

—Me llamo Luken. Ellas son Sophie y Arianna. Queremos hablar contigo sobre tu tesis doctoral.

El rostro de Alain se demudó. Su reacción tomó por sorpresa a los tres.

—¿No habéis tenido suficiente? ¿Qué queréis ahora? ¡Dejadme en paz!

Había hablado con enfado, pero bajando la voz, evitando llamar la atención. El joven hizo ademán de marcharse, pero Arianna le lanzó otra pregunta.

—¿Quién fue Pierre d'Aumont?

Alain se detuvo de improviso, como si lo hubiesen golpeado. Se volvió hacia la mesa.

—¿Quiénes sois?

—Solo queremos saber la verdad, lo que está en tu tesis no publicada.

Alain levantó la mirada comprobando que no hubiese nadie cerca que pudiera estar escuchando la conversación.

—Aquí no. En mi casa. Rue Perrée 13, 4.ºB. Termino en veinte minutos.

El joven despareció en el interior del local y Luken, Arianna y Sophie se quedaron mirándose unos a otros, sin saber muy bien a qué se debía la reacción.

—¿Por qué crees que es tan importante esa tesis? —preguntó Sophie.

—Porque alguien ha tratado de ocultarla. Muy pronto lo descubriremos.

Veinte minutos más tarde Luken llamó al timbre del portal de la calle Perrée y alguien abrió sin preguntar. Subieron por las escaleras del viejo edificio sin ascensor hasta llegar a la puerta del cuarto B. Estaba entornada y Luken la empujó.

—¿Alain?

El joven apareció por el pasillo. En las manos llevaba un ejemplar de su tesis doctoral, que mostró a Luken.

—Pasad. Disculpad el desorden. No me va muy bien desde que perdí la beca del doctorado.

El joven despejó el sofá y los cuatro tomaron asiento.

—¿Qué sucedió?

Por toda respuesta el francés le tendió la tesis a Luken. Este la tomó en las manos, pero no la abrió.

—Cuéntamelo tú —le alentó Luken—. Prefiero escucharlo de tu propia voz.

—Mi tesis versa sobre la intervención de la Universidad de París en el proceso contra el Temple.

Luken asintió, animándole a continuar. Sabía lo suficiente sobre la historia del Temple para entender que se trataba de un tema polémico, en especial en la propia Universidad de París. Mientras hablaban, Sophie había aprovechado para levantarse y acercarse a la ventana. Con un gesto discreto apartó la cortina y oteó la calle.

—Lo que descubrí no dejaba en muy buen lugar a la institución. Parece que fueron utilizados por Felipe IV, al menos en dos ocasiones, para darle la cobertura necesaria de cara a iniciar el proceso contra el Temple.

—Mintieron, y alguien trató de ocultar tu tesis —resumió Luken.

—Así es. Sin pudor. Sentó muy mal en la universidad. Nadie quería que la institución pagase con la reputación algo que había sucedido siete siglos atrás. El profesor Piquemal, con el beneplácito del rector, hizo cuanto estuvo en su mano para impedir que pudiera defender mi tesis. Hasta que encontró lo que necesitaba.

—¿Y qué fue? —intervino Arianna.

Alain abrió la tesis por una página en concreto.

—Pierre d'Aumont. Se le mencionaba varias veces en la correspondencia entre Felipe IV y su consejero real, Guillaume de Nogaret.

—¿Por qué su mención supone un problema?

Alain miró a Luken y Arianna sorprendido.

—Pierre d'Aumont es un personaje controvertido. Según el catedrático, nunca existió, se trata de un invento de Marcel Roland. No hay o, mejor dicho, no había ningún documento oficial que lo nombrara hasta mi tesis.

Luken empezaba a comprender lo sucedido. Resultaba curioso cómo un hombre podía dejar de existir por la voluntad de su época y que esa persecución continuase setecientos años después. Aun así, a Luken todavía le faltaban piezas del rompecabezas.

—Yo encontré dos documentos más que lo mencionan. En la Biblioteca Vaticana. Del puño y letra del papa Clemente V.

La expresión de Alain cambió. Sus ojos se humedecieron y se sujetó la cabeza entre las manos. Permaneció así unos segundos.

—Entonces —dijo al fin— estoy en lo cierto. Todo cuanto sostengo es verdad.

Luken asintió.

—Te haré llegar esos documentos, Alain.

—Muchas gracias, aunque no sé de qué me podrían valer. El catedrático es muy poderoso.

—¿Quién es Marcel Roland? —interrumpió Arianna.

—Es el mayor experto conocido en temática templaria, pero no es un académico convencional. Es un aficionado con tesón y tiempo. Lo entrevisté para mi tesis. Tenía algunas teorías disparatadas sobre Pierre d'Aumont, que publicó en un libro divulgativo. Esto lo utilizó la universidad para impedir la defensa de la tesis y eliminarla de la biblioteca.

—¿Podríamos hablar con él?

Alain se levantó y tomó su teléfono. Lo oyeron conversar en la habitación contigua y regresó tres minutos después.

—Arreglado. He concertado una cita mañana a las siete de la tarde en su casa. Aquí tenéis la dirección —dijo tendiendo una hoja de papel—. Es un lugar alejado.

De pronto, Sophie, que continuaba asomada a la cortina se volvió hacia ellos.

—Deberíamos irnos. Están aquí.

Luken se acercó a la ventana con cautela. Vio dos hombres mirando en su dirección. Uno de ellos era el de la cicatriz; el otro, el tipo enorme que le había acompañado en el secuestro. Lo reconoció por la nariz achatada de boxeador retirado.

—¿Podemos salir del edificio sin ser vistos?

Alain no parecía entender y tardó un instante en reaccionar.

—Por el tejado. Todos están conectados. Podéis cruzar al edificio de enfrente. Allí hay una escalera que da a un callejón trasero.

Luken se dirigió hacia la puerta, pero Arianna se volvió hacia Alain.

—Ven con nosotros. Esto no es seguro. Al menos de momento.

—¡Vamos! —gritó Sophie desde la ventana—. ¡Van a entrar!

Subieron hasta la terraza. Luken se asomó al hueco de la escalera y vio al hombre de la cicatriz mirando hacia arriba. Sus perseguidores comenzaron a subir a la carrera. Los cuatro salieron a la terraza y Alain los llevó hasta el lugar donde una pasarela conectaba con el edificio contiguo. De allí partía una escalera metálica hasta el suelo.

—Toma —le dijo Alain a Luken, entregándole la tesis doctoral—. Yo los entretendré.

—No es buena idea. Créeme.

—¿Qué podrían hacerme? ¡No tienen nada contra mí!

Sophie los instó a bajar. Sabían que tenían pocos segundos. Luken y Arianna la siguieron. Llegaron al suelo y oyeron voces que provenían de arriba. Iban a echar a correr cuando algo cayó desde lo alto, se estrelló contra el suelo y quedó destrozado. Arianna gritó. Luken no necesitó mirar para saber que se trataba de Alain. Sophie se acercó al cuerpo y, tras unos segundos, negó con la cabeza. Por un instante permanecieron petrificados. Sophie fue la primera en reaccionar. Se levantó y los empujó hacia la salida del callejón. Al llegar a la calle principal, echaron a correr y desaparecieron en la ciudad.

77

Vienne, 1311

La confianza de un hombre en su capacidad para lograr lo que busca tiene un límite, uno ante el cual recula en sus propósitos y se encoge ante las consecuencias. Algunos lo alcanzan enseguida, sobrepasados, cobardes o temerosos de la repercusión de sus actos. Otros, más templados, soportan la presión y resisten un tiempo. Lo hacen para no reconocer que estaban equivocados, pero terminan por darse cuenta de que tienen menos poder que el que creían o desearían. Solo unos pocos hombres empujan el límite más allá de lo conveniente. La mayoría pagan con la vida haber desafiado el poder establecido. Otros, los menos, triunfan, logran los objetivos y cambian el mundo.

Clemente V había llegado hasta su límite. Había medido mal las consecuencias de su desafío a Felipe IV. Más allá del límite razonable el vértigo crece, y cuando fue consciente de ello un escalofrío le recorrió la columna vertebral, quizá un vestigio del deseo de supervivencia. El sumo pontífice aún no había aprendido que, al traspasar el límite, no existe la posibilidad de regresar a una zona segura. Los hombres como el rey de Francia no toleran que alguien cruce la raya, no lo perdonan y hacen pagar cara la osadía. Debería haberlo sabido. Estaba siendo testigo de lo que sucedía con la Orden del Temple. Sin embargo, la historia nos demuestra que aprendemos cuando la quemadura está en nuestra propia carne, nunca en la de los demás. Comenzó a entrever las consecuencias e intentó retroceder. Decenas de templarios habían sido ajusticiados sin miramientos. En ese momento comenzó a temer por su vida. Acabó cediendo. Aterrorizado ante el devenir de los acontecimientos, volvió a adelantar el Concilio de Vienne, que llevaba retrasando dos años. Aún recordaba la conversación que había tenido con Pierre d'Aumont. Le había dado la excusa que necesitaba para no aparecer como débil.

—¡Debéis hacer algo! —le había espetado aquel joven y temperamental templario, refiriéndose a las ejecuciones sumarias que sufría la orden.

Clemente V había dejado hablar a Pierre d'Aumont, le había permitido casi suplicar. Aquello le hacía aparecer como misericorde, prestando oídos al pesar de la orden, bondadoso incluso, como un padre comprensivo. Cuando lo consideró suficiente, detuvo al caballero de un gesto.

—Vuestra petición me ha alcanzado el corazón. Siempre he rezado por mis hijos, incluso si se diera el caso de que anduviesen descarriados. Haced saber al gran maestre que adelantaré el Concilio de Vienne al próximo año.

Pierre se había inclinado ante el sumo pontífice en señal de agradecimiento, pero este le había hecho erguirse y había pronunciado unas palabras que le habían helado el alma.

—A cambio espero que Jacques de Molay me entregue el secreto del Temple. Sí —añadió—, sé que la orden oculta un secreto que no debería esconderme. Espero que pague mi ayuda con fidelidad. Ahora, idos y trasladad este mensaje al gran maestre.

Pierre trató de disimular su reacción, pero no estaba seguro de haberlo logrado.

—Así lo haré.

Clemente V despidió al templario con satisfacción. Si lograba que el Temple le confesara su secreto, tendría una baza que jugar ante Felipe IV. El secreto del Temple, que Guillaume de Nogaret le había asegurado que existía, a cambio de su vida.

Tras la entrevista con Clemente V, Pierre d'Aumont se subió a su montura y cabalgó sin descanso hasta París. Allí permanecía encerrado Jacques de Molay. No podía, en ninguna circunstancia, abandonar la Torre del Temple. Hubiera sido aprehendido por los soldados del rey y ejecutado sin miramientos. El gran maestre estaba bajo custodia de la comisión apostólica, ante la que se había negado a declarar. «Solo lo haré ante Clemente V», había sentenciado. Dos años después aún seguía esperando. Pierre lo encontró en sus aposentos, trabajando, dando órdenes, como siempre lo había conocido.

—Ha accedido —anunció Pierre nada más encontrarse ante él—. El próximo octubre.

Jacques de Molay lo miró desconfiado.

—Demasiado fácil. Algo se nos escapa. ¿Por qué, después de retrasar tanto tiempo el concilio, ahora tiene prisa?

—Lo sabe. Me ha pedido que os traslade que os requiere para que le confeséis el secreto.

Jacques de Molay miró atónito a Pierre. La peor de sus pesadillas tomaba forma. Al gran maestre le podía importar su propia seguridad o el destino de la orden, pero le aterraba que el secreto saliera a la luz. Si era llamado por el sumo pontífice no podría ocultar el secreto sin mentir. Y eso iba contra su voto de obediencia a Roma y contra su forma de ser.

—¿Cómo ha podido saberlo?

Pierre no contestó. Había perdido su inocencia. Sabía que el gran maestre dominaba mejor que él aquellas claves. Esperó a que Jacques de Molay respondiese a su propia pregunta.

—El rey lo sabe y lo está utilizando contra él. Tiene miedo. Miedo de Felipe IV. Va a ceder y, si él cede, la orden caerá.

78

París, 2024

El apartamento de Sophie en París transmitía calma. Estaba decorado en tonos claros y la iluminación indirecta, junto con los escasos muebles de líneas rectas en madera y vidrio, le otorgaban un aire nórdico que incitaba al sosiego. Nada más lejos de la realidad en ese instante.

—¡Lo han matado! ¡Por nuestra culpa!

Luken estaba fuera de sí. No entendía cómo alguien podía matar con aquella facilidad.

—¡Aún no lo comprendes! —respondió Sophie—. Son agresivos por naturaleza. Solo creen legítimo su propio dios. El resto deben ser destruidos.

Arianna intervino, poniéndose del lado de Luken.

—¿Qué sentido tenía su muerte? ¿Qué tenía que ver con todo esto?

—¡Nada! ¡Pero eso no importa! Nuestro enemigo cree que sucede algo que está fuera de su control, que hay más de lo encontrado en Orvieto. Y hará lo que considere necesario para descubrirlo. Si no pueden controlarlo, intentarán destruirlo. ¡No lo entendéis! ¡Es vuestra búsqueda la que les hace pensarlo!

—¡No hay nada más! —rugió Luken—. ¡Solo una gruta en Orvieto con inscripciones y estatuas! ¡Nada más!

Hizo una pausa, porque una idea había acudido a su mente. Se volvió de nuevo hacia Sophie.

—¿Por qué crees que hay algo más? —dijo señalando a la francesa—. Si no, no estarías aquí. ¿Qué buscáis?

Sophie retrocedió. Parecía temer que Luken llegase a un ataque físico.

—¡Nada! ¡Lo juro! Os lo dije, solo queremos que nadie haga mal uso de lo que pudierais encontrar.

Luken estaba seguro de que Sophie ocultaba algo, pero no acababa de entender qué podía ser.

—Yo la creo —dijo de pronto Arianna.

Luken se volvió sorprendido hacia ella. Desde el primer instante Arianna había desconfiado de la francesa, pero ahora la apoyaba. Se había producido un cambio en ella desde que habían sido liberados tras el secuestro.

—¿Por qué?

—Lo has dicho tú. Solo existe lo que encontramos en Orvieto. No hay indicios de que pueda ser diferente. Y si hubiera algo más, necesitaríamos ayuda. Eso nos ha quedado claro.

La lógica de Arianna era aplastante, pero Luken no se sentía cómodo colaborando con alguien que sospechaba que le escondía información.

—Bien, dos contra uno —se rindió—. Ahora dejadme un rato a solas. Necesito estudiar la tesis de Alain.

En ese momento sonó el móvil de Sophie. Consultó el mensaje y, tras leerlo, se levantó y encendió el televisor.

—Tenéis que ver esto —dijo.

En la pantalla, un presentador daba inicio a lo que parecía un programa de debate en un estudio de televisión. Una de las cámaras realizó un primer plano de uno de los invitados. Se trataba del nuevo profeta. Ahora se hacía llamar Deacon, pero para Luken siempre sería el ladrón. La cámara enfocó al otro invitado y Arianna dio un salto en el sillón. El director del Museo de Arqueología de Orvieto, Domenico Trastevere, sonreía con un gesto confiado.

—Muchas gracias a ambos por acceder a este debate —comenzó el presentador—. La primera pregunta va dirigida a usted, señor Trastevere. ¿Qué significa lo que han encontrado en la gruta?

—Es el mayor descubrimiento arqueológico de la historia. Tardaremos años en catalogar y analizar todo lo hallado.

—Deberían entregárnoslo —interrumpió el profeta—. Nos pertenece.

—No sea ridículo —respondió el director subiendo el tono—. Pertenece a toda la humanidad. Es necesario protegerlo y estudiarlo.

El tono despectivo del director encendió al profeta. Subió el volumen de su voz y adoptó un aire amenazador.

—Los dioses han hablado. ¿O acaso creen que no sabemos qué tratan de hacer?

Hasta ese momento el director se sentía en control de la situación. Menospreciaba a su interlocutor. Su tono fue burlesco.

—¿Y qué se supone que tratamos de hacer?

El profeta realizó un gesto con la mano y en la pantalla que se situaba tras ellos aparecieron sendas imágenes de Luken y Sophie. En el salón de la casa de la francesa, en París, ambos soltaron una exclamación.

—¿Qué me dice de ellos? No responda, no. Ya lo hago yo. ¿No es acaso el primero un especialista templario contratado por su museo? ¿Por qué han ocultado que lo descubierto está relacionado con la Orden del Temple? ¿Qué quieren esconder? ¿Qué secreto buscan proteger?

El director del Museo de Arqueología trató de contestar, pero solo articuló un tartamudeo incomprensible. Su confianza se había desplomado.

—¿Qué me dice de ella? —continuó el profeta—. ¿Saben quién es? —añadió mirando a la cámara—. Yo se lo diré. La líder de una secta secreta. ¡Han ocultado este enigma durante siglos!

Luken miró a Sophie, que no parecía reaccionar. Su rostro pasó de la sorpresa al miedo. Finalmente fue capaz de articular palabra.

—He fracasado —dijo más para sí misma que para el resto—. Mi misión era proteger el secreto y he fracasado.

79

Vienne, 1311

Doscientos diecinueve folios iban a decidir el destino de miles de hombres. Las palabras en ellos escritas podían destruir, convertirse en algo tan mortífero como el filo de una espada. También podían ser liberadoras, restituidoras y clarificadoras. Sin embargo, a la hora de tomar las decisiones, cada palabra escrita puede ser irrelevante comparada con la voluntad de los hombres que la interpretan. Es entonces cuando las palabras se retuercen, se les busca otro significado y se reinterpretan a conveniencia. Los doscientos diecinueve folios de la comisión apostólica deberían haber llevado a una única conclusión a cualquier lector independiente: no había causa contra el Temple. No se había aportado ninguna prueba, exceptuando declaraciones vagas de testigos de dudosa reputación y confesiones bajo tortura a templarios que habían terminado por retractarse en cuanto habían tenido ocasión. Así lo habían reconocido los miembros de la comisión. Así estaba siendo explicado ante el Concilio de Vienne.

El concilio había comenzado a finales de octubre. Los monarcas de todos los reinos habían enviado representantes desde los confines de la cristiandad, en muchos casos genuinamente interesados por el destino de una orden que respetaban y admiraban. Lejos de París, los templarios luchaban y morían demostrando un valor inigualable. Nunca retrocedían, nunca se rendían y entregaban su vida con generosidad. Se habían convertido en tropas de élite que prestaban sus servicios a cualquier rey cristiano sin pedir nada a cambio. Sin embargo, había otros intereses en juego. La inmensa fortuna de la orden suponía un atractivo aún mayor. Sabían que aquel era el objetivo último de Felipe IV. Por ello, todos miraban con recelo al enviado del rey de Francia, Guillaume de Nogaret.

El consejero real no estaba contento. Los miembros de la comisión apostólica habían comenzado a exponer sus conclusiones y no eran las esperadas. En uno de los recesos de la comisión, Nogaret había intentado un movimiento arriesgado, había convocado a los representantes de los monarcas cristianos. Debía convencerlos, unirlos a su causa, que hicieran un frente común: presionar a Clemente V.

—¡Crímenes horrendos! ¡Sodomía! ¡Culto al demonio!

Los enviados no parecían impresionados. El primero en responder fue el enviado del rey de Castilla. No ocultaba su desprecio. Consideraba a Nogaret un arribista cuya arrogancia se le antojaba tan grande como su cobardía.

—Decidme, caballero Nogaret, ¿cuántas veces habéis luchado codo a codo con ellos? ¿Cuántas habéis visto su sangre derramada en el campo de batalla?

Nogaret trató de ahogar su propia ira y el sentimiento de humillación.

—Si no creéis mis palabras ni las de los testigos —respondió—, al menos actuad con inteligencia.

Esa vez los embajadores no respondieron. Se sentían incómodos, molestos incluso, pero a Nogaret también le parecía que estaban interesados. El consejero real sonrió para sus adentros, la codicia era una fuerza poderosa.

—Todos vuestros reinos pasan por penurias, vuestros ejércitos son diezmados; las cosechas, arruinadas —continuó—. Mientras tanto, los templarios acumulan riquezas. ¡Qué no podrían hacer vuestros reyes con una mínima fracción de ellas!

Guillaume de Nogaret estaba acostumbrado a la política. Conocía las debilidades humanas: la codicia, la lujuria, la soberbia, el miedo. Sabía utilizarlas para su beneficio. Pero había algo que no comprendía, que se hallaba más allá de su entendimiento: el honor. La mayoría de sus interlocutores sí lo conocían, lo apreciaban y era la guía de sus vidas.

—Ya tengo suficiente —bufó el embajador de Castilla mientras se levantaba—. No voy a perder ni un segundo más aquí.

Ante la atónita mirada de Nogaret, todos los presentes se levantaron y abandonaron la estancia, mostrando gestos abiertos de desprecio hacia el consejero real. Había fracasado y ni siquiera entendía por qué.

80

París, 2024

En París, la Ciudad de la Luz, hay rincones oscuros incluso en las calles más luminosas. Fuera de los muros de las casas todo parece brillar, aunque la oscuridad viene, casi siempre, definida por nuestro ser interior. Esa oscuridad interior puede apagarlo todo.

El ser interior de Sophie se había oscurecido como el mar del Norte. El fracaso la sumía en un estado depresivo. No había logrado avanzar en su búsqueda y, lo que era peor, se había expuesto en público. Había roto la regla número uno: jamás hacerse visible. Se había arriesgado y había fracasado. Ahora quedaba asumir las consecuencias. Luken y Arianna dormían en sus cuartos mientras Sophie yacía en su cama, mirando el techo. «Hacen buena pareja —pensó Sophie—. Él es inteligente y tiene una curiosa mezcla de calma y tozudez. Ella es lista, pero como lo son las personas que prefieren que el resto no lo sepa. Callada la mayor parte del tiempo, decidiendo qué palabras pronunciar y cuándo hacerlo». Sophie se levantó y llamó a Uno y a Tres. Ambas se conectaron enseguida; era la hora acordada. Como siempre, Uno fue muy directa.

—No hace falta que digas nada. Lo hemos visto.

—¿Qué puedo hacer?

Ninguna contestó. Nunca había sucedido nada igual en la organización. No había precedentes ni respuestas.

—Seguir con el plan trazado —dijo por fin Tres—. Cuando todo haya terminado, decidiremos.

Sophie esperó a que Uno se pronunciara. Si ella opinaba lo mismo, había poco más que decir.

—Estoy de acuerdo —añadió Uno—. Es demasiado tarde para lamentarse.

—Así lo haré —aceptó Sophie cabizbaja.

Iba a cortar la comunicación, pero Tres aún no había terminado.

—En cualquier caso, es necesario un cortafuegos. Han llegado hasta ti. No pueden llegar hasta nosotras.

Tres cortó la comunicación. Todo estaba dicho. Era lo justo. Sophie sabía lo que aquello significaba.

El hotel Palazzo era a Roma como Las Vegas al mundo. El hotel recogía el lujo y esplendor pasado y presente de la Ciudad Eterna y lo traía al presente, como una copia pulida y mejorada, pero desprovista de la pátina de la historia. Se trataba solo de un remedo. Aun así, era un simulacro logrado para quien se lo pudiera pagar. Mike podía. De hecho, podía pagar la suite más cara del hotel, las botellas de champán e incluso la prostituta de lujo que había hecho llamar.

Debía reconocer que su plan había tenido más éxito del que jamás hubiera podido soñar. Las redes sociales se habían convertido en sus aliadas. Las donaciones a su nueva Iglesia engordaban su cuenta corriente en cifras difíciles de creer. Había conectado con la necesidad de millones de personas de creer en algo nuevo, pero que a la vez representaba algo arcaico, la conexión con el hombre antiguo, con el mito de las cavernas. Algo que él, como griego de nacimiento, comprendía bien.

—Voy a salir del jacuzzi —dijo a la joven que se relajaba a su lado—. ¿Puedes acercarme el albornoz?

Podía hacerlo él mismo, pero hubiera perdido la oportunidad de contemplar el cuerpo de aquella chica saliendo de la bañera. ¡Qué diferente de las prostitutas a las que estaba acostumbrado! Sintió que su virilidad se reactivaba. Ella, obediente, salió del agua exhibiéndose con un contoneo de caderas.

—Aquí tienes —le dijo, inclinando hacia delante sus senos bamboleantes—. Voy a bajar a desayunar. ¿Les pido que te traigan algo o prefieres desayunar conmigo?

Mike negó con la cabeza.

—Lo encargaré más tarde al servicio de habitaciones. Ahora tengo trabajo. Déjame.

Vio desaparecer aquel cuerpo de ensueño en el salón y terminó de secarse. Se le había ocurrido una idea brillante. Tomó su teléfono móvil y abrió una por una todas sus redes sociales. Redactó un mensaje y lo copió en todas ellas. Lo leyó en voz alta.

—«Los dioses antiguos me han hablado. Me han ordenado recuperar lo que nos fue arrebatado. Con la caída del sol, reuníos en la plaza de San Pedro. Limpiaremos el mundo con el fuego purificador».

Uno a uno lanzó los mensajes. Luego, dejó su móvil sobre la cama, se quitó el albornoz y regresó al jacuzzi.

81

Vienne, 1312

El invierno había sido duro. Los campos habían permanecido cubiertos con una nieve pertinaz. Los carámbanos colgaban de los tejados. Los brotes de las plantas aún no se habían asomado y los animales solo abandonaban sus madrigueras cuando era imprescindible. Parecía que la primavera no llegaría nunca.

El Concilio de Vienne tampoco aparentaba tener fin. Primero había sido la lista de acusaciones, luego las conclusiones de la comisión apostólica, después las deliberaciones. Y finalmente un imprevisto, la enfermedad de Clemente V. Los rumores sobre su estado de salud se extendían por Vienne y por el resto de la cristiandad. Algunos vaticinaban su muerte. Por ello, cuando se anunció la reaparición del sumo pontífice, la sorpresa fue mayúscula. Sin embargo, al mostrarse ante los asistentes al concilio, la estupefacción inicial quedó eclipsada por la preocupación. Su rostro macilento, sus andares torpes, su voz quebradiza no eran buenos presagios. En los pasillos, en susurros, se hablaba de su inquebrantable voluntad de finalizar aquel concilio, incluso de exonerar a la orden.

A finales del invierno, el concilio parecía acercarse al tan deseado final. Había llegado el esperado momento de las conclusiones y Felipe de Marigny, arzobispo de Sens, el mismo que había enviado a la hoguera a cincuenta y cuatro templarios un año atrás, había tomado la palabra.

—La cristiandad nos contempla. De nuestras decisiones —dijo volviéndose hacia Clemente V a la vez que levantaba el dedo índice y señalaba el cielo— seremos los únicos responsables. Y por ellas acabaremos juzgados ante Dios. —Hizo una pausa antes de continuar y no pudo evitar dirigir la mirada a Guillaume de Nogaret, quien asintió satisfecho. Aquel era el discurso acordado—. Quizá el Temple sea inocente, aunque yo no lo creo. Hay pruebas y testimonios que indican su culpabilidad. Caballeros templarios de renombre han reconocido las acusaciones.

Todo el mundo sabía que aquello respondía a una verdad a medias, pero la realidad no era importante, podía ser transfigurada para servir a los intereses de quien hablaba. Clemente V tosió y en el aire quedó la duda de si lo había hecho por causa de su enfermedad o por desacuerdo con la afirmación del arzobispo de Sens. Guillaume de Nogaret frunció el entrecejo.

—Si la orden es culpable —dijo Felipe de Marigny recobrando el discurso—, ¿no seremos acaso nosotros mismos responsables de todos sus crímenes, si no ponemos coto a sus desmanes? —Los presenten se agitaron incómodos. Aquella perspectiva no podía ser pasada por alto. Fuese cual fuese la conclusión del concilio, sus manos se verían manchadas, de sangre o de sospecha—. ¿Y quién de los presentes puede garantizar que no sea así? ¿Quién pondrá la mano en el fuego por ellos, a riesgo de arder en lo más profundo del infierno?

Guillaume de Nogaret sonrió satisfecho. El arzobispo estaba haciendo un gran trabajo. Acorralaba a los presentes y los hacía culpables en caso de determinar la inocencia del Temple. El consejero real había tenido sus dudas, pero, a la hora de la verdad, estaba interpretando su papel a la perfección. La puerta del salón se abrió de par en par y, para sorpresa de todos, siete caballeros templarios, con Pierre d'Aumont a la cabeza, hicieron acto de presencia.

—¡Nosotros lo hacemos! —bramó con voz profunda—. Nosotros y cada uno de los miembros de la Orden del Temple. Declaramos a la orden libre de las inmundas acusaciones que han sido vertidas contra nosotros.

El caos se instaló en el salón. Varias voces se elevaron a la vez, a favor y en contra del Temple. Solo dos personas permanecieron impasibles. El primero era el propio Clemente V. Parecía cansado, como si el peso del mundo recayese sobre sus hombros. La enfermedad lo había agotado, pero sobre todo la sensación de que, en cualquier circunstancia, él siempre perdería. El segundo era Guillaume de Nogaret. Podría haber perdido el control, pero no lo había hecho. Él aún tenía una carta que jugar, la carta que lo cambiaría todo. Se levantó con parsimonia y abandonó el salón, no sin antes lanzar una mirada burlona a Pierre d'Aumont y dejar caer unas palabras al pasar a su lado.

—Un magnífico espectáculo. Lástima que esté condenado al fracaso.

82

Vienne, 1312

La razón es una fuerza poderosa que nos permite elevarnos por encima de las bestias, crear los más ingeniosos avances, hacer florecer nuevas ideas, alumbrar el más delicado o el más desgarrador arte. Sin embargo, aquellos que no han sido agraciados con el uso de la razón o que, habiéndolo sido, no toleran que la razón de otros no esté al servicio de la suya tienen un arma también poderosa: la fuerza.

El Concilio de Vienne parecía haber sido conducido por la razón. Los más doctos sabios de la Iglesia habían hablado. Las acusaciones habían sido lanzadas y las pruebas habían sido presentadas, defendidas y refutadas. Los numerosos testimonios habían sido escuchados. Las últimas semanas habían transcurrido en una extraña calma. El consejero real, Guillaume de Nogaret, había permanecido extrañamente pasivo, aislado, observando con un semblante pétreo todo cuanto sucedía. Pierre estaba preocupado por la inactividad de su enemigo y así se lo había transmitido a Jacques de Molay.

—Algo está sucediendo. Algo que se sitúa fuera de nuestro conocimiento.

Jacques de Molay no lo veía de igual forma. Él no podía asistir al concilio y su principal fuente de información era Pierre, quien lo visitaba a menudo en su forzado encierro en París. Quizá por la distancia o por el deseo de que aquella pesadilla terminase, se sentía esperanzado.

—Quizá ves peligros donde no los hay. Todos han podido comprobar que la orden es inocente.

Pierre negó con la cabeza. El gran maestre siempre había sido más pesimista que él y ahora no entendía aquel cambio de roles.

—Creedme. Veo el rostro de Nogaret cada día. No es un hombre derrotado, sino alguien que se sabe vencedor. Aquellas palabras que me dirigió...

Vio que Jacques de Molay no le creía. Decidió intentarlo de otra forma.

—Quizá pueda obtener información en Fontainebleau.

Jacques de Molay lo miró con su gesto habitual de censura y enfado. Sin embargo, no dijo nada. A Pierre le pareció que había envejecido, que no poseía la misma fuerza ni la determinación que en él había conocido.

—Haz lo que consideres, pero evita que te maten, o al menos que te capturen. Sabes todo lo que depende de ti.

Pierre regresó a su habitación y se despojó de la capa templaria. La dobló con cuidado y la dejó sobre el camastro. Aquella capa y la cruz en ella tejida se habían convertido en una sentencia de muerte. Acercarse a Fontainebleau vestido de templario hubiese sido una temeridad. Aun así, sentía que quitándosela estaba traicionando, una vez más, a la orden. Aprovechó la oscuridad de la noche para abandonar la Torre del Temple y llegar a Fontainebleau antes del amanecer. Conocía los horarios del monasterio anexo al palacio y sabía que alguna de las hermanas novicias saldría al alba a buscar agua. Necesitaba tener noticias de Elisenda. Cabalgó toda la noche y esperó entre las sombras del bosquecillo que era necesario atravesar para llegar desde el monasterio al río. Escuchó a dos hermanas cuchichear en el silencio de la noche. Cuando estuvieron cerca, Pierre salió de la oscuridad. Las dos mujeres retrocedieron asustadas.

—No temáis —se apresuró a decir—, no os haré daño. Solo quiero preguntaros por una de vuestras hermanas.

La más joven parecía tan aterrada que no mostraba signos de haber entendido la pregunta. Pierre decidió dirigirse directamente a la otra monja, pese a que lo miraba con recelo.

—Busco a Elisenda de Mortain, ¿la conocéis?

La hermana asintió sin responder.

—¿Cómo podría hablar con ella?

La mirada de la mujer se iluminó con el brillo del reconocimiento.

—¿Quién sois? —preguntó.

Pierre dudó si responder. Desvelar su identidad resultaba peligroso, aunque un sexto sentido le decía que lo hiciese.

—Mi nombre es Pierre d'Aumont y soy...

No supo cómo continuar. ¿Quién era él en realidad para Elisenda? ¿Un sueño inacabado? ¿Un espectro del pasado?

—Elisenda me habló de vos —respondió la mujer.

Pierre percibió en el tono de voz de la mujer un deje de

tristeza. No le pasó desapercibido que había hablado en pasado. Un presagio funesto se apoderó de él.

—Por favor —rogó— decidme que Elisenda se encuentra bien.

La mujer agachó la cabeza, como si un recuerdo doloroso la sobrevolara.

—Lo estaba la última vez que la vi.

Pierre dio un paso adelante y ambas mujeres retrocedieron. Levantó las manos en señal de paz.

—¿Qué le ha sucedido?

—No lo sabemos. Un hombre vino a buscarla hace unos meses y se la llevó del monasterio. Los rumores dicen que sigue en Fontainebleau, pero nadie ha vuelto a verla.

El presagio de Pierre comenzaba a tomar cuerpo.

—¿Conocéis el nombre de quien se la llevó?

En el fondo de su ser Pierre sabía la respuesta, pero necesitaba escucharlo. Fue la monja joven la que respondió. Parecía haber recuperado la compostura.

—Todo el mundo lo conoce. Fue el consejero real, Guillaume de Nogaret.

El mundo se detuvo para Pierre. La noche se cerró a su alrededor y el frío penetró hasta lo más profundo de su ser. Quedó silencioso e inmóvil por un tiempo, hasta que oyó la voz de una de las mujeres.

—Habéis prometido no hacernos daño. Dejadnos marchar. Debemos regresar al monasterio. Partimos de palacio.

Pierre reaccionó ante las últimas palabras.

—¿Partís? ¿Adónde? ¿El rey también?

La hermana estaba aún asustada e indecisa.

—Todos. El rey y su ejército al completo. Partimos de forma inmediata hacia Vienne.

83

París, 2024

Luken conducía el automóvil que los llevaba desde el apartamento de Sophie en París hasta la casa de Marcel Roland. La francesa no parecía en condiciones de hacerlo. Se hallaba en estado de shock y ocupaba el asiento trasero sin pronunciar palabra. Habían salido de la ciudad una hora antes y estaban a punto de alcanzar su destino. Por casualidad o porque el hombre que los recibiría así lo había decidido, el pueblo se encontraba junto a Fontainebleau. Luken sabía que aquella había sido la residencia oficial de Felipe IV y que la correspondencia a la que aludía Alain en su tesis había surgido de allí. Llegaron a la casa del estudioso justo a la caída de la noche. Aparcaron frente a esta y Luken y Arianna se dispusieron a bajar del coche.

—Id vosotros —dijo Sophie—. Prefiero quedarme aquí.

Luken intercambió una mirada de preocupación con Arianna, pero decidió dejar que la francesa asimilara la situación a su ritmo. Abrieron la cancela que delimitaba el jardín de la casa y caminaron hacia la puerta. Una luz mortecina emanaba desde una de las ventanas. Llamaron al timbre y esperaron. No sucedió nada. Luken miró a Arianna antes de empujar la puerta y ver cómo se abría en silencio.

—¡Señor Roland! —llamó—. Somos Luken y Arianna. Nos envía Alain.

Luken se sentía mal al utilizar el nombre del fallecido, pero había decidido que solo informaría al experto en el Temple si fuera necesario. No quería ser mensajero de noticias que pudieran comprometer su ayuda y ni siquiera estaba seguro de ser él quien debiera comunicárselo. No hubo respuesta. Una sensación desagradable se apoderó de Luken. Quizá fuera la situación y lo ocurrido con Alain lo que le estaba influyendo. Sin embargo, ¿qué sentido tenía retroceder ahora?

Volvió a llamar al dueño de la casa y avanzó por el pasillo. Al fondo distinguió una puerta entreabierta, de la que salía la luz. Se acercó y la empujó. Parecía un despacho. Entró, con Arianna detrás, y vio a un hombre sentado frente a la mesa. Cuando asimiló la escena ya era demasiado tarde. El dueño de la casa estaba en la silla con los ojos y la boca abiertos y un oscuro agujero en la frente. Luken se volvió en el instante en que la puerta se cerraba tras ellos. Se encontró cara a cara con el hombre de la cicatriz. Les apuntaba con la pistola.

—Volvemos a vernos —dijo con una sonrisa cruel.

Luken retrocedió hasta la mesa y el hombre de la cicatriz hizo un gesto con la pistola a Arianna para que se colocasen juntos.

—He tenido una conversación muy interesante con nuestro amigo común.

Luken se volvió a ver el cadáver de Marcel Roland y se percató de que, junto a él, había una carpeta con solo tres letras. PdA. Pierre d'Aumont. Debía de ser la información que aquel hombre había preparado para ellos.

—Me ha dicho lo que andáis buscando. No os necesito vivos.

—Pero yo sí.

Sophie había entrado al despacho y estaba apuntando al asesino con su pistola. Este no se movió, aunque tampoco hizo gesto de soltar la suya.

—Luken, Arianna. Será mejor que os vayáis. Esperadme en el coche. Él y yo tenemos una deuda que saldar.

Arianna salió de la habitación sin pensárselo, pero Luken recogió la carpeta antes de hacerlo. Miró a Sophie.

—Ten cuidado.

La francesa se aseguró de que estaban solos y volvió a mirar al asesino.

—Tú mataste a Maurice.

—¿Maurice? ¿Quién coño es Maurice?

Sophie sintió que le hervía la sangre. Las imágenes de Maurice muerto en el coche regresaron a su mente, junto con el dolor de una herida que no parecía cicatrizar.

—El hombre que me protegió de ti en Roma.

—¿Era su nombre? Sería alguien querido para ti. No hay que jugar a este juego si no estás dispuesto a perderlo todo y seguir adelante.

El dedo de Sophie se tensó en el gatillo, empujado por la crueldad de aquel asesino sin principios. Trató de controlar el odio que estaba tomando el control de su ser.

—¿Quién te envía? ¿Por qué queréis matarnos?

El asesino negó con la cabeza con una sonrisa irónica, como si la vida y la muerte fuesen solo un juego para él. Resultó demasiado para Sophie. Sabía que era necesario sacarle información, incluso una confesión. Podía hacer las llamadas oportunas, pero aquello se había convertido en algo personal. Fue a apretar el gatillo, pero el hombre reaccionó con rapidez. Se volvió y golpeó el brazo de ella. Sophie no soltó la pistola. Tenía entrenamiento militar, lo había querido así por si algún día lo requería. Había llegado el momento. Forcejearon durante unos segundos, tratando de evitar que la pistola del otro disparara. Fracasaron. Sonaron dos disparos al tiempo.

Luken y Arianna oyeron las detonaciones desde el coche. Por un instante se miraron sin saber qué hacer. Luken iba a bajar del coche cuando la puerta de la casa se abrió con brusquedad. Apareció Sophie y Luken respiró aliviado. La mujer se dirigió al coche y se dejó caer dentro.

—¿Está muerto? —preguntó Arianna.

—Lo está —respondió mientras se desabrochaba el abrigo.

Una enorme mancha de sangre se extendía por su blusa. Luken miró a Sophie, que le devolvió una mirada triste.

—He fracasado. El destino ha querido que pague por ello.

—Te llevaremos a un hospital. Te pondrás bien.

Sophie negó con la cabeza. Parecía resignada, como si asumiera este final.

—Es demasiado tarde para mí, pero no para vosotros.

—Aún no. Aguanta.

Luken sentía que estaba viviendo una pesadilla. Le invadió una sensación de irrealidad. Sophie levantó la mano y acarició el rostro de Luken.

—Iona. Ve a Iona. Ahora es vuestro turno —añadió mirando a Arianna.

Fueron sus últimas palabras. Luego, la vida se apagó en sus ojos.

84

Fontainebleau, 1312

Pierre d'Aumont contemplaba sobrecogido el inmenso ejército que partía desde el palacio de Fontainebleau. Una parte del contingente militar debía de haber llegado la tarde anterior proveniente de varias guarniciones de todo el territorio. Acampados en la amplia planicie que rodeaba el palacio, habían hecho noche a la espera de su rey. Pierre se había visto obligado a esconderse, aunque la guardia que el ejército había establecido era mínima. No parecían temer ser atacados en el corazón de la misma Francia.

Por la mañana un estruendo de trompetas había alertado de la inminente aparición de Felipe IV. Las puertas del palacio se habían abierto y el rey, escoltado por la guardia real, se había presentado sobre un caballo blanco. Su porte era regio, por no decir arrogante. Su juventud, su gallardía hicieron que todos admirasen al monarca. A su lado cabalgaba Guillaume de Nogaret. Pierre oyó el rechinar de sus propios dientes. Aquellos dos hombres, junto a un pusilánime Clemente V, eran los instigadores de la persecución al Temple. Deseó acabar con sus vidas, pero todo el ejército francés se interponía. Además, un intento de magnicidio ejecutado por un caballero templario solo precipitaría la caída de la orden. Sentía la rabia invadir su interior, perturbando sus pensamientos, arrasando con sus principios y sus valores.

El ejército tardaría cuarenta días en llegar a Vienne, algo más si el invierno mantenía su crudeza. Él solo a caballo podía hacerlo en diez, quizá ocho, pero ¿de qué serviría? ¿Podían los templarios levantarse contra el rey de Francia? ¿Cuántos caballeros sería capaz de reunir en tan poco tiempo? Debía hablar con Jacques de Molay cuanto antes y recibir instrucciones. También necesitaba rescatar a Elisenda. Era el momento perfecto, con todo el séquito del rey abandonando Fontainebleau. ¿Qué haría primero? Conocía su deber, pero, si acudía a París a hablar con Jacques de Molay, este lo enviaría en alguna misión o lo haría retornar a Vienne. Perdería la oportunidad y quizá nunca volviese a ver a Elisenda.

Observó partir al ejército del rey y supo que debía tomar una decisión que lo acompañaría el resto de la vida. Entonces se le ocurrió una idea. Recordó que cerca de allí había una pequeña encomienda templaria. Baudelut. El nombre vino a su mente con un halo de esperanza. Tomó la montura y, sin prestar atención al inmenso ejército que se ponía perezosamente en movimiento, se lanzó al galope hacia su primer destino.

Alcanzó Baudelut unas horas más tarde, con el sol alto en el horizonte, cuando la cola del ejército francés aún debía de poder divisarse desde Fontainebleau. No tenía tiempo para muchas explicaciones. Pidió a gritos otra montura y que alguien le facilitase papel y pluma. Era tanta su determinación que nadie se atrevió a interrogarle. Todos conocían a aquel caballero templario curtido en Tierra Santa y mano derecha del gran maestre.

Redactó dos cartas. La primera para Jacques de Molay, en la que le informaba de la situación y de su intención de liberar a Elisenda de Mortain de su cautiverio en Fontainebleau para descubrir si había confesado el secreto del Temple. También le anunciaba que, si todo iba bien, se presentaría al día siguiente en París. La segunda carta iba dirigida al contingente templario en Vienne. Los avisaba de la llegada del ejército francés y les anunciaba que recibirían instrucciones del gran maestre.

—Preceptor —dijo al responsable de la encomienda—, haced llegar ambas cartas a París y a Vienne tan rápido como os sea posible. No tardéis, de ello depende la supervivencia de la orden.

No bien hubo terminado sus palabras y sin esperar respuesta, tomó la nueva montura y partió al galope de regreso a Fontainebleau. Debía llegar allí al anochecer. La oscuridad sería su mejor aliado. Trató de borrar la idea que acudía a su mente: era una misión desesperada.

85

Fontainebleau, 1312

El palacio de Fontainebleau había quedado casi vacío. El silencio se había apoderado de los pasillos, jardines y patios. Unos pocos soldados vagaban por allí, la pequeña guarnición que se había quedado, satisfechos de no tener que arrastrarse durante semanas, en pleno invierno, hacia un destino que nadie comprendía.

Era la ocasión propicia. Sin embargo, el palacio resultaba inmenso. Buscar a Elisenda parecía una misión imposible, suponiendo que estuviera allí y que siguiera viva. Pierre esperó a que el mundo se sumergiera en las sombras. Dejó su montura en la espesura del bosque. Recorrió en silencio la zona más alejada de la puerta del palacio, observando a los guardias, hasta encontrar el lugar adecuado. Uno de ellos dormía y emitía ronquidos guturales. Lanzó una escala y subió, sabiendo que aquel sería el primero de muchos momentos críticos. Temía escuchar a cada instante la voz de alarma, pero esta no llegó. Se dejó caer en el interior, en la esquina de un inmenso jardín. Trató de orientarse, trayendo a su memoria el recuerdo de su única visita al palacio junto a Jacques de Molay, pero la noche desdibujaba las distancias y las formas. El jardín, sin embargo, era su aliado, proyectaba sombras que confundían la vista de los soldados y el suelo mullido amortiguaba sus pasos.

Avanzó con sigilo, asegurándose de que nadie hacía la ronda por la zona. De vez en cuando una luna tibia se dejaba ver entre las nubes, lo que le permitía orientarse, aunque también le hacía más vulnerable. En esos momentos se fundía con las sombras y esperaba. Llegó hasta el palacio principal, que permanecía silencioso. Algunas pocas luces indicaban que no estaba vacío. Un guardia descansaba con porte poco marcial junto a la puerta principal. Pierre sopesó la posibilidad de dejarlo fuera de combate, pero aquello podía alertar a la guardia. Debía evitar llamar la atención. No sabía dónde encontrar a Elisenda ni cuánto tiempo podía necesitar. El sigilo era su mejor arma. Retrocedió y buscó otro lugar por el que entrar. Comenzaba a pensar que no tendría éxito hasta que encontró una pequeña puerta abierta. Se acercó y escuchó en la oscuridad. Nada. Cruzó el umbral y avanzó por un pasillo en penumbra. Percibió un sonido al fondo, el entrechocar de cazuelas y platos. Casi sonrió, estaba junto a las cocinas. Avanzó, sabiendo que en cualquier momento se toparía con alguien del personal de servicio.

Se halló frente a dos escaleras, una que subía y otra que descendía. Dudó, pero escogió la que descendía. Si Elisenda estaba presa, debía buscar en las mazmorras. Se internó por pasillos que desprendían humedad y olor a moho y orines hasta encontrar una puerta con una pequeña ventana enrejada. Intentó abrirla, pero permaneció cerrada. Echó un vistazo a través de la reja. Eran las mazmorras.

De pronto una voz surgió desde el interior. Parecía malhumorada.

—¡Otra vez! ¡Cuántas veces te he dicho que no olvides las llaves, Benoit!

Pierre oyó pasos del otro lado de la puerta, que se abrió con brusquedad. Un rostro enfadado se transformó en sorprendido. Pierre apenas tuvo tiempo de reaccionar. Desenvainó su daga y la dejó apuntando al cuello del carcelero. Con la mano izquierda hizo una señal de silencio. El carcelero asintió con los ojos fuera de las órbitas. Entraron en la zona de mazmorras y Pierre cerró la puerta tras de sí.

—Si me obedeces, sobrevivirás. Elisenda de Mortain. ¿Dónde está?

El carcelero negó con la cabeza y Pierre apretó la punta de su daga. Un hilo de sangre se deslizó por el cuello del carcelero.

—No voy a repetir la pregunta.

—Aquí no —respondió el hombre con voz casi inaudible—. Estuvo unas semanas, pero hace tiempo que se la llevaron.

Pierre miró al carcelero con desconfianza, tratando de adivinar si le estaba mintiendo.

—¿Adónde?

—No lo sé —se apresuró a responder. Luego, viendo la mirada de Pierre, corrigió—. Dicen que el consejero real la retiene en sus aposentos.

Pierre tenía la información que quería, o al menos la que necesitaba escuchar, en lo que había decidido creer. Pidió al carcelero que le indicase el camino hasta los aposentos de Nogaret.

—Solo he estado allí una vez —suplicó.

Sus explicaciones fueron poco precisas, pero su mirada de desesperación hizo comprender a Pierre que era cuanto parecía saber.

—Habéis prometido que no me mataréis.

Pierre no respondió. Retiró la daga del cuello y, con entrenada precisión, golpeó la sien del hombre con la empuñadura. El carcelero se desplomó como un fardo. Recorrió las celdas hasta comprobar que Elisenda no se encontraba allí. Entonces se percató de que el otro carcelero podía llegar en cualquier momento y que daría la voz de alarma al ver a su compañero caído. Todos buscarían al intruso que había causado el incidente. Tomó una decisión. Abrió una a una las celdas y liberó a los presos. Generaría caos en el palacio y entretendría a los guardias, que pensarían en una fuga desde el interior. Asió el cuerpo del carcelero, lo introdujo en una celda vacía y lo cubrió con mantas.

—¡Huid, ahora que estáis a tiempo! —dijo ante la atónita mirada de la media docena de presos.

Se deslizó por los pasillos siguiendo las indicaciones del carcelero. El recorrido se le hizo interminable; cada recoveco, una amenaza; cada bifurcación, una duda, siempre con la sensación de que se equivocaría. De pronto se encontró frente a una puerta. El escudo real estaba tallado en la madera. Si las instrucciones eran correctas, debían de ser las dependencias del consejero. No tenía tiempo. De una patada derribó la puerta y se precipitó en el interior. Recorrió la estancia buscando alguna celda donde pudiese hallarse retenida Elisenda. En una de las esquinas había una pequeña puerta. Intentó abrirla sin éxito. Golpeó y llamó hasta que oyó una débil voz del otro lado.

—¿Pierre?

Varias sensaciones se agolparon en su corazón. Por un lado, alegría por haber encontrado a Elisenda; por otro, temor por su estado.

—¡Apártate de la puerta! —gritó sin poder esperar más.

La puerta de la celda era más resistente que la exterior y, por un instante, Pierre pensó que no sería capaz. No podía rendirse, la voz de Elisenda sonaba débil y angustiada. Reunió todas sus fuerzas y lanzó una patada. Oyó crujir la madera y los goznes desplazándose de su lugar. Consiguió romperla y se apresuró a entrar. Elisenda estaba encogida sobre un pequeño camastro, apenas cubierta por unos trapos sucios, el pelo enmarañado y el rostro macilento. Era la viva imagen del desamparo. Sin embargo, levantó la mirada y trató de sonreír.

—No he hablado. No le he dado lo que buscaba.

Aquellas palabras se hundieron como cuchillos en el corazón de Pierre. Se sintió culpable de lo que le había sucedido a Elisenda. La había involucrado en el secreto del Temple poniéndola en peligro. No podría perdonárselo a sí mismo jamás. Y, a pesar de ello, no pudo dejar de sentir admiración por la entereza y la resistencia de la joven. Se acercó y trató de ayudarla a incorporarse, pero no parecía tener fuerzas para andar. Pierre la cogió en brazos, dándose cuenta de lo ligera que parecía. Se dirigió hacia la salida, y al pasar junto a la mesa del consejero real vio sobre la misma varios papeles.

No podía perder aquella oportunidad. Después de retirar la sábana, depositó a Elisenda con delicadeza en el lecho y luego la cubrió con ella. Regresó a la mesa y empezó a estudiar los documentos. De pronto tuvo en las manos uno que le hizo abrir mucho los ojos. En aquel momento oyó voces en el patio de palacio. Los guardias gritaban órdenes y perseguían a los fugados. El tiempo se acababa. Pierre guardó el documento bajo la capa y recogió a Elisenda. Avanzó con cautela, aguzando los sentidos en la oscuridad, temiendo encontrarse con los guardias en cualquier momento. Fuese por suerte o porque estaban ocupados persiguiendo a los presos liberados, Pierre pudo abandonar el palacio. Se detuvo entre los arbustos del inmenso jardín a tomar resuello y decidir el siguiente paso. No podía salir por donde había entrado, ya que Elisenda jamás podría trepar el muro, y las puertas estarían vigiladas hasta que capturaran a todos los fugados.

Dejó a Elisenda entre los arbustos y buscó un lugar seguro en una zona más frondosa. Cuando lo encontró, tomó a la joven en brazos y la llevó hasta allí. La acostó en el suelo y la cubrió con su capa. Se tumbó junto a ella para darle calor y esperó. Ella apenas se movía, como si las fuerzas la hubieran abandonado, y Pierre sintió la angustia agolparse en su pecho. No sabía cuánto tiempo había transcurrido cuando dejó de oír voces. La caza de los presos había terminado. Decidió arriesgarse. Se dirigió a una de las puertas, donde un guardia vigilaba la entrada. Se acercó a él por detrás y, cuando este quiso reaccionar, Pierre lo sujetaba por detrás presionando su cuello. No quería matar, solo dejarlo inconsciente. Regresó junto a Elisenda, que permanecía dormida agitándose en sueños. Se quedó mirándola, imaginando lo que habría sufrido en manos de aquel hombre cruel. La cargó en sus brazos, se deslizó hasta la puerta y desapareció en la noche.

86

París, 1312

La distancia es un concepto relativo. Entre el palacio de Fontainebleau y la Torre del Temple en París podía medirse como un día a caballo o dos días a pie. Pierre iba a caballo, pero el estado de Elisenda solo le permitía progresar al paso de un niño. Mientras tanto, el rey y su ejército avanzaban sobre Vienne, y Jacques de Molay le esperaba en París. Sabía que los documentos que portaba podían ser cruciales en el concilio en el que se estaba decidiendo el futuro de la orden.

Tardaron tres días en cubrir la distancia, tres días en los que el deber hacia el Temple y la necesidad de salvar a Elisenda se enfrentaban en su interior causándole un dolor insoportable. Elisenda no hablaba, solo apretaba los dientes sobre la montura o se revolvía en medio de sus pesadillas. Cuando la lucidez se apoderaba de ella, le sonreía, y aquella sonrisa le recordaba que hacía lo correcto, aunque no fuera lo adecuado. Llegó a París la mañana del tercer día desde su partida de Fontainebleau y se dirigió con Elisenda en brazos a la enfermería de la orden.

—Cuidadla como si de vuestra propia vida se tratase —le dijo al monje al cargo, antes de dirigirse a ver al gran maestre.

Jacques de Molay había envejecido. La reclusión forzosa, las torturas sufridas y la incertidumbre se estaban cobrando un precio. Sin embargo, su mirada seguía siendo perspicaz, y su voz, poderosa.

—¿Qué noticias me traes? No has llegado solo. ¿Quién es ella?

—Elisenda de Mortain. Mi cuñada. —Jacques de Molay le miró sin decir nada. Parecía esperar a que Pierre continuarse con su explicación—. Guillaume de Nogaret la tenía secuestrada. Creo que la ha torturado. El consejero sabe que el manuscrito existe.

Jacques de Molay fue incapaz de mantener la compostura. Sus manos se tensaron y un rictus de preocupación dominó su rostro. «Le importa más el manuscrito que su propio destino», pensó Pierre, aunque se abstuvo de verbalizarlo.

—Cuando entré en Fontainebleau para liberar a Elisenda encontré este documento en los aposentos de Guillaume de Nogaret.

Pierre tendió los papeles al gran maestre, que los leyó con avidez. Jacques de Molay se levantó con dificultad y los dejó sobre la mesa.

—Esto demuestra lo que sospechábamos —dijo volviendo a sentarse, como si un súbito agotamiento se hubiera apoderado de él.

—Acudiré a Vienne y presentaré los documentos a Clemente V —propuso Pierre.

—Hazlo, aunque no cambiará el resultado del concilio.

Pierre no podía creer lo que estaba escuchando. Si el papa leía aquellos documentos no le quedaría más opción que exonerar a la orden.

—Lo cambia todo —respondió con tozudez—. Demuestra que las acusaciones contra nosotros son un invento del rey para acabar con la orden.

Jacques de Molay suspiró.

—Aún no lo entiendes. Nuestras capas blancas no sobrevivirán al rey negro.

Había pronunciado la frase como una sentencia de muerte, con la convicción del realismo y la aceptación.

—Aun así, debemos intentarlo —protestó.

Jacques de Molay asintió, pero era un hombre derrotado.

—Protege el manuscrito y las llaves, no dejes que la caída de la orden te arrastre. El resto estamos perdidos. Prométeme que cuidarás de nuestro secreto.

Pierre se dio cuenta de que no podía convencer al gran maestre. Soltó el aire en un suspiro de resignación.

—Así será. Prometedme vos que cuidaréis de Elisenda hasta mi regreso. No sé si algún día podré perdonarme el daño que le he hecho.

El gran maestre sonrió con timidez.

—Lo harás, créeme. Volverás a por ella, pero ahora debes partir. Galopa con el viento. El último galope de un caballero templario.

87

París, 2024

Habían pasado doce horas desde el instante en que Sophie había muerto, aunque ni Luken ni Arianna hubiesen sido capaces de determinarlo con una mínima precisión. Había amanecido, pero seguían retenidos en sendas celdas, sin ventanas, sin ningún contacto con el exterior ni entre ellos.

Se habían visto forzados a llamar a la policía. Ninguno de los dos sabía qué más podían hacer. En el coche estaba el cadáver, aún caliente, de Sophie. En la casa, donde no habían vuelto a entrar, se hallaban dos cadáveres más. La policía tardó veinte minutos en aparecer. Oyeron las sirenas a lo lejos y vieron las luces de un coche patrulla, el primero de los muchos que vendrían después. Con ellos llegaron las preguntas, primero en el mismo lugar, luego en la comisaría de aquel pequeño pueblo. Después vino el traslado a París, donde las preguntas se repitieron una y otra vez. Fueron separados, cuestionados y amenazados. Luken y Arianna sabían que solo la verdad era importante, que solo ella los sacaría de aquel atolladero. La verdad es la única explicación que no tiene fisuras.

Las horas transcurrieron lentas, agotadoras. Los gendarmes nunca parecían satisfechos. Buscaban lagunas, diferentes matices, inconsistencias. Luken lo entendía. Tenían tres cadáveres. Cuatro, si contaban con el de Alain. Uno de ellos sin identificar. Otro pertenecía a la mujer conocida en todo el mundo como la líder de una secta secreta. Incluso si no era del todo verdad, para la opinión pública siempre sería así. En uno de los descansos, Luken se quedó dormido, sentado en una silla y con el cuerpo descansando sobre la mesa de interrogatorios. Se despertó al escuchar el sonido de la puerta de la celda. Comenzaba a conocerlo de memoria. Esa vez se sorprendió al ver entrar a Arianna. Su rostro mostraba signos de cansancio, las ojeras se le habían acentuado y, por primera vez, iba despeinada.

—¿Estás bien? —preguntó él.

Ella asintió mientras le quitaban las esposas y la sentaban a su lado. El policía salió de la celda, pero regresó instantes después con dos vasos de agua. Bebieron con avidez.

—¿Qué te han preguntado?

—Supongo que lo mismo que a ti. Decenas de veces. Nunca parece ser suficiente.

La puerta se abrió y entró un hombre de mediana edad. Vestía un traje caro, de factura impecable. No dijo nada, ni se presentó. Colocó un maletín sobre la mesa, se sentó y lo abrió con movimientos milimétricos, los de alguien acostumbrado al ritual. Sacó dos papeles, los depositó sobre la mesa y los giró para orientarlos hacia ellos dos. A continuación, puso encima sendos bolígrafos.

—Soy su abogado. Es decir, lo seré si firman estos documentos.

Luken y Arianna se miraron sin comprender.

—No hemos pedido ningún abogado.

—Muy inteligente por su parte. Si lo hubieran hecho, les habrían asignado uno de oficio. Todo habría sido más difícil. Bien, si firman, pagaré su fianza y podremos irnos.

—¿Fianza? ¿Por qué tenemos una fianza? ¿Y por qué la pagaría usted? —preguntó Arianna.

—Sí —apoyó Luken—. ¿Quién es usted?

El abogado los miró como si los viera por primera vez.

—Disculpen mis modales. Soy Eugene Lavoisier, socio del bufete Lavoisier y Asociados. He sido contratado por una entidad cuyo nombre no puedo desvelar, para sacarlos de aquí.

Luken desconfiaba de aquellos que parecían querer ayudarle desinteresadamente. Se inclinó hacia delante.

—Señor Lavoisier. Solo tengo una pregunta para usted. ¿Por qué?

El abogado parpadeó perplejo, como si aquella fuese la pregunta más extraña que le hubiesen hecho en su vida.

—Tengo entendido que son ustedes inocentes. La entidad a la que yo represento desea que ustedes recuperen su libertad. Sin ningún *quid pro quo*. Solo libres.

Arianna se adelantó. Tomó el bolígrafo y estampó su firma.

—¿Nos vamos? —preguntó.

Luken suspiró y firmó su documento. El abogado tomó ambos, los introdujo en su maletín y lo cerró. Se levantó, golpeó con los nudillos la puerta y esperó a que el policía abriese. Cinco minutos después regresó.

—Son libres —anunció—. Pero antes de que salgan de

aquí tengo que entregarles un documento. —El abogado volvió a abrir su maletín—. Mis representados me han pedido que se lo haga llegar.

Dejó sobre la mesa una bolsa de plástico transparente con lo que parecía una copia de un documento antiguo.

—¿Qué es? —señaló Arianna.

—No lo sé —respondió el abogado—. Espero que ustedes sí.

88

Vienne, 1312

El ejército francés, con el rey Felipe IV a la cabeza, se hallaba frente a las puertas de Vienne. Cinco mil soldados alistados para una guerra que no existía. Al frente, y rodeando al rey, estaba la guardia real. Junto a él, Guillaume de Nogaret. El consejero real jamás se había sentido mejor. Era el hombre más envidiado del reino. También el más odiado, pero aquello le hacía sentirse aún más poderoso. El ejército no había ido a luchar, sino a demostrar quién ostentaba el poder. El principal destinatario de aquella exhibición era Clemente V. El rey quería transmitir al sumo pontífice que su vida dependía de la corona, que el capricho del monarca podía suponer su regreso a Roma. Ni siquiera necesitaría mancharse las manos de sangre. Allí, la cabeza de Clemente V no se sostendría sobre sus hombros. La demostración de poder también iba dirigida al populacho. Debía recordarles quién mandaba y que en Francia el poder eclesiástico siempre estaría subordinado al poder real. Por último, y tan relevante como los anteriores, la llegada del ejército buscaba dejar un mensaje nítido a los templarios. No había esperanza para ellos.

Pierre d'Aumont no tenía tiempo para salir a admirar el ejército de Felipe IV. Llevaba dos días intentando tener una audiencia con Clemente V, pero este no quería recibirlo. Los templarios que junto a él habían hecho acto de presencia ante el concilio seguían allí, defendiendo los intereses de la orden, dando testimonio en defensa de su honor. Sin embargo, el tiempo se terminaba para ellos. Pierre sabía que, bajo la presión del rey, el sumo pontífice acabaría por ceder. Era imperativo que lo recibiera y viese los documentos. Tomó una decisión arriesgada. Se presentó en las dependencias de Clemente V.

—No me moveré de aquí hasta ser recibido por el sumo pontífice. Traigo un mensaje del gran maestre de la orden. Es cuestión de vida o muerte.

El secretario papal le había mirado estupefacto y había tratado de convencerlo. Pierre se mostró inflexible. No tenía nada que perder. Transcurrieron varias horas antes de que el secretario regresase y le anunciara:

—El sumo pontífice lo recibirá en unos instantes.

Pierre entró en las habitaciones privadas de Clemente V con paso decidido. Lo encontró sentado en la cabecera de una larga mesa cubierta de documentos. Levantó la mirada con un gesto ceñudo hacia Pierre. Cuando el templario fue a acercarse lo detuvo con un ademán.

—Sois pertinaz ante las negativas.

Pierre no se arredró.

—Santidad, cuando conozcáis lo que he de deciros entenderéis mi, de otra forma, inexcusable comportamiento.

Pierre tendió el documento y esperó, con el corazón latiendo desbocado. Clemente V hizo un gesto a su secretario, que tomó el documento de manos de Pierre y se lo acercó. El sumo pontífice lo leyó con una calma que contrastaba con el torbellino interior de Pierre.

—¿Y bien? —preguntó Clemente V dejando el documento sobre la mesa.

—Es una carta del consejero real dirigida al rey. Reconoce que la orden es inocente de los cargos, que todo ha sido un infundio para hacerse con nuestros bienes.

Clemente V se levantó del sillón. Lo hizo con calma, sin mirar a Pierre, como si estuviera meditando las palabras.

—Ya sé que la orden es inocente. Siempre lo he sabido.

Pierre tardó unos instantes en comprender las implicaciones de tal revelación.

—El rey tiene sus secretos —continuó Clemente—. El Temple también tiene los suyos —añadió lanzando hacia Pierre una mirada de reproche—. Pero, en fin, hace tiempo que todo esto es irrelevante.

El sumo pontífice volvió a sentarse en el sillón y, para sorpresa del templario, rompió el documento en pedazos, que arrojó al suelo.

Pierre miró horrorizado a Clemente V.

—¿Dónde queda la verdad? ¿Dónde queda el honor?

—Mas allá de mi control. Sepultados bajo el peso de un monarca que no conoce límites.

Pierre salió de los aposentos con una mezcla de rabia, desolación e incluso un odio que no había conocido antes y que le ascendía por la garganta hasta ahogarlo. Aun así, su mente no cesaba de buscar alternativas a la desesperada situación en la que se encontraban. Echaba de menos tener cerca a Jacques de Molay, poder hablar con él y hallar juntos una solución. El gran maestre le había anticipado que aquel sería el destino de la orden. Una vez más había sabido leer el futuro que les aguardaba y había abandonado toda esperanza. Salió del palacio episcopal y dirigió sus pasos hacia la casa de la orden en Vienne. Iba sumido en sus pensamientos. La noche caía y las sombras parecían solidificarse a su alrededor. Las calles estaban vacías y solo llegaban hasta él los sonidos de los gatos y otras bestezuelas hurgando en los callejones, y las voces amortiguadas de los habitantes de Vienne en sus casas.

Oyó unos pasos a su espalda. Aún se encontraba lejos de la casa de la orden y por su mente pasó la imagen del consejero real y sus secuaces. Giró en un callejón y se perdió en la oscuridad. Instantes después los pasos se materializaron en el callejón y apareció una sombra embozada. Pierre no estaba dispuesto a morir en aquel sucio lugar. Desenvainó y, antes de que el desconocido pudiera reaccionar, la punta de su espada descansaba en su cuello.

—¿Quién eres? ¿Por qué me persigues?

El encapuchado levantó las manos en signo de rendición y balbuceó unas palabras.

—¡No me matéis! ¡Vengo a advertiros!

—¿Advertirme de qué?

El hombre parecía asustado de verdad y miraba con desconfianza a su alrededor.

—No vayáis a la casa del Temple. Me envía el sargento a deciros que los hombres del rey han apresado a todos los caballeros de la orden. Os buscan. Guillaume de Nogaret ha ofrecido una recompensa de dos mil florines por vos.

El mundo se hundió bajo los pies de Pierre. La última esperanza se desvanecía. ¿Qué podía hacer él solo? La orden iba a ser condenada, muchos caballeros habían sido asesinados o detenidos, el gran maestre sería juzgado y condenado. ¿Y él? ¿Era su destino caer con la orden? Recordó las palabras de Jacques de Molay: «Protege el manuscrito y las llaves, no dejes que la caída de la orden te arrastre». ¿Qué futuro le esperaba si separaba su destino del resto de la orden? ¿Huir eternamente? El encapuchado abrió su capa y le entregó una capa negra, sin adornos, sin la cruz patada en el pecho.

Pierre sintió que todo a su alrededor se había transformado en una pesadilla. Tomó la capa de las manos del hombre y la miró. Sentía miedo, rabia, pero sobre todo humillación. Sentía que traicionaba a sus hermanos, a la orden, al ideal bajo el cual había combatido tantos años. Una lágrima se deslizó por su mejilla y el encapuchado apartó la mirada avergonzado; también había retirado los emblemas de la orden de su propia vestimenta. Le habían encomendado el deber de proteger el legado, el secreto de la orden, y el precio a pagar sería su propio honor.

89

Vienne, 1312

Era el último día del Concilio de Vienne. Varios meses de deliberaciones, de testigos, de audiencias públicas y discretos conciliábulos habían conducido hasta aquel momento. El populacho se agolpaba frente a la puerta del palacio episcopal. Querían presenciar por sí mismos cómo el poder de Roma y el de París llegaban hasta Vienne, deseaban ver los oropeles, los tules, pero también las espadas y las brillantes armaduras. Para la mayoría sería la primera oportunidad de ver un rey. Quizá también la última.

Había un hombre al que todo aquello no le importaba. Pierre d'Aumont trataba de pasar desapercibido entre la muchedumbre. Vestía una capa negra, sin adornos, y llevaba la cabeza cubierta por una capucha. Aún no lo sabía, pero nunca volvería a lucir las insignias templarias. Oyó las voces y los gritos de los presentes cuando la comitiva real se acercó. La encabezaba la guardia real, acompañada por soldados que abrían el paso mediante el expeditivo uso de bastones si era necesario.

El rey montaba su corcel blanco y a su lado cabalgaba

el consejero real en animada conversación. No parecían preocupados por el resultado del concilio. Las esperanzas de Pierre habían desaparecido. Solo la furia y una fría determinación anidaban en su alma. Había visto todo cuanto necesitaba ver. Se retiró mientras oía la carcajada de Nogaret ante alguna broma real.

El gran salón del palacio episcopal estaba preparado para el evento. Más de cincuenta invitados se sentaban alrededor de la enorme mesa. Habían asistido representantes de los reinos desde todos los confines de la cristiandad. Muchos hablaban extraños idiomas. Algunos llevaban meses allí, otros habían acudido cuando el final del concilio se había anunciado. Todos coincidían en su interés por conocer el desenlace de aquel sinsentido, pero algunos también por recoger los restos del naufragio. Si se ordenaba la disolución de la orden, la inmensa fortuna tendría muchos pretendientes. También se hallaban allí casi todos los obispos y arzobispos de Francia. Un concilio como el de Vienne era el lugar perfecto para dejarse ver, para postularse para nuevos cargos, para medrar. Por supuesto, también estaba el interés eclesiástico, pero este solo atraía a los hombres más piadosos, pendientes por los asuntos de Dios y no los de los hombres.

El rey de Francia ocupaba la posición privilegiada. Detrás del rey se sentaba el consejero real, con quien compartía confidencias entre sonrisas relajadas. Su gesto era ganador, el de quien está allí para recoger el fruto de su trabajo. A la derecha del monarca estaba Clemente V. Ambos hombres no se dirigían la mirada y solo el saludo protocolario los había acercado por un instante. El sumo pontífice portaba la tiara papal, recuperada para la ocasión tras el desastre de la coronación. No le gustaba llevarla, le producía una sensación de funesta premonición, pero necesitaba demostrar que era el representante de Dios en el mundo. Alrededor de la mesa pululaban innumerables sirvientes y lacayos. Clemente V contempló a los presentes. Ni una sola cruz patada, ni una sola capa blanca. No había nadie para defender a la orden que más fiel había sido al papado y a la cristiandad. No pudo evitar la sensación de que los traicionaba. Tuvo que recordarse que todo era por un bien mayor. No el suyo propio, sino el que podía traer al mundo siendo el sumo pontífice.

Clemente V miró al arzobispo de París y asintió. Este sería el encargado de leer las conclusiones del concilio. El arzobispo carraspeó nervioso antes de tomar la palabra. Mientras leía la introducción y los saludos protocolarios fue tomando confianza. Nadie parecía prestar mucha atención hasta que llegó el primer momento clave.

—Tal y como ha establecido Su Santidad Clemente V, la presente bula será leída en público en todas las iglesias de la cristiandad en el plazo de treinta días. Si alguien hablare o protestare durante la lectura, será castigado con pena de excomunión.

Se hizo el silencio en el salón. Aquello significaba que se temía una reacción a la sentencia y se buscaba acallar las voces disidentes. El arzobispo continuó con la lectura hasta el momento que todos esperaban:

—Este concilio, tras todos los testimonios y declaraciones y pruebas aportadas, e iluminado por la preclara luz de Nuestro Señor y su representante en la Tierra, nuestro papa Clemente V, establece que no se ha demostrado la culpabilidad de la Orden del Temple.

Un murmullo se alzó entre los presentes. Todos esperaban que la orden fuera declarada culpable. Sin embargo, el rey y Guillaume de Nogaret no parecían preocupados. Permanecían serios, lo que solo podía significar su desacuerdo, pero también que estaban seguros de lo que vendría a continuación.

—Sin embargo —continuó el arzobispo alzando la voz para acallar los murmullos—, creemos que, como medida cautelar y por decisión apostólica, ante la desacreditada situación en la que ha quedado, no existe otra opción que disolver la Orden del Temple.

Varias voces, principalmente de los enviados de los monarcas extranjeros se alzaron en señal de protesta. Consideraban incomprensible la disolución al haber sido declarados inocentes. El arzobispo intentaba acallar el tumulto blandiendo la amenaza de excomunión, pero Guillaume de Nogaret sonreía. Los bienes del Temple en Francia serían suyos. Había logrado su objetivo, la promesa hecha tiempo atrás a Felipe IV de que haría desaparecer la deuda del reino como si nunca hubiese existido. Solo algo le inquietaba, algo que hacía que su felicidad no fuese completa. No había sido capaz de descubrir cuál era el secreto que el Temple había escondido con tanto celo. Ahora solo quedaba una posibilidad. Jacques de Molay había perdido la protección de una orden que no existía. Tras aquella sentencia estaría de nuevo a su alcance. Esperaba que esa vez, liberado de las restricciones que había tenido con el gran maestre debido a su cargo, la tortura fuese más efectiva.

90

París, 1312

El caballo de Pierre d'Aumont volaba como el viento. Lo estaba sometiendo a un esfuerzo que quizá no lograra soportar. Despedía volutas de sudor y su respiración era agitada, pero mantenía el ritmo sin desfallecer. Pierre necesitaba llegar a París antes que las noticias del Concilio de Vienne. Solo así tendría la oportunidad de hablar con Jacques de Molay y convencerlo de que huyera. Debía salvar lo que quedaba de la orden. En París también estaba Elisenda de Mortain. Ansiaba verla, aunque trataba de alejarla de su mente. El Temple requería toda su energía. «Quizá más adelante», se dijo. Siempre había sido así: más adelante. Siempre el Temple se había cruzado entre ellos, desde que su padre había tomado la decisión de enviarlo a Tierra Santa. Una vez más, ella sería la sacrificada.

Bajó de su montura en París con el cuerpo entumecido. Se obligó a un pequeño esfuerzo más y subió las escaleras tras asegurarse de que su caballo recibía atención. Se dirigió hacia los aposentos del gran maestre. Lo encontró trabajando en su mesa, aunque le pareció más encorvado, había perdido peso y su presencia física resultaba menos intimidante.

—Veo por tu rostro que no traes buenas noticias.

Pierre negó con la cabeza.

—Clemente V ha disuelto la orden. Nuestros bienes deben ser entregados. Todo caballero inocente o reconciliado será libre.

—¿Y los culpables y relapsos?

Jacques de Molay había hecho aquella pregunta con una sonrisa triste, la de un hombre derrotado al que todo le ha sido arrebatado y que sabe que su destino no depende de sí mismo. Pierre se acercó a él y colocó ambas manos sobre los brazos del anciano.

—¡Debemos huir!

—¡¿Huir?!

La pregunta había sido hecha con sorpresa, como si esa posibilidad jamás se le hubiese pasado por la cabeza.

—No —continuó—. No huiré. Podrán disolver la orden, destruir la obra de mi vida, podrán arrebatarme la existencia, pero jamás el honor. —En ese momento había reaparecido el brillo en sus ojos, despertando su fuerza interior—. Pero tú sí debes huir —dijo asiendo los hombros de Pierre—. Debes poner a salvo nuestro legado y protegerlo.

Pierre negó con fuerza. No estaba dispuesto a dejar que la orden fuese destruida sin oponer resistencia.

—Vayamos a Castilla. Allí podemos sobrevivir, todavía somos respetados. Podemos empezar de nuevo.

Jacques de Molay se dejó caer en el sillón y hundió la cabeza entre las manos. Pierre vio en él la viva imagen de la derrota, aunque seguía atesorando una fuerza que aún le permitía creer en algo.

—No lo entiendes. Si la orden cae, yo debo caer con ella. Si no, seguirán persiguiéndonos hasta exterminarnos a todos. Hasta descubrirlo todo.

Lo que estaba recogido en aquel manuscrito al que había dedicado su vida era la fuerza que seguía impulsándolo. Pierre supo en ese instante que haría lo que su viejo maestro le pidiera. Se lo debía. Aunque significara posponer su propio interés y abandonar a Elisenda. Quizá para siempre. Ella no se merecía todo aquello. Se prometió a sí mismo que la dejaría libre, que siguiera su vida, que se olvidase de él.

—¿Qué queréis que haga?

Jacques de Molay levantó la mirada. Esa vez había esperanza en ella. Pierre era esa esperanza. Comprendió en aquel momento que hay algo que supera a los hombres: el legado que dejan, la pervivencia del ideal por el que han luchado. Nada es más importante que saber que un objetivo más grande que uno mismo nos sobrevivirá.

—Toma el manuscrito y las llaves, y huye. Lejos. Ponlo a salvo y no regreses hasta que la orden sea solo un recuerdo y no quede rastro de las cenizas de nuestra existencia.

Jacques de Molay se levantó con dificultad y se dirigió al cajón secreto de su mesa. Extrajo el manuscrito y las llaves unidas por un aro y se los tendió a Pierre.

—Ten, ahora es tuyo. Esperaba dártelo algún día junto con el honor de ser el nuevo gran maestre.

Pierre miró el manuscrito. En ese momento le pareció como un escorpión venenoso. Llevaba la muerte a quien lo poseyera. Por un instante meditó la posibilidad de dejar todo atrás, de desentenderse de aquella pesada carga. Sin embargo, se conocía a sí mismo y sabía que no sería capaz. Alargó la mano y lo tomó.

—¿Qué deberé hacer cuando todo haya terminado?

Jacques de Molay se adelantó y lo abrazó. Luego se retiró un par de pasos. Pierre se dio cuenta de que su padre jamás lo había abrazado.

—Lo que dicte tu corazón. Pero, si crees que hay un futuro y hasta que todo haya terminado, tu lugar es la isla de Iona. Busca allí la cruz de San Juan.

91

París, 2024.

El abogado los acompañó hasta la salida de la comisaría, se subió a un Mercedes descapotable y desapareció de sus vidas tan rápido como había llegado. No les dejó su tarjeta, bien porque había recibido la consigna de no tener más trato con ellos o, lo más probable, porque consideraba que no podrían pagar sus servicios.

Luken y Arianna se quedaron unos instantes sin saber qué hacer hasta que Arianna señaló una cafetería cercana.

—¿Desayunamos? Seguro que vemos todo de otro color.

El sol comenzaba a calentar la terraza del pequeño café y Luken se sintió mejor después de un café cargado y un cruasán. Sin embargo, había mucho en lo que pensar.

—Estamos solos —dijo Luken tras meditarlo.

—¿Qué haremos ahora? —replicó Arianna.

Luken se veía desamparado sin Sophie, pero también se había dado cuenta de que había vivido una falsa seguridad que le había costado la vida a la francesa.

—Debemos planear nuestros pasos. Y protegernos, ser discretos. Lo primero es juntar las piezas del rompecabezas.

Tenemos lo que descubrimos en el Vaticano, la tesis de Alain, el dossier del profesor Roland y, ahora, este documento.

—Y las últimas palabras de Sophie. Iona. ¿Qué es Iona?

De pronto Luken se tensó. En la plaza había entrado una furgoneta similar a la que habían utilizado los secuestradores. El hombre de la cicatriz estaba muerto, pero no trabajaba solo. Aún recordaba a su acompañante, aquel gigante de rostro amenazador.

—¡Vámonos!

Se levantaron y, sin mirar atrás, salieron de la pequeña plaza. Al girar la esquina, Luken se volvió para asegurarse de que la furgoneta negra no se hubiera movido. A pesar de la distancia, pudo distinguir a su perseguidor en el asiento del copiloto. Aceleraron el paso y se perdieron entre las callejuelas. De pronto apareció ante ellos un pequeño cibercafé de barrio. Miró a ambos lados antes de entrar. La calle estaba vacía. Ocuparon uno de los puestos del interior, invisible desde fuera del local. Era uno de esos cibercafés en los que cada cubículo es independiente del resto gracias a una mampara que permite cierta privacidad al navegar. Sacó los documentos de la mochila y los fue colocando sobre la mesa. Durante las dos horas siguientes se dedicaron a analizarlos y a tomar notas. El más extraño era el documento que les había entregado el abogado.

—¿Qué sabemos? —preguntó Luken cuando hubieron terminado.

Arianna pareció ordenar las ideas en su cabeza. Luken pensó que hacían un buen equipo, trabajaban bien juntos y respetaban sus tiempos. Se sentía atraído por la italiana, aunque sospechaba que no era correspondido.

—Sabemos que Clemente V creía que los templarios ocultaban un secreto.

—Y que intentó en varias ocasiones que Pierre d'Aumont se lo confesara. No tuvo éxito. Eso demuestra que Pierre era duro. No debió de resultar fácil para el templario no doblegarse ante el papa.

—También sabemos que Felipe IV, a través del consejero real, trató de acabar con la orden y que se sirvió de la tortura para intentar extraer el secreto del gran maestre, Jacques de Molay.

Luken asintió.

—Y no olvidemos que el rey utilizó a la Universidad de París para justificar legalmente su atropello.

El recuerdo de Alain y de Sophie los sobrevoló. Era increíble que aquella historia siguiera causando muerte siete siglos después.

—Parece —continuó Luken— que Pierre era una figura central en todo el asunto, lo que puede justificar su presencia en la lista de la gruta.

—Y todo ello nos lleva a los descubrimientos del profesor Roland.

—Ha dedicado su vida a recopilar toda la información existente sobre Pierre d'Aumont. Lo difícil es separar la historia de la leyenda.

—No somos historiadores —replicó Arianna encogiéndose de hombros.

—Pero sí científicos. Aislemos la información en función de la veracidad de la fuente.

—Sabemos que Pierre procedía de Auvernia. Era hijo de un conde y se unió a la orden siendo muy joven, a finales del siglo XIII.

Arianna tomó uno de los documentos de la carpeta del profesor Roland.

—Y que no estuvo entre los templarios juzgados y condenados en el proceso contra el Temple. Nunca aparece mencionado. Por lo tanto, pudo sobrevivir.

En ese momento se abrió la puerta del cibercafé y Luken y Arianna dieron un respingo. Una chica joven se sentó en uno de los ordenadores y ambos se relajaron.

—¿Cómo se relaciona todo esto con lo encontrado en la gruta de Orvieto? —preguntó Arianna.

Luken lo pensó por unos instantes. Sentía que seguían sin tener todas las piezas.

—En Orvieto figura el nombre de Pierre d'Aumont, el mismo templario que parecía esconder el secreto de la orden. Creo que el secreto del que hablan Clemente V y el consejero real, Guillaume de Nogaret, es lo que encontramos en Orvieto.

—¿Y el documento que nos ha dado el abogado?

Luken lo volvió a mirar sobre la mesa. Se trataba de una copia de un escrito antiguo. Estaba lleno de símbolos que no comprendía. En el centro había un triángulo rectángulo, igual al que había visto en la gruta de Orvieto. ¿Por qué era importante aquella figura geométrica? ¿Qué podía significar?

—Es lo único a lo que no encuentro sentido. Ni a esto ni a lo que cuenta Roland de Escocia.

—Eso es leyenda —respondió Arianna—. Yo lo descartaría. No puedo imaginarme a un templario en Escocia, por mucho que las leyendas recogidas por el profesor digan que un grupo de ellos ayudó al rey Robert Bruce a vencer a los ingleses.

En ese momento algo volvió a la memoria de Luken. Recordaba como Sophie había mencionado a los masones. Lo encontrado en la gruta también parecían referencias masónicas. Y él sabía que el origen de la masonería era Escocia. ¿Coincidencia?

—Aún no hemos buscado nada sobre Iona —continuó Arianna mientras Luken seguía pensando en los masones y Escocia.

La italiana abrió el navegador del ordenador e introdujo el nombre de Iona. Ambos se quedaron mirando la pantalla.

—Iona, isla de Mull, Escocia —dijo Arianna colocando una mano sobre la de Luken.

A Luken el contacto le pareció agradable y no movió la mano, dejando que el momento se prolongase.

—No puede ser una casualidad. ¿Qué hay en Iona?

Arianna buscó algo más y de pronto una imagen apareció en la pantalla. Era una antigua abadía.

—Iona es una minúscula isla de las Hébridas interiores. Lo único que hay allí es un pequeño cenobio medieval.

Luken y Arianna se miraron. Iona había sido la última palabra pronunciada por Sophie. Necesitaban establecer cuál era la relación entre lo encontrado en Orvieto y la isla. Luken señaló la pantalla del ordenador.

—Allí es a donde debemos ir.

92

París, 1312

Pierre d'Aumont había subido al punto más alto de la Torre del Temple y contemplaba París. Sabía que podía ser la última vez que lo hiciera. La ciudad bullía de actividad, ajena a la decisión tomada en el Concilio de Vienne: la desaparición de la Orden del Temple. Las noticias llegarían pronto desde el sur y todo cambiaría. La orden se disolvería hasta extinguirse. Jacques de Molay sería como el capitán de un navío que se hunde. Perecería con la orden. Era su decisión y el destino que había elegido. A Pierre le correspondía una misión diferente: salvar lo que quedase del naufragio.

Debía abandonar París con un destino incierto, una desconocida isla en el confín del mundo. ¿Qué había allí? Jacques de Molay había sido críptico. Tendría que descubrirlo por su cuenta. Pero no era ese asunto el que lo había conducido hasta la torre. Era Elisenda. ¿La abandonaría una vez más? Seguía anteponiendo la misión a los asuntos personales, pero también se encontraba al límite de sus fuerzas. Se sentía partido en dos y nadie podía exigirle tanto. Allí arriba, en la torre más alta, tomó una decisión. Por primera vez en su vida no estaba dispuesto a perderla. Había perdido demasiado.

Se le ocurrió una idea. Bajó las escaleras de tres en tres hasta llegar a su destino, la enfermería del Temple. Sin detenerse a llamar abrió la puerta y se encontró de frente con la propia Elisenda. Pierre recordaba a la joven que había dejado allí meses atrás, con aspecto enfermizo, su padecimiento, su incapacidad para andar y casi para hablar. Ahora volvía a tener delante a la Elisenda que había conocido años atrás, aquella de la que había quedado prendado cuando el mundo era joven e inocente. Ahora, convertida en una mujer madura, no había perdido un ápice de su belleza. Al contrario.

—Has regresado.

La sonrisa de Elisenda hizo que se le borraran todas las preocupaciones.

—Debemos partir de inmediato. Tú y yo. Todo ha terminado. Cuando se haga inminente la completa disolución de la orden, nuestra vida valdrá menos que esta vieja capa.

—¿Adónde iremos? —preguntó ella.

—Al norte. A un lugar muy lejano. A empezar de nuevo. Tú y yo. Solos.

La sonrisa de Elisenda se amplió.

—Es lo que siempre he deseado escuchar.

93

Isla de Mull, Escocia, 1313

La niebla lo cubría todo. Tres días en los que aquel velo blanquecino ocultaba el mundo, convirtiendo la tierra y el mar en un paisaje lánguido, difuminando colores y sonidos. A Pierre aquello le resultaba irrelevante. Su mundo era otro, un mundo de luz, de sonrisas cómplices a lo largo del día y de caricias apasionadas durante la noche. Una vida por recuperar, en la que lo único importante eran ellos. La vida pasada iba quedando atrás, los recuerdos tristes reemplazados por otros más luminosos, y solo el peso de aquel manuscrito y de una promesa recordaban a Pierre el pasado y el legado que conservaba.

Las últimas semanas Elisenda y Pierre habían cruzado tierras, ríos y mares. Habían cabalgado, caminado y navegado. Se hallaban cerca de su destino y Pierre estaba deseando saber qué se encontrarían. Elisenda no había preguntado adónde se dirigían. Parecía bastarle con la compañía de Pierre. Habían conversado largo y tendido acerca de cuanto había sucedido. Ambos se contaron sus historias, sus miedos y sus anhelos. Habían recorrido vidas paralelas, sin encontrarse, pero con la sensación de que caminaban juntos. Durante una de aquellas conversaciones ella le había preguntado.

—¿Ha quedado todo atrás?

Él había asentido.

—Entonces ¿por qué guardas como un tesoro ese manuscrito?

Pierre permaneció unos instantes reflexionando sobre ello. Él mismo se había hecho esa pregunta mil veces, sin llegar a responderla.

—Porque estoy en un callejón sin salida. La Orden del Temple es el pasado. No puedo regresar porque no podría revivirla. Y, sin embargo, tampoco puedo deshacerme del manuscrito. Quizá algún día alguien lo necesite. Su sola existencia es peligrosa. Si sale a la luz condenará a todo el que lo posea a un peligro de muerte. Y siento que traicionaría la memoria de Jacques de Molay, por lo que él ha luchado toda la vida y aún sigue luchando.

Elisenda sonrió.

—Entonces nada ha quedado atrás. Siempre pesará sobre tu alma. Quizá no mañana, pero algún día el pasado regresará, o no podrás soportar el peso del secreto.

—¿Y entonces qué debo hacer?

—¿No parece evidente? Transmitir a alguien el legado. Dejar que otro soporte el peso del secreto.

—¿Condenándolo a morir?

Elisenda no contestó de inmediato. Meditó un largo rato antes de responder.

—Quizá sea necesario seguir en las sombras. A veces la mejor forma de mantener un secreto es crear una distracción, atraer las miradas hacia algo o alguien para que la verdadera intención siga oculta allí donde nadie parece querer mirar.

Pierre rio.

—Hablas como un enigma para mí.

—Déjame pensarlo. Algo se me ocurrirá.

94

Isla de Mull, 1314

Unos días después Pierre y Elisenda llegaron al borde del mar, a un pequeño puerto de pescadores llamado Fionnphort. Los lugareños los contemplaron con gesto desconfiado. Buscaron entre las barcas a alguien que los trasladase a su destino final y, después de negociar el precio, se embarcaron rumbo a Iona. El mar estaba calmado y la superficie del agua reflejaba la isla que se acercaba como si de una copia perfecta se tratara.

—¡Qué diferente es el mar aquí del que nos encontramos para llegar a Inglaterra! —dijo Elisenda, observando junto a Pierre la tierra hacia la que avanzaban.

Pierre sonrió. Estaba nervioso y ella lo sabía. Trataba de tranquilizarlo con sus palabras. ¿Qué encontrarían en Iona, el lugar al que Jacques de Molay le había dirigido? El bote tocó tierra y, mientras Pierre y Elisenda miraban a su alrededor tratando de orientarse, el barquero enfilaba de regreso a Fionnphort. Pierre señaló hacia el norte. Un camino se alejaba de las cuatro casas de pescadores y ambos lo tomaron, avanzando con la sensación de que se acercaban a su destino final. Una curva los llevó hasta una enorme cruz de piedra bellamente esculpida. Se detuvieron frente a ella.

—La cruz de San Juan —dijo Pierre—. Hemos llegado.

Elisenda señaló la abadía que se atisbaba al final del camino. Era un edificio de piedra, de formas rotundas, construido en una piedra gris que lo mimetizaba con el entorno. Junto a la abadía se erguía una pequeña ermita en construcción, al lado de la cual se extendía un camposanto. El entorno transmitía paz y produjo en Pierre una sensación de familiaridad, como si aquel fuera su lugar. Se acercaron al edificio de la abadía en el mismo instante en que varios monjes salían de su interior. Vestían hábitos blancos y, para sorpresa de Pierre, dos pequeños símbolos junto al corazón, una cruz patada roja y un cardo.

—Pierre d'Aumont —dijo uno de ellos—. Mi nombre es Bertrand de Plessis y soy el prior de esta abadía. Te esperábamos, aunque he de decir que no acompañado.

—¿Cómo sabíais que llegaría?

El prior sonrió.

—Lo predijo Jacques de Molay. Él anticipó vuestra llegada.

—¿Sois... sois caballeros templarios?

El monje miró la cruz patada y el cardo, y sonrió de nuevo.

—Lo fuimos. Ahora somos caballeros de la Orden de San Andrés del Cardo. Al llegar a Escocia ayudamos a Robert Bruce en su guerra contra los ingleses. Él nos hizo el honor de crear esta orden cuando se enteró de lo sucedido con el Temple.

95

París, 2024

Luken y Arianna tenían un objetivo: Iona, pero no sabían cómo evitar a sus perseguidores. Tenían que cruzar Francia, Inglaterra y Escocia.

—Debemos trazar un plan —propuso Luken.

—Espero que el plan incluya una ducha y un cambio de ropa —replicó Arianna con gesto serio, no quería dejar lugar a dudas sobre el carácter innegociable de ambos.

Luken comenzó a recoger los documentos.

—Creo que sé cómo solucionar ambos problemas. Nuestra ropa está en casa de Sophie, pero allí no podemos volver. Será el primer lugar que vigilarán nuestros perseguidores.

Salieron del local y cruzaron la calle. Luken miró a ambos lados para cerciorarse de que nadie los seguía.

—¿Me vas a decir adónde vamos?

Luken señaló con la mano una tienda de una conocida marca de ropa joven. Arianna reaccionó con una carcajada.

—Hace al menos diez años que no me visto en esa tienda de quinceañeras.

—No tenemos tiempo. Seguro que encuentras algo que te guste.

Arianna escogió varias prendas y se introdujo en uno de los probadores. Cuando salió se había soltado la coleta. Entre eso y la ropa que llevaba, parecía más joven. Luken respondió con un silbido de aprobación, y la italiana replicó con una reverencia. Media hora más tarde habían comprado sendas maletas, ropa para varios días y artículos de aseo, incluyendo dos botes de jabón y champú.

—¿Por qué dos botes?

—Aquí en París hay baños públicos en varias partes de la ciudad. Mientras estabas en el probador he buscado el más cercano. Resulta que tenemos uno a apenas dos manzanas. Me habías pedido una ducha, ¿no?

—Vaya, todo un hombre de recursos.

Era mediodía y Luken y Arianna estaban preparados para el viaje. Retiraron todo el dinero que pudieron de varios cajeros automáticos. Intentarían pagar solo al contado una vez que estuvieran en movimiento. Tomaron un tren hacia Charles de Gaulle y en el camino Luken consultó vuelos a Edimburgo y Glasgow. Se decidió por comprar dos pasajes en un vuelo a primera hora de la tarde hacia la capital escocesa. Tendrían el tiempo justo para embarcar, pero así reducirían la posibilidad de que los siguieran. Después reservó un coche de alquiler en el propio aeropuerto de llegada.

—Debemos hacerlo todo con el menor margen de tiempo posible —le había propuesto Luken a Arianna—. Así se lo ponemos más difícil. Dispondremos de unas horas de ventaja.

A las siete y media de la tarde, tomaban la autopista A9 desde Edimburgo hacia el oeste. En ese momento, Arianna, que se había dejado arrastrar todo el día, lanzó un comentario.

—¿Dónde vamos a dormir? ¿O pretendes conducir hasta Iona durante toda la noche? Te recuerdo que tenemos que coger dos ferris y no creo que naveguen de noche.

Luken se volvió y sonrió.

—Todo está previsto. He reservado una habitación en un Bed and Breakfast mientras embarcábamos en el aeropuerto de París.

Arianna sonrió con inocencia fingida.

—¿Una? ¿Y tú dónde vas a dormir?

Luken no pudo evitar ruborizarse.

—Yo pensé que... No quería decir que... No pienses...

Arianna se echó a reír de una manera tan natural que a Luken le resultó aún más atractiva, lo que le coloreó las mejillas de nuevo. Se detuvieron en una gasolinera a comprar algo de comida y, antes de las ocho y media, llegaron a su alojamiento. Era una vieja casa a las afueras de un pueblo. Los recibió una amable mujer que les enseñó una habitación tan pulcra como acogedora y les preguntó por la hora del desayuno.

Subieron al dormitorio y comieron lo que habían comprado: un par de sándwiches y algo de fruta. Luken se sentía como un mochilero, viajando libre por el mundo, aunque sabía que aquel viaje no era inocente y que sus vidas seguían corriendo peligro. Decidieron turno de ducha. Arianna fue la primera. Al terminar salió envuelta en una toalla y con el pelo recogida en otra, y Luken no supo dónde mirar. Se levantó rápido y entró en el baño.

Cuando regresó, Arianna estaba en la cama con la luz apagada. Luken entró por su lado, procurando no moverse. Oía la respiración regular y suave de la italiana, y resistió la tentación de acercarse a ella e insinuarse. Solo complicaría más la situación. Sin embargo, notaba que Arianna era especial. No estaba seguro de si se debía a ella o a la vivencia que estaban compartiendo, pero sentía una atracción que nunca había experimentado antes. Se giró de espaldas a ella, cerró los ojos e intentó dormir. Entonces oyó su voz.

—¿No puedes dormir?

—No —respondió él—. Supongo que demasiadas emociones.

—¿Sabes? Sé que estos días han sucedido cosas terribles, pero jamás me había sentido tan viva.

Luken no respondió, pero tuvo que admitir que le sucedía lo mismo. Estaba asustado, pero eso le hacía sentirse como nunca.

—Quizá nos maten mañana —continuó la italiana—. Si así fuera, no me perdonaría no haber aprovechado esta noche.

Luken se volvió hacia Arianna y en la semioscuridad pudo ver el brillo en sus ojos. Se acercó y la besó. Arianna le devolvió un beso suave, con un sabor dulce y repleto de ternura. Percibió el perfume de ella, fresco y natural, y, por debajo, el olor del gel de ducha, con notas de vainilla. Colocó la mano sobre la mejilla de Arianna y la volvió a besar. Se dio cuenta de que llevaba mucho tiempo deseando hacerlo, pero que no se había atrevido hasta que ella lo había insinuado. Se sintió culpable de haber corrido el riesgo de haberla dejado escapar. Ella respondió a su beso mientras le tomaba la mano con la suya y la llevaba hasta su pecho. Luken lo sintió cálido y suave. Arianna se incorporó y se colocó encima de Luken. Bajo el ligero peso de su cuerpo, él deslizó las manos por la espalda de ella dibujando una a una sus curvas. Luego, ambos se dejaron arrastrar por una sensación de urgencia, la que nos recuerda que, aun en el mayor de los peligros, seguimos vivos.

96

Isla de Mull, 1314

Los días habían transcurrido con placidez desde la llegada de Pierre y Elisenda a la abadía. Los monjes habían permitido que ella se quedase en una de las celdas, pero se les notaba incómodos. Por ello, Elisenda permanecía la mayor parte de las horas recluida y visitaba el claustro solo tras la puesta del sol. Cuando el tiempo lo permitía salía a dar largos paseos por la isla. Pierre ayudaba en la construcción de la nueva capilla, que pasaría a llamarse capilla de San Orán. Encontraba placer en el trabajo físico, en ayudar a levantar los muros, en tallar las recias piedras. Sentía que formaba parte de algo que perduraba en el tiempo, la hermandad de aquellos que habían esculpido las bellas obras de arte que los templarios habían ocultado. Creía que así paliaba parte de esa deuda. Pese a ello, incluso en aquella paz, sabía que debía tomar una decisión, que había postergado, pero que la conversación con Elisenda había traído de nuevo a su mente.

Un día, al atardecer, cuando la luz del sol bajaba en el horizonte y mientras seguía trabajando en la capilla, el prior Bertrand se acercó a él. Llevaba su hábito, pero Pierre lo vio avanzar con el aplomo de un guerrero. Había algo incoherente en aquella imagen. No le había incomodado mientras había sido parte del Temple, pero llevaba días reflexionando acerca de lo sucedido en su vida. Él no era un monje, jamás lo había sido. Se había sentido bien dentro de la orden porque esta tenía un propósito. ¿Cuál sería el propósito del resto de sus días ahora que el Temple no existía? En ese momento tuvo una revelación que se vio interrumpida por el prior.

—Veo que sois tan diestro con el martillo como con la espada.

—Me gusta. Construir tiene un sentido. Crear algo que perdure.

Bertrand se quedó mirándolo por un instante. Parecía indeciso, como si tuviera algo que decir, pero no se atreviese. Por fin se animó a hablar.

—Jacques de Molay nos anunció vuestra llegada. También nos pidió algo. Quería que nuestra nueva orden tuviese un gran maestre a la altura. Hemos hablado entre nosotros y…

Pierre negó con rotundidad.

—Sería un honor para mí, pero no soy el hombre adecuado. Nunca lo he sido, a pesar de que el viejo gran maestre pensara lo contrario. Ahora lo sé.

En aquel momento Elisenda apareció por el camino. Llevaba un vestido sencillo, pero que no podía ocultar su elegancia natural. Su cabello estaba adornado por una flor y sonreía en la distancia. Pierre ratificó su decisión. Sin embargo, sabía que aún quedaba algo que debía concluir.

—Necesito que hagáis algo por mí, sin embargo —dijo Pierre.

—Lo que deseéis —respondió el prior.

—Debo partir ahora. Cuidad de ella hasta que regrese.

El hombre asintió con la cabeza y se alejó, mientras Elisenda se acercaba a él. Pierre la cogió de la mano.

—Tenemos que hablar —dijo.

Ella lo miró sonriendo, como si llevara tiempo esperando aquella conversación.

—Por fin te has decidido. ¿Cuándo partirás?

Pierre la miró sorprendido. A veces tenía la sensación de que ella le conocía mejor de lo que se conocía a sí mismo.

—Debo irme.

—Sé que debes irte. No te culpo. Has de cerrar ese capítulo.

Pierre se quedó mirando a Elisenda, sintiendo que su corazón se rompía en pedazos. Habían encontrado su lugar en el mundo juntos, pero ahora él tenía que partir para una última misión.

—Regresaré.

—También lo sé.

97

Isla de Mull, 2024

Luken había subido a la proa del ferry para contemplar el espectáculo del mar en el fiordo de Lorn. La niebla se estaba disipando, pero la lluvia seguía cayendo, aunque con menos intensidad. Alrededor de la embarcación se adivinaban oscuras masas de tierra que correspondían a islotes cuyos nombres desconocía. Luken se sentía bien. Como si de un mecanismo de precisión se tratase, percibía que todo encajaba, una sensación que nunca había experimentado. Arianna era la culpable.

La niebla se retiró algo más y la lluvia dio una tregua. La costa se definió a su izquierda. Como un fantasma que hubiera trascendido a su tiempo, un castillo se asomó desafiante, el castillo de Duart. Lo había visto en la guía y sabía que había pertenecido al Clan de los McLean durante siete siglos. Luken se preguntó si Pierre d'Aumont había pasado por allí en realidad, puesto que el castillo debía de erguirse en la época sobre aquella pequeña península. Quizá incluso lo hubiera visitado. Luken notó al mano de Arianna en la espalda. Se volvió y sonrió. Desde la noche anterior ambos parecían estar en una nube. El secreto de Orvieto y los templarios habían adquirido una relevancia secundaria.

—Estamos llegando —dijo ella—. Bajemos al coche y salgamos del ferry en cuanto podamos. Aún tardaremos una hora en llegar hasta Fionnphort, y allí habrá otro ferry esperándonos.

—Es una lástima que no tengamos tiempo de visitar el castillo.

—Quizá algún día, en otras circunstancias.

Salieron del ferry y se dirigieron hacia el sur, al contrario que la mayoría de los conductores, que tomaron la carretera del norte, hacia Tobermory, la capital de Mull. El cielo se había despejado y el terreno, hostil salvo para las ovejas y las vacas típicas de la zona, sobrevivía azotado por el viento, un páramo verdoso que se extendía en todas direcciones.

Llegaron a Fionnphort, un puerto con apenas algunas casas alrededor desde donde partían los ferris hacia Iona y otras islas. Al bajar del coche el corazón de Luken se aceleró. Podía ver la isla de Iona y la reconocible silueta de una abadía elevándose orgullosa. Solo unos centenares de metros los separaban de su destino. Dejaron el automóvil aparcado junto al puerto; no era muy útil en Iona, y cruzaron el estrecho con las pocas decenas de turistas que también visitarían la abadía.

Luken había leído lo que había en internet sobre su historia. Se trataba de una construcción muy antigua y, junto a ella, había un convento. Durante varios siglos los reyes escoceses habían elegido aquel lugar como panteón real, hasta que las incursiones vikingas le habían hecho perder pujanza. Aun así, había seguido siendo un lugar de peregrinación hasta nuestros días.

—¿Nervioso? —preguntó Arianna mientras hacían cola con el resto de los visitantes—. ¿Y si no encontramos nada?

Esa era la pregunta que Luken llevaba haciéndose desde París. ¿Qué esperaba hallar allí? En realidad, solo habían seguido las palabras de Sophie, que no había querido o no había podido explicárselo. Si ella sabía lo que había, ¿por qué no se lo había dicho antes?

—Volveremos a Orvieto —respondió Luken—. Daremos una rueda de prensa y nos olvidaremos de todo. Quizá estamos perdiendo el tiempo —manifestó, dejando entrever cierto miedo al fracaso.

Bajaron del ferry, tomaron una calle ascendente y llegaron a las ruinas del convento de monjas que en el pasado había hecho compañía a la abadía. Las tumbas de algunas de ellas continuaban allí, en el jardín que rodeaba el edificio, sobre una hierba verde y mullida, mirando al mar. No era un mal lugar para el descanso final.

Dejaron atrás una pequeña capilla anexa a la abadía. Era modesta, pero de formas delicadas, y se hallaba rodeada por decenas de tumbas, que Luken sabía que correspondían a todas las épocas históricas desde la construcción de la abadía. Estaba dedicada a san Orán. Pensó que tendrían tiempo de verla después. Pagaron la entrada y se detuvieron frente a una enorme cruz de piedra. Luken señaló a Arianna los hermosos relieves y filigranas, sin saber que, siete siglos antes, Pierre d'Aumont había hecho lo mismo con otra mujer que le había acompañado hasta allí.

En un momento dado, impresionado por el lugar, Luken se encontró solo en el interior de la iglesia de la abadía. Supuso que Arianna estaría allí fuera, contemplando el edificio. La iglesia transmitía historia. Era muy antigua, aunque muchas de sus partes habían sufrido remodelaciones o reconstrucciones. Luken buscó objetos de la época de Pierre d'Aumont, pero solo algunas de las lápidas databan de aquellos tiempos. La mayoría de las inscripciones se encontraban desgastadas por los años y por las condiciones extremas que soportaba aquel lugar. De pronto apareció Arianna. No iba sola, caminaba hablando con una mujer. Se dirigieron hacia donde él estaba.

—Luken, deja que te presente a Isobella, la responsable de conservación de Iona. He pensado que ella podía ayudarnos. Le he explicado que somos arqueólogos.

Luken no supo qué decir. En realidad, no sabía qué estaba buscando.

—¿Quedan restos del siglo XIV?

La mujer asintió.

—Es probable, aunque son difíciles de datar. Varios reyes y caballeros de prestigio han tenido sepultura en Iona. Escoceses, ingleses, noruegos e incluso franceses.

Una luz de esperanza se encendió en Luken.

—¿Franceses?

—Sí, un rey o un caballero de renombre francés fue enterrado en el camposanto. Creo que su tumba data del siglo XIV.

Luken recordó la pequeña capilla dedicada a san Orán que habían visto junto a la abadía. La conservadora los acompañó a través de una pequeña senda hacia el cementerio.

—Lo llaman el camino de los muertos.

Aquella frase inocente hizo estremecerse a Luken. Sophie, Alain y el profesor Roland habían pagado con su vida. Esperaba que fueran los últimos. Llegaron hasta un grupo de tumbas muy antiguas, cuyas inscripciones parecían completamente borradas.

—¿Cómo podéis saber de quién es cada tumba? Me interesa en especial la del caballero francés que has mencionado.

—En la mayor parte de los casos no es posible saberlo. En algunas hemos utilizado una técnica de imagen que permite reconstrucciones parciales. En una de ellas encontramos algunas palabras en francés antiguo. Chevalier, Auvernia. También había símbolos.

La referencia a Auvernia provocó una sacudida en Luken. Según los documentos del profesor Roland, Auvernia era el lugar de nacimiento de Pierre d'Aumont.

—¿Símbolos? ¿Qué símbolos?

—Una cruz, lo que no es extraño, las hay en la mayoría de las tumbas, y algunas formas geométricas. ¿Quieres verlas?

Luken empezaba a pensar que quizá el viaje había merecido la pena. Sintió que aquella lápida podía tener la clave.

—¿Podríamos?

Isobella sonrió. Parecía estar entre satisfecha y orgullosa.

—Aplicamos la técnica de imagen a todas las lápidas. Tenemos todo digitalizado.

Arianna apretó el brazo de Luken. Ella también parecía sentir que estaban al borde de un descubrimiento. La conservadora los condujo a su despacho.

—Algunas lápidas, las mejor conservadas, están en la iglesia o en el museo —aclaró mientras buscaba en la base de datos de imágenes.

—Aún no hemos visitado el museo —dijo Arianna.

—¡Aquí está! —exclamó la mujer girando la pantalla del ordenador.

En la imagen se veía una lápida con una gran espada. Alrededor se intuían algunas palabras que Luken no pudo descifrar. Sobre la espada había dos símbolos. A Luken y a Arianna se les cortó la respiración. El de la izquierda era una cruz templaria. No tenía duda alguna. Pero fue el de la derecha el que llamó su atención. No podía ser una casualidad. Un triángulo rectángulo exacto al que aparecía en el documento de Sophie y al que habían encontrado en la gruta de Orvieto. Luken sintió que estaba a punto de dar con la clave, pero que faltaba alguna pieza más que no podía ver. Compartió con Arianna sus dudas.

—Podría ser una constelación —dijo la italiana—. O quizá solo sea un símbolo templario más, hasta ahora desconocido.

—No lo es —respondió Luken.

Se sentía decepcionado. Estaba tocando algo importante con la yema de los dedos, pero no sabía qué. Soltó un bufido decepcionado.

—Vayamos al museo —propuso Arianna—. Isobella, muchas gracias por tu ayuda.

Luken comprendió que Arianna quería que pudiesen debatir las implicaciones del descubrimiento sin involucrar a terceros. La conservadora de Iona interpretó las señales.

—Si necesitáis algo más, sabéis dónde estoy.

Abandonaron el edificio. Él caminaba cabizbajo, ensimismado, tratando de ahogar la frustración en un esfuerzo mental que no daba sus frutos. Entraron en el pequeño museo, un edificio de una sola planta que recogía una breve historia del lugar y algunas de las piezas más representativas. Lo recorrieron en silencio entre algunas lápidas similares a las que la conservadora les había mostrado y restos de las cruces originales.

Luken se detuvo frente a una pequeña estantería de cristal que albergaba varios objetos decorativos en metal y cerámica. Entre ellos había tres llaves antiguas engarzadas en un aro, el conjunto oxidado por el paso del tiempo. Todo cobró sentido. La pieza del rompecabezas se colocó en su posición y la respuesta a la pregunta se le antojó tan evidente que le extrañó no haberla encontrado antes. Tres llaves. El triángulo no era un símbolo, tampoco se trataba de una constelación. Tenía que ser un mapa. El mapa que señalaba que Orvieto quizá era solo un emplazamiento. Tres llaves, tres grutas. De pronto estuvo seguro de que una de esas llaves abriría la puerta de la gruta de Orvieto, pero la pregunta importante era otra: ¿qué abrían las dos restantes?

98

Isla de Mull, 2024

La piedra gris del castillo de Duart se confundía con el cielo enfurruñado y un mar tétrico. Era posible distinguirlo porque destacaba entre el verdor del musgo que crecía agarrándose a aquella tierra hostil, azotada por la lluvia y el viento.

Luken estaba exultante ante el descubrimiento de Iona y había propuesto a Arianna que dedicaran tiempo a visitar Duart. Si no lo hubieran hecho, se habría producido un encuentro fatal con el hombre que había tomado el ferry siguiendo su rastro. Aquel tipo llevaba varias semanas persiguiéndolos. Había formado parte del equipo que los había secuestrado y los había perdido después. Había estado a punto de capturarlos de nuevo y, finalmente, había visto cómo Sandro, su compañero, había muerto por su culpa. Por suerte, la mujer que había matado a su compañero también estaba muerta. Solo quedaba acabar con los dos arqueólogos y terminar así la misión.

La fortuna quiso que los caminos no llegaran a cruzarse y que, mientras Luken y Arianna se desviaban hacia

Duart, el hombre emprendiese el camino hacia Iona desde el puerto de Craignure. Luken y Arianna visitaron el castillo y recorrieron sus salones, ojearon los objetos allí guardados, ajenos al riesgo que se cernía sobre ellos. Tras la visita se entretuvieron tomando café y un trozo de tarta en la cafetería anexa al castillo. Tenían tiempo de sobra hasta el embarque en el siguiente ferry.

—Lo que hemos descubierto en Iona lo cambia todo —dijo Arianna.

—Siempre que estemos en lo cierto y logremos descifrar el mapa.

—¿Qué podría haber en las otras dos localizaciones?

Luken no dejaba de pensar en ello desde que habían abandonado Iona. Prefería no darle vueltas, porque le asaltaba un vértigo difícil de gestionar.

—Podría haber más objetos similares —aventuró Arianna—. Quizá no les quedaba espacio en Orvieto.

—U otros objetos que no sean esculturas —replicó Luken—. Por ejemplo, manuscritos.

Arianna abrió mucho los ojos.

—¿Te imaginas? Textos antiguos extraviados u olvidados, papiros, manuscritos y obras perdidas de civilizaciones desconocidas.

Los dos se quedaron pensativos, con la mirada absorta y la imaginación desbocada.

—Ha sido una buena idea preguntarle a Isobella si disponían de copias físicas de las llaves.

—Y una suerte que tengan todo digitalizado en tres dimensiones. En Orvieto disponemos de una impresora en 3D y podemos fabricar nuestras propias copias físicas de las tres llaves y ver si una de ellas abre la puerta de la gruta.

Luken trataba de imaginar ese instante y el vértigo regresó. Volvió a la realidad cuando sonó el teléfono de Arianna, que descansaba sobre la mesa de la terraza del café. Ella se inclinó para ver quién llamaba y puso cara de extrañeza.

—Es un número del Reino Unido —dijo frunciendo el ceño. Contestó y, tras unas pocas palabras, se incorporó de un salto—. ¿Cuándo?

El nerviosismo de Luken aumentó. El sonido de aquel móvil siempre les había traído malas noticias. Arianna hizo un gesto hacia el coche, aparcado a unas decenas de metros y ambos se pusieron en marcha. Le explicó la situación.

—Era la conservadora de Iona. Un hombre ha estado allí preguntando por nosotros.

—¿Sigue en Iona?

Arianna negó con el rostro serio.

—Según Isobella está regresando desde Iona a Fionnphort. Me ha dicho que el ferry acaba de partir.

Luken hizo un cálculo mental. Necesitaría una hora, quizá menos, para llegar a Craignure, donde esperaba el ferry que partía desde Mull hacia Mainland.

—No llegará a tiempo.

Había sido más un deseo que una certeza. Salieron del aparcamiento del castillo de Duart hacia Craignure, apenas situado a diez minutos. Cuando llegaron, hicieron cola en la línea de coches que esperaban el ferry. Luken no dejaba de consultar el reloj y de hacer sus cálculos. Vio aparecer el ferry y su nerviosismo se incrementó. A cada instante miraba por el retrovisor para ver llegar a algún coche con un conductor que le pareciera sospechoso, pero solo reconocía turistas y lugareños.

El ferry atracó en el puerto, abrió la compuerta y dejó salir a una nueva hornada de recién llegados a la isla. Todo transcurría con exasperante lentitud. Fue su turno y colocó el coche donde le indicó la tripulación. Subió hacia la cubierta del pasaje a grandes zancadas. Quería asegurarse de que su perseguidor no aparecía a última hora. Aquel ferry podía ser su salvación o su condena.

—No llega —dijo Arianna tras colocarse con una buena visión de la rampa de carga.

Finalmente, el encargado del ferry hizo un gesto con la mano pidiendo izar la compuerta. En ese instante entraba al puerto un nuevo coche. La velocidad y la forma de conducir no dejó dudas a Luken. Era él. La rampa había comenzado a izarse. El hombre detuvo el coche, abrió la puerta y, asomando una parte del cuerpo, gritó hacia la embarcación. Luken lo reconoció de inmediato, se trataba del compañero del tipo de la cicatriz, el gigantón al que había visto en la escalera del piso de Alain poco antes de que este muriera tras ser arrojado al vacío, y luego en la plaza, después de salir de la comisaría. La compuerta siguió subiendo y quedó encajada en su posición final con un sonido metálico que a Luken le sonó a gloria. El hombre había localizado a Luken y su mirada transmitía una mezcla de determinación y frialdad aterradoras. El barco comenzó a moverse. Dejaron escapar el aire de los pulmones. El siguiente ferry no zarparía hasta dos horas después. Era el tiempo de ventaja que tenían. La caza había comenzado.

99

París, 1314

Habían transcurrido casi dos años desde la última conversación entre Pierre y el gran maestre Jacques de Molay. Dos años en los que Pierre había viajado de regreso al continente. Había podido comprobar que el mundo había seguido su rumbo, que la disolución de la Orden del Temple había sido olvidada, que nadie, ni siquiera los templarios que habían sobrevivido, quería recordar. Habían preferido continuar con sus vidas, se habían integrado en otras órdenes y hablaban con discreción, cuando no con abierta vergüenza. Solo en los lugares más alejados de París se recordaba a la orden con cariño, respeto y una vaga tristeza. Las propiedades del Temple, salvo en Francia, habían pasado a formar parte de otras órdenes, algunas ya existentes, otras creadas *ex profeso*.

Pierre también había tenido tiempo para cumplir con la última misión. Consideraba su responsabilidad conocer de primera mano el secreto templario. Todo cuanto Jacques de Molay le había contado era verdad e incluso superaba las expectativas. Había podido ver el resultado del colosal trabajo de más de dos siglos y todos los objetos recuperados por la orden. Había reflexionado al respecto en la soledad de aquella gran gruta y había concluido que la causa de Jacques de Molay era justa. También había dejado su propio legado. Sentado a solas durante tres días, iluminado por la tenue luz de una vela, había escrito su historia y la de la orden, la verdad completa, y la había ocultado. Algún día quizá sirviera para algo.

Era el momento de volver a Mull. Había cerrado un círculo, o al menos eso era lo que creía. Sin embargo, no había podido decidir qué hacer con el manuscrito. Había pensado en dejarlo en la gruta, pero algo lo había retenido. Iniciaba el regreso cuando escuchó una conversación que, de inmediato, llamó su atención. Había sido en una vieja posada donde se reunían un grupo de soldados. Recordaba cada una de sus palabras.

—Parece que todo llega a su fin. Los cuatro van a ser finalmente juzgados.

—¿Quiénes? —había preguntado otro de los hombres.

—El gran maestre Jacques de Molay, los preceptores Godofredo de Charney y Godofredo de Gonneville, y el visitador Hugo de Pairaud. Los cuatro últimos templarios.

Pierre sintió un escalofrío recorrerle la espalda. No podía ni imaginar lo que aquellos dos años debían de haber supuesto para el viejo templario. En prisión, torturado de forma incansable por Guillaume de Nogaret. Tantas veces había pensado en incumplir las últimas órdenes del gran maestre e intentar liberarlo... Luego recordaba que Jacques de Molay necesitaba preservar su honor y su legado, aunque tuviera que pagar un precio desmedido por él. Era una herida abierta, que dolía supurante y que quizá nun-

ca llegara a cerrarse. Pierre, que descansaba en una esquina de la posada, con una jarra de cerveza por toda compañía, se levantó y se acercó a los soldados.

—¿Cuándo?

Todos se volvieron hacia él. El que había hablado lo hizo con gesto airado. No debía de haberle gustado la interrupción. Sin embargo, algo debió de hacerles pensar que el desconocido era un hombre con el que mejor no tener problemas.

—El juicio comenzó justo cuando dejé París. De eso hace más de un mes. Parecían tener prisa, después de tantos años. Quizá ya los hayan sentenciado.

Hubo algo que se desbordó en el interior de Pierre. Había hecho una promesa a Jacques de Molay, pero se dio cuenta de que no podría cumplirla. Necesitaba regresar y estar junto a él. Sabía que era demasiado tarde para salvarlo, e incluso peligroso, pero no podía abandonarlo. Lanzó una moneda al posadero y, sin decir palabra, se marchó de allí.

100

Plaza de San Pedro, 2024

Máximo Manfredini, presentador de la Radio Televisión Italiana, estaba acostumbrado a retransmitir actos desde la plaza de San Pedro. Se había encargado de hacerlo durante veinticinco años y había conocido a tres papas. Jamás había imaginado lo que iba a vivir ese día. Dos horas antes de la caída del sol, la plaza había empezado a recibir a los seguidores de Deacon, el nuevo profeta. Se había estimado la asistencia de cientos de ellos y, por eso, las medidas de seguridad previstas iban a ser insuficientes. Decenas de miles de personas se agrupaban en una espera tensa, con el convencimiento de que aquel día sucedería algo importante.

El realizador de la televisión hizo un gesto a Máximo indicando que estaría en el aire en cinco segundos. El presentador se ajustó la corbata, se pasó la mano por el cabello, sonrió y comenzó la crónica.

—Quedan solo quince minutos para la hora establecida por el profeta Deacon y la plaza de San Pedro está a rebosar.

El realizador ordenó un barrido de cámara de la plaza mientras el locutor seguía explicando lo que sucedía.

—Nadie sabe si el profeta se presentará. En la petición a sus seguidores solo les indicaba que acudieran a recuperar el espacio. ¡Y vaya si lo han hecho!

La imagen que emitía la televisión hablaba por sí sola. Muchos de los presentes llevaban reproducciones del dios etrusco que Mike había robado y lanzado a la fama. Otros rezaban en grupos, en una especie de éxtasis colectivo, o bailaban en círculos alrededor de hogueras improvisadas que comenzaban a encenderse por toda la plaza. Máximo contempló atónito cómo, a pocos metros de donde él se encontraba, un numeroso grupo de hombres y mujeres se desprendían de su ropa y bailaban desnudos alrededor del fuego. El realizador cortó la imagen y retomó la cámara que enfocaba al presentador, que tardó unos segundos en reaccionar.

—No sé cómo relatarles lo que estamos viendo en este momento.

La puesta del sol llegó a la plaza de San Pedro. Era la hora marcada por el profeta. Las personas seguían entrando en masa, colapsando los accesos y expandiéndose una vez dentro.

—Nos indican que algo sucede en uno de los laterales —narró el presentador—. La Gendarmería de la Ciudad del Vaticano está procediendo a desalojar la plaza.

Alguien, en algún despacho, había tomado una mala decisión. La noticia de la llegada de la gendarmería recorrió la plaza como la pólvora. Algunos no prestaron atención al requerimiento que se emitía por la megafonía. Otros iniciaron una prudente retirada, lo que no era fácil, dada la masa de gente que aún intentaba entrar. Comenzaron los empujones, los nervios, hasta que alguien encendió la mecha. Nunca se llegó a saber quién fue. Hubo quien habló de un grupo de saboteadores, otros de que fue la propia gendarmería. Lo único que se supo después fue que una parte de la masa avanzó contra los gendarmes y que estos no eran un número suficiente para controlar la situación.

El incidente se saldó con tres muertos y una centena de heridos, incluyendo más de veinte gendarmes. El propio Máximo Manfredini acabó en el hospital, víctima de una pedrada que le impactó en la cabeza. Decenas de detenidos fueron conducidos ante el juez aquella misma noche y puestos en libertad días más tarde con cargos menores. Sin embargo, la masa no tenía líderes. Mejor dicho, sí tenía un líder que disfrutaba de la habitación de mil euros de su hotel. Disfrutaba también de las imágenes que emitía el televisor y de la felación que la despampanante modelo le estaba practicando en ese instante.

101

París, 1314

Cinco años sin hablar. Cinco años soportando la soledad, torturas, vejaciones y humillaciones que hubiesen destruido a cualquier hombre no habían quebrado el espíritu del último gran maestre de la Orden del Temple, Jacques de Molay. Había declarado años atrás que solo el sumo pontífice tendría la potestad de juzgarlo. Desde entonces se había negado a hablar ante el tribunal. Solo declararía ante Clemente V. Sin embargo, este jamás había tenido consideración hacia él. Sabía que, si lo llamaba ante su persona, su propia vida corría peligro.

La comisión de cardenales que tenía como misión juzgar a los últimos templarios era afín al rey. Sabían quién ostentaba el poder y no había dudas de cuál sería la condena: cadena perpetua. La sentencia estaba dictada desde Fontainebleau. La larga mano del consejero real buscaba mantener la presión sobre el gran maestre, creyendo que cedería en algún momento y que entregaría el secreto de la orden. Era la única razón para prolongar la situación. El gran maestre no había cedido y Guillaume de Nogaret se había visto obligado a abandonar porque el rey tenía lo que quería: la riqueza del Temple. Nogaret trataba de imaginar, en la soledad de sus aposentos, cuál era el secreto, tan importante como para que el gran maestre soportase el tormento. El rey, sin embargo, le había ordenado que dejara de perseguir aquella quimera.

Bajo la aquiescencia del consejero real, los cardenales habían tomado una decisión. Habían llamado a los templarios ante el tribunal, aunque los que habían aparecido eran cuatro cadáveres andantes. A duras penas podían caminar o mantenerse en pie. Estaban sucios y hedían. Debajo de los andrajos que apenas los cubrían se veían los huesos desprovistos de toda carne, que indicaban que, de esperar más, no habría a quien juzgar. Mostraban el cuerpo lleno de heridas y laceraciones, algunas cicatrizadas, otras aún abiertas. Sin embargo, los cuatro templarios no habían perdido su orgullo. Su mirada, al menos la de Jacques de Molay y las de los dos preceptores, seguía siendo la de antaño. No estaban dispuestos a dejarse arrebatar lo único que les quedaba: el honor.

Hugo de Pairaud, visitador de occidente, había perdido incluso el orgullo. Soportaba la misma carga que el resto de sus compañeros, pero él debía cargar además con la culpa por haber llevado a la destrucción a la orden y a sí mismo.

El cardenal que presidía la comisión no pudo evitar un rictus de desagrado ante la imagen de aquellos hombres, otrora altivos, que se habían convertido en despojos humanos. Nombró uno a uno a los cuatro templarios. Ninguno respondió.

—Esta comisión, después de analizar las pruebas, considera que sois culpables de todos los cargos que se os imputan por vuestros actos contra Dios y contra natura. Sin embargo, apreciamos vuestro arrepentimiento, por lo que os condenamos a cadena perpetua.

Aquel era el momento que Jacques de Molay llevaba años esperando. Reunió las pocas fuerzas que le quedaban y logró que su voz sonara, otra vez, poderosa.

—No puede arrepentirse quien no ha cometido crimen alguno. Proclamo, una vez más mi inocencia.

Godofredo de Charney, con voz apenas audible, también negó la sentencia.

—Yo también soy inocente.

La comisión apostólica miró confusa a los dos hombres que habían hablado y después a los otros dos templarios, por si querían añadir algo más. No esperaban la negativa a aceptar lo que consideraban una salida digna al sufrimiento.

—¿Sois conscientes de que, con vuestra negativa a aceptar la sentencia, seréis considerados relapsos, lo que conlleva la pena de muerte? —preguntó uno de los cardenales dirigiéndose a Jacques de Molay y a Godofredo de Charney.

—Lo somos —fue la respuesta de Jacques de Molay.

—Sea —dijo el cardenal—. Mañana se ejecutará la sentencia.

102

Escocia, 2024

La carretera entre Oban y Edimburgo, en los escasos días en los que el sol la bendice, permite disfrutar de unas vistas bucólicas. Cruza el Parque Nacional del Lago Lomond y los Trossachs, un inmenso parque de un verdor insultante, con lagos, pequeñas montañas y pueblos dispersos. Cuando llueve se transforma en un territorio hostil en el que las carreteras, llenas de curvas, se antojan eternas. Luken conducía poniendo al límite el coche de alquiler y sus reflejos. A su lado, Arianna apenas hablaba. Quizá lo hacía para no distraer a Luken, quizá porque estaba asustada. Él decidió no preguntar si el miedo era a sufrir un accidente o al hombre que los perseguía.

Llegaron a Edimburgo con el tiempo justo de tomar un vuelo directo a Roma. Corrieron por la terminal para alcanzar el embarque. Solo cuando el vuelo cerró sus puertas respiraron aliviados. En ese instante su perseguidor aceleraba el coche, que acababa de descender del ferry en Oban.

—¿Cómo vamos a deshacernos de él? Tarde o temprano dará con nosotros. Y entonces...

Arianna se interrumpió porque no había una buena forma de terminar aquella frase.

—Quizá tenga una idea. He estado meditando durante el viaje. Solo hay una forma de terminar con esto, que crean que no hay nada que buscar. Tu jefe quería una rueda de prensa, ¿no?

Arianna asintió no muy segura de lo que Luken pretendía.

—Dentro de tres horas aterrizaremos en Roma. A las siete y media podríamos estar en Orvieto. Llama al director y que organice la rueda de prensa. Estaremos los tres.

—¿Los tres?

—Sí, dile que de camino le daremos los detalles.

La sala de prensa del Museo Arqueológico de Orvieto estaba a rebosar. Las televisiones, radios y periódicos locales, nacionales e incluso medios internacionales habían acudido. Algunos se encontraban ya allí por el terremoto, pero otros se habían trasladado desde Roma solo para cubrir el evento. Los hechos de la noche anterior habían reactivado el interés, y una rueda de prensa, convocada de urgencia por la organización que estaba siendo señalada, indicaba que tenían algo importante que comunicar. Luken y Arianna se movían por la sala anexa, nerviosos ante lo que les esperaba. El director del instituto, en cambio, parecía disfrutar del momento. Fue él quien hizo de maestro de ceremonias. Les dio instrucciones de dónde sentarse y, cuando todo estuvo preparado, fue el primero en subir al improvisado estrado y sentarse en el centro de la mesa, con Arianna y Luken a ambos lados.

—Muchas gracias por acudir con tanta presteza. Me acompañan hoy la subdirectora del museo, la doctora Arianna Carlucci, y el doctor Luken Arregi, experto arqueólogo que está trabajando con nosotros.

El director hizo una pausa y bebió un pequeño sorbo del vaso que tenía delante. Luken no le tenía demasiado aprecio, porque había sido descortés con él, pero reconocía su capacidad para dominar el escenario.

—Queremos anunciarles los resultados de nuestra investigación. Todos los objetos encontrados en la gruta fueron rescatados y traídos hasta Orvieto entre los siglos XI y XIII. La Orden del Temple fue la responsable de hacerlo.

Un murmullo se elevó entre los presentes y los periodistas comenzaron a hacer preguntas, pero el director les pidió calma. Luken sabía que aquella información iba a generar interés. Los templarios siempre habían atraído la atención del público hasta ser considerados personajes míticos. Se habían escrito libros, filmado películas y su historia estaba rodeada de un halo de misticismo. Los datos que iban a facilitar proporcionarían titulares, abrirían profundos debates y sería analizados durante muchos años.

—Los detalles de cómo hemos llegado a esta conclusión se los dará el doctor Arregi.

Todos los presentes se volvieron a mirar a Luken. Hasta ese momento, la rueda de prensa se estaba desarrollando tal y como esperaba. Ahora era su turno. Carraspeó incómodo y se adelantó para acercarse al micrófono.

—En la gruta aparecieron símbolos que indican, sin lugar a duda, que los templarios estuvieron involucrados.

Además, hemos hallado una lista de nombres, la mayor parte de ellos correspondientes a grandes maestres de la orden, desde su origen hasta su desaparición. Esto nos lleva a concluir que la Orden del Temple se dedicó durante sus más de dos siglos de existencia a buscar, rescatar y traer a Orvieto todos los objetos que encontraron.

Varias voces se alzaron tras las palabras de Luken. Uno de los periodistas se dejó oír más que el resto.

—¿Por qué?

Esa era la pregunta que Luken esperaba. Era el turno de Arianna.

—Es lo que llevamos semanas tratando de responder —intervino la italiana—. ¿Por qué lo hicieron? Hay dos posibles razones. —Arianna hizo una pausa y releyó el papel que tenía delante. Debía ser precisa—. La primera razón sería su afán de rescatar objetos que se iban a perder irremediablemente, recuperarlos y preservarlos para el futuro. La segunda razón, que pretendían hacer desaparecer esos objetos, evitando así el culto a otros dioses. —Aquella parte del mensaje de Arianna podía comprenderla cualquiera. Habían vivido los acontecimientos del día anterior en la plaza de San Pedro.

Aún quedaba otra pregunta clave. Resultaba imprescindible que alguien la formulara. Responderla sería lo que los protegería.

—¿Puede haber más objetos?

La verdadera respuesta a esa pregunta solo la conocían Arianna y él, pero había llegado el momento de mentir.

—No —contestó Luken de la forma más tajante que pudo—. Quizá el Temple tenía la intención de continuar su tarea, pero ahora sabemos que el papa Clemente V, con la ayuda del rey de Francia, Felipe IV, intervino para que esto no sucediera. Disponemos de documentos que lo atestiguan. Contaron con la colaboración de la Universidad de París. Esa fue la única y verdadera causa de la caída del Temple.

La respuesta iba a ser suficiente para mantener entretenido al público y a los medios de comunicación durante años. Reabriría uno de los debates sobre la orden menos aclarados por los investigadores. Pero, sobre todo, desviaría la atención de ellos y de Orvieto. No había nada mejor que una conspiración de poder para entretener al mundo.

El director del Museo tomó la palabra en medio del estallido de preguntas de los periodistas.

—En unos instantes pondremos a su disposición toda la información disponible, incluyendo fotos y documentos que ratifican nuestros hallazgos. Muchas gracias por su atención.

103

Roma, 2024

Mike el Griego, o como ahora se hacía llamar por todos, Deacon, no estaba satisfecho. Lo sucedido en la plaza de San Pedro había sido toda una demostración de fuerza. Cincuenta mil personas habían acudido a su llamada y sembrado el caos. No era suficiente. Había cometido un error. Los movimientos necesitan líderes y las masas deben poder ver, admirar, tocar y escuchar a sus líderes. Las redes sociales no bastan por sí solas. Necesitaba hacer algo más, y la excusa para dar ese paso se la había proporcionado la rueda de prensa del Museo Arqueológico. Habían reconocido que la gruta tenía origen templario. También que los monjes guerreros buscaban esconder a la humanidad el legado de los dioses antiguos. Los templarios constituían una orden religiosa que dependía del papa; por lo tanto, la Iglesia de Roma era la responsable de la ocultación. Lo iban a pagar caro.

Estiró la mano en la cama y tomó el móvil. Escribió un nuevo texto de convocatoria para tres días después. Debía lograr que acudiesen fieles de todo el mundo. Sería un nuevo encuentro a la caída del sol, pero esa vez él se dirigiría a las masas. Sus seguidores tendrían la oportunidad de ver, incluso tocar, al profeta Deacon. Para ello necesitaba una presentación a la altura de las circunstancias. Envió la convocatoria a todas sus redes sociales. A su lado, en la cama, la joven cuyo nombre no era capaz de recordar comenzó a despertarse. Él le dio una palmada en el culo.

—Tienes que irte. Ve de compras. Hoy va a ser un gran día, pero ahora debo preparar un discurso y decidir cómo me presento ante mis fieles.

A unos kilómetros de donde se encontraba Mike, el nuncio apostólico se dirigía presuroso a su despacho con Su Santidad. Recorrió los pasillos a grandes pasos, sin detenerse a ver las obras de arte que los adornaban. Hacía tiempo que había dejado de prestarles atención. A todo te acostumbras, incluso a la belleza suprema del arte. Entró en el despacho sin llamar. Era uno de los privilegios de su cargo. Desde el otro lado del enorme salón, el papa levantó la mirada por encima de sus gafas e hizo un gesto para que se acercase.

—Setecientos años —dijo con voz poderosa el sumo pontífice—. Setecientos años llevaba este secreto enterrado en las profundidades del mundo. Y es ahora, durante mi pontificado, cuando decide emerger.

El nuncio se acercó y tomó asiento en una de las sillas colocadas frente a la mesa.

—Santidad, los líderes no eligen las circunstancias, son las circunstancias las que escogen a los líderes.

El papa volvió a levantar la mirada, pero esa vez su gesto era malhumorado.

—Nunca estoy seguro de si te crees lo que dices o lo haces solo por molestar.

El nuncio decidió no responder a las dudas del sumo pontífice. Parecía que su humor no era el mejor y, en todo caso, tampoco hubiera ganado la discusión.

—Traigo dos asuntos. El primero es la rueda de prensa de ayer en Orvieto. El segundo es la convocatoria del profeta.

—En realidad solo es un asunto. De lo primero podemos despreocuparnos. Han resuelto el misterio. Dediquémonos a lo que de verdad importa. ¿Cómo vamos a parar a ese falso profeta?

El nuncio apostólico aún creía que convenía prestar atención a lo que sucedía en Orvieto, pero el papa tenía razón, lo importante era concentrarse en lo más urgente. Había pensado en ello. Durante las últimas semanas habían intentado una campaña de desprestigio hacia el agitador. Su pasado era todo menos irreprochable. Aun así, y por muy sorprendente que pareciese, no había hecho mella en su popularidad. Más bien al contrario. Había logrado convertir su pasado imperfecto en una redención, asegurando que la llamada de sus dioses le había hecho abandonar el camino torcido que llevaba su vida.

Habían tratado de convencer a la policía y a los jueces para que interviniesen, impidiendo al falso profeta predicar aquella herejía abominable, pero su respuesta había sido tibia. No podían prohibir la libertad de culto, habían respondido. ¡Como si eso les hubiese preocupado en algún momento!

—Tengo una propuesta que podríamos denominar audaz.

—Adelante.

Había captado la atención del papa. El nuncio solía ser un hombre conservador, que vigilaba dónde ponía los pies. Sin duda, que planteara algo atrevido le parecía una novedad al sumo pontífice.

—Convoquemos a los fieles a una vigilia esa misma noche. Venzámoslo con su propia medicina. Podemos reunir a cientos de miles de devotos cristianos que acudirán a nuestra llamada para defender al verdadero representante de Dios en la Tierra.

El papa dudó unos instantes. En verdad era un movimiento audaz.

—Podría acabar mal. Podría haber enfrentamientos.

El nuncio apostólico había previsto la objeción.

—Por eso sería conveniente que Su Santidad no estuviese en el Vaticano en ese momento. De todas formas, si hubiese algún enfrentamiento, nosotros ganaríamos. Él sería el provocador viniendo a nuestra casa. Y además... —El papa enarcó las cejas—. Nuestro credo siempre se ha construido sobre el sacrificio de los mártires.

Se hizo el silencio en el despacho. El nuncio podía ver pensar al papa, sopesar pros y contras, y evaluar los riesgos.

—Adelante —dijo al fin—. Tenemos dos mil años de historia. Mis predecesores actuaron con determinación para sobrevivir, desde que nos escondíamos en las catacumbas y éramos perseguidos. Hagamos lo que sea necesario.

El nuncio papal se levantó del asiento. Tenía lo que quería. Hizo una reverencia.

—Lo que sea necesario. Así se hará.

Salió del despacho del sumo pontífice y, mientras se alejaba por el pasillo, marcó un número de teléfono.

—¿Dónde estás? ¿Has regresado de tus vacaciones por Escocia?

Se oyó un gruñido desde el otro lado de la línea.

—Es una mierda de país. Llueve todo el rato y no saben comer.

El nuncio soltó una carcajada.

—Seguro que nada más regresar a Roma has dado cuenta de un buen plato de espagueti. Tengo otro trabajo para ti. Deja de seguir a la parejita. No son importantes. Te mando los detalles por el conducto habitual.

Sin dejar tiempo a réplica, colgó la llamada.

—Lo que sea necesario —se repitió.

104

París, 1314

La isla del Sena había amanecido lluviosa. Era marzo, pero la primavera parecía lejana y el frío penetraba hasta los huesos de la muchedumbre que se había reunido en la plaza. Las dos hogueras había sido dispuestas frente a Notre Dame, que se alzaba esbelta, orgullosa, como si de un juez irrecusable para los condenados se tratase. La catedral había comenzado su construcción unos años más tarde de que Hugues de Payns fundara la Orden del Temple, pero la había sobrevivido.

La noticia había recorrido cada taberna, cada callejuela, cada casa, choza o mansión de la ciudad, a pesar de que entre la sentencia y la ejecución solo habían transcurrido unas pocas horas. No todos los días había ejecuciones y menos la de una figura tan importante como la del último gran maestre templario. Encarcelado durante años innumerables, se había convertido en una figura mítica, de la que se contaban historias, por las noches, a la luz de la chimenea. Algunas eran falsas, pero las que hablaban de su valor en Tierra Santa y frente a los tribunales apostólicos se quedaban cortas. Sin embargo, los dos hombres que aparecieron engrilletados por uno de los laterales de la plaza, semidesnudos y escuálidos, se alejaban por completo de aquella imagen épica. Eran dos despojos humanos, a los que cualquiera de los presentes hubiese negado unas monedas. Llevaban la ropa raída y sucia, las barbas y las largas cabelleras ensortijadas y blanqueadas por una vejez acelerada. Estaban en los huesos, famélicos por la mala alimentación y las enfermedades. En el cuerpo lucían visibles las cicatrices de la tortura. Caminaban con la espalda curvada, con paso lento y tambaleante. Tal era la escena que el populacho, que solía mofarse, insultar e incluso lanzar objetos, mostraba un silencio entre sorprendido y respetuoso.

En el centro de la plaza los esperaban dos enormes piras de troncos. Los sentenciados avanzaban rodeados de soldados, como si alguien temiese que hubiese un intento de liberarlos. No quedaba allí nadie para intentarlo. O casi. Escondido entre la multitud, encapuchado, estaba Pierre d'Aumont. No había podido evitar que las lágrimas afloraran a sus ojos. Eran lágrimas de tristeza, por la injusticia, porque Jacques de Molay había sido un hombre íntegro, dedicado a la causa de la orden, traicionado por gente cuya estatura moral era menor que la suya. Las lágrimas de Pierre también lo eran por sí mismo, porque todo el cuerpo le gritaba que desenvainara su espada, aunque le costase la vida. Hubo un instante en que estuvo a punto de hacerlo, pero su mirada se cruzó con la de Jacques de Molay. Había paz en sus ojos, reconocimiento, sorpresa y un mensaje: no lo hagas. Incluso le pareció atisbar una leve sonrisa en su rostro. Él, que nunca sonreía. Estaba feliz porque la tortura iba a finalizar y porque había cumplido su misión hasta el final. No habían podido doblegar su voluntad. Había salvado el secreto que sobreviviría a la propia orden. Pierre comprendió que ahora le tocaba a él cumplir su propio deber.

Jacques de Molay llegó junto a la pira, acompañado por Godofredo de Charney. Ambos fueron despojados de los grilletes y atados al palo central de cada pira.

—Jacques de Molay, Godofredo de Charney. Habéis sido juzgados y condenados por relapsos de crímenes abominables. ¿Tenéis algo que decir antes de que se cumpla la sentencia?

Godofredo de Charney miró al alguacil y escupió al suelo. Jacques de Molay, sin embargo, sí tenía algo que decir. Alzó la voz, que se escuchó poderosa en el respetuoso silencio de la plaza.

—Dios sabe que mi muerte es injusta y un pecado. Dentro de poco muchos males caerán sobre los que nos han condenado a muerte. Dios nos vengará.

El silencio se prolongó. Todos estaban impresionados por la entereza del gran maestre y encogidos por la maldición que había lanzado. Eran gentes supersticiosas y las palabras de Jacques de Molay no tardarían en llegar a los destinatarios de la maldición. El alguacil dio la orden y dos soldados prendieron fuego a las piras. Los presentes, acostumbrados al espectáculo, esperaron los gritos de agonía, pero estos no llegaron. Ambos hombres mantuvieron la barbilla alta, la mirada desafiante e incluso en el momento en que las llamas terminaron de engullirlos, ni una queja salió de sus bocas.

Cuando la plaza se vació, solo Pierre quedó ante las piras. Se acercó y se arrodilló frente a los restos de Jacques de Molay. Rezó una oración e hizo una última promesa al gran maestre mientras apoyaba la punta de su espada en las cenizas. Luego desapareció.

105

Orvieto, 2024

La ciudad de Orvieto había despertado como todos los días desde el terremoto. Los trabajos de recuperación y aseguramiento continuaban. Los periodistas vagaban por la ciudad buscando alguien a quien entrevistar por enésima vez, aunque los habitantes de Orvieto se mostraban cada vez más reticentes. Todo cambió al mediodía, cuando llegó la información de las convocatorias en la Ciudad del Vaticano. Los periodistas recogieron sus pertenencias, abonaron las cuentas de sus hoteles y partieron hacia la capital. Allí había poco que hacer.

La idea de Luken había funcionado. El interés se había desviado. La convocatoria de Roma, estimulada por la rueda de prensa, había apartado el foco de ellos. Luken y Arianna se habían levantado tarde y habían hecho el amor con la pulsión de dos personas que acaban de conocerse y que aún necesitan explorarse el uno al otro. Después bajaron a desayunar. Se tomaron su tiempo y escucharon las noticias sobre lo que sucedería en Roma al cabo de dos días. Sin embargo, su preocupación era otra.

—¿Qué haremos ahora? —preguntó Arianna, viendo que Luken se había quedado pensativo.

—Regresar a donde todo empezó. Bajar a la gruta y ver si algo nos arroja luz. Y probar la llave.

La teoría de Luken se sostenía sobre aquellas llaves. Había llegado el momento de evidenciarla. Se dirigieron hacia la gruta, cuyos alrededores aparecían solitarios, y se montaron en el montacargas. Comenzaron el descenso en la más absoluta oscuridad. Luken notó que la mano de Arianna tomaba la suya y respondió apretándola. Se sentía a gusto con ella. Habían compartido mucho, y tuvo la sensación de que no le importaría vivir lo que quedase por descubrir juntos. Y quizá más allá. Se volvió hacia ella y la besó. Ella respondió apretando su cuerpo contra el de él. Llegaron al fondo de la gruta y se dirigieron a la pared con las inscripciones. Era como si temieran descubrir si la llave podía abrir la puerta, y estaban posponiendo el momento. Luken dejó de un lado la lista de los nombres y se centró en los símbolos. Quería estudiarlos de nuevo, en especial el triángulo, ahora que creía que podía ser un mapa.

—Un triángulo rectángulo. No sé cómo no me di cuenta. Tres lugares que debemos descubrir. Tres llaves.

—Si todo esto es verdad.

Arianna había dicho lo que era evidente, pero que Luken se resistía a reconocer. Habían impreso las llaves en 3D el día anterior con la esperanza de que alguna fuese capaz de abrir la puerta de la gruta. Llevaba retrasando el momento desde que habían bajado. Miró a Arianna y sonrió, aunque era una sonrisa nerviosa.

—Ha llegado la hora.

Tomó la mano de Arianna y se dirigieron hacia el pasillo que bajaba hasta la puerta. Luken jugueteaba con el manojo de llaves. Solo se escuchaba el sonido de sus pasos en la gruta. Recordó que aquel pasillo no había sido transitado en los últimos setecientos años. Se imaginó a Pierre d'Aumont, con una antorcha en la mano, recorriendo el camino contrario hacia la gran cavidad. Fue tanta la sensación de retroceder en el tiempo que no le hubiese sorprendido encontrárselo en persona. Llegaron frente a la puerta. Pasó la mano por las marcas templarias, admirando una vez más la delicadeza de las tallas.

—Adelante —le animó Arianna.

Sacó el juego de llaves y las miró, como si al hacerlo pudiese adivinar cuál era la correcta. Tomó una de ellas y la metió en la ranura. Nada. Ni siquiera fue capaz de introducirla hasta el fondo. Miró a Arianna. Dudaba, pero a ella le brillaban los ojos de la emoción y eso le devolvió la confianza. Probó la segunda llave, también sin éxito.

—Va a ser la última. Siempre es así —dijo intentando poner un poco de humor, en caso de que la tercera tampoco abriese.

Introdujo la tercera e intentó girarla. Esa vez sucedió algo diferente. Notó que la llave entraba hasta el final y una resistencia al girarla. Oyó el sonido de un mecanismo interior y sintió que la resistencia cedía. La cerradura se abrió. Tenían razón.

106

Orvieto, 2024

Luken y Arianna se habían encerrado en el despacho de la italiana en el Museo Arqueológico. Necesitaban silencio y no ser interrumpidos. Temían que entrase el director a preguntarles qué estaban haciendo. Habían despejado la mesa y en el centro habían colocado un enorme mapa de la región que Arianna utilizaba para marcar los yacimientos arqueológicos en los que el museo estaba trabajando. En el centro del mapa se situaba Orvieto, pero también se veía una buena parte de aquella zona de Italia.

—Ni siquiera estamos seguros de que los otros dos lugares se encuentren en Italia —dijo Arianna retirando las chinchetas del mapa.

—Intentémoslo. Si no localizamos nada, ampliaremos la zona de búsqueda. Tú conoces la región mejor que yo. ¿No se te ocurre nada?

Arianna resopló.

—No soy muy buena con los mapas.

—La verdad es que yo tampoco.

Luken reflexionó un instante.

—Supongamos que Orvieto fuese el punto más al oeste del triángulo. Si la orientación fuese correcta, deberíamos buscar al este. ¿Qué hay allí?

Arianna señaló una parte del mapa.

—Todo este territorio sigue siendo la Umbría. Más al este —añadió moviendo el dedo hacia la derecha— están los Montes Sibilinos. Más allá, la región de Marcas.

—Es como buscar una aguja en un pajar.

Luken comenzaba a desesperarse. Sentía que daban palos de ciego. Estaban cerca de descubrir aquel secreto tanto tiempo oculto, pero les faltaba alguna clave, un pequeño detalle que los llevara a la solución. Miró el mapa en busca de alguna inspiración, pero nada parecía acudir a su mente. Decidió descansar por un instante cuando algo le llamó la atención. Señaló un pequeño punto del mapa, hacia el sur.

—Qué nombre tan curioso. Narni. Como la película.

Arianna sonrió. Quizá lo había hecho por la capacidad de Luken de gastar bromas en momentos serios.

—Es un pueblo precioso —respondió Arianna poniendo un fingido gesto de enfado—. Yo nací allí. Algún día te llevaré. Está en lo alto de un promontorio, y dicen que de él tomó el nombre para su libro el escritor de *Las crónicas de Narnia*, a quien le pareció bonito. Es un pueblo templario.

Arianna se detuvo de improviso. Narni era un pueblo donde el pasado ligado a la orden aún se vivía, con espectáculos, tiendas y restaurantes de temática templaria. Se volvió hacia Luken.

—¿Qué has dicho? —preguntó él.

—Que es un pueblo templario. ¡Qué mejor lugar!

Luken negó con la cabeza.

—No, antes de eso. Has dicho que estaba en lo alto de un promontorio. Como Orvieto. ¿Y si existen grutas parecidas?

Arianna se quedó boquiabierta.

—Lo cierto es que las hay —logró articular—. Y no solo en Narni, sino en toda la región. También en Terni y en Todi, por ejemplo. Aquí y aquí.

Luken cogió varias chinchetas y fue marcando los pueblos que Arianna le indicaba. Regresó al ordenador e imprimió la imagen del triángulo en el mayor tamaño posible. Lo recortó y lo colocó sobre el mapa.

—Si no fuera por la escala, que no es la correcta, encajaría como un guante.

Esa vez había sido Luken el que se había quedado con la boca abierta.

—¡Qué mejor que un enclave templario para esconder el secreto!

Luken tomó un rotulador y trazó sobre el mapa un triángulo que imitaba a la perfección el hallado en la gruta. El triángulo, que tenía uno de los vértices en Orvieto, apoyaba un segundo vértice en Todi y el más alejado en Narni. Formaba un triángulo rectángulo perfecto y su orientación, tomando como referencia el norte, era exacta. Luken no podía creer que hubieran descifrado el enigma. Se volvió hacia Arianna.

—Creo que ha llegado el momento de que me enseñes tu pueblo.

107

París, 1314

Pierre d'Aumont había hecho una promesa. Sobre los rescoldos de las cenizas de Jacques de Molay había jurado vengar la muerte del viejo gran maestre. Aquel juramento lo ataba, porque las promesas hechas a los muertos siempre debían cumplirse. Había regresado a París, aunque había pensado que jamás volvería a hacerlo. Usaba un nombre distinto, buscando el anonimato y siguiendo un rastro que no había sido difícil de encontrar: Guillaume de Nogaret. El consejero real no se ocultaba. Vivía en una lujosa mansión cerca de la Torre del Temple. La maldad ocupaba ahora el lugar que le hubiera correspondido a la orden.

Pierre no tenía prisa. Había alquilado a una viuda una modesta habitación con una pequeña ventana desde la que podía conocer los pasos de Nogaret, cuándo entraba y salía, y lo más importante, los movimientos de la guardia que lo protegía. Su plan había sido fácil de preparar.

El palacio que servía como vivienda a Guillaume de Nogaret en París era amplio y lujoso, como correspondía a su estatus. Dos soldados custodiaban la puerta y un abundante servicio atendía las necesidades. Se situaba a pocos pasos de la Torre del Temple, lo que al consejero real le producía un indudable placer. Era tarde y la luz había caído ya. Habían transcurrido diez días desde la muerte del último gran maestre templario en la hoguera, pero los ecos de la ejecución aún no se habían extinguido en París. Guillaume de Nogaret lamentaba la ejecución de Jacques de Molay. No porque hubiese apreciado al anciano, sino porque era inconveniente. Atesoraba un secreto que el consejero real no había podido desentrañar. Jamás hubiese decidido su muerte sin arrebatarle antes ese secreto. Sin embargo, los cardenales, en un inaceptable exceso de celo, lo habían juzgado, condenado y ejecutado antes de que pudiese intervenir. Cuando la noticia alcanzó Fontainebleau era demasiado tarde. También habían llegado hasta él las palabras pronunciadas por el templario antes de morir. Su cuerpo había temblado al conocerlas y se había producido un sutil cambio a su alrededor. Todos habían comenzado a mirarlo de otra forma, con una mezcla de miedo y piedad en los ojos que no podía soportar.

Guillaume de Nogaret apartó los papeles que estaba escribiendo y acercó el plato de sopa que su cocinera había preparado. Dio un sorbo mientras pensaba en el documento que estaba terminando. Era una justificación de la necesidad de desaparición del Temple. Se habían alzado voces contra el proceso seguido y Felipe IV le había urgido a preparar un argumento de la pertinencia de acabar con la orden. Estaba utilizando el fracaso del Temple en Tierra Santa. Era imperativo lanzar una cruzada y para ello hacía falta dinero. La orden poseía el dinero suficiente, pero se había visto incapaz de lograr el menor éxito en aquella misión, optando por seguir acumulando riqueza en vez de usarla para su propósito original. Ahora, la riqueza de la orden en manos del rey financiaría una nueva cruzada a Jerusalén. El círculo quedaba así completo. O casi. Seguía en el aire el secreto templario y solo quedaba un hombre que lo conocía: Pierre d'Aumont. Sin embargo, parecía que se lo hubiese tragado la tierra. Nadie sabía dar cuenta de él, a pesar de que Nogaret había puesto a sus agentes a buscarlo. Era como si nunca hubiese existido.

Tomó otro sorbo de la sopa e hizo un gesto de desagrado. Hablaría con la cocinera. Siempre preparaba una sopa deliciosa, pero la de ese día tenía un regusto extraño, impropio de ella. Apartó el plato asqueado, dispuesto a continuar su trabajo, cuando oyó un ruido frente a él. Levantó la cabeza y se encontró con un hombre encapuchado. No parecía armado. Nogaret no se inmutó. Sabía que era mejor mantener la calma.

—¿Quién eres? ¿Qué quieres?

El hombre se retiró la capucha. No hubiera hecho falta nada más para responder a la pregunta.

—Soy Pierre d'Aumont y he venido a mataros.

Guillaume de Nogaret no movió un solo músculo del cuerpo, pero su mirada se afiló.

—Debí haberlo imaginado. Os he buscado con ahínco.

—Aquí me tenéis. Habéis sido acusado, juzgado y condenado por confabulación contra el Temple.

Guillaume de Nogaret sonrió.

—El Temple ya no existe.

—Cierto, pero eso no invalida la sentencia que Jacques de Molay dictó contra vos.

La referencia al gran maestre quebró la máscara del consejero real. Una maldición lanzada desde la hoguera tiene un gran poder. Fue solo un instante y Nogaret recuperó la compostura.

—Si voy a morir, al menos haced el favor de contarme qué secreto oculta la orden. Todo condenado merece esa merced.

Esa vez fue Pierre quien sonrió.

—No sé si estáis preparado para escucharlo.

—¡Probad! —respondió Nogaret sin poder evitar el ansia en la voz.

La necesidad de Nogaret de conocer el secreto era superior a su miedo a morir.

—Hugues de Payns, nuestro fundador, perseguía un objetivo cuando creó la orden: proteger a los peregrinos en su camino a Tierra Santa. Sin embargo, cuando llegó allí, vivió el sinsentido de las religiones, muriendo y matando en nombre de Dios, persiguiendo ídolos, reliquias, estatuas y cruces.

Guillaume de Nogaret parecía interesado, pero mientras escuchaba deslizaba la mano por debajo de la mesa buscando una daga que sabía que estaba allí. Siempre había sido un hombre precavido.

—Dios a veces necesita mártires. Vos debéis saberlo.

—Hugues de Payns no se conformó —replicó Pierre—. Durante dos siglos la orden se ha dedicado a buscar, encontrar y esconder cuanto símbolo religioso ha aparecido. En Tierra Santa y, a veces, fuera de ella.

Esa vez la boca de Nogaret se abrió por completo.

—El objetivo ha sido borrar el recuerdo de todo ello. Eso es lo que contiene este manuscrito —finalizó Pierre extrayéndolo de debajo de su capa.

Guillaume de Nogaret hizo gesto de levantarse a la vez que sacaba la daga, pero un gesto de dolor crispó su semblante. Tuvo que apoyar la mano en la mesa para sostenerse. Un relámpago de reconocimiento asomó a su rostro. Miró la sopa que aún reposaba, humeante, sobre el escritorio.

—No merecéis que os mate como a un caballero, Nogaret —dijo Pierre dirigiendo la mirada también al plato de sopa—. El veneno es lo que se usa contra las ratas. Es doloroso, pero el dolor siempre os ha gustado, ¿no es así?

El suyo, en ese momento, se había vuelto insoportable. El rostro del consejero real se contrajo y las piernas dejaron de sostenerlo. Cayó sobre el sillón como un fardo pesado. Se llevó las manos a la garganta mientras la espuma comenzaba a manar de su boca, de la que asomaba una lengua negra e hinchada. Pierre extrajo de la capa un trozo de tela blanca con la cruz patada dibujada en ella y la depositó sobre el cuerpo del consejero real. Dio unos pasos atrás y volvió a las sombras, sabiendo que Nogaret soportaría aún varios minutos de lenta agonía.

108

Todi, 2024

Amaneció en Orvieto con un día luminoso. Se levantaron temprano, a pesar de que habían estado haciendo los preparativos para el viaje hasta bien entrada la noche. Se acercarían primero a Todi, que quedaba más próximo a Orvieto. Se dirigieron antes al despacho del director del museo.

—Necesitamos unos días de descanso después de todo lo sucedido —le anunciaron, cogidos de la mano, para no dejar lugar a dudas.

—¡Ah! Bien, por supuesto, me hago cargo —respondió incómodo—. Le agradecemos sus servicios y, por supuesto, le enviaremos sus emolumentos.

Salieron del museo, regresaron al hotel y terminaron de preparar las maletas. Tomaron el coche de Arianna y abandonaron Orvieto hacia la segunda fase de su plan, diseñado la noche anterior.

—Nos desviaremos. Vivo a media hora de Orvieto —le había anunciado Arianna—, pero necesitamos pasar a recoger material.

—¿Material?

—Hace un par de años ayudé a una asociación del pueblo. Habían encontrado túneles de la época romana en el subsuelo. Quedan partes por explorar. Para eso necesitaremos material de espeleología.

Arianna condujo por carreteras secundarias a través de un paisaje rural que a Luken le recordaba a su Álava natal. Se dedicó a admirar el lugar y preguntarse dónde viviría Arianna, no parecía haber cerca ninguna población. Al girar una curva tomaron un camino que ascendía entre cipreses y, al fondo, apareció una antigua casa de campo.

—¡Que preciosidad! —exclamó Luken.

Arianna sonrió, aunque en su sonrisa había un deje de tristeza.

—Era la casa de mis padres. Cuando ambos fallecieron la heredé. Vine a vivir aquí y conseguí el puesto en el Museo Arqueológico. Creo que no fue una buena idea. Es muy grande para mí y hay demasiados recuerdos. Quizá la venda.

—Siento lo de tus padres. La casa es tan bonita que sería una pena.

Arianna detuvo el coche frente a una enorme puerta de garaje. Se bajaron y la italiana la abrió. A la derecha había una pared entera cubierta de estanterías. Encontró el material que buscaba y lo colocó en sendas mochilas. Después, cerró el garaje y regresaron al coche. Partieron hacia Todi. Estaba situado apenas a una hora de viaje de Orvieto. En el camino rodearon un lago cuyas aguas cristalinas reflejaban la vegetación del entorno como si de una fotografía se tratase. Al dejarlo atrás vieron Todi en la distancia, elevada sobre un promontorio, como si se tratase de la hermana menor de Orvieto.

—¿Adónde tenemos que ir? ¿Alguna iglesia antigua? ¿Una ruina romana?

—Me temo que es algo más prosaico. Vamos a entrar por las alcantarillas.

—¿Alcantarillas? Creo que detrás de todo esto hay una historia interesante.

—La hay. Hace unos años, en un trabajo de alcantarillado, el ayuntamiento descubrió túneles y dos enormes cisternas de la época romana. Aún no tienen dinero para explorarlo todo, pero hacen visitas regulares con turistas a alguna de las zonas accesibles.

Aparcaron el coche y prepararon el material. Incluía arneses, cuerdas y cascos con luz frontal. Se aseguraron de que todo estuviera listo. Cuando se disponían a empezar, oyeron una voz detrás de ellos.

—¡Hola, Arianna! ¡No sabía que vendrías hoy!

Ambos dieron un respingo. Aún tenían muy presente la persecución que estaban sufriendo y no se sentían a salvo. Además, no querían que su secreto terminase antes de comenzar.

—Hola, Enrico. ¿Cómo estás? —respondió Arianna reponiéndose—. He venido con Luken, un amigo que quería ver los túneles. Luken, Enrico es el encargado de la asociación que organiza la visita a los túneles.

Enrico sonrió satisfecho. Aquello le generaba un orgullo que no trataba de disimular.

—Si queréis, bajo con vosotros.

—No es necesario —respondió Arianna, quizá más rápido de lo normal—. Será una visita breve.

—De acuerdo —respondió Enrico, percibiendo la incomodidad de ella—. Al menos, déjame que os ayude a entrar.

Una vez dentro se encontraron en otro mundo. Los túneles eran profundos y amplios, tanto que en muchos tramos permitían caminar sin agacharse. Algunas tímidas estalactitas colgaban de los techos y las paredes inclinadas, brillando por la escorrentía del agua, lo que preocupó a Luken.

—Me temo que, si existe la gruta y el agua ha llegado hasta ella, no encontraremos nada. Todo habrá sido destruido.

Avanzaron iluminando los muros mientras buscaban una señal o símbolo que pudiese guiarlos. Transitaron por varios niveles y se fueron adentrando más y más en las profundidades.

—Es fascinante —dijo Luken en una pausa—. Podría pasarme días enteros aquí.

—Lo sé. Me produce la misma sensación.

Recorrieron los túneles, viendo cómo el tiempo transcurría sin que apareciese nada de interés, hasta alcanzar el último nivel. Arianna le explicó que aún no había sido explorado en profundidad. Avanzaron con la esperanza de que aquel fuera el lugar correcto. Llegaron a un cruce de túneles y se detuvieron dudando qué camino seguir. En ese momento Luken detectó algo que llamó su atención.

—¡Mira! —señaló.

En una de las paredes había algo tallado. Estaba desgastado por el tiempo y por el agua. Luken pasó la mano para quitar la suciedad acumulada. Reconoció una cruz con los extremos más anchos. El emblema del Temple. Sintió un escalofrío en la espalda. Sus esperanzas renacieron. Era una señal inequívoca de que los templarios habían estado allí. Tomaron el túnel hasta que se encontraron frente a una pared. No había salida.

—Esperaba hallar una puerta —confesó Luken sintiendo que regresaba la frustración.

Se sentó en el suelo, más por decepción que por cansancio, pero notó que cedía bajo su peso. Se levantó y se puso a apartar la tierra con sus propias manos. Arianna sacó una pequeña pala de la mochila y comenzó a ayudarle. Tras unas pocas paladas oyeron el sonido del metal contra la madera. Se miraron emocionados. Cavaron hasta despejar lo que parecía una trampilla, en uno de cuyos lados había una argolla de metal oxidada. En el centro había una cruz templaria desvaída por el tiempo. Luken tiró de la anilla y la madera protestó con un crujido, pero se levantó mientras le llegaba un olor a espacio cerrado. Se asomaron y lo único que vislumbraron fue una oquedad sin fin. Alumbraron con la linterna y les pareció ver el suelo al fondo.

—¿Quién baja primero? —preguntó Luken.

—Hazlo tú. Es tu descubrimiento.

—No. Es nuestro descubrimiento. De los dos. Jamás lo hubiésemos logrado por separado.

Arianna ayudó a Luken a descolgarse y luego le siguió. Miraron a su alrededor. El túnel continuaba a partir del punto en el que estaban. Luken cogió de la mano a Arianna y avanzaron. Allí las paredes estaban secas y el olor a cientos de años de polvo acumulado se introducía en las fosas nasales. Sin casi darse cuenta se encontraron frente a una puerta.

—Fíjate. Es casi una versión en miniatura de la de Orvieto.

Luken pasó la mano por la madera y por los símbolos tallados en ella. Se imaginó setecientos años atrás a Pierre d'Aumont frente a aquella misma puerta.

—Adelante. Ábrela —dijo Arianna.

Luken sacó las dos réplicas de las llaves y sopesó ambas sin decidirse.

—Da igual —bromeó ella sonriendo—. Será la segunda.

Luken respondió a la sonrisa y tomó la que tenía en la mano derecha. La introdujo en la cerradura y la giró. Se oyó un sonido y la puerta se entreabrió. Se miraron sorprendidos. Arianna empujó la puerta, que se terminó de abrir. Era una sala de un tamaño menor que la gruta de Orvieto. La altura no superaba los tres metros y cada lado no debía de medir más de seis.

En la sala, separados en dos grupos, había varios objetos, aunque cubiertos por telas de un gris oscuro que algún día quizá hubiesen sido blancas. Luken se acercó al primero de los dos conjuntos y retiró la tela que recubría uno de los objetos. Ambos dieron paso atrás y dejaron escapar un grito que reverberó en la sala. Se trataba de una figura de tamaño humano, cubierta por un manto. Se miraron sin entender lo que estaban viendo. Arianna se adelantó y retiró otra sábana, que parecía cubrir un objeto de grandes dimensiones. Esa vez estaban preparados, pero solo encontraron una enorme mesa de madera y tres objetos de piedra sobre ella. Uno de ellos era negro, otro rojo y el último blanco. Esa vez Luken sí comprendió lo que estaba viendo. Posó la mano sobre la piedra negra y, como si de un conjuro se tratase, dijo una palabra que Arianna no entendió.

—Ka'aba —repitió Luken—. La piedra negra que preside el mayor lugar santo musulmán: la Meca. Y estas otras dos deben de ser la piedra roja de Ghaiman y la blanca de Al-Abalat.

—Entonces, la figura humana, ¿qué es?

—No es la figura —respondió Luken—. Es lo que la recubre. Es un manto o burda. Quizá de Mahoma o de alguien de su familia.

Luken había comenzado a comprender qué era lo que habían descubierto. Aquellos eran objetos santos musulmanes. Caminó hacia otro de los objetos y lo destapó. Era una figura de ágata roja, aunque una de sus manos era dorada.

—Hubal, uno de los ídolos de la época premusulmana.

Arianna se acercó y acarició la escultura, que era de una belleza arrebatadora.

—Pensaba que los musulmanes tenían prohibido adorar ídolos.

Luken se había acercado y lo estaba mirando con detenimiento.

—Es complejo —respondió—. Ha habido muchas ramas de la religión musulmana. Y una religión no surge de la nada. Había cultos previos que el profeta Mahoma aprovechó para construir su visión. Y esta es la figura de uno de ellos.

Luken hizo un gesto a Arianna para que descubriera el siguiente objeto. Era de dos metros de altura y uno de longitud, pero estrecho. Se trataba de una librería de madera oscurecida, que albergaba decenas de volúmenes.

—Libros santos musulmanes. Probablemente un Corán —dijo señalando uno de ellos—, o quizá podría ser El Asatir, aunque no soy un experto y puedo equivocarme.

Luken había alcanzado su límite de asombro. ¿Cómo habían logrado los templarios todos aquellos objetos? Era un misterio que quizá nunca desentrañasen. Hugues de Payns y sus sucesores habían tenido casi tres siglos para lograrlo y la determinación para hacerlo. Quedaba un gran objeto del primer grupo. Luken y Arianna lo habían dejado para el final. No se le ocurría qué otra maravilla podía esconder aquella sala. Retiró con cuidado la sábana y apareció una figura de un caballo alado. Su cabeza era de mujer y la cola de un pavo real. Supo de inmediato lo que era.

—Al Buraq, la yegua alada que transportó al profeta. Uno de los objetos míticos de la religión musulmana. No sabía que existía algo parecido. No hay registros.

Durante varios minutos admiraron en silencio los objetos, para dirigirse después a la otra parte del salón. ¿Por qué los habían separado en dos grupos? ¿Eran también musulmanes o qué sorpresa les esperaba? Él tenía una intuición, pero optó por no compartirla con Arianna. Había un objeto de grandes proporciones, y Luken decidió dejarlo para el final. Descubrió otro y ambos se quedaron mirando un escudo. Estaba formado por dos triángulos opuestos que formaban una estrella de seis puntas.

—¡Es imposible! —exclamó Luken—. ¡Si esto es lo que creo que es, nos encontraríamos ante el escudo del rey David!

Arianna se volvió hacia otro de los objetos. Tenía una forma peculiar, más estrecha en la base y ancha en la parte superior.

—¡Apuesto a que sé lo que es! —dijo ella.

Debajo de la sábana descubrieron un enorme candelabro de siete brazos. Estaba fabricado en oro. Su valor material sumaría una fortuna, pero el valor inmaterial resultaba incalculable.

—Una menorá. Mejor dicho, la Menorá, el candelabro santo de la religión judía.

Al lado del candelabro había una mesa con diversos

objetos que no fueron capaces de identificar. Otros sí. Entre ellos había varios rollos de la Torá u otros libros santos, y una hamsa, la representación de la mano de Fátima. Finalmente, solo quedó por descubrir el objeto de grandes proporciones. Tuvieron que retirar la sábana entre los dos. Apareció una enorme vasija de metal sostenida por las figuras de doce bueyes. Estaban creados con enorme virtuosismo. Arianna miró a Luken esperando sus palabras. Luken puso la mano sobre la vasija y la deslizó con suavidad, acariciándola.

—Se supone que este objeto fue destruido hace mucho tiempo.

—¿Qué es?

—Su nombre es Mar de Bronce, otro objeto santo del judaísmo. Se dice que la Fuente de los Leones de la Alhambra estaba inspirada en él.

Arianna miró a Luken con sorpresa.

—¿Por qué se encuentra entonces entre los objetos judíos y no entre los musulmanes?

Luken no respondió de inmediato. No estaba admirando los objetos. Había empezado a pensar en por qué se hallaban allí.

—Esa es una visión moderna. Hace siglos las religiones tomaban sin problemas símbolos, leyendas y aprendizajes de las demás. Tienen orígenes similares, aunque todas ellas insistan en señalar solo las diferencias. Los mitos fundacionales de las tres grandes religiones politeístas y los de muchas otras religiones son muy similares. Esa podría ser la clave de todo. Quizá los templarios entendían que las tres religiones y otros cultos eran en realidad lo mismo, una expresión de la necesidad humana de Dios, y que matar por las diferencias no tenía sentido.

Arianna coloco una mano sobre el brazo de Luken, que pareció regresar de sus pensamientos.

—¿Qué haremos ahora?

Luken miró todos los objetos a su alrededor. Su mente de arqueólogo pedía a gritos salir al mundo y revelar lo descubierto. Sin embargo, lo vivido aquellos días le había vuelto más cauto.

—De momento, si te parece, dejaremos todo tal y como estaba e iremos a Narni. Cuando veamos lo que puede esconderse allí, decidiremos.

—Me parece bien. Si han permanecido aquí durante siete siglos, pueden aguantar unos días más.

109

Toulouse, 1314

Pierre d'Aumont no había abandonado París días después de la muerte de Guillaume de Nogaret. Hubiese sido más inteligente hacerlo de inmediato, pero no se había podido resistir a la tentación. Los alguaciles del rey recorrían la ciudad buscando información, peinando cada taberna, cada calle, intentando encontrar al responsable de la muerte del consejero real. Pierre había querido escuchar qué se decía del asesinato que acababa de cometer. Jamás pensó que podía matar a alguien a sangre fría, pero el consejero real lo merecía. Había sido el responsable de la muerte de cientos de caballeros templarios y lo había hecho por poder y por codicia.

En los mentideros de la ciudad no se hablaba de nada más que no fuera la maldición de Jacques de Molay. Nogaret había fallecido poco después de que el juramento fuese lanzado desde las llamas, y sobre su cadáver se había encontrado una cruz templaria. Aquello envolvía el asesinato de un carácter de profecía. Todo el mundo se preguntaba quién había sido la mano ejecutora. Pierre se encargó de extender en los bajos fondos de la ciudad la teoría de que había sido un caballero templario. Hasta le había dado un nombre: Pierre d'Aumont. Quería que todo el mundo supiese la verdad y el mensaje llegase alto y claro hasta los responsables.

Una vez que se aseguró de todo ello, emprendió la marcha con un nuevo destino, Toulouse, donde llegó unos días más tarde. Los ecos del asesinato de Guillaume de Nogaret le habían precedido. Dado el carácter temeroso de Clemente V y la vida que había tenido desde que portaba la tiara papal, se había redoblado la vigilancia que lo protegía. Pierre no tenía prisa alguna. Sabía que era imposible mantener la guardia alerta por un periodo prolongado. Al principio lo estaría, pero con el tiempo se relajaría, y a él le sobraba tiempo. Tuvieron que transcurrir unos meses hasta que se decidió a actuar.

Aquella noche el papa Clemente V contemplaba las llamas de la chimenea del salón papal en Toulouse. El fuego le producía un efecto hipnótico, lo arrastraba a un lugar en el que dejaba atrás los pensamientos, las preocupaciones, el dolor físico, pero también el espiritual, que sentía. No se había recuperado aún de la enfermedad que le había postrado los últimos meses. Durante el Concilio de Vienne había tratado de resistir, pero sabía que no debía de quedarle mucho tiempo de vida.

—¿Desea algo más, santidad? —dijo Francesco, su ayuda de cámara.

Clemente V lo miró con ojos cansados de vivir, harto de ser derrotado por aquel rey cruel, del que se sentía un simple lacayo. Francesco era un buen hombre. Había cuidado de él desde hacía años y lo había acompañado en aquel destierro eterno en el que vivía.

—Nada —respondió—. Puedes dejarme. Mañana no madrugaré, necesito descansar.

Su ayudante se retiró con una reverencia. Clemente V se levantó y cerró la puerta por dentro, una costumbre que había adquirido durante su papado. Regresó a su escritorio y se quedó pensativo. El dolor físico no era nada comparado con el dolor espiritual. Se sentía responsable de haber entregado la Orden del Temple al rey de Francia. Los monjes nunca habían faltado a su juramento, siempre habían antepuesto los deseos de los sumos pontífices a su propia comodidad. Y él los había traicionado. En su descargo, solo cabía argumentar que no había tenido otro remedio. El rey se habría impuesto, en cualquier caso. «¿O no?», se preguntó. ¿Qué habría sucedido si él se hubiera opuesto? Esa idea llevaba meses carcomiéndolo por dentro. En lo más hondo del corazón conocía la respuesta. Lo habría pagado con la vida. Él no era un mártir, solo un cobarde, eso siempre lo había sabido. Y un cobarde quizá no mereciese llevar la tiara papal.

Alguien llamó a su puerta. «Probablemente será Francesco», pensó. Volvió a levantarse, se acercó y la abrió. Lo primero que vio fue el rostro de su ayudante, pero estaba desencajado. Detrás apareció un encapuchado que lo sujetaba. Este empujó al ayuda de cámara al interior del aposento y lo obligó a sentarse en uno de los sillones. Portaba una espada y parecía entrenado para su uso. Pierre envainó la espada, se retiró la capucha y se dirigió hacia Clemente V.

—¿Os acordáis de mí?

El sumo pontífice tardó unos instantes en reconocer el rostro del templario.

—Sois el caballero d'Aumont.

Pierre asintió.

—Vengo a cumplir un deseo. El último del gran maestre Jacques de Molay. Su maldición.

El rostro del sumo pontífice se desencajó. El terror asomó a su mirada y dio un paso atrás mientras el temblor se adueñaba de su cuerpo.

—Yo —balbuceó— no tuve opción. No podéis hacerme culpable de la muerte del gran maestre.

Pierre sintió vergüenza ante el comportamiento de Clemente V.

—La cobardía es el peor pecado para un hombre con poder. Vuestra cabeza no es merecedora de portar la tiara papal —respondió Pierre escupiendo las palabras.

Apenas un instante antes el propio sumo pontífice había llegado a la misma conclusión.

—¿Qué podía haber hecho yo? El rey...

—Hay hombres que merecen morir por lo que hicieron. Otros merecen morir por lo que no hicieron. Pero también los hay que merecen morir por lo que permitieron a otros hacer.

Pierre avanzó resuelto. Una daga apareció en su mano. Clemente V no retrocedió. En realidad, sintió paz. Sabía que iba a morir, pero no le importaba. Al contrario, sería un alivio. Esperó con los brazos abiertos la llegada de la muerte. La daga osciló y el cuello del sumo pontífice se abrió como fruta madura.

El ayuda de cámara emitió un alarido, mientras Clemente V se ahogaba en su propia sangre. Pierre se volvió hacia el ayudante y lo hizo callar con un gesto. Luego se acercó a él y extrajo un trozo de tela blanca con la cruz patada tejida en él.

—Decidle a quien ocupe el trono de Roma que la muerte es el único final para quien traiciona a quien solo ha mostrado fidelidad.

110

Narni, 2024

Las calles de Narni transmiten historia. El suelo empedrado, los edificios antiguos, las tiendas de objetos medievales y templarios sumergieron a Luken en el mundo que Pierre d'Aumont debía de haber vivido. No resultaba difícil imaginarlo a caballo, llegando a aquel lugar como ellos, al atardecer.

Las luces del alumbrado público se acababan de encender, iluminando la piedra de los edificios como si de antorchas se tratasen. Se generaba un aura mágica, o quizá es que Luken se había sugestionado con aquel pueblo, vértice del triángulo templario que habían descubierto. Todo confluía en Narni, que, para hacer gala aun más de su misticismo, era también el centro geográfico de Italia. Nada parecía escogido al azar. Y para culminar las coincidencias, aquel era el pueblo del que el autor de *Las crónicas de Narnia* se había enamorado hasta tomar el nombre para su obra. Aquella serie de libros habían sido parte de la juventud de Luken, y su autor, C. S. Lewis, escritor y medievalista, una de las razones por las que había elegido la arqueología como profesión. Luken no creía en el destino, pero reconocía que aquella era una extraordinaria convergencia.

Luken y Arianna caminaban de la mano por las calles del pueblo. Parecían dos simples turistas. De vez en cuando ella le señalaba algún detalle curioso o le contaba una historia del pueblo o alguna anécdota de su niñez. En un par de ocasiones Arianna se detuvo a hablar con algún viejo conocido, pero lo hizo sin soltar la mano de Luken. Cenaron en el restaurante favorito de Arianna, un pequeño establecimiento donde fue recibida como si de una hija pródiga se tratase. De forma tácita, no hablaron sobre lo encontrado en Todi ni sobre lo que podía esconder el subsuelo de Narni. Era fácil especular, pero también equivocarse. Eso si había algo que encontrar. Luken sospechaba que Arianna estaba imaginando lo mismo que él, pero ninguno parecía querer verbalizarlo. Terminaron la cena, alegres por el buen vino, y regresaron caminando al hotel en el que habían decidido hospedarse. Una vez allí, casi sin hablar, pero sintiéndose ambos más vivos que nunca, hicieron el amor.

Por la mañana temprano, entraron en el mundo subterráneo de Narni. Arianna había reservado una visita turística a las profundidades. A diferencia de Todi, los túneles se habían descubierto tiempo atrás. Eran la mayor atracción turística del lugar, y se habían investigado en su totalidad. Aquello preocupaba a Luken. Se unieron a un grupo y trataron de explorar con discreción los subterráneos en busca de algún símbolo templario. Sin embargo, no hallaron nada que hiciera sospechar que allí había algo parecido a lo que habían encontrado en Todi. Se sumaron a un segundo grupo y repitieron la visita, pero poco a poco comenzaron a desesperarse. Tras la segunda intentona se detuvieron en un café para decidir qué hacer.

—Nada. Ninguna señal. ¿Y si nos hemos equivocado?

Arianna tardó en responder. En realidad, estaba pensando lo mismo.

—Sin embargo, en Todi acertamos. Y Narni sería el lugar perfecto, encaja en el mapa y estuvo controlado por los templarios.

Luken removía el café de su taza, que había empezado a quedarse frío, cuando Arianna tuvo una idea.

—Espera aquí —dijo.

Se levantó, marco un número de teléfono y se alejó. Regresó al cabo de dos minutos. Luken le lanzó una mirada expectante.

—He pensado en alguien que nos puede ayudar.

Luken la miró alarmado. No quería compartir el secreto con nadie, y menos con un desconocido.

—Tranquilo —se anticipó Arianna—. No diremos nada relevante.

Cinco minutos más tarde, un hombre de edad avanzada se acercó a la mesa. Arianna se levantó con una sonrisa y el hombre la abrazó con cariño. Se pusieron a conversar en italiano, pero él hablaba a tal velocidad que Luken no era capaz de captar lo que decía. Estaba fascinado por su manera de gesticular, acompañando de forma tan expresiva sus palabras. Le cayó bien de inmediato.

—Giacomo —explicó Arianna a Luken— fue mi profesor en el colegio. En Narni es una celebridad. Es la memoria viva de la ciudad. Conoce cada detalle, cada piedra y cada historia.

El anciano sonreía satisfecho, como si aprobase las palabras de ella.

—Nos puede ayudar. Le he pedido que nos consiga una visita privada al Narni subterráneo. Podremos estar el tiempo que queramos.

La esperanza renació en Luken.

—Será esta tarde a las cuatro y nos acompañará su sobrino Pietro.

Arianna hizo un gesto de resignación. El anciano le hizo una pregunta señalando a Luken y ambos retomaron su divertida conversación. Luken no podía dejar de mirarla. Estaba relajada, sonriente, parecía disfrutar de su entorno y se veía que era alguien especial para aquel anciano. Arianna se volvió hacia Luken.

Le he dicho que estás interesado en el pasado templario de Narni.

—¿Y qué es lo que te ha respondido?

Arianna se puso seria, como si tuviese una información importante.

—Que más te vale que me trates bien, que si no lo haces tendrás que vértelas con él.

Los tres se echaron a reír y el anciano empezó a explicar algo a Luken, que no lograba entender lo que decía.

—Dice —tradujo Arianna— que cada casa de Narni reclama para sí un pasado templario, pero que no son más que tonterías. Parece que los historiadores dudan sobre si tal pasado existió. Y que, en realidad, solo hay un edificio templario en la zona.

Luken se había incorporado, excitado ante la idea.

—¿Cuál es? —preguntó tratando de no expresar un excesivo interés.

—La iglesia de Santa Pudenziana. Se encuentra cerca de Narni, en las afueras. Parece que es famosa porque el ejército templario pasó por allí.

Luken y Arianna se miraron. No era necesario decir nada. Ella abrazó a Giacomo y le dio las gracias, y él le guiñó un ojo a Luken antes de irse caminando calle arriba con la parsimonia de los años.

Diez minutos después dejaban el coche frente a la iglesia. Su torre se erguía en medio de la campiña umbría, reposando como un anciano venerable. La visitaron casi en soledad. Solo una pareja recorría el edificio sacando fotos. El templo estaba aislado del núcleo urbano y no atraía a los turistas. Una iglesia más en un país lleno de ellas. Su manufactura era prerrománica. Tenía un pequeño pórtico que mostraba signos de haber sido construido tomando elementos de un templo anterior. Se trataba de una iglesia humilde. Parecía imposible que atesorase nada de valor. Luken pensó que esa suponía la mejor forma de pasar desapercibida. La recorrieron con calma, sin encontrar nada que les llamase la atención. Bajaron a la cripta, que se hundía en las profundidades de la tierra.

Luken estaba a punto de regresar a la nave principal cuando escuchó la voz de Arianna pronunciando su nombre. Su tono fue suficiente para saber que había encontrado algo. Se volvió y siguió el dedo de ella hasta un punto en uno de los muros. El corazón se le detuvo por un instante. Una inequívoca cruz templaria, copia exacta de la que habían visto en los túneles de Todi. Arianna tomó la mano de Luken y la apretó.

—Lo hemos encontrado. ¿Qué hacemos ahora?

La mente de Luken bullía de excitación, deseoso de buscar algún acceso o puerta, pero sabía que no era el momento.

—Nada —respondió Luken—. Ahora no podemos. Podría llegar cualquiera. Necesitamos soledad. Lo haremos esta noche.

Luken vio el rostro de Arianna y su decepción, pero ella asintió. Había entendido que no era el momento.

—La iglesia no se cierra nunca —respondió—. No hay objetos de valor en ella.

Regresaron a Narni. Se acercaban las cuatro de la tarde, hora a la que tenían concertada la visita particular a los subterráneos. Pietro, sobrino de Giacomo, los estaba esperando, pero la mente de ambos continuaba en la pequeña iglesia templaria perdida en la campiña y el secreto que escondía. Fue la tarde más larga de sus vidas.

El último rayo de sol abandonó la Umbría y emprendieron el camino de retorno a Pudenziana. La iglesia, solitaria, se elevaba orgullosa, albergando un enigma de la historia templaria que ahora ellos podían desentrañar. Prepararon el material. Habían acordado que no encenderían ninguna luz hasta que estuvieran en la cripta. Era noche de luna nueva y la oscuridad era casi absoluta. Aun así, se orientaron a oscuras por la nave de la iglesia, escuchando sus pasos arrastrándose, con la cautela de quien no conoce el lugar y teme toparse con un obstáculo. Localizaron los escalones que bajaban hasta la cripta y, cogidos de la mano, se introdujeron en un mundo aún más oscuro. Encendieron las linternas y se dirigieron hacia el símbolo. Se dividieron la cripta y se pusieron a revisar las paredes. No encontraron nada más de interés. Después, comenzaron a golpear el suelo de la cripta buscando un sonido hueco que no llegaba.

A Luken se le ocurrió una idea. Había un pequeño altar de piedra en el centro de la cripta. Pidió a Arianna que le ayudara a moverlo. Lo hicieron con esfuerzo, pero el resultado compensó. Allí había otra trampilla, otro símbolo templario tallado en la madera debajo de una capa de tierra y polvo, otra argolla oxidada, otro vacío que se introducía en las profundidades. Bajaron en silencio, pero con los corazones latiendo a mil pulsaciones. Un túnel los condujo hasta la nada. Terminaba en una pared. Se miraron uno a otro sin comprender. Parecía una broma macabra. ¿Acaso era otra gruta que aún no estaba acabada? ¿Quizá la súbita desaparición de la orden había truncado sus planes y el tercer vértice del triángulo nunca había existido? Alguien se había tomado la molestia de cavar el túnel, pero después, por alguna razón desconocida, había cambiado de opinión, dejando el trabajo sin terminar. Ambos se sentaron en el suelo, con la desolación como única compañía.

De pronto, Luken tomó una de las palas y la clavó en el suelo al final del túnel. No sucedió nada, pero Arianna pareció comprender. Ambos cavaron durante unos instantes hasta oír lo que ansiaban. El sonido de la madera.

—¿Cómo lo sabías?

—Los templarios eran desconfiados. Sea lo que sea lo que haya aquí, trataron de dificultar al máximo el acceso. Nadie sigue buscando si cree que no hay nada.

Despejaron la segunda trampilla y se dejaron caer en la oscuridad. Esa vez otra puerta los esperaba.

—¿Sabes? —preguntó Arianna—. Espero que no haya ninguna trampa, como en las películas, y acabemos atravesados por una lanza de madera que salga de alguna oquedad.

Luken la miró entre sorprendido y asustado. Aquello no se le había pasado por la cabeza. Entonces comprendió que Arianna bromeaba tratando de rebajar la tensión.

—Si fuera así —dijo sonriendo— ya hubiéramos muerto varias veces.

Sacó la llave que faltaba y la contempló dubitativo. ¿Qué podía ocultarse tras aquella puerta? Solo había una forma de saberlo. Introdujo la llave en la cerradura y oyó el familiar sonido de apertura. Esa vez tuvo que empujar la puerta. El paso de los siglos parecía haber afectado a la madera. Se encontraron en una habitación de pequeñas dimensiones, incluso menor que la de Todi. Era diferente: las paredes estaban cubiertas de símbolos templarios, como la de Orvieto. Luken reconoció los mismos que había visto en la gran gruta, incluso la lista de nombres ocupaba una parte importante de una de las paredes. Allí pudo ver el nombre de Pierre d'Aumont, en el último lugar. También había otros objetos en los muros, cruces, escudos, espadas, lanzas y pendones. Un pequeño museo del Temple. El centro de la sala lo ocupaba una mesa. No estaba cubierta y sobre ella destacaba un solo objeto. Un pequeño libro. Luken se acercó y sopló sobre la cubierta, oculta por el polvo de cientos de años. Se podían leer unas pocas palabras y un nombre.

El guardián de los dioses perdidos
Pierre d'Aumont

Luken miró a Arianna. Era la misma frase que él había pronunciado semanas atrás en la gruta de Orvieto. Por un instante se sintió conectado a Pierre, como si un viejo amigo le enviase un mensaje personal. A través de los tiempos llegaba a ellos la respuesta a todas las preguntas. Iba a pasar las primeras páginas del libro cuando escuchó la voz de Arianna a sus espaldas.

—¡Luken!

Arianna había retirado la sábana del objeto más grande

de la gruta. Ambos se encontraron mirando una cruz de madera de más de dos metros de altura. En los laterales y en el punto más bajo aparecían agujeros de lo que habían tenido que ser grandes clavos.

—No será...

Arianna no terminó la frase. Luken asintió. No era necesario decirlo. Se acercó a otro de los objetos y lo descubrió. Se trataba de una gran arca de piedra con símbolos tallados por toda la superficie. La tapa estaba abierta y dentro descansaban dos placas de piedra, con símbolos tallados en ella. Tampoco aquel objeto requería aclaración. Solo quedaba una mesa, pero Luken sabía lo que iba a encontrar. Aun así, retiró la sábana. La mayor parte de la mesa estaba recubierta de papiros. En la esquina, un pequeño pedestal sujetaba un modesto cáliz de madera.

111

Fontainebleau, 1314

Un hombre es fácil de matar. Un rey no. Habían transcurrido meses desde la muerte de Jacques de Molay y su maldición lanzada desde las llamas, pero Pierre no había podido acercarse al monarca. Los asesinatos de Guillaume de Nogaret y de Clemente V no habían pasado desapercibidos. En las mismas tabernas y posadas en las cuales se habían extendido los rumores contra el Temple no se hablaba de nada más. La superstición anidaba en la mente de todos. La maldición de Jacques de Molay se estaba cumpliendo. Ahora todas las miradas se volvían hacia Felipe IV. La aparición en ambas muertes de un caballero templario al que algunos consideraban un espíritu, el trozo de tela con la cruz templaria bordada dejada junto a los cadáveres y las propias referencias del asesino a la maldición habían sido suficientes. El resto lo habían hecho la imaginación y las exageraciones. El nombre de Pierre d'Aumont, hasta entonces un templario desconocido, se nombraba en susurros, como si existiese el riesgo de invocarlo si era pronunciado en voz alta.

El rey Felipe IV había estado semanas sin salir de palacio. La guardia había sido reforzada. El monarca hacía probar toda la comida que entraba en sus aposentos ante sus propios ojos. Había comenzado a obsesionarse y la alarma había cundido entre los más cercanos a él. Al cabo de unos meses, obligado por los rumores cada vez más extendidos de su miedo a la maldición, el rey había decidido mostrarse en público. Los comentarios entre los nobles crecían y los más críticos señalaban su cobardía. Sus enemigos amenazaban con aprovechar aquella debilidad y los tambores de guerra empezaban a sonar en las fronteras. Tan solo una vez desde la muerte de su consejero, el rey había salido de Fontainebleau, escoltado por una guardia tan numerosa que hubiese sido necesario un ejército para acercarse a él. Pierre tenía paciencia. Pasaron las semanas, luego los meses y la obsesión de Felipe IV fue cediendo.

Entonces a Pierre se le ocurrió una idea, emplear el mismo método que el rey había utilizado contra el Temple: unas pocas monedas en las manos adecuadas y extender la voz de que el asesino de Clemente V y de Nogaret había abandonado Francia. Los rumores aseguraban que había regresado a Tierra Santa o a Castilla. Incluso había quien defendía que había muerto en una reyerta. En lo que todos coincidían era en que la maldición se había roto. Las habladurías llegaron a oídos del rey. Al principio no les dio pábulo, pero, poco a poco, las medidas se fueron relajando hasta regresar a la normalidad. Felipe IV comenzó a sentirse seguro.

Pierre, desde la espesura del bosque cercano a Fontainebleau, lo veía partir hacia París de forma cada vez más asidua, aunque siempre fuertemente escoltado. Hasta que llegó el día que llevaba tanto tiempo esperando.

La temporada de caza era una época irresistible para un rey de su edad. Felipe IV deseaba volver a sentir la excitación de la caza, la persecución de la presa, la pieza ganada en singular lucha, adelantándose al resto de los cazadores. Pierre conocía la costumbre. Había vivido varias cacerías junto a su padre, el conde. Todos los presentes, llegado el momento, darían ventaja al rey, permitirían que este se hiciese con la codiciada pieza. Estaría solo, por unos instantes, en la espesura del bosque. Había riesgos, por supuesto. Tenía que seguir al monarca en la distancia y podía ser descubierto. Podía llegar hasta él en el momento preciso y que no estuviera solo. No importaba. Debía terminar su misión, aunque perdiese la vida.

Oyó desde lo más profundo del bosque el ladrido de los perros, el relincho de los caballos y las voces de los hombres que partían del palacio. Se limitó a seguirlos a distancia, hasta asegurarse de que el rey tomaba parte en la cacería. El grupo caminaba despacio, precedido por los perros aún atados, siguiendo los olores que solo estos percibían. Felipe IV avanzaba confiado, portando lanza y con la espada envainada. Los perros descubrieron el rastro de algún jabalí o algún ciervo. Los soltaron y se lanzaron como flechas, seguidos por los caballeros. Poco a poco se fueron internando en la espesura. Pierre trataba de no perder de vista al rey, aunque resultaba difícil hacerlo sin exponerse. Llevaba meses viviendo en aquel bosque, que había llegado a conocer como la palma de su mano. Aquello le ayudaba a orientarse y retomar el camino de su presa cada vez que lo perdía.

De pronto dejó de verlo. Oía delante de él a los perros, pero los ladridos sonaban lejanos. Tuvo la sensación de que podía fracasar en su empeño. Decidió arriesgarse y avanzó resuelto. Sabía que un poco más adelante había un claro que le ayudaría a orientarse. Al llegar vio al rey persiguiendo un ciervo del otro lado de la espesura. Se lanzó al galope hacia el lugar por donde había desaparecido Felipe IV. Sentía la misma excitación que cuando se lanzaba a la batalla, el mismo miedo subiéndole por la garganta ante la incertidumbre del desenlace. Avanzaba casi a ciegas hasta que, de pronto, se encontró de frente con el rey. Había alcanzado al ciervo con su lanza y se apresuraba a acabar con la vida del animal. Debió de oír a Pierre, ya que se dio la vuelta con una sonrisa triunfal en el rostro, pensando que se trataba de uno de sus caballeros. Su rictus se transformó, como si su peor premonición estuviera a punto de cumplirse. Pierre se apeó del caballo.

—Vengo del infierno —dijo Pierre desenvainando su espada—. Me envía Jacques de Molay.

Felipe IV no respondió. Extrajo la lanza del cuerpo del animal y la dirigió hacia Pierre con todas sus fuerzas. Era un lanzador diestro y Pierre la pudo esquivar por muy poco. Inmune al miedo, Pierre avanzó. El rey desenvainó y lo enfrentó.

—Pedidme lo que queráis. Será vuestro. Soy el rey de Francia.

Felipe IV ganaba tiempo. Sabía que tarde o temprano llegarían los caballeros de su guardia. Aun así, no se resistió a responder.

—Quiero que Jacques de Molay vuelva a la vida. Quiero que lo hagan todos los caballeros templarios injustamente asesinados. Quiero que se restituya el honor de la orden, mancillado por vuestras argucias. ¿Podéis dármelo?

Por toda respuesta el rey avanzó y descargó la espada

sobre Pierre. Este detuvo el golpe y respondió de inmediato, pero Felipe IV era joven y estaba bien entrenado. No tuvo dificultad en esquivar a Pierre, que empezaba a sentir que el tiempo se acababa. En la lejanía oyó los gritos de los caballeros que se acercaban y los ladridos de los perros que los acompañaban. La urgencia era una mala compañera de batalla y Pierre comenzó a debatirse entre hacer un último intento o huir, a la espera de una nueva oportunidad que quizá nunca llegaría. Avanzó sobre el pie derecho y golpeó de lado, dejando descubierta la defensa del rey. Los gritos y ladridos estaban encima de ellos. Lanzó un último golpe, pero Felipe llegó a tiempo de detenerlo. Las espadas quedaron trabadas y los rostros de ambos hombres apenas separados por un palmo de distancia.

—Jamás podrás vencerme en duelo singular de caballeros —espetó el rey tratando de provocar la furia de su rival.

Una daga apareció en la mano izquierda de Pierre. Manteniendo la espada fija con la mano derecha, lanzó la izquierda hacia arriba. La daga penetró en el cráneo del rey entrando por la garganta. El monarca abrió los ojos de manera desorbitada.

—Vos no merecéis morir como un caballero —sentenció Pierre—. Dadle recuerdos a Nogaret en el infierno.

Pierre extrajo la daga del cráneo del rey, que cayó como un fardo en el suelo. Las voces de los caballeros estaban encima. Envainó la espada y guardó la daga. Montó en el caballo y, al pasar junto al cadáver del rey, dejó caer un pedazo de tela blanca con la cruz patada tejida en ella. Después, se perdió en la espesura.

112

Vaticano, 2024

La plaza de San Pedro es un espacio vasto, acostumbrado a recibir muchedumbres casi a diario. Es el corazón pulsante de la religión que ha dominado Europa desde hace casi dos mil años y uno de sus lugares santos, el principal.

Cientos de miles de cristianos habían acudido a la llamada, creyendo que su fe estaba en peligro, incluso que era el mundo el que lo estaba. El sentimiento que predominaba en la masa era de genuina preocupación, la sensación de que su dios los necesitaba en un momento de tribulación. Portaban crucifijos, rosarios y pancartas que aludían a las sagradas escrituras. Entre ellas se imponía una referencia: el anticristo. Para ellos, Deacon era el anticristo. Ocupaban una amplia porción de la plaza. Separados de ellos por varias hileras de vallas y fuerzas de seguridad, se encontraban los seguidores de los dioses antiguos.

En ese momento de la tarde, aun faltando una hora para la puesta de sol, los partidarios de la nueva fe eran varias decenas de miles. Asistían en mayor número que a la primera llamada, porque ahora sabían que iban a ver a su líder. En ambos grupos se mezclaban curiosos y, de una forma menos identificable, infiltrados, provocadores y fuerzas de seguridad. Habían comenzado los cánticos, se elevaban los rezos y, en el caso de la fe de los dioses antiguos, las voces de los agitadores, de profetas menores que decían haber sido elegidos. Todos ellos buscaban hacerse un sitio, medrar en la nueva fe, convertirse en apóstoles, aunque ignoraran de qué. Sabían que allí estaba sucediendo algo importante y querían ser una parte destacada.

Entre la muchedumbre de los nuevos dioses, vestido con un pantalón viejo, una sudadera y una gorra calada estaba el hombre del nuncio. No perdía detalle de cuanto ocurría a su alrededor. Sabía que pronto aparecería el profeta. Mientras vagaba como uno más, iba anotando mentalmente los rostros de los que parecían destacar como profetas menores, por si en algún momento era necesario.

Faltaban diez minutos para la puesta del sol cuando se oyó un sonido atronador que provenía de uno de los accesos a la plaza. Supo de inmediato que debía de tratarse del profeta. Lo vio a lo lejos, subido en un coche descapotable, de pie, saludando a la masa. El coche se abría paso a través de la muchedumbre con una marcha lenta. Delante caminaban doce chicas jóvenes, todas vestidas con túnicas vaporosas, como si de doce vestales se tratase. Portaban cestos, de los que extraían pétalos que lanzaban al paso del vehículo. Acompañando a las doce, alrededor del coche, como protectores del profeta, iban doce hombres jóvenes. Caminaban con el pecho descubierto, untado en aceite, portando antorchas, cuyo fuego ganaba fuerza según los rayos del sol iban menguando. El automóvil continuó su camino hasta llegar al borde del vallado. Era lo más próximo a la basílica que lograrían avanzar y lo suficiente para que los seguidores se arremolinaran cerca de los cristianos, que acudían hasta las vallas para contemplar la escena. Se oyeron gritos e insultos, y se vivieron conatos de incidentes, pero la barrera colocada evitaba que fuesen a más. El profeta Deacon se había convertido en el centro de atención de toda la plaza.

Al hombre del nuncio no le costó acercarse. Muchos seguidores del profeta parecían haber entrado en trance. Los veía a su alrededor, con signos inequívocos, parecidos a los de algunas drogas. Conocía el percal, en el pasado había sido el lugarteniente de un narcotraficante, lo que le había costado siete años de prisión. Estaba a unos veinticinco metros cuando el profeta se subió al capó del coche. Tenía un megáfono en la mano. Comenzó su discurso con voz poderosa.

—¡Somos los elegidos por los dioses antiguos!

La muchedumbre rugió una respuesta sin palabras y el profeta asintió satisfecho. En ese instante, por primera vez, el enviado del nuncio sintió miedo. La masa informe no pensaba, reaccionaba a impulsos y podía quedar fuera de control en cualquier momento.

—¡Hemos venido a reclamar lo que es nuestro!

A pesar del miedo, avanzó. Cuando no miraba al gentío, sino a los rostros individuales, parecían inofensivos, pero sus ojos brillaban de una forma extraña.

—¡Durante siglos, la Iglesia de Roma, los templarios y otras órdenes religiosas han intentado ocultarnos, destruirnos, que no quedara rastro de nosotros! ¡Pero aquí estamos!

El discurso era hipnótico. Generaba en sus seguidores

un carácter unificador que no existía, les proporcionaba un enemigo común fundiéndolos en un solo organismo. Los colocaba como injustamente marginados. Fuese lo que fuese lo que siguiera a continuación, tendrían un derecho natural a ello.

—¡Hoy hemos venido aquí a recuperar el lugar que nos corresponde!

El hombre del nuncio había avanzado y estaba colocado a unos diez metros del profeta. Ahora debía abrirse paso sin miramientos, empujando a otros que también pugnaban por acercarse. La confusión reinaba a su alrededor.

—¡Los dioses antiguos os piden que os levantéis! ¡Levantaos!

La masa rugió de nuevo, pero esa vez el tono había cambiado. Ahora era de enfado. Contempló los rostros a su alrededor y vio ira, rabia incluso. Aquello no tenía sentido, pero estaba sucediendo.

—¡Os pido que allá donde estéis os levantéis! ¡Para construir un nuevo mundo es necesario destruir el que existe!

El asesino se hallaba a escasos metros del coche cuando oyó esas palabras. Sintió que un escalofrío le recorría la espina dorsal. Sacó la mano derecha del bolsillo de la sudadera y levantó su arma. Quizá por casualidad, en ese momento el profeta miró en su dirección y lo vio. Su rostro se transformó. ¡Quién sabe lo que pensó en aquel momento, cuando vio llegar su muerte!

Realizó ocho disparos. Era un asesino profesional. Cuatro de los disparos fueron cada uno de ellos, por sí solos, mortales de necesidad. Los dos siguientes también dieron en el blanco, pero su autor empezaba a temer por su vida. Veía que los seguidores del profeta se volvían hacia él. Los dos últimos disparos fueron defensivos, intentando evitar convertirse en otra víctima. Fracasó. Cuando le practicaron la autopsia no hubo nadie capaz de reconocer su rostro. Tampoco las huellas dactilares resultaron útiles. Las tenía borradas. Nadie identificó al asesino del profeta. Nunca se pudo determinar la motivación de aquel magnicidio.

El caos se desató en la plaza, pero esa vez se mezclaba con un ingrediente peligroso: el odio. La noticia del asesinato recorrió las filas de los seguidores de los dioses antiguos. Esa vez no retrocedieron. La masa informe cargó hacia delante. No tenían pruebas, pero tampoco dudas de quiénes eran los causantes de todos sus males; por consiguiente, también de aquel asesinato. Aquel día pasaría a ser conocido como el Miércoles Negro. Cientos de muertos y miles de heridos atestando los hospitales y las morgues del Vaticano y de Roma. El nuncio papal tenía los mártires que deseaba. Pero estaba equivocado. Sin quererlo, había creado un mártir perfecto. La religión de los dioses antiguos había nacido, y ya tenía un mesías que había sacrificado su vida por todos sus seguidores. Llegarían otros.

113

Narni, 2024

Luken y Arianna habían regresado a la casa de Arianna, pero no habían dicho una sola palabra desde su partida de Narni. Sobre sus hombros recaería siempre la responsabilidad sobre lo que habían encontrado allí. Tenían que hablar al respecto, meditar el siguiente paso por dar, pero el hallazgo adquiría tal magnitud que no se sentían capaces de tomar una decisión. En la mesa del salón reposaba el libro de Pierre d'Aumont. Era el único objeto que se habían llevado de la gruta. Habían vuelto a dejar todo tal y como estaba. Incluso la tierra sobre las trampillas. No quedaba ni rastro de su paso por allí.

Pasaron la noche en vela, leyendo el libro, viviendo los últimos años de la vida del Temple con Pierre. Conocieron sus miedos, su angustia, sus dudas, pero también su sentido del deber, su inquebrantable fidelidad a la orden y al gran maestre, Jacques de Molay. Descubrieron las maquinaciones de Felipe IV contra la orden, las artimañas del consejero real Guillaume de Nogaret y la debilidad de Clemente V. Comprobaron con asombro el servilismo de la Universidad de París y la verdad tras las investigaciones de Alain Rusef. Y, por último, se sorprendieron por el profundo amor de Pierre por Elisenda de Mortain.

Por fin habían entendido las razones que habían llevado al Temple a obrar como lo había hecho, a recuperar y guardar aquellos objetos. Todo había comenzado con la búsqueda de los objetos santos cristianos. Los templarios habían llegado a Jerusalén con la esperanza de localizar la Vera Cruz bajo el templo de Salomón. Después, habían extendido su búsqueda por toda Palestina e incluso más allá. Empezaron a encontrar objetos de otras religiones, ídolos antiguos, dioses de los que no habían oído hablar. Y hallaron textos, manuscritos perdidos que atesoraron, leyeron e interpretaron. Y algo cambió en ellos. La lectura de todas aquellas obras antiguas les abrió una nueva perspectiva del mundo. Descubrieron que casi todas las religiones tenían un origen similar, los mismos mitos fundacionales; que las diferencias entre ellas eran insignificantes.

Pudieron leer cómo el diluvio universal aparecía en *La Epopeya de Gilgamesh*, veinticinco siglos antes de su época. Que el jardín del edén era también mencionado innumerables veces en el Corán. Que la segunda venida de Cristo era compartida con el islam, el judaísmo y otras religiones antiguas y olvidadas. Que el cielo estaba presente en religiones paganas o entre las deidades griegas. Que el mito de la creación desde la nada, la creación a imagen y semejanza de Dios, las pruebas o tentaciones, la reencarnación de Dios... y muchas otras creencias estaban omnipresentes a través de la historia de los tiempos.

Poco a poco, lo que comenzó siendo la búsqueda de la

verdad única del cristianismo se convirtió en la búsqueda de una verdad más global, en la que las religiones se hermanaban, caminaban juntas y con ellas lo hacían los hombres sin importar sus orígenes o sus credos. Tomaron una decisión: ocultar todo cuanto habían encontrado y evitar que fuese utilizado para crear división, para enfrentar a los hombres unos contra otros, para justificar atrocidades como las que ellos mismos habían cometido.

Por la mañana, Luken y Arianna habían comprendido todo lo necesario de aquella fabulosa historia, pero no habían avanzado ni un ápice en la decisión sobre qué hacer con lo que habían descubierto. Se sentían como el propio Pierre, con sus dudas, heredero de un legado que no había pedido, señor de un secreto que lo sobrepasaba. Se fueron a dormir con las primeras luces del alba y se levantaron bien entrada la mañana. Hablaron poco mientras preparaban el desayuno, cada uno inmerso en sus propios pensamientos.

Se sentaron a comer y Arianna encendió el televisor. Necesitaban algo que los distrajese de su mundo interior. Ambos se quedaron de piedra al contemplar la pantalla. Habían olvidado que había un mundo exterior fuera de su propia historia y de lo encontrado en Pudenziana. La televisión mostraba imágenes de lo sucedido la tarde anterior en el Vaticano. Ante sus ojos desfilaron los cuerpos de los fallecidos, los cientos de heridos, las imágenes del caos creado y la secuencia, captada por las cámaras, del asesinato del profeta. Algo se rompió en el interior de Luken.

El día anterior, la necesidad de mostrar al mundo lo que habían descubierto, la fama que supondría para ambos, su prometedor futuro habían ido ganando la batalla. Tras leer el libro de Pierre no estaba tan seguro. Las dudas del templario habían quedado inoculadas en su cabeza, como un virus. Las imágenes de lo sucedido en el Vaticano representaban el mejor ejemplo de lo que el fanatismo religioso podía desencadenar. Los templarios tenían razón. El mundo era un lugar mejor sin aquellos artefactos que tanto mal habían causado y seguían causando al ser humano. Miró a Arianna. Ella pronunció las palabras que reverberaban en su cabeza.

—Hay secretos que es mejor que nunca salgan a la luz.

114

Isla de Mull, 1315

Los días transcurrían lentos en Mull. Elisenda ya no vivía entre los monjes. Se había trasladado al pequeño convento que había ido creciendo los dos últimos años a unos cuantos pasos de la abadía. Allí, ella y otras mujeres como ella llevaban una vida sencilla, que había aprendido a aceptar. Sin embargo, en lo más profundo de su corazón, sentía que la esperanza no la abandonaba. Pierre había partido dos años atrás y, aunque todos daban por hecho que jamás regresaría, ella les seguía diciendo que lo haría.

Elisenda mantenía sus costumbres, permaneciendo la mayor parte del tiempo en su celda y visitando el claustro solo tras la puesta del sol. De vez en cuando salía a dar largos paseos por la isla, cuando el tiempo era propicio. Solo se permitía una tarea a la que encontraba un placer especial, cuidar de las rosas que había cultivado y que crecían alrededor de la cruz de San Juan, junto a la entrada de la abadía. Cada día iba allí y les dedicaba su atención y mimo. Tenía la sensación de que, mientras aquellas rosas pervivieran, también lo haría su esperanza.

Allí la encontró Pierre. Se acercó a ella y se quedó observando la delicadeza con la que trabajaba en el pequeño jardín, ajena al regreso de quien por tanto tiempo había esperado. Después, con ese sexto sentido con el que percibimos que alguien nos mira, se dio la vuelta y se encontró con él. Ambos se sonrieron, como si se hubiesen visto el día anterior.

—Has regresado.

—Para no separarnos jamás.

Elisenda sonrió, y esa vez se trataba de una sonrisa alegre, la de alguien que sabe que ha despertado de una pesadilla que no regresará.

—¿Qué harás ahora? ¿Lo has pensado?

—He tenido mucho tiempo para meditar. Voy a fundar algo nuevo. No será una orden religiosa. Su función consistirá solo en crear. Como hacen los canteros. Maçonnerie. Sí, así nos llamaremos. Y nuestros símbolos no serán el escudo y la espada, sino la escuadra y la plomada. Y nuestra misión se centrará en hacer un mundo mejor, un mundo en que los hombres sean tratados como iguales, sin importar la procedencia, la fe o el origen social; hombres libres que construyan un mundo libre, que compartan sus opiniones sin ataduras, que no quieran imponer su visión del mundo a los demás. Masonería.

Elisenda tardó un instante en responder. Se acercó a Pierre y lo tomó de la mano.

—Sin duda, un noble objetivo. Pero aún hay algo que resolver. Está el manuscrito. Y el secreto. No podrás empezar algo nuevo si no te deshaces de todo ello.

Pierre miró a Elisenda y recordó las palabras que ella había pronunciado años atrás, en el barco que los llevaba a Iona.

—Ya has encontrado la solución.

Elisenda asintió.

—Crea tu legado sin ataduras. Yo esconderé el secreto.

—¿Tú?

—Sí, yo. Nadie buscará algo tan importante en una orden secreta de mujeres. Somos invisibles para la mayor parte de los hombres: un objeto decorativo que no puede albergar otro fin que no sea satisfacer sus necesidades. Estaremos en las sombras y protegeremos el legado.

Pierre asintió, tomó la mano de Elisenda y se colocó a su lado.

—Vamos a construir el futuro.

—Vamos a hacerlo.

115

Edimburgo, 2025

Tres era la anfitriona. Dos y Uno llegarían en unos instantes y ella había preparado todo lo necesario para la reunión. El mejor bourbon para Uno, whiskey para ella misma y una copa de Chianti para Dos. A través de la ventana del enorme salón oyó acercarse el automóvil que llevaba a sus huéspedes hasta el castillo. Allí no había vistas sobre la Torre Eiffel, pero los jardines escoceses, regados por la impenitente lluvia, también valían la pena. El coche aparcó frente al castillo y uno de los sirvientes abrió la puerta trasera. En ese instante Tres tuvo un efímero recuerdo para la antigua Dos. Echaba de menos su jovialidad, su elegancia. Había sido una mujer increíble, pero todas sabían que aceptaban un riesgo, que trabajaban para algo más grande que ellas mismas, que eran las herederas de un legado de siete siglos, velado por mujeres cuya única arma era la discreción. El sirviente acompañó a las recién llegadas hasta el interior. Las condujo a un salón y cerró la puerta, dejándolas solas.

—Impresionante —dijo Uno—. Los jardines están aún más bellos que en otoño.

—Así es —respondió Tres satisfecha por el halago—. No habías estado aquí antes, Dos, querida, ¿verdad?

Dos negó con la cabeza. Tres le tendió la copa de Chianti y el bourbon a Uno.

—Por Dos —propuso Tres como brindis—. Por su incorporación a nuestra sociedad y por los servicios prestados.

Brindaron y tomaron asiento.

—La situación está bajo control.

No había sido una pregunta, sino una afirmación que había sido dirigida hacia Dos.

—Así es —respondió ella.

Uno asintió.

—Perfecto. En tiempo récord. ¿No queda nada?

Dos negó con la cabeza.

—Tanto la gruta de Todi como la cripta de Narni han sido evacuadas. Se han retirado todos los objetos y se han puesto a buen recaudo.

Tres asintió satisfecha.

—¿Y Luken? —preguntó—. ¿Sospecha algo?

—Ni lo más mínimo —respondió Dos—. No sabe nada. Como pedisteis, ninguna persona que no forme parte de nuestra organización puede saberlo.

—Entonces la situación está perfectamente controlada. No hay nada de lo que preocuparse, ¿verdad, Dos?

Arianna sonrió y respondió con un gesto afirmativo. Todo estaba bajo control.

Nota de autor

Este libro versa sobre el poder en todas sus formas y expresiones. El poder es el arma más peligrosa de la que se ha dotado la humanidad. Su mal uso ha causado innumerables muertes y desastres, pero bien empleado también cambia el mundo a mejor. A través de sus páginas el lector encontrará diversas formas de ejercerlo, algunas con responsabilidad, con honor, con honestidad; otras despiadadas, basadas en el interés propio o sin sujeción a ninguna norma ética. Es lo que yo he querido explorar en esta novela, siempre intentando que sea amena y divertida para el lector; nunca olvido que mi objetivo es que disfrute leyendo tanto como yo escribiendo.

En el periodo en que se escribió esta novela, me interesaba de forma especial este tema y creo que es la razón principal por la que es tal y como es. El escritor no puede, ni debe, separar las vivencias personales o profesionales de sus historias. Aquí no lo hago. Interpretar qué he querido decir al respecto es tarea del lector, si está interesado en ello. No lo explicaré yo aquí.

No es casualidad que, si este libro trata del poder, haya escogido como historia el final de la Orden del Temple.

Era el escaparate perfecto. La desaparición de la orden fue un ejercicio de poder del rey de Francia, Felipe IV, con algunos colaboradores necesarios (su consejero real Guillaume de Nogaret y el papa Clemente V), contra una organización como el Temple, omnipresente y con una gran influencia, cuyo gran maestre era Jacques de Molay. Todos ellos tienen su lugar en esta novela. Son personajes históricos que existieron, que llevaron a cabo muchas de las acciones reflejadas en estas letras y a los que yo he conferido una personalidad para hacerlos humanos, para respetarlos, amarlos u odiarlos. Me interesaba, además, el poder ejercido por y contra una organización que reflejaba a la vez, y de una forma quizá única en la historia, el poder religioso, el económico y el militar, llena de contradicciones en su interior y en sus acciones.

Esto me ha llevado a escribir una historia compleja, en ocasiones tan intrincada como lo fue en la realidad, que trata de responder en su definición a la visión histórica de los acontecimientos de finales del siglo XIII y principios del siglo XIV, y que ha supuesto para mí un reto mayúsculo como escritor. Muchas de las situaciones que se narran en el libro no han salido de mi imaginación, sino que sucedieron en la realidad. Yo solo las he novelado y he introducido en el paisaje histórico un enigma que sirva de telón de fondo y guía a la vez. Solo el lector puede juzgar si lo he ejecutado con éxito.

El personaje central de esta historia es Pierre d'Aumont, un casi desconocido caballero del Temple de principios del siglo XIV, del que hay muy pocos datos y que ni siquiera está claro que llegase a existir, pero sobre el que corren leyendas que yo he deslizado en este libro. Le he dado vida, lo que me ha permitido narrar los acontecimientos desde su perspectiva, alejándola de la tal vez demasiado obvia perspectiva del último gran maestre de la orden, Jacques de Molay, sobre el que ya se ha escrito mucho. Siempre me han interesado los personajes secundarios. Son testigos de primera mano y en muchos casos, como en el de Pierre d'Aumont, pueden influir de manera decisiva. Además, sirven a la narración, ya que en bastantes ocasiones son los ojos desde los que el lector seguirá la narración.

Elisenda de Mortain es su contrapunto en la novela. Quería construir una historia de amor que traspasara el tiempo y el espacio, y que colocara al protagonista en una tensión continua entre el deber profesional y su honor, por un lado, y su deseo personal por otro. Tiene trazos que al lector le recordarán a la historia del caballero negro y Philippa de la parte final de mi trilogía, pero incorpora un elemento esencial que lo diferencia: es un amor que parece imposible. No desvelaré más aquí.

Como todas mis historias, *El guardián de los dioses* está escrita en varias épocas. En este caso, la historia principal se mezcla con una historia actual que sirve de contrapeso y que me permite traer a la actualidad algunos de los temas tratados en la parte medieval. En ella los protagonistas son Luken y Arianna, dos arqueólogos fruto exclusivo de mi imaginación, como todas las personas nombradas en la época actual. Nadie refleja a ninguna persona que exista hoy.

De los temas tratados en ambas épocas, el paralelismo en el uso del poder es el más importante. La historia del fin de la Orden del Temple, la lucha contra el rey de Francia y el papado por el control político y económico son temas vigentes en nuestros días. Solo es necesario ver las noticias o las redes sociales.

Otro paralelismo es el uso de las *fake news*, un arte que no es reciente, sino que ya se ha usado en otros momentos históricos, como en el proceso contra la Orden del Temple, pero que ahora se produce a mayor escala, propiciado por el altavoz de las redes sociales y los medios de comunicación.

Por último, en ambas épocas se deslizan trazos de cómo se crean las religiones. En la época medieval se introducen reflexiones acerca de la aparición de las religiones politeístas, mientras que en la época actual se unen, además, reflexiones sobre el nacimiento de nuevas religiones.

Los lectores que han leído mis anteriores novelas: *La luz invisible* (2020), *El eco de las sombras* (2021) y *El roce de la oscuridad* (2023) saben que el patrimonio cultural siempre desempeña un papel importante en ellas y prácticamente se convierte en un protagonista más. Hasta ahora habían sido monasterios y castillos. En *El guardián de los dioses* son las esculturas y otros objetos religiosos. La novela me ha permitido revivir antiguas esculturas hoy desaparecidas y ha sido uno de los disfrutes en la preparación y escritura de esta novela.

La documentación ha sido, como siempre, intensa y profunda. En este caso lo ha sido en la introducción del patrimonio cultural, en la que quería ser preciso sin resultar aburrido. También ha sido importante en la narración histórica del final de la Orden del Temple, sin perder de vista que el propósito era entretener.

Termino con las localizaciones. Teniendo en cuenta el protagonismo de los templarios, Francia es el lugar donde transcurre la mayor parte de la novela, pero también tiene un papel especial Tierra Santa. Quería comenzar la historia con la caída de Acre, ya que fue la última gran fortaleza templaria. Era el lugar adecuado, ya que esta, como el resto de mis obras, se centra más en los perdedores que en los ganadores. Pero aparecen otras muchas localizaciones. Como siempre he tratado de visitarlas todas, desde Tarifa a la provincia de Snaefellsnes, en Islandia (donde existe una excavación arqueológica similar a la que yo describo), pasando por la bella abadía de Iona, en la isla de Mull, en Escocia. En especial recomiendo la visita a esta última. Después de decidir incluirla en el texto y tras haber escrito las escenas que en ella suceden, aproveché unas vacaciones para acercarme hasta ese confín del mundo y disfruté de un día que nunca olvidaré, recorriendo el lugar, imaginándome a Pierre y a Elisenda, a Luken y a Arianna en aquel lugar, visitando la abadía y el museo. Ello me permitió reescribir esos capítulos dándoles una mayor verosimilitud y jugando con los lugares y objetos que existen allí.

He disfrutado de la concepción de esta novela, de su escritura y de su revisión como de ninguna antes. Quizá es porque soy más consciente como escritor o porque escribo sin ataduras, buscando solo mi propia diversión. Espero que el lector lo aprecie.

Agradecimientos

Mi primer agradecimiento es para los que hacen que mi vida como escritor exista.

Comienzo por mi agente literario de Editabundo, Pablo Álvarez, y todo su equipo en la agencia, que me tratan siempre con una amabilidad y una profesionalidad que aprecio, y que siempre tienen una infinita paciencia conmigo, comprendiendo que escribo cuando mis deberes profesionales me lo permiten, que es casi nunca.

También agradezco la misma compresión a Ediciones B y al equipo de Penguin Random House. Desde Carmen Romero a Clara Rasero y todos los demás con los que interacciono, o que están en la sombra: Elena y Rosa que han mejorado el manuscrito con sus comentarios, los que han participado creando la cubierta, la sinopsis y, por supuesto, al equipo comercial de Penguin, que son los responsables de que mi obra llegue a las librerías.

A mis dos lectoras cero, Karmele y Maider. Ambas asumen el compromiso no solo de leer mis novelas, sino también de decirme lo que piensan. Y no es fácil para ellas en ninguno de los casos.

A mis lectores, aquellos que tienen la oportunidad de

interactuar conmigo en persona, ya sea por motivos personales o profesionales, y decirme lo que piensan de mis novelas, animarme a seguir escribiendo o, simplemente, exigirme que termine la siguiente cuanto antes.

A todos los que me escriben por redes y hacen reseñas de mis novelas, en general con amabilidad.

A los libreros y libreras que apoyan mis novelas e incluso las promocionan y, en especial, a los equipos de Casa del Libro (con Erika al frente) y de Elkar (con Onintza) de San Sebastián, así como a todas las lectoras con las que me encuentro en las presentaciones en ambos lugares y que siempre se interesan por mis novelas. No pondré los nombres de todas porque corro el riesgo de dejarme a alguna y no me perdonaríais que lo hiciera, y con razón, pero sí quiero mencionar aquí a las personas que forman el Club del Crimen. Gracias a todas.

También quiero agradecer a un grupo de escritoras que no solo se han convertido en compañeras de viaje, sino ya casi en amigas, y con las que comparto noticias, apoyo, sinsabores, dificultades y (también) alegrías: Noelia Lorenzo Pino, Ane Odriozola, Laura Balagué y Ana Rodríguez Almeida. Cuánto talento junto. El camino así es más divertido. Y, por otro lado, a todos mis compis de las fiestas de Editabundo, y en especial a Cristina Pujadas, Arya S. Winter y Diana de Paz.

Y a Karmele, por supuesto, porque no solo es lectora cero y me da consejos para que escriba mejor, sino porque además comparte conmigo estos viajes de exploración y de visita a escenarios, muchas veces sin tener una idea muy clara de por qué la arrastro a determinados lugares, pero dejándose llevar con la confianza de que merecerá la pena. Y porque comparte conmigo muchas más cosas.

Gracias.